教育部《普通高中语文课程标准

·最新·

语文新课标必读丛书

匹克威克外传

〔英〕狄更斯 著　刘凯芳 译

浙江出版联合集团
浙江文艺出版社

出版说明

　　语文是最重要的交际工具，是人类文化的重要组成部分。语文教育不仅要培养学生的技能，更在于造就人，让学生"精神成人"。文学作品特别是中外文学经典的影响力是无可估量的，一本书能够让一个人受益终身，甚至能激励一代人的成长。

　　教育部《全日制义务教育语文课程标准》和《普通高中语文课程标准》(简称"新课标")的基本精神，是要培养新一代公民具备良好的人文素养和科学素养，具备创新精神、合作意识和开放的视野。"新课标"将中小学生的阅读和鉴赏放到重要的位置，并明确规定了不同阶段的学生的阅读总量。依循"新课标"的精神和要求，2003年和2004年，我社分别推出了"语文新课标必读丛书"第一辑、第二辑，共计92种，受到广大中小学师生的欢迎。

　　丛书出版以来，读者朋友给我们提出了许多建设性的意见，在此我们深表谢忱！为了更好地打造这个丛书品牌，我们多次邀请教育界、学术界、出版界的专家把脉会诊。在听取各界反馈意见后，我们根据中小学语文教学的最新动态，对"语文新课标必读丛书"作了书目的整合和内容的补充修订。

　　新推出的这套丛书有以下特色：

一、选目精当，强调人文精神。我们在收录教育部"新课标"建议课外阅读的相关书目的基础上，又增加主流教材要求阅读的名篇佳作以及中外优秀文学作品选本，从中总括出最能代表中华民族文化、世界文化精髓内涵的人文资源，让学生在审美欣赏中得到情操的陶冶、情感的升华。

二、版本精良，体现浙文社优势。这套丛书荟萃了浙文社的"外国文学名著精品丛书"、"中国现代经典作家诗文全编系列"、"世纪文存"、"学者散文系列"等在出版界颇具影响力的丛书的精华，得到了国内一流的作家、翻译家、学者的悉心襄助，保证了图书的上乘品质。

三、增加导读和附录，加强实用功能。为了便于学生阅读理解，更好地掌握作品的思想内涵、文学特点，增强阅读与欣赏的自学能力，提高学习与测试的实用程度，我们在新版中增加了导读和附录的内容。导读部分主要涵盖了作家个人生平介绍、作品文本解读、主要人物形象分析、相关知识链接、文学常识背景、同类作品比较阅读、学业测试提示等相关内容。

总的来说，新版丛书扩大了读者的视野，增强了实用性，紧密了教与学的联系。同时，我们将继续秉承以低定价来减轻学生负担的宗旨，内容增加了，书价依然保持不变。

在创建学习型社会、提倡全民阅读的背景下，我们推出这套丛书，希望能够让中小学生朋友喜欢。让我们携手进入阅读的精神家园，领略这片丰美而自由的天地！

浙江文艺出版社

一

　　故事发生在一八二七年的英国。塞缪尔·匹克威克先生是居住在伦敦的一位独身老绅士,他为人和蔼厚道,热衷于科学发现和传播知识,他创办了一个以"促进科学"为目的的社团匹克威克社,并担任主席。这天,社里通过决议,决定由匹克威克先生同三位社员特普曼先生、温克尔先生和斯诺格拉斯先生一起出门进行考察,沿途记录各种奇闻趣事,收集各种材料,并且及时向社里报告。

　　第二天一早,匹克威克先生早早起了身,用过早餐后,他提着手提箱,大衣口袋里塞着望远镜,背心袋子里放着笔记本,来到了大街上的停车场。

　　"马车!"匹克威克先生叫道。

　　"来了,先生,"一个模样十分古怪的人大声回答。他身穿粗麻布上衣,围着同样料子的围裙,脖子上挂着个铜牌子,上面有个号码,仿佛这人是件编号收藏的宝贵物件一样。这是个负责给马匹饮水的人。"来啦,先生。喂,轮到谁的车呀,快过来!"排在最前头的车从酒店那边驶过来,车夫刚刚在酒店里抽了一烟斗的烟。匹克威克先生和他的手提箱给一股脑儿塞到了马车里面。

　　"去金十字旅馆,"匹克威克先生说。

　　"才一个先令的路程,汤米,"车夫没好气地对他的朋友——那个给马饮水的人嚷道,马车行驶起来。

"朋友,这匹马多大岁数啦?"匹克威克先生问道,他一边用准备付车费的一先令银币擦着鼻子。

"四十二岁,"车夫回答,一边斜着眼睛望他。

"什么!"匹克威克先生猛然嚷道,伸手去拿笔记本。车夫又把原话重复了一遍。匹克威克先生目不转睛地盯着那人的面孔看,可是他的面孔铁板着,于是他立刻将那句话记到本子上。

"你带它出来拉客,每回要多久?"匹克威克先生想多打听一些消息。

"两三个礼拜,"车夫回答。

"两三个礼拜!"匹克威克先生大为惊异,笔记本又掏了出来。

车夫冷冷地说:"不过我们很少带它回去,它的身体太差。"

"它的身体太差!"满脸困惑的匹克威克先生又重复了一遍。

"把它从车杠里面一卸出来,它就要摔倒在地,"车夫继续说,"不过套在车上的时候,我们把它拴得牢牢的,缰绳又收得紧,这样它就摔不下去了。我们车上有两个刮刮叫的大轮子,只要它一动,轮子就跟在后面滚,它就只好往前跑——它非跑不行。"

匹克威克先生把他说的每个词儿都记到本子上,准备把这件事通报社里,作为一个特例,证明马在艰难的条件之下具有顽强的生命力。他刚记好,马车就到了金十字旅馆门口。车夫跳下车,匹克威克先生也钻了出来。特普曼先生、斯诺格拉斯先生和温克尔先生拥上前来迎接他们的领袖,他们早在那里焦急地等候了。

"车钱给你,"匹克威克先生把那一先令钱递给车夫。

使这位学者大吃一惊的是,那个莫名其妙的家伙竟然把硬币扔到人行道上,同时嘴里又不干不净地咕噜着说了这点儿钱,他愿意同他(匹克威克先生)较量上几个回合。

"你这是发疯了,"斯诺格拉斯先生说。

"要不就是酒喝多了,"温克尔先生说。

"也可能又疯又醉吧,"特普曼先生说。

"来吧,"车夫说,像上了发条似的挥动拳头,"来吧,——你们四个一起上来吧。"

"快来瞧热闹啊，"五六个车夫马车夫嚷嚷道。"萨姆，动手啊，"大家兴高采烈地围上前来。

"萨姆，吵什么呀?"一个戴着黑色棉布袖套的绅士问。

"吵!"萨姆回答，"他干吗要我的号码?"

"我没有要你的号码呀，"满心惊诧的匹克威克先生说。

"那你干吗把它记下来?"车夫问。

"我没有记啊，"匹克威克先生愤愤不平地说。

"真正是想不到，"车夫对团团围着的人群诉说道，"真正想不到，他这个密探坐到人家车上，不但记下他的号码，还把他说的每句话都记了下来。"(匹克威克先生的脸上现出如梦初醒的神情——问题原来出在笔记本上。)

"他真的记了吗?"另一个车夫问。

"他记了，"第一个车夫回答，"然后又挑动我去打他，找了这三个人做证人。我倒要叫他尝尝拳头的滋味，哪怕吃半年官司也无所谓。来啊!"车夫一点也不在乎他的私人财物，把自己的帽子往地上一摔，打掉了匹克威克先生的眼镜，接着挥拳打在匹克威克先生鼻子上，另一拳打在匹克威克先生胸口，第三拳打在斯诺格拉斯先生眼睛上，第四拳变了个花样，打到特普曼先生的背心上。接着他跳到马路当中，然后又跳回到人行道上，最后把温克尔先生身体里面临时鼓起来的那点力气打得没了踪影，所有这一切前后不过五六秒钟的工夫。

"警察在哪里?"斯诺格拉斯先生说。

"把他们弄到唧筒底下冲一冲，"一个卖热馅饼的人出主意道。

"你们这样胡来是要受惩罚的，"匹克威克先生喘着气说。

"这些密探!"人们高喊。

"来啊，"车夫在这段时间里一刻不停地挥动着拳头。

一直到此时为止，群众都只是站在一边消极地观望，但随着匹克威克先生这伙人是密探的说法传开来，他们开始起劲地议论是不是应该把那个激动的卖馅饼的人的话付诸实施。要不是这时新来了个人出面做和事老,使这场斗殴意外地告一段落的话,真说不准他们究竟会作出什么人身攻击的行动来呢。

"有什么好玩的事啊?"一个又高又瘦、身穿绿色上衣的年轻人问,他突然从停车场那边走了过来。

"几个密探!"人们又嚷着说。

"我们不是密探,"匹克威克先生大声吼道,他说话的口气斩钉截铁,任何一个心平气和的人听了都会深信不疑。

"真的不是,——对吗?"年轻人对匹克威克先生说,一边用手肘推开围观的人的脸孔,毫不费事地穿过人群走上前来。

那位学者用不多几句话匆匆说明了事情的真相。

"那么跟我来,"穿绿上衣的人说,使尽全力把匹克威克先生拖在身后,一路上不停地讲,"喂,九百二十四号,把车钱拿去,滚你的去吧——可敬的先生——同他熟得很——别再胡闹了——这边走,先生——您的朋友在哪儿?——完全是误会,我明白——请多多包涵——这些该死的流氓。"这位陌生人说起话来滔滔不绝,口若悬河,他就这么一边说着这一长串没头没尾的句子,一边领路走到旅客候车室里。

"喂,跑堂的,"陌生人狠命地拉铃叫道,"每人都来一杯——搀水白兰地,又热又浓的,还要甜,分量要足——眼睛上有伤,先生?跑堂的,拿生牛排来给这位绅士治眼睛——皮肉受伤用生牛排来治最好不过了,先生。冰冷的路灯柱子也很好,可是路灯柱子不方便——半个钟头站在大街上,眼睛贴着路灯柱子,那可不像话——哎——很好——哈!哈!"陌生人接着一口灌下半品脱一大杯冒着热气的搀水白兰地,连喘口气的间歇都不需要,接着他舒舒服服往椅子上一靠,那副怡然自得的样子,就像什么非同寻常的事情也没有发生一样。

这个人中等身材,但由于身子瘦,腿又长,使他看上去高得多。他身上的绿上衣在燕尾服流行的时候一定是件考究的礼服,但当年穿它的人个子显然要比眼前这人矮得多,因为那两只污迹斑斑退了色的袖口几乎遮不住他的手腕。他那条过紧的黑裤子上有好几个地方磨得油光锃亮,裤腿紧紧地扎住,罩在一双打了补丁的鞋子上面,仿佛是想遮住肮脏的白袜子。他头上是一顶紧绷绷的旧帽子,长长的黑头发乱蓬蓬地从两边垂了下来。他的脸孔瘦削憔悴,但浑身上下却透出一种无法形容的神态,既洋洋自得又厚颜无耻,极其沉得住气。

匹克威克先生透过眼镜(万幸他把眼镜找了回来)看到的就是这么一个人,在他的几个朋友对他千恩万谢之后,他接上去以精心选择的词句对他方才的援助致以最热烈的谢忱。

因为匹克威克先生和他的三个伙伴决定第一站去罗彻斯特,恰好这位新朋友也要到那个城市去,于是大家一致同意一起坐车。

"有行李吗,先生?"车夫问。

"你问谁——我吗?就这个牛皮纸包,——别的行李都交船上托运了,——大货箱,钉得好好的——有房子那么大——又重,重,重得要命,"陌生人回答说,一边尽力把牛皮纸包往口袋里塞,纸包的形状不能不让人怀疑,那里面不过是一件衬衫和一条手绢。

陌生人口若悬河,以他特有的口吻一路不停地讲着一个又一个闻所未闻的轶事,只有在马车停下来换马的时候来一杯黑啤酒润润喉咙;等马车驶到罗彻斯特大桥跟前时,匹克威克先生和斯诺格拉斯先生的笔记本上已经记满了他种种离奇有趣的故事。

马车驶到大街上,在公牛旅店前面停了下来。

"先生,您是在这儿住吗?"纳撒尼尔·温克尔先生问。

"这儿——我不——不过你们最好在这儿——旅馆很好——床位考究——赖特饭店在隔壁,贵——贵得很——叫一叫侍者就要你半克朗①——你要是在朋友家用餐,不在他们咖啡厅里用,就要付更多的钱——古怪的家伙——怪得很。"

温克尔先生转身低声对匹克威克先生说了几句话,匹克威克先生又悄悄同斯诺格拉斯先生说了,斯诺格拉斯先生再悄悄地告诉了特普曼先生,大家一致点头同意。匹克威克先生对陌生人发出邀请。

"先生,您今天上午帮了我们一个大忙,"他说,"为聊表谢意,能

---

① 克朗,英国旧币制的5先令硬币。

否请您赏光和我们一起用餐？"

"高兴之至——菜就随意了，不过烤鸡和蘑菇——再好不过的东西呀！什么时间啊？"

"让我看一看，"匹克威克先生回答，看了看表，"现在快要三点钟了。五点怎么样？"

"再好也没有了，"陌生人说，"准五点——待会儿见——多加保重。"陌生人把紧绷绷的帽子从头上举起几英寸，然后大大咧咧地歪戴到头的一边，步履轻快地走出院子，拐到大街上，那只牛皮纸袋子有一半露在口袋外面。

"这人显然到过许多国家，并且对人和事物都观察得很仔细，"匹克威克先生说。

他们包了一个单独的起坐间，又去看了看卧室，菜也订好了，几个人走到外面，对这个城市及其周围环境作一番考察。

他们回到旅店后不久，五点钟时陌生人来了，饭菜很快就送了上来。他的牛皮纸包不见了，但是衣着并未更换；他本来谈锋就健，这会儿就更加——如果有可能的话——谈笑风生了。

"这是什么？"侍者揭开一道菜上的盖子时他问。

"是箸鳎鱼，先生。"

"箸鳎鱼——啊！——上等的好鱼啊——全是从伦敦运来的——公共马车的业主筹备带有政治色彩的宴会——运来整车的箸鳎鱼——几十个篓子——真是些滑头的家伙啊。来杯酒吧，先生？"

"好的，"匹克威克先生；陌生人先和他干了一杯，接着同斯诺格拉斯先生干，接着同特普曼先生干，接着同温克尔先生干，接着再同大家一起干，喝酒的速度几乎和他说话一样快。

"楼梯上怎么乱糟糟的呀，茶房？"陌生人说，"有人上去——木匠下来——灯啦，酒杯啦，竖琴啦。这是怎么回事呀？"

"先生，有个舞会，"侍者说。

"是集会吗？"

"不是，先生，不是集会。是慈善性质的舞会，先生。"

"城里有许多漂亮女人,先生认识吗?"特普曼先生兴致勃勃地问。

"漂亮极了——大美人儿。肯特,先生——人人都知道肯特这地方——苹果、樱桃、啤酒花,还有女人。再来一杯,好吗,先生?"

"再好不过,"特普曼先生回答。陌生人斟满了酒,一口喝了下去。

"我倒是很想去看看,"特普曼先生又拾起舞会的话头来,"很想去。"

"票在吧台那儿卖,先生,"侍者插嘴说。

特普曼先生再一次表示他极其想去参加那个舞会,但斯诺格拉斯先生眼神中很有几分不快,而匹克威克先生只是毫无表情地瞪着眼睛,见到别人都没有反应,他只好将满腔的热情转到方才端上桌的红葡萄酒和甜食上面。侍者退下了,只剩下这几位先生在餐后舒舒服服地享受一下。

"劳驾,先生,"陌生人说,"酒瓶没动——挨个儿递过来吧——往左边——瓶子里一滴也别剩,"他一仰头,又把两分钟前刚斟满的酒喝了下去,随手又斟了一杯,那神气说明他对此是习以为常的。

酒喝完了,又去叫了一瓶。客人不住口地说着,匹克威克社社员洗耳恭听。特普曼先生对舞会越来越觉得心痒难熬,匹克威克先生的脸上洋溢着与人为善的仁慈表情,温克尔先生和斯诺格拉斯先生则沉沉地睡着了。

"楼上就要开始了,"陌生人说——"听见伴奏了吗——在给小提琴调音——现在是竖琴——跳起来了。"各种各样的声音传到了楼下,说明第一场方阵舞开始了。

"我真是太想去了,"特普曼先生又说。

"我也是,"陌生人说,"讨厌的行李——小船太笨重——没有赴会的衣服——别扭,是吗?"

"我倒是很愿意借衣服给你去参加舞会,"特雷西·特普曼先生说,"尽管我的衣服太大,我的朋友温克尔先生的衣服或许对你会很合身。"

陌生人用眼睛估量了一下温克尔先生的身材，满意得两眼闪闪发亮，他说——"再合身也没有啦。"

特普曼先生朝四周望去，只见匹克威克先生也睡着了。到舞会上去，亲眼见识一下肯特郡的美人儿，这对特普曼先生是个极大的诱惑。温克尔先生睡得死死的，特普曼先生知道天亮之前他是不会醒的。

"温克尔先生的卧室在我的里间，"特普曼先生说，"要是现在把他叫醒，我也没法让他明白我的意思，但我知道他带了一套燕尾服，放在旅行包里，要是你穿了去参加舞会，等回来时再脱下来，我就可以放回原处，一点也不用麻烦他了。"

"好极了，"陌生人说，"好主意——想来也真尴尬——十四件上装都在货箱里面，只好去穿别人的衣裳——这主意十分高明——非常高明。"

特普曼先生拉铃召来了侍者，买好了票。一刻钟之后，陌生人浑身上下穿好了纳撒尼尔·温克尔先生的燕尾服。

"上装是新的，"特普曼先生说，陌生人得意洋洋地在穿衣镜前面打量着自己。"第一次用了专为我们社员设计的扣子，"他要陌生人注意那个镀金的大扣子，扣子中间是匹克威克先生的半身像，P. C. 两个字母在像的两侧。

然后，他俩登上楼梯往舞厅走去。

"请问先生尊姓大名？"守门人问。特雷西·特普曼先生正想上前通报自己的姓名头衔，陌生人拦住了他。

"不用报姓名，"然后他凑在特普曼先生耳朵边上说，"报姓名不好——人家不知道——名字本身没说的，但名气还不够大——参加小小的晚会刮刮叫，但在公共集会上人家就不会注意——应该隐姓埋名——伦敦来的绅士——国外来的贵宾——任什么都成。"守门人打开了门，特雷西·特普曼先生和陌生人走进舞厅。

舞曲最后一节奏完了，跳舞的人在舞厅里面随意走动，特普曼先生和他的同伴在一个角落里坐下，观察起在场的人来。

在场的有些人特别受人欢迎,其中就有一位胖胖的小个子,他头顶上秃了一大片,只剩下一圈黑头发直直地竖着,那就是九十七团的外科医生斯兰默大夫。大夫同每个人一起吸鼻烟,跟每个人说说笑笑、跳舞、开玩笑、打惠斯特,样样都插一手,到处可以见到他的身影。这么多的事情已经够他忙的了,但这位小个子大夫还再外加上一桩最为重要的事情——他对一个小个子老寡妇大献殷勤,一刻儿也不放松,这位寡妇衣着华丽,浑身上下珠光宝气,在一个收入有限的男人眼里,她自然是块引人馋涎欲滴的大肥肉。

特普曼先生和他的同伴盯着大夫和那位寡妇,看了好一会儿之后,陌生人打破了沉默。

"钱多得很哪——这老太婆——那医生夸夸其谈——这主意不坏——很有意思,"从他嘴里只听得清这几个字。特普曼先生好奇地望着他的脸。

"我要去请那个寡妇跳舞,"陌生人说。

"她是什么人啊?"特普曼先生问。

"不知道——还是第一回见到她——把那个医生挤掉——干吧。"陌生人立刻走到房间另一边,倚在壁炉架上,以一种既恭敬又忧伤的爱慕神情望着那位小个子老太太的胖脸。小个子大夫同另一位女士跳舞去了;寡妇的扇子掉在地上,陌生人捡起来送上去——微微一笑——鞠了个躬——还了个屈膝礼——交谈了几句话。陌生人勇气十足地走到舞会主持人那里,又同他一起走回来;只见主持人比画着对他们进行介绍;陌生人和老太太一起参加到一个方阵当中去。

这一速战速决的过程使特普曼先生惊诧之至,不过这同在大夫心中造成的震动相比就算不上什么了。陌生人年纪轻,寡妇得意非凡。她再也不去理睬大夫的眼风,大夫满脸怒容,但他这个对手沉着镇静,一点儿惧色都没有。斯兰默大夫几乎气得麻木了。他,九十七团的斯兰默医生,竟然一眨眼的工夫栽在一个陌生的无名小子手里!斯兰默大夫,九十七团的斯兰默大夫竟然碰了一鼻子的灰!这不可能!没有那回事!但事情明摆着,他们就在眼前。什么?介绍他的朋友？真叫他没法相信自己的眼睛！他又看了看,不得不痛苦地承认自己的视觉器官没有错,伯杰太太正在和特雷西·特普曼先生跳舞,这是明明白白的事实。那位寡妇的身体就在他面前跳过来蹦过去,她以前很少像这样起劲的。

大夫不出一声,捺住性子把这一切忍了下来,在随后递酒、添酒、拿饼干、调情等一系列事情上也都默不作声;但是,等到陌生人走出去送伯杰太太上马车之后几秒钟,他猛地冲出了房间,在他胸中郁积了这么久的愤慨之情完全爆发出来,他心情一激动,脸上满是汗珠。

陌生人正往回走,特普曼先生同他并排在一起。他低声在谈什么,又在笑。小个子大夫恨不得杀了他。他胜利了,他在得意呢。

"先生!"大夫说,口气让人害怕,他掏出一张名片,退到过道的角落里,"我姓斯兰默,先生——九十七团的斯兰默大夫——查坦姆军营——这是我的名片,先生,我的名片。"他本来还有话要说,但气得说不下去了。

"啊!"陌生人冷冷地回答,"斯兰默——多谢关照——太客气了——我现在没病,斯兰默——等生了病——会来找你。"

"你——你在装傻!先生,"大夫愤怒得直喘气,"你是个懦夫,胆小鬼——撒谎——是个——是个——你是再也不敢把你的名片给我的,先生。"

"喔!我明白了,"陌生人说,并不正视对方,"这儿的酒太凶了——房东太大方——真是傻——真傻——其实弄点汽水就好——房间里太热——绅士们都上了年纪——到早上就要受罪啦——残忍——残忍。"他往前迈了一两步。

"你在这家旅馆里住吧,先生,"怒气冲天的小个子说,"你现在喝醉酒了,先生;明天一早我再来同你算账,先生。你跑不了,先生,我会找到你的。"

"在外头找得到,家里不一定,"陌生人镇静地回答。

斯兰默大夫气鼓鼓地敲了一下帽子,将它在头上戴好,他脸上的神情说不出的凶暴。陌生人和特普曼先生上楼,走进后者的卧室,将借来的这身考究的行头还给全无知觉的温克尔先生。

那位绅士睡得很死，衣服很快就照原样放好了。陌生人不住地开着玩笑，特雷西·特普曼先生被尼格斯酒、葡萄酒、灯光和女人弄得晕头转向，他只觉得这事从头到尾是一个妙不可言的笑话。他的这位新朋友走了，他打算把睡帽戴上，但费了好一番周折就是找不到地方可以把头钻进去，他东找西摸，到末了不留神把蜡烛台打翻了，在折腾了好一阵之后，特普曼先生总算上了床，没多久就酣然入梦了。

第二天一早钟刚打七点，匹克威克先生那无所不知的心灵就被卧室门上一阵响亮的敲门声吵醒了，他原本正好睡呢。

"谁啊？"匹克威克先生从床上猛地坐了起来。

"擦鞋子的，先生。"

"有什么事啊？"

"对不起，先生，请问你们当中穿带镀金扣子的鲜蓝燕尾服，扣子上还有P.C.两个字的，是哪一位呀？"

"是拿出去刷的，"匹克威克先生想，"这个人忘记究竟是谁的衣服了。温克尔先生，"他大声说，"右手边，过去第三个房间。"

"多谢了，先生，"擦鞋的说，走开了。

"怎么回事啊？"特普曼先生嚷道，他睡得懵懵懂懂，房门上乒乒乓乓的敲门声把他吵醒了。

"先生，我要同温克尔先生说句话，行吗？"擦鞋的在门外说。

"温克尔，温克尔！"特普曼先生朝里间大叫。

"哎！"从被单底下传出一个微弱的声音。

"有人找你——在门口——"特雷西·特普曼先生硬撑着把这句话说完，又掉转身沉沉睡着了。

"有人找！"温克尔先生连忙跳下床，匆匆套上几件衣服，"有人找！离伦敦这么远的地方——有谁会找我呀？"

他匆匆忙忙套上晨衣，再裹上一条旅行用的披巾，往楼下走去。一个身穿军便服的军官正在往窗外看。听到温克尔先生进门他转过身来，直僵僵地点了点头。他吩咐仆人退出去，又仔细地把门关起来，然后问:"请问是温克尔先生吧?"

"我姓温克尔,先生。"

"先生,我通知你,我今天早上是代表我的朋友,九十七团的斯兰默大夫来的,对此你不会觉得意外吧。"

"斯兰默大夫!"温克尔先生说。

"斯兰默大夫,他请我转告你,你昨天晚上的行为很不像话,任何绅士都会觉得岂有此理,而且任何一位绅士也决不会对另一位绅士做这样的事。"

温克尔先生大吃一惊,他的表情太真实太明显了,斯兰默大夫的朋友看得一清二楚。因此他继续说道:"我的朋友斯兰默大夫要我声明,他坚信你昨天晚上有一段时候喝醉了酒,可能并没有意识到你对别人的侮辱有多厉害。他委托我说,如果你认为你的荒唐行为确实是由此引起的话,他同意接受你的书面道歉,由你按我口授亲笔写下来。"

"书面道歉!"温克尔先生跟着说了一遍,那惊讶的语气强烈得无以复加。

"除此以外的另一种解决办法我就不必明言了,"来访者冷冷地说。

"这个口信是指名要带给我的吗?"温克尔先生问,这一场异乎寻常的谈话把他彻底弄糊涂了。

"我当时并不在场,"来访者回答,"由于你一口回绝将名片交给斯兰默大夫,那位绅士要我找出身穿一件极为罕见的衣服的人——那是件鲜蓝色的燕尾服,有个镀金的扣子,扣子上有个半身像,还有 P.C. 两个字母。"

听到自己的衣服给这么精确地描述出来,温克尔先生真是大惊失色了。他首先想到的是他的衣服被人偷掉了。"请你稍候一刻,行吗?"他说。

"当然可以,"那位不速之客说道。

温克尔先生飞快地跑上楼,抖抖索索地打开旅行袋。衣服还在原处，不过在仔细查看之后，发现有明显的折痕，表明前一天晚上有人穿过。

"一定是这么回事，"温克尔先生说，任由衣服从手上滑落下去。"我饭后酒喝多了，只是隐隐约约记得后来去街上逛，抽了枝雪茄。其实呢，我醉得糊涂了，——我一定换了衣服——不知闯到了哪儿——侮辱了什么人——一定是这么回事；结果就惹来了这个可怕的口信。"自言自语之后，温克尔先生又向咖啡间走去，心情阴郁地痛下决心，接受好斗的斯兰默大夫的挑战，承担由此引起的最严重的后果。

温克尔先生所以作出这一决定，是基于以下种种考虑：首先是他在社里的名誉。他一向就被大家视为一切与运动和技巧有关的事情的最高权威，无论是攻是守，还是同攻守无关的事；这是他第一回接受考验，要是他在领袖的眼皮底下畏缩不前，他的名声和地位就会一落千丈，永远完结。此外，他记得常常听不熟悉内情的人猜测说，双方的副手其实早就达成了谅解，手枪里面很少会装子弹。还有一点，他想要是他要求斯诺格拉斯先生做他的副手，并且把其中的危险添油加醋地描述一番，那么那位绅士很可能会去报告匹克威克先生，而匹克威克先生肯定会立即报告地方当局，以免他的社员被杀或者受伤致残。

"请你告诉我去找哪一位朋友，好把会面的时间和地点定下来？"军官问。

"那就不必了，"温克尔先生回答，"时间和地点由你定，我等会儿会同朋友一起来。"

"那么——就在今天日落时分，好吗？"军官问，口气很有点漫不经心。

"好极了，"温克尔先生回答，心里却觉得糟透了。

"你认识皮特要塞吗？"

"嗯，昨天看到了。"

"那么再见，"军官用口哨吹着轻快的小曲，大踏步走了。

这天吃早饭时气氛很是沉闷。特普曼先生在昨天晚上很不习惯地游乐了一番之后，到现在还起不了床。斯诺格拉斯先生精神上似乎处于诗人所有的那种消沉状态之中；就连匹克威克先生也异乎寻常地没有多少话，他只是顾自喝汽水。温克尔先生眼巴巴地盼着机会出现，机会很快就来了。斯诺格拉斯先生提议去古堡那里走一走，在场的人当中只有温克尔先生愿意奉陪，他们便一起出去了。

"斯诺格拉斯，"在他们拐出街市后，温克尔先生说，"斯诺格拉斯，你我是至交，我有件事，你能替我保密吗？"他嘴里这样说，心里却巴不得他不能。

"当然能，"斯诺格拉斯先生回答，"我可以发誓……"

"别，别，"温克尔先生打断了他，想到自己的朋友在无意之中要赌咒不走漏风声，他吓坏了，"别发誓，别发誓，完全没有必要。"

斯诺格拉斯先生在说前一句话的时候，已经按照诗人的风度，朝天空举起手，这时他把手放了下来，摆出认真倾听的样子来。

"好朋友，这是一件关系到名分的事，需要你帮忙，"温克尔先生说。

"没问题，"斯诺格拉斯先生握住朋友的手回答。

"是跟一个医生——九十七团的斯兰默大夫决斗，他的副手也是一个军官，"温克尔先生把事情说得尽可能地庄严。

"我陪你去，"斯诺格拉斯先生说。

"结果可能会十分可怕，"温克尔先生说。

"希望不致如此吧，"斯诺格拉斯先生说。

"我相信那个大夫枪法很准，"温克尔先生说。

"大多数军人都不错，"斯诺格拉斯先生从容地说，"不过你的枪法也很好呀，对吗？"

温克尔先生对此点头称是；他发觉自己并没有能引起朋友足够的警惕，于是便变换了进攻方式。

"斯诺格拉斯，"他说，激动得声音直发抖，"要是我死了，你可以在我将要交给你的小包里面找到一封短信，那是给——给家父的。"

这一进攻也没有奏效。斯诺格拉斯先生很受感动，但他满口应承会负责将短信送交他父亲手中。

"要是我死掉了，"温克尔先生说，"或者那个大夫死掉了，亲爱的朋友，你会作为同谋而受审。我这不是要连累朋友受到流放——也许是终身流放的处罚吗！"

这句话使斯诺格拉斯先生稍稍犹豫了一下，但他对朋友的义气胜过了一切。"为了朋友，"他热情洋溢地高声叫道，"我赴汤蹈火，在所不辞。"

他们两人默默地并肩走了好几分钟，各想各的心事；温克尔先生内心拼命诅咒着朋友居然会对他如此忠诚！早晨就要过去了，他急得走投无路了。

"斯诺格拉斯，"他突然停住脚步说道，"千万不要拦住我，不让我去决斗——千万不要向地方当局报告——千万不要去找治安官员，把我或者把目前驻扎在查坦姆军营的九十七团的斯兰默大夫拘留起来，使这场决斗无法进行——听着，千万别那样。"

斯诺格拉斯先生激动地抓住了朋友的手，热情奔放地回答："绝对不会。"

温克尔先生浑身上下不由得打了个冷颤，他深信自己已经无法激起朋友的恐惧感，他注定要被迫接受这个突如其来的安排，当个活靶子了。

于是他把这件事的详情正式向斯诺格拉斯先生作了说明，并且到罗彻斯特一家制造商那里租了一对决斗手枪，连同火药、子弹和火帽等附件，一起装在匣子里。在这之后，两个朋友便回到旅馆里。

傍晚时气氛沉闷滞重，他们又一起走出旅馆，踏上了那吉凶难卜的征途。温克尔先生用一件大披风裹住身子，免得让人认出来，斯诺格拉斯先生呢在他披风底下藏着致命的武器。

"你东西都带上了吗？"温克尔先生问，口气很是焦虑不安。

"都带了，"斯诺格拉斯先生回答，"弹药很充足，以防有不发火的子弹。匣子里有四分之一磅的火药，我口袋里还带了两张报纸，用来装药。"

朋友这样细心周到,任何一个人对此都应该会感激不尽。温克尔先生一声不吭,推想起来,这时他心中的感激之情太强烈,已经无法用言辞表达,他只顾朝前走——不过相当慢。

"这时间真是再好也没有了,"他们爬过第一片田野的围栏时,斯诺格拉斯先生说道,"太阳刚要落下去。"温克尔先生抬头望着逐渐西沉的太阳,痛苦地想自己也很快有可能要"落下去"了。

"军官在那里,"走了几分钟后温克尔先生大声说。

"哪儿?"斯诺格拉斯先生问。

"那边,裹着蓝色披风。"斯诺格拉斯先生沿着朋友手指的方向望去,果然见到一个人,像他所说的那样裹着披风。军官向他们稍微举了举手,表示说他已经看到他们了。随后他转身就走,两个朋友在他身后不远的地方跟着。

军官突然离开了小路,在爬过一道木栅栏,越过一道树篱之后,来到一个偏僻的地方。两位绅士在那儿等着,一位是个矮胖子,长着黑头发;另一位是个大块头,他身穿紧身长外衣,泰然自若地坐在轻便折凳上。

"我想,这就是对手,还有一名是外科医生,"斯诺格拉斯先生说,"喝一口白兰地吧。"温克尔先生接过朋友递上的装在柳条筐里的酒瓶,痛饮了一大口这种振奋人心的饮料。

"先生,这是我的朋友,斯诺格拉斯先生,"军官走到跟前时,温克尔先生说。斯兰默大夫的朋友鞠了个躬,拿出一个同斯诺格拉斯先生带来的一样的匣子。

"先生,我想没有什么需要说明的了,"他一面打开匣子,一面冷冷地说,"贵方已经坚决拒绝道歉了。"

"没什么要说了,先生,"斯诺格拉斯先生说,他开始觉得自己有点儿不安起来。

"请您走过来,好吗?"军官说。

"好的,"斯诺格拉斯先生说。他们量好了距离,一切准备就绪。

"请看一下,这些要比你们带来的好,"对方的副手拿出他的两枝手枪,说道,"您看到我装上了弹药。就使用这些枪,您以为如何?"

"那自然很好,"斯诺格拉斯先生回答。这个建议使他大大地松了口气,因为他本来对于如何给手枪装弹药并不十分了然。

"那么,我看可以让他们站到各自的位置上去了,"军官说,那副无所谓的神情,似乎决斗的人只是棋盘上的棋子,他们两个副手只是在下棋而已。

"我看是可以了,"斯诺格拉斯先生回答;其实对方的任何建议他都会接受,因为他对决斗是怎么回事一窍不通。军官往对面斯兰默大夫那边走去,而斯诺格拉斯先生则走到温克尔先生跟前。

"都准备好了,"他说,把手枪拿给他,"我来替你拿披风。"

"亲爱的朋友,我的小包你放好了,"可怜巴巴的温克尔说。

"没问题,"斯诺格拉斯先生说,"稳住,把他手臂打断就成。"

温克尔先生突然觉得,这句话就同街上大人在看小孩子打架时说的没有什么两样,人们总是会说:"冲上去,把他揍扁。"主意自然是好主意,问题是如何才能做得到。不过,他还是默不作声地脱下披风——把披风脱掉总是要费很长的时间的——接过手枪。双方的副手走开了,坐在折凳上的那位绅士也走开了,决斗的双方互相逼近对方。

温克尔先生向来以心地极其仁厚著称。他在抵达开枪的地点时紧闭着双眼,据估计这是因为他不愿意故意伤害对方;正因为他闭着眼睛,他就没有看见斯兰默大夫那异乎寻常的不可思议的行为。那位绅士大吃一惊,瞪大眼睛,退后一步,揉揉眼睛,又瞪着他看;最后大声叫道:"停,停。"

"这是怎么回事啊?"斯兰默大夫对着赶过来的朋友和斯诺格拉斯先生说,"不是这个人。"

"不是这个人!"斯兰默大夫的副手说。

"肯定不是,"小个子大夫说,"昨天晚上侮辱我的不是这个人。"

"这事真叫怪!"军官大声嚷道。

温克尔先生早在听到对方大声叫停的时候就张开了眼睛,并且竖起了耳朵,这时根据对手随后说的话,他知道这件事当中一定有什么地方搞错了。他立刻看出要是把他出来的真正动机隐瞒起来,他一定可以声名大振。因此他勇气勃勃地走上前,说道:

"不是我,我是知道的。"

大夫的副手说:"先生,你早上干吗不把这件事告诉我呢?"

"先生,那是因为,"温克尔先生回答,他乘机把回答的话想好了,"因为,先生,你向我描述了一个喝得烂醉的没有教养的人穿了件上衣,我不仅有幸是这件上衣的主人,而且还是它的设计者——先生,是我建议采用它作为伦敦匹克威克社的制服的。我觉得有义务维持这件制服的尊严,因此,我没有多加查问,便断然接受了你的挑战。"

"亲爱的先生,"好脾气的小个子大夫伸着手走上前来说,"你的豪爽气度令我肃然起敬。先生,请允许我说,对你的行为我深表钦佩,我平白无故地使你陷入到这场麻烦之中,对此我极为抱歉。"

"先生,这事就不必再提了,"温克尔先生说。

"先生,能和你相识,令我觉得十分自豪,"小个子大夫说。

"先生,能和你见面,令我感到莫大的荣幸,"温克尔先生回答。这时大夫和温克尔先生握了手,接着温克尔先生和泰普尔顿中尉(大夫的副手)握了手,接着温克尔先生和拿折凳的人握手,最后温克尔先生同斯诺格拉斯先生互相握手——最后提到的这位绅士对他的豪气冲天的朋友的高贵行为佩服得五体投地。

"我想我们可以告一段落了,"泰普尔顿中尉说。

"那当然,"大夫说。

"除非,"拿折凳的佩恩大夫插嘴说,"除非温克尔先生觉得这次挑战使他受到了伤害,在这种情况下,我认为他有权提出挑战,以得到满足。"

温克尔先生以一种十分克己的态度声称,他已经十分满足了。

两位副手整理好了手枪匣子,大家一起离开荒地,神态要比早先来的时候轻松得多。

"你们要在这里住一段时候吗?"斯兰默大夫问温克尔先生,他们俩极其亲密地在一起走着。

"我们准备后天走，"温克尔先生回答。

"在这场糟糕的误会之后，我希望你和你的朋友能够在晚间光临舍下，畅叙一番，"小个子大夫说，"你们今晚有空吗？"

"我们在这里还有两位朋友，"温克尔先生回答，"今晚我不打算撇下他们独自出门，这样吧，能不能请你跟你的朋友到公牛旅店我们这边来坐一坐？"

"好极了，"小个子大夫说，"我们十点钟来，坐半个小时，这嫌不嫌太晚？"

"啊，没问题，"温克尔先生说，"我很愿意介绍你见见我的朋友匹克威克先生和特普曼先生。"

"那真是太好了，确实太好了，"斯兰默大夫回答，他并没有想到特普曼先生是什么人。

"你们一定会来啊？"斯诺格拉斯先生问。

"哦，一定会来。"

这时候他们已经走到了大路上。在热情话别之后，大家就分手了。斯兰默大夫和他两位朋友回军营去，而温克尔先生和他的朋友斯诺格拉斯先生呢，一起回到旅馆里。

二

温克尔先生和斯诺格拉斯先生回来时，发现匹克威克先生和特普曼先生正同前一天同车来的陌生人坐在一起，听另一个人讲故事。他们也在一旁坐了下来。故事很长，讲了个把钟头，是有关一个江湖艺人的。那人刚住口，侍者突然走进来说：

"先生，有客人。"

"噢！"温克尔先生站起身来说，"是我的几个朋友，请他们进来。"

在侍者走出去之后,温克尔先生又说,"是九十七团的军官,为人挺不错,我是在今天上午一种相当特殊的情况下认识的。你们是会喜欢他们的。"

匹克威克先生立刻恢复了镇静。侍者又来了,引着三位绅士走进房。

"泰普尔顿中尉,"温克尔先生说,"泰普尔顿中尉——匹克威克先生——佩恩大夫——匹克威克先生——斯诺格拉斯先生,你们先前已经见过面了;这位是我的朋友特普曼先生,佩恩大夫——斯兰默大夫——匹克威克先生——特普曼先生——斯兰默大……"

说到这里时温克尔先生突然停住了口,因为他看见特普曼先生和斯兰默大夫两人的脸色大大发生了变化。

"这位先生我以前见过,"大夫说,在"这位"两个字上明显加重了口气。

"真的吗!"温克尔先生说。

"还有——还有那个人,我想我没有弄错,"大夫说,紧紧地盯着那个穿绿色外套的陌生人看了一眼,"我想我昨天夜里对那个人发出了一个十分紧迫的邀请,但他却觉得还是拒绝为好。"说了这句话后大夫朝陌生人宽宏大量地皱着眉头看了看,又凑在他的朋友泰普尔顿中尉耳边说起话来。

"真有这么回事吗?"那位先生听完他的耳语后说道。

"当然,千真万确,"斯兰默大夫回答。

"我能不能请问您,先生,"他朝被这一相当不礼貌的插曲弄得不知所措的匹克威克先生说,"我能不能请问您,先生,那个人是不是同你们一起的?"

"不是,先生,"匹克威克先生回答,"他是我们的客人。"

"要是我没弄错的话,他也是你们的社员吧?"中尉再进一步追问。

"肯定不是,"匹克威克先生回答。

"他衣服上从来没有用过你们社专用的扣子吧?"中尉说。

"没有,从来没有!"大为吃惊的匹克威克先生回答。

泰普尔顿中尉朝他的朋友斯兰默大夫转过身去,稍稍耸了耸肩膀,动作细微得几乎叫人看不出来,似乎在对后者记忆是否准确表示怀疑。小个子大夫满脸怒容,但也显得不知所措。

"先生,"大夫突然对特普曼先生开口说,那口气使那位先生猛然一惊,他那惊惶的样子显而易见,就像是有谁熟练地把一根大头针戳在他腿肚子上一样,"昨天夜里在这儿举行的舞会你到场了吧?"

特普曼先生倒抽了一口冷气,含含糊糊地承认他确实去了,他眼睛一直紧紧盯着匹克威克先生看。

"那人同你在一起吧,"大夫指着仍然不动声色的陌生人问。

特普曼先生承认确有其事。

"那么,先生,"大夫对陌生人说,"当着这几位绅士的面,我再问你一遍,你是愿意把你的名片交给我,从而被当作绅士对待呢,还是逼得我立时立刻给你点颜色看?"

"等一等,先生,"匹克威克先生说,"不把这件事说说清楚,我决不容许再这样闹下去了。特普曼,把事情经过讲出来。"

特普曼先生被这样郑重其事地点了名,便三言两语地把事情的前后经过简单讲了讲,捎带提了提借上衣的事,一再强调那是"酒足饭饱"之后的举动,最后对自己的行为表示有点后悔;至于陌生人那方面呢,就让他自己去设法说清楚吧。

陌生人显然也正打算这样做,这时一直好奇地盯住他看的泰普尔顿中尉突然插了进来,他以极其鄙夷的口气问道:"先生,我在剧场里见过你,不是吗?"

"一点不错,"陌生人面不改色地回答。

"他是个走江湖的,"中尉掉头对斯兰默大夫轻蔑地说:"五十二团的军官明天晚上在罗彻斯特剧院里排了个剧目,其中就有他的角色。斯兰默,这事你可不能进行下去了——根本不行。"

"绝对不行!"佩恩凛然地说。

"很抱歉使你陷入到这一令人不快的处境当中,"泰普尔顿中尉对匹克威克先生说,"请容许我提个建议,为了防止今后再出现类似的事件,最好的办法是在交友时应该谨慎一些。再见了,先生!"中尉边说边跳出了房门。

"先生,请容许我说一句,"火气很大的佩恩大夫说,"假如我是泰普尔顿,或者是斯兰默的话,我就要揪你的鼻子,先生,你们这帮人个个的鼻子都要揪。我会揪的,先生,每个人的。先生,我的名字叫佩恩——四十三团的佩恩大夫。再见,先生。"说了这番话(他在最后三个词上特别加重了声调)之后,他跟在他朋友后面神气活现地大踏步走了出去,斯兰默大夫紧紧跟在他身后,他没有开口,只是以使人浑身发冷的眼光向这几位绅士看了一眼。

在对方说出上面那些很不恭敬的话时,匹克威克先生只觉得又气愤又尴尬,一团无名火在他那高贵的胸膛里不断上升,几乎要把他的背心都胀破了。他两眼发直,一动不动地站在原处发呆。关门的声音才使他恢复了神志。他满脸狂怒地冲向前去,眼睛里直冒火。他的手已经抓住了门锁,要不是斯诺格拉斯先生一把抓住他这位可敬的领袖的燕尾服的下摆,并且将他拉回来的话,他的手立时立刻就会扼住四十三团佩恩大夫的脖子了。

"抓住他,"斯诺格拉斯先生嚷道,"温克尔,特普曼,决不能让他为了这种事情去拿他高贵的生命冒险。"

"放开我,"匹克威克先生说。

"抱紧他,"斯诺格拉斯先生叫道,三个人一齐出力,终于将匹克威克先生按到了一张扶手椅上。

"别去打扰他了,"身穿绿色上衣的陌生人说,"搀水白兰地——好老头儿——勇气十足——把这喝下去——啊!——好东西。"那个讲故事的人已调好了一大杯酒,陌生人先尝了一大口,以检查它味道如何,接着便把酒杯凑到匹克威克先生嘴唇上,杯中剩下的酒很快就喝下了肚。

接下来一会儿谁都没做声;搀水白兰地起作用了;匹克威克先生的脸上很快又像平时那样变得和蔼可亲。

"不值得去同他们计较，"讲故事的人说。

"说得对，先生，"匹克威克先生说，"不值得同他们计较。真不好意思，我刚才肝火太旺了。先生，把你的椅子拉到桌子边上来吧。"

那人立刻照办了：大家又围着桌子坐了下来，到处又呈现出一片祥和的气氛。只是温克尔先生的内心仍然觉得有点愤愤然，那很可能是因为借用他上衣的事情——不过要说这么区区一件小事也会在匹社社员的心中激起一丝愤懑之情，这也未免有点不近情理。除掉这一点以外，大家的心绪都完全恢复了；这个夜晚结束时大家都有说有笑的，就像起初那样。

三

第二天，罗彻斯特营地里要举行大阅兵。有五六个团要在总司令明察秋毫的目光之下进行种种演习，临时的防御工事已经搭了起来，要攻占要塞，并且引爆一颗地雷。

附近城镇的居民很早就起了床，各处都闹哄哄的，处在一种极其兴奋的状态之中，大家都拥到了阅兵场。

匹克威克先生和他的三个朋友也一起去了。他们站在人群的前排，耐心地等待着演习开始。观众越来越多，在接下来的两个小时中，他们费了九牛二虎之力才算没有被别人挤掉，这当儿特普曼先生却莫名其妙地不见了。

终于人群当中响起一阵从许多人喉咙里发出来的低低的吼声，这通常表示大家等待的事情就要发生了。所有人的眼睛都朝出击口那边转过去，伸长脖子等了一会儿之后，大家看到军旗欢快地在风中飘扬，武器在阳光下闪闪发光；一队一队的士兵进入到平坦的演习场上。部队站定下来排好阵势；长官向整个队列发出了命令，只听见喀嚓一声，全体官兵举枪致礼；总司令在上校和一大群军官的陪同下，策马来到队前。军乐队齐声奏乐,人们大声欢呼,军队致敬完毕,恢复到原来的姿势。

匹克威克先生等到他总算能够站稳脚跟的时候,他心中的满足和快乐真是无以复加的了。

"你倒说说,还有其他什么事情能比这更美妙、更激动人心的吗?"他问温克尔先生。

"没有,"那位先生回答。

"这个场面真是太雄伟太壮观了,"斯诺格拉斯先生说,"请看这些保卫祖国的英雄好汉,在和平的居民面前排出了雄壮的阵容。他们容光焕发——但在他们脸上显示出来的并不是凶猛好斗的神态,而是温文尔雅的柔情;他们的眼睛闪闪发亮——但其中闪烁着的并不是劫掠和复仇的怒火,而是人道和智慧的光芒。"

这番颂词与匹克威克先生的心情完全合拍,但他却无法以类似的词语加以回答;因为这时部队发出了"向前看"的口令,勇士们眼睛里智慧的光芒越来越微弱;人们看到的只是几千双笔直朝前看的眼睛,其中没有任何的表情。

"我们现在所处的位置真是再好也没有了,"匹克威克先生环顾着四周说。人们已经渐渐从他们身边散开,那里几乎就剩下他们几个人了。

"再好也没有,"斯诺格拉斯先生和温克尔先生同声回答。

"他们这会儿在干什么呀?"匹克威克先生扶了扶眼镜问道。

"我——我——依我看,"温克尔先生说,脸色都变了,"依我看他们像是要开火了。"

"胡说八道,"匹克威克先生连忙说。

"我——我——我想确实是这样,"斯诺格拉斯先生连忙说,他有点发慌。

"不可能,"匹克威克先生回答说。他的话刚出口,六个团的所有士兵都平端起枪,他们似乎只有一个目标,那就是这几位匹克威克社社员;立即就响起了极其可怕的震耳欲聋的射击声,震得地球的中心都直发抖,并且使一位年长的绅士几乎摔倒在地。

　　当时的处境真是十分困难,他们暴露在空枪的火力骚扰之下,而军队的调度使情况变得更加复杂,对面又有一批新的人马上阵了。就在这一关头,匹克威克先生处变不惊,他抓住了温克尔先生的胳膊,让自己夹在那位绅士和斯诺格拉斯先生之间,他忙不迭地提醒他们说,除了在开火时留心耳朵别被枪声震聋之外,其他并没有什么直接的危险。

　　"不过——不过——要是有人不留神,在枪里装上了实弹怎么办呢,"温克尔先生提出了相反的看法,想到自己构思出来的这种可能性,他的脸都发灰了。"我方才听见空中有东西在嗖嗖地响——就在耳朵边上,很是刺耳。"

　　"我们最好还是趴在地上吧,行吗?"斯诺格拉斯先生说。

　　"不必,不必,这就结束了,"匹克威克先生说。

　　匹克威克先生说得不错,射击停止了;不过他还没有来得及为自己的准确判断感到庆幸,队列中便又迅速出现了新的动向:军官们哑着嗓子发布命令,他们三位正觉得莫名其妙的时候,新的演习开始了,六个团的士兵上好了刺刀,以飞快的速度向匹克威克先生和他朋友站立的地方猛冲过来。

　　人只有一条性命,有个临界点是人的勇气无法超越的。匹克威克先生透过眼镜片朝冲上前来的大批士兵定睛看了一会,然后飞快地转过身,拔腿就跑,他迈着小步子,以尽可能快的速度跑开了;他跑得太快,以致没能清楚地发现他处在一种进退两难的境地之中,等到他发现时,已经为时太晚了。

　　在几秒钟之前排开阵势使匹克威克先生大惑不解的对面部队,这会儿已经集结起来准备击退进攻方对城堡发动的佯攻;结果呢,匹克威克先生和他的两个朋友突然发觉自己被夹在两长列对阵的士兵当中,一边快步向前推进,另一边则坚守阵地,摆好架势迎战。

　　"嚯!"冲锋一方的军官叫喊着。

　　"快让开,"守卫方的军官大叫。

"我们该往哪儿跑呀?"张皇失措的匹社社员尖声高叫。

他们听到的回答只是"嚯——嚯——嚯"的叫声。接下来是一场混乱不堪的局面,一阵脚步重重地踩了过来,又是一阵激烈的冲撞;有人强忍着不让自己笑出声来——六个团的士兵已经走到五百码开外的地方;匹克威克先生的鞋底朝了天。

斯诺格拉斯先生和温克尔先生两人都以出色的敏捷身手被迫翻了一个凌空筋斗;当温克尔先生坐在地上,用黄色的绸手绢止住从鼻子里直往外淌的生命之流的时候,他第一眼看到的就是几步开外他的可敬的领袖正在追赶自己的帽子,那帽子像是同他在开玩笑,又蹦又跳地往远处滚去。

像跟在自己帽子后面乱追这样尴尬的事,人在一生中是很少会经历到的,这时你的苦恼在别人眼里显得十分可笑,很少会有人对你大发慈悲表示同情。要想抓住帽子,你非得保持冷静,并作出特别准确的判断不可。你决不能拼命往前冲,那样会把帽子踩坏;也不能走向另一个极端,那样的话你就根本找不到它了。最好的办法就是轻手轻脚地跟在它后面,小心谨慎地等待机会,慢慢地跑到它前面去,然后迅速地扑下去,抓住帽顶,再将它稳稳地扣在头上;同时你得始终高高兴兴地装出笑脸来,仿佛你同别人一样,觉得这只是一件很好玩的游戏。

这时吹来一阵轻风,匹克威克先生的帽子就随着风欢快地滚着。风呼呼地吹着,匹克威克先生也呼哧呼哧直喘气,帽子欢快地不住往前滚动,就像在大浪里戏水的一头活泼的海豚;它本可能就这样滚下去,匹克威克先生再也够不着它,那位绅士几乎要就此住手,听其自然了,这时总算老天帮忙,有样东西挡住了它的去路。

原来帽子撞到了一辆马车的轮子上。匹克威克先生快步冲上前去,一把抓住了自己的财产,将它扣在头上,停下脚步喘气。他站定了还不到半分钟,忽然听见有人热切地叫他的名字,他立刻听出来是特普曼先生在叫他,抬头一看,不由得使他惊喜交加。

在一辆车篷放下的四轮马车上(马已经卸掉了,因为这地方人太拥挤),站着一位大块头老绅士;两位披着披巾头戴羽毛的年轻女士,一位显然钟情于披着披巾头戴羽毛的女士之一的年轻绅士,还有一位看不出有多大年纪的太太,可能是上述两位小姐的姑妈,此外还有特普曼先生,他态度潇洒自在,似乎是这个家庭的一员。马车后面拴了个极大的食品篮子,在车夫的座位上坐着一个红脸的睡眼惺忪的胖孩子。

匹克威克先生匆匆地朝这些有趣的人物看了一眼,他的忠实的追随者又在招呼他了。

"匹克威克——匹克威克,"特普曼先生说,"上来吧,快点儿。"

"来吧,先生。请上来吧,"大块头的绅士说,"乔!——这混账小子,又睡着了。——乔,把踏脚板放下来。"胖孩子慢慢地从座位上滚了下来,放下了踏脚板,拉开车门等人上车。这时斯诺格拉斯先生和温克尔先生也过来了。

"大家都有地方坐,绅士们,"大块头说,"两位在里面,一位坐在外面。乔,让点地方出来给一位绅士坐。哎,上来吧,先生,"大块头绅士伸出手来,使尽力气先把匹克威克先生拉上车,接着又拉上了斯诺格拉斯先生。温克尔先生爬到了车夫的座位上,胖孩子也笨手笨脚地爬了上去,立刻又沉沉地睡着了。

"嗯,先生们,"大块头说,"很高兴见到诸位。先生们,你们或许记不得我,不过我对各位是十分熟悉的。我去年冬天在贵社度过好几个夜晚。今天早上在这里看见了我的朋友特普曼先生,把他接上了车,见到他我真是很高兴。嗯,先生,您好吗?您气色真是好得异乎寻常,真的。"

匹克威克先生对这番恭维表示感谢,和这位穿着高统靴的大块头绅士热烈地握了手。

"嗯,你好吗,先生?"大块头绅士以长辈的关切神情同斯诺格拉斯先生说,"好得很,是吗?嗯,那就好,那就好。你好吗,先生(对温克尔先生)?嗯,很高兴听到你说很好,真的,非常高兴。先生们,这两个是我的女儿,嗯,我的姑娘;那一位是我的妹妹,雷切尔·华德尔小姐。她是位小姐,不错,不过她可算不上小了——对吗,先生——呃?"大块头绅士用手肘开玩笑地顶了顶匹克威克先生的肋骨,哈哈大笑起来。

"哥哥,这是什么话?"华德尔小姐说,脸上带着不以为然的微笑。

"真话,真话,"大块头绅士说,"这是没法否认的呀。对不住,先生们,这位是我的朋友特伦德尔先生。现在大家都熟了,让我们舒舒服服地开心一下,看看前面有什么精彩的表演吧,我的话完了。"大块头绅士戴上了眼镜,匹克威克先生拿出了望远镜,马车上的人个个都站起身,从别人的肩头上观望军队队形有些什么变换。

队形发生了令人吃惊的变化,前一排兵士跪下,让后一排兵士在他们头上方开火,然后跑开了;接着开火的那排的兵士跪下让再后面一排兵士在他们头上方开火,然后也跑开了;随后组成了方阵,军官在方阵中央;接着在一边用云梯下到壕沟里去,在另一边又用云梯爬上来;接着又以勇不可挡的姿态冲破了用箩筐构筑而成的路障。然后朝炮台上那些大炮使劲装弹药,用的工具就像是大拖把一样;开炮之前忙得不亦乐乎,开炮时的响声惊天动地,到处响起了女士们的尖叫声。两位年轻的华德尔小姐真是吓坏了,特伦德尔先生只好将其中的一位搂在怀里,另一位呢就由斯诺格拉斯先生扶着,华德尔先生的妹妹吓得几乎支持不住,特普曼先生觉得非要伸手去拢住她的腰,才能不让她倒下。人人都兴奋异常,惟一的例外是那个胖孩子,他睡得人事不知。

"乔,乔!"堡垒攻下,攻守双方都坐下来吃饭的时候,大块头绅士说,"这混小子,又睡着了。劳驾掐他一下,先生——掐他的腿,只有这个办法才能弄醒他——多谢了。乔,把篮子解下来。"

温克尔先生用大拇指和食指在胖孩子腿上用力掐了掐,这一招果然有效,他醒过来了,于是又连滚带爬地下车去解篮子,与他先前死气沉沉的样子相比,这会儿他动作的麻利颇有些出乎人们意外。

"喂,乔,拿刀叉来。"刀叉递进来了,坐在马车里面的女士和先生们,再加上坐在车夫座位上的温克尔先生,人人都拿到了这些有用的器具。

"拿盘子,乔,盘子。"同方才一样,盘子也到了大家的手中。

"喂,乔,拿鸡来。这混小子,又睡着了。乔!乔!"(用手杖在那胖孩子头上敲了又敲,他好不容易才从睡眼惺忪的状态中醒过来。)"喂,把吃的递进来。"

"吃的"这两个字的声音很有些神奇,让那个肥得腻腻的孩子醒了过来。他跳起身,藏在鼓得高高的面颊里面的没精打采的眼睛闪闪发亮,他一边从篮子里往外拿食物,一边贪婪地斜着眼睛看着。

"喂,快点啊,"华德尔先生说。

"这就对了——抓紧些。把牛舌——还有鸽肉馅饼递给我。留心小牛肉跟火腿——当心龙虾——把生菜从包布里拿出来——把作料给我。"华德尔先生一边匆匆忙忙地发出指令,一边将上述的东西一件一件递进来,把菜塞到各人手里,放在各人膝上,一道又一道,没完没了。

"怎么样,妙得很吧?"那位兴高采烈的人儿在大家着手消灭食物的当儿问道。

"妙极了!"温克尔先生说,他坐在车夫座位上正在切鸡。

"来杯酒吧?"

"再好没有。"

"你坐在上面,还是拿一瓶去吧,好不好?"

"那太好了。"

"乔!"

"哎,先生。"(这一回他没睡着,他刚刚咽下了一块小牛肉馅饼。)

"送瓶酒给上面那位先生。来,先生,干一杯吧。"

"谢谢,"温克尔先生干了杯,把瓶子放在身边座位上。

"能赏光同我干一杯吗,先生?"特伦德尔先生问温克尔先生。

"高兴之至,"温克尔先生回答特伦德尔先生;两位先生喝了一杯,在此之后,他们又和大家,女士也包括在内,一起干了一杯。

"亲爱的艾米丽在跟那位陌生的先生调情呢,"老处女姑妈凑在她哥哥华德尔先生耳边说,带着典型的老处女的嫉羡之情。

"啊,我没看见,"兴高采烈的老绅士说,"一切都正常。我有把握,没有什么出格的事。来杯酒好吗,匹克威克先生?"匹克威克先生正在认真研究鸽肉馅饼的内涵,立即同意了。

"年轻的女孩子精力着实充沛,"华德尔小姐对特普曼先生说,带着一丝怜悯的神气。

"喔,她们确实如此,"特普曼先生回答,他的话并不是对方希望听到的,"很令人愉快。"

"哼!"华德尔小姐说,很有些不以为然。

"您允许我吗?"特普曼先生以最为和蔼的态度说,他伸出一只手碰碰迷人的雷切尔的手腕,用另一只手轻轻举起酒瓶子,"您允许我吗?"

"喔,先生!"特普曼先生的神情感人至深,雷切尔表示她害怕马上又要开炮,那一来,她自然还需要有人来搀扶她。

"你觉得我的两个亲爱的侄女漂亮吗?"她们这位温柔亲切的姑妈凑在特普曼先生耳边问。

"要是她们的姑妈不在场的话,我想是的,"心中有数的这位匹社社员回答,脉脉含情地看了她一眼。

"噢,你真坏——不过,说真的,要是她们的脸色稍微好一点,你不觉得她们挺好看的吗——在烛光底下?"

"是的,我想是这样,"特普曼先生说,脸上是一副漠然的神情。

"喔,你真刻薄——我知道你心里想说什么话。"

"什么?"特普曼先生问,其实他根本没有打算开口说话。

"你想说的是,伊莎贝拉有点驼背——我有数你准会这么说——你们男人眼睛雪亮。嗯,她确实有些驼背;这是明摆着的;当然,女孩子万万不能驼背,一驼背就最难看了。我常常跟她说,等她年纪大一点就糟糕了。嗯,你真刻薄。"

特普曼先生毫不费力就得到了这种名声,他对此并不反对;因此他只是作出极其内行的样子,高深莫测地笑了笑。

"瞧你笑得多刻薄呀,"满心钦佩的雷切尔说,"我得声明你这个人真叫我害怕。"

"怕我?"

"噢,你的心思瞒不了我——你笑容里的意思我很明白,简直是一清二楚。"

"什么意思?"特普曼先生说,他自己一点儿都不明白。

"你的意思是,"和蔼可亲的姑妈把嗓音压得更低说,"你的意思是,你觉得艾米丽那种放肆的举止比伊莎贝拉的驼背更糟糕。嗯,她的确很放肆!你不知道这使我有时候多难过——我肯定为了这事接连好几个钟头掉眼泪——我亲爱的哥哥为人太好,对人没有一点儿疑心,因此他总是看不出来;要是他看出来的话,我敢肯定那准会使他心碎的。我巴不得那只是她态度不周——我希望真是如此——"(说到这里,这位满腹慈爱的姑妈深深叹了口气,沮丧地摇摇头。)

两个侄女看出姑妈在说她们的坏话,正打算开口刺刺她。幸而这时华德尔先生大声叫起乔来,无意之中将话题岔开了。

"这混小子,"老绅士说,"又睡着了。"

"这孩子真是非常奇怪,"匹克威克先生说,"他老是这样爱睡吗?"

"爱睡!"老绅士嚷道,"他老是在睡梦当中。打发他去办事他也呼呼大睡,叫他在餐桌边上侍候他会打起鼾来。"

"真是怪极了!"匹克威克先生说。

"啊!确实是怪,"老绅士回答说,"喂,乔——乔——把这些东西收掉,再开一瓶酒——听见了吗?"

胖孩子站起身,睁开了眼睛,方才瞌睡的时候他嘴里还在咀嚼一大块馅饼,这会儿才算吞了下去,然后慢慢按主人的命令行事——他把盘子收拾掉,放回到篮子里,懒洋洋地望着那些残羹剩菜,脸上一副心满意足的表情。新开的酒拿来,很快就倒空了;篮子又拴到了老地方——胖孩子又爬到车夫的座位上——眼镜和袖珍望远镜又调好了——军队的队形又发生了变化。枪炮声大作,到处是乒乒乓乓的声音,女士们惊骇万分——接着引爆了一颗地雷,使得人人大为开心——等到地雷炸开来之后,军队和观众也学了它的样,就此散开来了。

"听着,"老绅士说,在演习的最后一段时间里,他和匹克威克先生断断续续地老在交谈,谈话结束,他们握手道别:"明天请各位一起去我家叙叙。"

"一定去,"匹克威克先生回答。

"有我的地址吗?"

"丁格莱谷庄园农场,"匹克威克先生看着笔记本说。

"对了,"老绅士说,"听着,你们在我那里住不上一个星期,我是不会放你们走的;我保证所有值得一看的东西你们全会看到。要是你们想要体验一下乡村生活的话,来找我就行,我这儿有的是。乔——这混小子,又睡着了——乔,帮汤姆把马套上呀。"

马套好了——车夫也上了车——胖孩子也爬上车坐到车夫身边——大家挥手道别——马车辘辘地驶走了。几位匹社社员掉过头朝马车最后望去的时候,只见夕阳的余晖闪闪发亮,照在款待他们的几位的脸上和那个胖孩子的身上。胖孩子的头垂在胸前,他又睡着了。

四

第二天,匹克威克先生一早就起了床,他出去散了一会儿步。回到旅馆,发现他的三个伙伴已经起来了,香喷喷的早饭已经放在桌子上,大家正在等他回来吃呢。他一到大家便入座用饭,烤火腿、鸡蛋、茶、咖啡等诸如此类的东西很快就下了肚,这既证明烹调的精美,又说明食客们胃口极佳。

"哎,商量一下去庄园农场的事吧,"匹克威克先生说,"怎么走法?"

"或者还是问一问茶房吧，"特普曼先生说，于是把侍者召了来。

"丁格莱谷地，先生们，在十五英里开外，叫驿车吧，先生？"

"驿车只能坐两个人，"匹克威克先生说。

"不错，先生——对不起，先生——非常好的四轮车厢式马车，先生——后面有两个座位——前面有一个座位给赶车的先生坐——喔！对不起，先生——还是只够三个人坐。"

"有什么法子呢？"斯诺格拉斯先生问。

"有没有哪位先生喜欢骑马，先生，"侍者望着温克尔先生，出主意说，"头等的备好鞍子的马，先生，华德尔先生家有人到罗彻斯特来时将它们带回来就行了，先生。"

"只有这个办法了，"匹克威克先生说，"温克尔，你就骑马，怎么样？"

尽管温克尔先生心底里对自己的骑术没有多大把握，但他决不愿意让别人对此产生怀疑，因此他立即雄赳赳地回答："没问题，那对我再好也没有啦。"

早餐吃好了；客人们上楼回到各自的房间里，准备这次旅行要带的换洗衣物。

不一会儿，驿车来了。还有个马夫站在旁边，手上牵着另一匹大马，备好鞍子让温克尔先生骑。

"天哪！"等大家都站到了人行道上，大衣放到了马车里面，匹克威克先生忽然说，"天哪！谁来赶车呢？我倒没有想到这件事。"

"喔，自然是你来赶了，"特普曼先生说。

"当然啦，"斯诺格拉斯先生说。

"我！"匹克威克先生嚷道。

"一点儿都用不着担心，先生，"马夫插嘴说，"先生，我保证它乖得要命；连抱在怀里的小娃娃都能赶它。"

"它不容易受惊吧？"匹克威克先生问。

"受惊，先生？就是碰到一车火烧屁股的猴子，它都不会受惊。"

最后这个评语的内容无可置辩。特普曼先生和斯诺格拉斯先生坐进车厢;匹克威克先生爬到了赶车的座位上,脚放在座位下面专供搁脚用的铺垫布的踏板上。缰绳塞到匹克威克先生的左手里,马鞭塞到他的右手上。

"驾,"匹克威克先生叫道,因为这匹高头大马似乎坚决要往后退到咖啡间的窗子里面去。

"驾——驾,"车厢里面特普曼先生和斯诺格拉斯先生同声附和。

"先生们,它只是在开玩笑,"马夫给大家打气说,"威廉,抓住它。"助手制服这头畜生,不让它乱发脾气。马夫跑过去扶温克尔先生上马。

"先生,是那一边,请到那一边。"

"那位先生准是弄不清该在哪一边上马,"一个邮差笑得露出了牙齿,他凑在乐得无法形容的侍者耳边说。

经过这番指点,温克尔先生爬上马鞍,费的劲同登上一艘头等的大军舰没有什么两样。

"都好了吧?"匹克威克先生问,内心预感到一切都很不妙。

"好了,"温克尔先生软弱无力地回答。

"放它们走吧,"马夫叫道,"先生,牵住它。"马车和马都冲了出去,匹克威克先生坐在马车的驾驶座上,温克尔先生坐在马背上,旅社院子所有的人看得乐不可支。

"它怎么是斜着走的呢?"车厢里的斯诺格拉斯先生问马背上的温克尔先生。

"我也不知道,"温克尔先生回答。他的马以一种最为不可思议的方式走上了大街——总是斜着,头朝路的一边,尾巴朝另一边。

匹克威克先生没有空来观察这件事或者任何其他事情,他只忙着全力对付套在马车上的那头牲口。那匹马呢,表现出了种种特别之处,它不断地用一种令人不快并且很不舒服的姿势昂起头,把缰绳得紧而又紧,匹克威克先生费了九牛二虎的力气才算拉住;除此以外,它还老要突然向路边上冲过去,接着又突然站住,接着又向前猛冲几分钟,速度快得根本拉不住。

"它干吗要这样子呢?"在那匹马把这个花招玩了有二十次之后,斯诺格拉斯先生问道。

"不知道,"特普曼先生回答,"看来像是受惊了,对吗?"斯诺格拉斯先生正想开口回答,匹克威克先生忽然喊了一声,把他打断了。

"驾,"那位绅士说道,"我的马鞭掉了。"

"温克尔,"斯诺格拉斯先生叫道,这时那位骑师骑在那匹高头大马身上一路小跑过来了,他的帽子歪到了耳朵上,浑身上下都在发抖,似乎这个激烈的运动就要把他震得粉身碎骨了。"帮帮忙,把马鞭捡起来。"温克尔先生使劲拉住这匹高头大马的缰绳,脸色都发了青;他终于勒住了它,下了马,捡起马鞭交给匹克威克先生,然后抓住缰绳,准备重新上马。

可是,温克尔先生一拿起缰绳,马儿就将头朝边上别开,并且拼命往后退,把缰绳绷得紧紧的。

"可怜的家伙,"温克尔先生以安慰的口吻说,"可怜的家伙——好马儿呀。"对这番好话,这个"可怜的家伙"却不为所动,温克尔先生越是想要靠近它,它就越是往边上躲;尽管温克尔先生甜言蜜语地想尽各种办法来哄它骗它,但他和这匹马绕来绕去兜圈子兜了十分钟,还是没有一点用。

"我该怎么办呢?"在绕了很长一段时间之后,温克尔先生急得高叫,"我该怎么办呢? 它不让我骑上去!"

"你牵着它,等我们到了收税卡跟前就好了,"匹克威克先生在车上回答。

"可是它不肯走呀,"温克尔先生大声嚷道,"来啊,你来牵它。"

匹克威克先生把缰绳扔在马背上,爬下座位,细心地将马车拉到树篱里面,免得挡在路上会碍事;然后回过来帮助他那倒霉的伙伴,特普曼先生和斯诺格拉斯先生就留在车子里。

那匹马一看见匹克威克先生手上拿着赶车用的鞭子走过来,立即改变了它先前一直在玩的转圈子的把戏,坚定地往后退去,拉着手上还抓住缰绳的温克尔先生朝他们来的方向直跑,其速度连快步走都赶不上。匹克威克先生连忙跑过来帮忙,但他向前跑得越快,马也往后退得越快。最后温克尔的胳膊被拉得快要脱臼了,只好老老实实松开手。马停下脚步,瞪眼看了看,摇摇头,转过身去,静静地一路小跑,回罗彻斯特去了,只剩下温克尔先生和匹克威克先生不知所措地大眼瞪着小眼。不远处又响起一阵踢踏声,吸引了他们的注意力。他们抬头望去。

"不好了,"万分苦恼的匹克威克先生喊道,"另外那匹马也跑了!"

他说得一点也不错。闹哄哄的声音使那匹马受了惊,缰绳就在它的背上。它拉着四轮马车跑开了,特普曼先生和斯诺格拉斯先生还坐在四轮马车里面。这一尴尬的局面拖得不长。特普曼先生摔到了树篱上面,斯诺格拉斯先生也学了他的样;那匹马拖着四轮马车撞到了一座木桥上,使车轮和车身、车厢和车夫的座位分了家,最后马停了下来,瞧着它所干的好事发呆。

两位没有翻车的朋友首先做的事便是把他们的倒霉的同伴从一片树篱上解救下来——使他们欣喜万分的是他们发现那两位除了衣服被刮破、皮肤被树丛上的刺划开几道口子之外,并没有受什么伤。接着要做的便是将那匹马卸下来。在把这件相当麻烦的事完成之后,大家便牵着马慢慢往前走去,车子就由它去了。

大家步行了个把钟头。"真像是做梦,"匹克威克先生忍不住喊道,"一场噩梦。想想看,一个人走上一整天,身后跟着一匹讨厌的马,总是摆脱不了!"这几位满心沮丧的匹社社员灰溜溜地走着,那匹高头大马不紧不慢地跟在他们身后。

将近黄昏时分,这四位朋友和他们的那个四条腿的同伴才来到通往庄园农场的小路上;他们如此接近目的地,本来是应该感到满心高兴的,但是想到自己古怪的模样以及荒唐的遭遇,大家的兴致都大大打了折扣。衣服扯破了,脸上刮伤了,鞋子上满是尘土,个个满脸倦容,尤其是还有那匹马。这时,小路的拐角处突然出现了两个人影,那是华德尔先生和那个胖孩子。

"哎,你们到哪儿去啦?"好客的老绅士说,"这一整天我都在等你们。哦,瞧你们一定是累坏了。怎么!划破皮了!希望别伤到筋骨——嗯?喔,没伤着,听到这话我很高兴——十分高兴。那么是翻车了,嗯?不要紧。这一带常会出这样的事故,乔——这混小子,又睡着了——乔,把这位绅士的马牵走,牵到马厩里去。"

胖孩子迈着沉重的步子牵着马跟在他们身后走;这天当中的惊险奇遇很多,客人拣适当的一一告诉了老绅士,后者一边以亲切的词语对客人加以慰问,一边将他们领进厨房里,召来了女仆替他们收拾。

客人们梳洗、缝补、刷干净并且喝了白兰地之后,老绅士问:"好了吗?"

"好了,"匹克威克先生回答。

"那么过来吧,"几个人经过了几条黑黑的过道,大家一起走到客厅门口。

"欢迎,"热情的主人推开门,跨上一步通报客人的到来。"欢迎,先生们,欢迎光临庄园农场。"

几位聚集在老式客厅里的客人见到匹克威克先生和他的朋友们走进来,便站起身来向他们打招呼;主人以相当正式的礼节为大家进行介绍。

火炉右角的上座坐的是一位年纪很大的老太太,她头戴一顶高高的帽子,身穿一件退了色的绸礼服,这就是华德尔先生的母亲。姑妈、两位年轻的小姐和华德尔先生围在她的安乐椅周围,一刻不停地争着向老太太大献殷勤。对面坐的是一位秃头的老绅士,脸上充满了善良仁慈的表情——这就是丁格莱谷的牧师,他身边坐着他的妻子。在一个角落里有个长着苹果脸的精明的小个头男子在同一位胖胖的老绅士交谈;另外还有两三位老绅士和两三位老太太笔直地坐在椅子上一动也不动,专注地盯着匹克威克先生和他这几位朋友瞧。

"母亲,这位是匹克威克先生,"华德尔先生尽量高声地介绍。

"啊!"老太太摇头说,"我听不见你的话。"

"奶奶,是匹克威克先生!"两位小姐一齐嚷嚷道。

"啊!"老太太大声说,"嗯,那也不打紧。我有数,对我这样一个老太婆,他是不会多理会的。"

"说真的,夫人,"匹克威克先生握住老太太的手放大嗓门说,他使出了全身的力气,连那张和蔼可亲的脸也涨得通红;"说真的,夫人,能见到这个美满的家庭有像您这么一位高寿的夫人做家长,您的气色又是这么健康,一点也不见老,这真使我再快乐不过了。"

"啊!"老太太稍稍停了一下又说,"我肯定他说得很好,可惜我听不见。"

"奶奶现在有点不高兴,"伊莎贝拉低声说,"过一会儿她就会同你说话的。"

匹克威克先生点点头,对老年人的毛病表示理解,接着便同在座的各位随便交谈起来。

"这地方真好,"匹克威克先生说。

"确实好,"斯诺格拉斯先生、特普曼先生和温克尔先生随声附和说。

主人说:"匹克威克先生,来打一圈牌怎么样?"

"那是再好不过的了,"那位绅士答道,"不过请不要为了我特地凑起一局来。"

"噢,你放心,母亲是很喜欢打牌的,"华德尔先生说,"对吗,母亲?"

对这个话题,老太太的听力要比在其他方面好得多,她点头表示认可。

"乔,乔,"老绅士说,"乔——真该死——喔,他在这里,把牌桌摆起来。"

这位终日昏昏欲睡的青年竟然不用进一步催促,把两张牌桌摆了出来;一张是打"教皇琼"的,另一张是打惠斯特的。打惠斯特的一方是匹克威克先生和老太太;另一方是小个头的密勒先生和那位胖绅士。其余的人就围成一圈打"教皇琼"。

打惠斯特的这几位玩牌时举止十分庄重,行为都中规中矩。而围成一圈的那一桌呢,却是吵吵嚷嚷地开心得要命,又说又笑的闹声搅得密勒先生心神不宁,使他无法专心思考,犯下了一系列极其严重的错误和过失,使得胖绅士大为恼火,而老太太呢却极其高兴。

"来了!"一错再错的密勒先生在摸起最后第十三墩牌的时候得意洋洋地说,"真是打得再好也没有了,我不是说大话——没法打得更好了。"

"密勒本应该用王牌来打那张红方块的,对吗,先生?"老太太说。

匹克威克先生点头表示同意。

"真是这样吗?"那可怜的人满脸疑惑,问他的搭档说。

"一点不错,先生,"胖绅士的口气听起来很可怕。

"对不起,"满面愧色的密勒说。

"真是废话,"胖绅士喝道。

"两副大牌——我们得八分,"匹克威克先生说。

又来了一局。"你能叫一吗?"老太太问。

"我能,"匹克威克先生回答,"双,单,我们赢了。"

"没见过牌运这么好,"密勒先生说。

"没见过牌这样臭的,"胖绅士说。

大家不做声,气氛十分庄严。匹克威克先生幽默诙谐,老太太严肃认真,胖绅士专找岔子,密勒先生战战兢兢。

"再来个双,"老太太说,她喜气洋洋地在烛台底下放了一个六便士和一枚磨损了的半便士硬币,把这件事记下来。

"是个双,先生,"匹克威克先生说。

"多谢你提醒,先生,"胖绅士气冲冲地回答。

又一局牌结果还是一样,倒霉的密勒先生藏牌犯了规,胖绅士大动肝火,就这样一直到牌局结束。然后他缩到一个角落里,待在那里一言不发,足足有一个小时带二十七分钟之久;最后他从坐的地方走出来,请匹克威克先生吸鼻烟。老太太的听力显然大有改进,倒霉的密勒就像一头海豚给扔到岗亭里那样别扭。

与此同时,围成一圈的那一桌人玩得实在开心。伊莎贝拉和特伦德尔先生"成为搭档",艾米丽和斯诺格拉斯先生也是如此,甚至连特普曼先生和老处女姑妈也将筹码放到了一起,并且不停地互相夸赞对方。老华德尔先生快活得不得了;他在做庄家时滑稽得要命,那些老太太在赢了牌之后算得分毫不差,牌桌上不断传出一阵阵哄笑声。每局牌一完,有个老太太总有五六张牌要赔,逗得大家哈哈大笑;等老太太因为要掏腰包显得有些恼火的时候,大家笑得就更欢了,结果呢老太太的脸色也渐渐活络起来,最后她笑得比别人更响。随后,老处女姑妈摸到一对"美满婚姻"的牌①,两位小姐又笑起来,老处女姑妈像是打算要动气;但突然意识到特普曼在桌子底下捏她的手,于是脸色也活络起来,显出心照不宣的样子,似乎美满婚姻其实并不像有些人所想象的那样遥遥无期;这一来大家又笑了起来,尤其是老华德尔,他同年轻的人那样热衷于开玩笑。而斯诺格拉斯呢,他只是忙着在他的搭档耳朵边上叙说充满诗意的感情,这使得一位老绅士说起俏皮话来,他诙谐地提出了牌桌上的搭档与人生的搭档的关系问题,发了一通议论,说话时不住地眨眼睛格格地笑,引得大家极其高兴,尤其是这位老绅士的夫人更是如此。温克尔讲了几个伦敦人人都知道但乡下却没人听说过的笑话;逗得大家开怀大笑,纷纷称赞这些笑话妙不可言,使温克尔觉得很有面子。和蔼的牧师高高兴兴地在一旁看着;因为牌桌周围那一张张的笑脸使这位好老头儿也觉得十分快乐;尽管笑声闹声响成一片,但这些声音并不仅仅是来自口头,而是发自内心的,归根结底这种欢乐是完全正当的。

整个夜晚充满了欢声笑语,时间就这样在不知不觉中很快过去了;晚餐虽然是家常菜,但却相当丰盛,吃过饭后,大家围坐在火炉旁随意交谈,匹克威克先生觉得这是他这辈子最快乐的夜晚了,他从来没有像今天这样尽情领略那逝去的美好时刻了。

---

① "教皇琼"中王牌中的 K 和 Q。

五

第二天一早,匹克威克先生起床之后,去花园里散步,迎面遇见了华德尔先生。老绅士带来了两杆枪,他是来约温克尔先生去打猎的。温克尔对打猎其实一窍不通,但又不肯承认,只好跟着去。匹社的其他几位成员和胖孩子也随同前往。几分钟之后,他们一行人来到了林阴道上。

"我先打,好吗?"华德尔先生说。

"请吧,"硬着头皮上阵的温克尔先生说,能挨一挨在他是求之不得。

"那么,站开些。动手吧。"

一个小孩边嚷嚷边摇动一根有鸟窝在上面的树枝。五六只小白嘴鸦叽叽呱呱乱叫着飞了出来。老绅士迎头开了一枪。一只鸟扑通一声掉了下来,其余的都飞掉了。

"乔,把鸟捡起来,"老绅士说。

胖孩子笑眯眯地走上前把一只肥肥的鸟儿捡了起来。

"来吧,温克尔先生,"主人一边上弹药,一边说,"开枪吧。"

温克尔先生走上一步,端起枪来。匹克威克先生和他的另两位朋友都不由自主地往后退了退,生怕被掉下来的大批白嘴鸦砸到脑袋,他们深信,只要朋友枪声一响,那些白嘴鸦准是凶多吉少。接下来是一片肃静——一阵叫喊——传来扑打翅膀的声音——轻轻地喀嗒一响。

"怎么啦?"老绅士说。

"打不响吗?"匹克威克先生问。

"不发火,"温克尔先生说,他脸色苍白,很可能是由于失望的缘故。

"真是奇怪，"老绅士拿起枪说，"这些枪从来不会不发火呀。喂，怎么没有看见火药帽呀？"

"糟了糟了，"温克尔先生说，"是我不好，我忘记安火药帽了。"

这一微不足道的疏漏被纠正了过来。匹克威克先生又蹲下身子。温克尔先生毅然决然地走上前去；特普曼先生躲在一棵树后面朝外面望。那个小孩又叫喊起来，四只鸟飞出来了。温克尔先生开了火。传来一个人——不是白嘴鸦——受伤后发出的痛苦叫唤声。特普曼先生的左边胳膊中了好几颗弹丸，就此救了无数只无辜的白嘴鸦的性命。

接下来的那片混乱场面简直无法形容。匹克威克先生在情急之中忍不住脱口骂了温克尔先生一声"混蛋！"；特普曼先生直挺挺地躺倒在地上；温克尔先生吓得目瞪口呆地跪在他身边；特普曼先生先是神志不清地乱叫着某个女性的教名，然后张开一只眼睛，接着又张开另一只，随后人往后倒，两只眼睛都闭上了；——所有这一切都很难详细描述，接下来的事情也是如此——倒霉的特普曼先生渐渐苏醒过来，他的手臂被用手帕包扎起来，满心焦急的朋友搀扶着他慢慢走回去。

女士们都在花园门口，等他们回来吃早饭。老处女姑妈出来了；她微笑着朝他们打招呼，要他们走快点。显然她对这场祸事一无所知。

他们走得更近了。

"咦，那位小个子老先生出了什么事啦？"伊莎贝拉·华德尔说。老处女姑妈没有在意这话；她以为说的是匹克威克先生呢。在她看来，特雷西·特普曼先生还年轻，她是透过缩小镜来看他的年龄的。

"别害怕，"老绅士生怕吓着他两个女儿，便大声嚷道。那几位先生将特普曼先生围得紧紧的，女士们根本弄不清到底出了什么事。

"别害怕，"主人又说。

"出了什么事啦？"女士们叫喊。

"没什么，只是特普曼先生出了点小事故。"

老处女姑妈尖叫了一声,歇斯底里地哈哈一笑,仰面往后便倒,被她两个侄女抱住了。

"给她泼点冷水,"老绅士说。

"不用,不用,"老处女姑妈低声说道,"我现在好些了。贝拉,艾米丽——快请医生!他受伤了吗?——他死掉了吗?——他——哈哈,哈!"老处女姑妈再一次歇斯底里大发作,她哈哈大笑,还时不时地尖声叫唤。

"镇定些,"特普曼先生说,看到她对自己的伤势如此关切,他感动得几乎要掉泪。"亲爱的,亲爱的女士,请镇定一些。"

"他在说话!"老处女姑妈嚷了起来,出现了第三次发作的强烈征兆。

"亲爱的女士,请你务必务必不要着急,"特普曼先生安慰她说,"请放心,我只是受了点轻伤。"

"那么你没死!"这位歇斯底里的女士叫道,"噢,说你没有死!"

"别说傻话了,雷切尔,"华德尔先生打断了她的话,口吻不很客气,同这个富有诗意的场面不很协调。"见鬼,让他说他没有死又有什么用处啊?"

"没有,没有,我没有死,"特普曼说,"除了你的帮助之外我什么都不要。让我倚在你的手臂上吧,"他又在她耳边说,"噢,雷切尔小姐!"万分激动的女士走上一步,伸出手臂来。他们一起走进早餐室。特雷西·特普曼先生温柔地将她的手凑到自己嘴唇上,一屁股坐到了沙发上。

"你头晕吗?"心急如焚的雷切尔问。

"不晕,"特普曼先生说,"算不了什么,我马上就会好的。"他闭上了眼睛。

"他睡了,"老处女姑妈低声说。(他的视觉器官闭上了将近二十秒钟。)"亲爱的——亲爱的——特普曼。"

特普曼先生跳了起来——"啊,把这些话再说一遍!"他嚷道。

女士吃了一惊。"你肯定没有听见!"她娇羞满面地说。

"不,我听到了!"特普曼先生回答,"再说一遍,再说一遍我就好了。"

"别做声,"女士说,"我哥哥来了。"

特雷西·特普曼先生又照原先的姿势坐好了;华德尔领着一名外科医生走进来。对手臂进行了诊治,伤口包扎好了,医生说伤势很轻;大家的心都放下了,各人的脸上都重新露出了笑容。只有匹克威克先生默不作声。早上发生的事情使他对温克尔的信心发生了动摇——大大地动摇了。

一会儿之后,匹克威克先生问:"听说今天有板球比赛,是吗?"

"不错,"主人回答,"诸位一定想去看看吧?"

"先生,"匹克威克先生回答说,"任何没有什么危险的运动,即使技术不行的参加者没有能耐出了岔子,也不致危及别人的生命的,我都乐于观看。"匹克威克先生停了停,紧紧盯住温克尔先生看,后者在他的领袖锐利的目光下,直往后缩。过了一会儿,这位伟大的人物移开了视线,他又问道:"把我们受伤的朋友甩给女士们照顾,是不是有点过分了呀?"

"由她们照顾是最好不过的了,"特普曼先生说。

"一点不错,"斯诺格拉斯先生说。

因此大家决定,特普曼先生留在家里由女士们照顾;其余的客人就由华德尔先生带路去板球场,在那里即将举行的一场比赛已经使全玛格尔顿的人从麻木不仁的日常生活中苏醒过来,并且将丁格莱谷卷入到一种狂热的状态之中。

赛场还不到两英里远,一路上他们走过了一条条树阴浓密的巷子和十分幽静的小路,大家边走边议论着四周美丽的景色。不知不觉已经来到了玛格尔顿镇的板球场。

三柱门已经竖好,还支了两个帐篷,供双方球员休息用。比赛还没有开始。两三个丁格莱谷队和全玛格尔顿队的球员神气活现地随意把球扔来扔去玩儿;帐篷周围还可以见到几位穿着和球员相仿的绅士,他们头戴草帽,上身是法兰绒上装,下身穿白裤子。华德尔先生领着大家朝一个帐篷走去。

几十个人异口同声地欢迎老绅士的到来；随着他将伦敦来的客人作了介绍，大家纷纷举起草帽，弯下穿着绒上装的身子鞠躬致意。老先生说这几位绅士非常想看今天的比赛，他确信这场球一定会使他们十分高兴的。

"请跟我来，"一位绅士说，"他们在这里决胜负——这是全场最好的地方了。"这位板球队员气喘吁吁地走在前面，领着他们走进帐篷。

"一流的比赛——顶呱呱的运动——巧妙的锻炼方式——非常妙，"匹克威克先生走进帐篷时钻进他耳朵里的就是这几个词儿。首先映入他眼帘的便是罗彻斯特马车上的那位身穿绿色上装的朋友，他正滔滔不绝地在大发议论。

这位陌生人立刻就认出了他的这几位朋友，他冲上前来，一把握住了匹克威克先生的手，就像向来那样急不可待地将他拉到一个座位上，他嘴里一边不停地说着话。

"这边来——这边来——刮刮叫的娱乐——啤酒有的是——几大桶；牛股肉——阉牛；芥末——成大车；天气好极了——坐下来——别客气——见到你真高兴——非常高兴。"

匹克威克先生照他的吩咐坐下了，温克尔先生和斯诺格拉斯先生也按他们这位令人摸不着头脑的朋友的指示照办了。华德尔先生默默在一旁看着，心中暗暗纳闷。

"这位是华德尔先生，我的一位朋友，"匹克威克先生说。

"您的一位朋友！——我亲爱的先生，您好吗？——我朋友的朋友——来，先生，握握手。"——陌生人热情地抓住了华德尔先生的手，就像是个多年不见的老朋友一样。

"嗯，你是怎么到这儿来的？"匹克威克先生问道。

"来了，"陌生人回答，"在王冠饭店住——玛格尔顿的王冠饭店——遇到一群人——法兰绒上装——白裤子——鱼三明治——辣腰子——好得了不得的家伙——好极了。"

匹克威克先生从这番断断续续说得很快的话中推断出来,他不知凭什么关系,认识了全玛格尔顿队的球员,以后通过他特有的方式,同他们成为好朋友。

比赛开始。第一局由全玛格尔顿队击球,一片肃静,人们连大气都不敢出。

"看球,"投球手突然叫道。球从他手上飞快地往球门中间那根柱子笔直飞过去。击球手早有提防;球被球板的顶端击中,从外场球员头上飞了出去。

"跑啊——跑啊——另外一个。——喂,喂,扔——快扔球——停,喂——另一个——不对——对了——不对——扔出来,扔出来。"在那一击过后人们就这样叫唤着,最后全玛格尔顿队获得二分。另一位击球手也不甘人后,又为自己和全玛格尔顿队争了光。他将可疑的球一个个挡住,对坏球不加理睬,好球则上手猛击,将球打得满场乱飞。外场球员又热又累;投球手换来换去,投得胳膊直发痛;但击球手却巍然不动。一位上了年纪的绅士想要不让球往前滚,但球不是从他两腿中间滚掉,就是从他手指下面滑掉了。一个瘦个子绅士想要抓住球,但球却一下打中了他的鼻子,随后又更为轻快地跳走了,弄得瘦绅士双眼里满是泪水,身子痛得不住地扭动。要是把球直往球门投,击球手在球到之前就将它击中了。总而言之,没有多久,全玛格尔顿队已经得了五十四分,而丁格莱谷队还是零蛋,队员的脸上也是一片茫然。比分太悬殊,没法扳平了。尽管投球手十分卖力,两个人把浑身的解数都使了出来,试图挽回丁格莱谷队的败局,但全然无用;这场吸引人的比赛进行了没多久,丁格莱谷队就投降了,承认全玛格尔顿队的球艺确实高超。

在这段时间里,陌生人一直在不停地吃喝讲话。每打出一个好球他就以大人物所有的那种居高临下的态度对球员大加夸赞,有关人员听到之后自然大为高兴。而每当球员球接得不好或者未能挡住来球,他就以特有的方式对那个该死的家伙大加挞伐,骂得他狗血喷头,他用的字眼有"啊,啊!——蠢货"——"瞧这笨蛋,球又漏掉了"——"接球失误"——"骗子"——等等。这些话使周围的人都认为,他精通板球这门高雅的运动的各种技艺和奥秘,在这方面是无可否认的最权威的行家。

"一流的比赛——打得好——有几个球击得妙极了,"比赛结束后双方球员都拥到帐篷里来,陌生人说道。

"先生也打过板球吗?"华德尔先生问,陌生人说个不停,使他觉得很有趣。

"打板球!那还用说——打过成千上万次——不是在这儿——在西印度群岛——激动人心啊——来劲——非常来劲。"

这时,丁格莱谷俱乐部的两员主将走到匹克威克先生跟前,开口说道:

"先生,我们准备到蓝狮饭店去用顿便饭,希望您和您的朋友能够赏光一起去。"

"当然,"华德尔先生说,"在我们朋友中间也包括这位——"他朝陌生人看着。

"金格尔,"这位八面玲珑的绅士马上就明白了人家的意思,"阿尔弗雷德·金格尔先生。"

"多谢,那我就恭敬不如从命了,"匹克威克先生说。

"我也是,"阿尔弗雷德·金格尔先生说,他一只手勾住匹克威克先生的胳膊,另一只手拉住了华德尔先生的胳膊,一边推心置腹地凑在前一位的耳边说:

"菜好得不得了——是冷餐,但是刮刮叫——早上朝里面张了一下——有鸡和馅饼,各式各样的好东西——这些人真不错——而且做事很漂亮——非常漂亮。"

由于再也没有什么其他安排,这群人便三三两两地往城里走去;不到一刻钟的工夫,大家都在玛格尔顿蓝狮饭店的大厅里就座。

随后响起了一大片说笑声和刀叉碗碟丁丁当当的声音,三个笨头笨脑的侍者跑来跑去地忙碌着,桌上丰盛的菜肴很快就不见了。在这场闹哄哄的宴会的每一项节目中,乱开玩笑的金格尔先生一人起的作用至少抵得上六个普通人。在大家吃饱之后,桌布撤掉了,酒瓶、酒杯和甜食摆了上来。

接下来到处都是一片轻松的谈笑声,来客纷纷起立演说致意。全场大声欢呼并且拍桌子,在这一晚余下的时间里,这样的场面几乎一直没有停止过。接下来又是一次次的敬酒。板球好手、匹克威克先生和金格尔先生都先后成为漫无边际地歌功颂德的对象,每个人都在适当的时刻致词,对这份荣誉表示感谢。

这天半夜快到十二点钟的时候,丁格莱谷和玛格尔顿的名流宴会上仍然传出响亮的歌声,大家用悦耳动听而略带感伤的民歌的曲调,以抑扬顿挫的口气热情洋溢地唱道:"我们要在这里玩个通宵,我们要在这里玩个通宵,我们要在这里玩个通宵,等到天亮以后再回家。"

六

特普曼先生天生就是个情种,如今人在安静而偏僻的丁格莱谷,身边有这么多的女性,而这些女性对他的伤势又是如此关怀备至,心急如焚,这一切都使蕴藏在他胸中的柔情喷薄而出,这会儿看来它注定要集中到一个可爱的人儿身上了。老处女姑妈那种端庄的神情,凛然不可侵犯的步态,以及威严的眼神,这一切使他为之倾倒,觉得从来没有见过如此可爱的女性。显而易见的是,在他们两人的性格中有些地方很相似,在他们的灵魂中有些地方很相投,在他们的心中有些地方神秘地息息相通。特普曼因枪伤躺在草地上的时候,他嘴里最先叫的就是她的名字;在人们搀着他回到屋子里去的时候,他耳朵最先听到的就是她歇斯底里的笑声。不过,她这么心慌意乱,究竟是出自女性善良敏感的本性呢(换了别人受伤也同样抑制不了),还是由于在茫茫人海之中,惟独他在她心中唤起了一种更为炽热和强烈的感情?这便是他直直地躺在沙发上时绞尽脑汁思考的问题,他决心立即一劳永逸地找出答案来。

时已傍晚。伊莎贝拉、艾米丽和特伦德尔一起出去散步了;听力不佳的老太太在椅子上睡着了,胖孩子那低沉单调的鼾声从远处厨房里传来。就只剩下这有趣的一男一女坐在那里,没有人注意他们,只是沉醉在自己的梦想里面。

"我忘记去浇花了,"老处女姑妈说。

"现在去浇吧,"特普曼先生以劝告的口吻说。

"傍晚时分你是会受凉的呀,"老处女姑妈多情地说。

"不会的,不会的,"特普曼先生边说边站起身来,"这对我有好处。我陪你去。"

女士将吊在这位年轻人左臂上的绷带整理了一下,然后挽着他的右臂往花园里走去。

在花园的尽头处有个小凉亭,长着些忍冬、茉莉和蔓生植物。

老处女姑妈从一个角落里拿起一个大喷水壶,正要走出凉亭。特普曼先生挡住了她,拉她坐到自己身边。

"华德尔小姐!"他说。

老处女姑妈全身抖动起来。

"华德尔小姐,"特普曼先生说,"你是个天使。"

"特普曼先生!"雷切尔叫道,脸涨得像喷水壶一样红。

"哎,"口若悬河的匹社社员说,"对这一点我是再清楚不过的了。"

"人们说,所有的女子都是天使,"女士开玩笑似的喃喃说。

"那么你会是什么呢;或者我能够冒昧地将你比作什么呢?"特普曼先生回答,"哪里有像你这样的女子? 哪里还能找到像你这样才貌双全的世间尤物? 哪里还能够寻求——噢!"说到这里特普曼先生停住了,按住了那只抓着幸运的喷水壶把的手。

女士扭过头去,温柔地低声说:"男人就会花言巧语呀。"

"不错,不错,"特普曼连忙说道,"不过并不是所有的男人都这样。在这个世界上至少有一个人永远不会变心——有一个人愿意为了你的幸福而献出自己的生命——他只是在你的眼里才活着——他只是在你的微笑中才有呼吸——他只是为了你才背负着生命的重担。"

"世上真有这样的人么?"女士说。

"当然有,"热情奔放的特普曼先生插嘴说,"远在天边,近在眼前,华德尔小姐。"趁那位女士还没有弄清他的意图之时,他双膝一弯跪倒在她的面前。

"特普曼先生,快起来,"雷切尔说。

"决不!"那一位勇气十足地回答,"啊,雷切尔!"——他抓住了她半推半就的手,将它凑到自己的嘴唇上,喷水壶砰地掉到了地上。——"噢,雷切尔!告诉我你爱我。"

"特普曼先生,"老处女姑妈掉过头去说,"这话是很难说出口啊;不过——不过——我心中并不是完全没有你的呀。"

一听到这样的表白,特普曼先生满腔的激情喷涌而出,他立刻行动起来,他跳起身,一把搂住了老处女姑妈的脖子,不住地在她的嘴唇上狂吻起来,在经过了一番恰到好处的挣扎和抗拒之后,她乖乖地由他摆布了;要不是女士突然吓了一大跳,万分惊惶地大声嚷了起来的话,特普曼先生究竟还会再吻多少次还真难说呢。

"特普曼先生,有人在偷看!——有人在看我们!"

特普曼先生转过头来。只见胖孩子一动不动地站在一边,眼睛瞪得滴溜滚圆朝凉亭里面张望,他的脸上毫无表情,就连最高明的相面师也看不出那上面有一丝惊讶、好奇或者任何其他已知的激动人心的表情来。特普曼先生目不转睛地盯着胖孩子,胖孩子也死死地盯着他;看着胖孩子那张呆若木鸡的面孔,特普曼先生越来越相信他对先前发生的一切并不知情,或者根本就不懂。在这种印象之下,他语气坚定地说道:

"有什么事啊,先生?"

"晚饭好了,先生,"胖孩子随口便答。

"你是刚刚到此地来的吗,先生?"特普曼先生目光炯炯地问。

"刚刚来,"胖孩子回答。

特普曼先生又紧盯着他看了看;但他的眼睛也没有眨一眨,眼皮也没有皱一皱。

特普曼先生挽起老处女姑妈的胳膊往屋里走去,胖孩子跟在后面。

"他对刚才的事一点都不知道,"他低声说。

"一点都不知道,"老处女姑妈说。

在他们身后传出一种声音,就像是半掩住嘴巴偷偷发笑一样。特普曼先生突然转过头来。不,不可能是胖孩子的声音,他除了一脸馋相之外,脸上没有一丝笑意,或者其他任何表情。

"他刚才一定睡得死死的,"特普曼先生低声说。

"没错,肯定是这样,"老处女姑妈回答。

两个人都开怀大笑起来。

特普曼先生错了。胖孩子这一回却没有睡。他醒着——对方才的那出戏看得一清二楚。

晚饭吃过了,大家没有多少交谈的兴致。老太太上床睡了。伊莎贝拉·华德尔只是顾着同特伦德尔先生说悄悄话;老处女姑妈关心的只是特普曼先生;艾米丽的心思似乎用到了某个不在眼前的人身上——很可能是并不在场的斯诺格拉斯先生吧。

十一点——然后是十二点——都敲过了,去看球的先生们终于回来了。还有个陌生人的声音!那会是谁呢?大家冲进这伙人聚集的厨房里,立刻就把事情的真相弄得一清二楚了。

匹克威克先生双手插在口袋里,帽子歪戴着完全遮住了左眼,他倚在备餐桌上,左右摇晃着脑袋;老华德尔面孔通红,他握住一个陌生的绅士的手,嘴里含糊不清地声明他们的友谊天长地久;温克尔倚在能够走八天的大钟上;斯诺格拉斯呢,缩在一张椅子里,说不出的凄惨和失望。

"出了什么事啦?"三位女士问。

"没事，"匹克威克先生回答说，"我们——我们——好得很，——喂，华德尔，我们好得很，对吗？"

"我想是这样，"兴高采烈的主人说。——"亲爱的女士们，这位是我的朋友金格尔先生——匹克威克先生的朋友，金格尔先生，来我们这儿——做客。"

"我们——再来——喝——一瓶，"温克尔说，一开始声音很高，说到末了时几乎没有了声音。他脑袋垂在胸前，一边咕哝着他决心已定，绝不上床，还咬牙切齿地直懊悔他早上没有"把老特普曼干掉"，一边沉沉地睡着了；他就在这种情况下，被两个年轻的大个子男仆抬到自己房间里；不久，斯诺格拉斯也听凭自己让胖孩子照应了。匹克威克先生接受了特普曼伸出来的手臂，不出一声地走掉，脸上的笑容更加灿烂了；而华德尔先生呢，就像在赴刑场就义之前那样恋恋不舍地和全家人逐一道别，之后便将护送他上楼的光荣任务交给了特伦德尔，在他离去的时候，还徒劳无益地试图摆出庄重严肃的安详神气来。

"这场面真吓人！"老处女姑妈说。

"真恶心！"两位小姐脱口而出。

"可怕——可怕！"金格尔说，一副一本正经的模样；他的酒量比所有的同伴要大一瓶半左右。"这个场面太可怕了——非常可怕。"

"这个人真不错！"老处女姑妈在特普曼先生耳边说。

"相貌也英俊！"艾米丽·华德尔低声说。

"啊，确实如此，"老处女姑妈说。

特普曼先生想起了罗彻斯特那位寡妇的事，心里有点乱。接下来半个钟头交谈时的情况更无助于平息他志忑不安的心境。新来的客人谈锋甚健，他肚子里奇闻趣事多得要命，而他周全的礼节则更胜一筹。特普曼先生觉得，随着金格尔越来越受到女士们的青睐，他（特普曼）就往暗影中越退越远。他的笑容是硬挤出来的——他的快乐是假装出来的；等到他终于把发痛的太阳穴放到枕头上去的时候，他想要是这时能把金格尔的脑袋压在羽毛褥子和床垫之间的话，那该有多称心,想到这里,他胸中涌起一阵可怕的痛快感觉。

不知疲倦的陌生人第二天一早就起来了,尽管他的同伴们因为前一夜大吃大喝,不胜酒力起不了床,他却起劲地又说又笑,使早餐桌上充满了欢乐。他干得真是太成功了,连耳力不济的老太太都非要让他将最出色的一两个笑话通过传话筒对她再说一遍;连她都放下架子对老处女姑妈说"他"(指金格尔)"是个没皮没脸的年轻人"——在座的她的所有亲属对此都完全具有同感。

老太太有个习惯,就是夏天早晨天气好的时候总要到凉亭里去坐坐。这个早晨,她坐下后,胖孩子鬼鬼祟祟地朝她走来,凑到老太太的耳朵上,用一种激动的口气嚷道:

"太太!"

巧的是,这时候金格尔先生恰好在花园里凉亭附近散步。他也听到了叫"太太"的声音,便停住脚再听个究竟。

"您知道我昨天夜里在这个凉亭里看到了什么事情吗?"孩子问。

"天哪!什么事呀?"老太太嚷道,胖孩子一本正经的态度使她紧张起来。

"那个陌生的绅士——就是手膀子上受了伤的——抱着吻着——"

"哪一个呀,乔——哪一个?不是哪个女用人吧。"

"比这更糟,"胖孩子在老太太耳边吼道。

"不是我的哪个孙女吧?"

"还要更糟。"

"还要更糟,乔!"老太太说,她本以为那已经是人世间最最令人发指的行为了,"是谁,乔?你非得给我说明白。"

胖孩子小心翼翼地朝四周望了一圈,在完成这番观察之后,他在老太太耳边喊道:

"是雷切尔小姐。"

"什么!"老太太说,声音很尖,"大声些。"

"是雷切尔小姐,"胖孩子吼道。

"我女儿!"

胖孩子不住地点头表示同意,使他的胖脸像牛奶冻似的直颤动。

"她竟然让他摆布!"老太太嚷嚷道。

胖孩子脸上偷偷露出了笑容,他说:

"我看见小姐也在吻他。"

躲在一边的金格尔先生全神贯注地听着。一些零散的句子传到他的耳朵里,诸如"不经我同意!"——"像她这种年纪"——"我这苦命的老太婆"——"就不能等到我死了以后"等等;接着他又听到靴子在石子路上咯吱咯吱响了一阵,凉亭里只剩下老太太一个人。

昨天夜里金格尔先生到庄园农场以后不到五分钟时间,心底里就决定要立时立刻向老处女姑妈的芳心发动进攻。他已经看出来他脱口而出的谈吐颇能引起他进攻的对象的好感;他完全相信她拥有一项最为诱人的必要条件,那就是一小笔可以自由支配的财产。他心中马上就想到,眼前最要紧的是得想办法把他的对手搞掉,他当下决定采取某些行动来达到这个目的,一刻也不能耽搁。

他一边考虑着这一重大决策,一边从藏身的地方爬了出来,向屋子走去。命运似乎特别垂青于他。他恰好看见,特普曼先生和其他几位绅士从边门走出花园去了;他认识的两位年轻小姐在早餐后不久也自己出去了。没有什么障碍了。

早餐室的门半掩着。他朝房里偷偷看了一眼。老处女姑妈正在织毛线。他咳了一声,她抬起头笑了笑。他莫测高深地将手指放在嘴唇上,走进房间,顺手带上了房门。

"华德尔小姐,"金格尔先生装成一副诚恳的样子说道,"对不起来打扰——认识不久——没时间客气——全被发现了。"

"先生!"老处女姑妈说,这人突如其来地走了进来,使她有些吃惊。

"小声些!"金格尔先生说,用的是演戏时耳语的手法,——"大块头孩子——面团脸——圆眼睛——坏家伙!"说到这里他意味深长地摇摇头,老处女姑妈紧张得发起抖来。

"我猜你说的是乔瑟夫吧,先生?"女士说,尽量装成镇静的样子。

"对啦,小姐——这该死的乔!——吃里爬外的狗,乔——告诉老太太啦——老太太气坏啦——气得要命——要发疯——凉亭——特普曼先生——接吻拥抱——所有这类事儿——哎,小姐——哎?"

"金格尔先生,"老处女姑妈说,"要是你来这儿,先生,是为了侮辱我——"

"根本不是——绝对没有那个意思,"脸也不会红一红的金格尔先生回答,——"无意当中听到了那番话——来提醒你得当心——为你效劳——免得闹起来。别在意——觉得是侮辱——就走——"他转过身,像是当真要把这句吓她的话付诸实施。

"我该怎么办呢!"可怜的老处女哭了起来,"我哥哥会气疯的!"

"他当然会,"金格尔先生站住了——"气得要死。"

"喔,金格尔先生,我该怎样解释呢?"老处女姑妈叫道,又一筹莫展地伤心大哭。

"就说他是在做梦,"金格尔先生冷静地回答,"呸,再简单不过了——无赖的小子——可爱的女士——让胖小子尝尝马鞭子——你相信——最后呢——皆大欢喜。"

究竟是有可能逃脱这件倒霉事情引起的后果使老处女心情轻松下来了呢,还是听到对方将她称之为"可爱的女士"减轻了她的痛苦呢,我们就不得而知了。她脸上微微红了红,感激地朝金格尔先生看了一眼。

那位善于讨好的绅士深深叹了口气,眼睛定定地盯着老处女姑妈的脸,看了足足有两分钟之久,以演戏的动作夸张地抖了抖,再猛然将眼光掉开。

"你好像有心事啊,金格尔先生,"女士以感伤的口吻说,"能不能告诉我是为了什么缘故呢,为了报答你大力相助,只要我力所能及,我是很愿意帮忙解除你的苦恼的。"

"哈!"金格尔先生嚷道,又抖了一抖——"解除!解除我的苦恼,但却把你的芳心托付给一个对自己的幸运毫无知觉的人——他现在甚至打起这个人儿的侄女的主意来——但是不谈了。他是我的朋友，我不想拆穿他的把戏。华德尔小姐——告辞了!"他用小半块手帕擦了擦眼睛，转身朝房门走去。

"请别走，金格尔先生!"老处女姑妈断然说，"你刚才话里指的是特普曼先生吧——把这说说清楚。"

"绝对不行!"金格尔嚷道，脸上是一副专业的(即舞台上的)神气，"绝对不行!"

"金格尔先生，"老处女姑妈说，"要是特普曼先生有什么见不得人的事情的话，我求求你，我恳请你说出来吧。"

"我能够吗，"金格尔先生的眼睛紧紧盯着老处女姑妈的面孔，"我能够眼睁睁地——可爱的人儿——在祭坛上作牺牲——贪得无厌，没有良心!"几秒钟里他像是在和各种各样相互冲突的情感作斗争，随后用低沉的声音说：

"特普曼只是想要你的钱。"

"这个混蛋!"老处女嚷道，她气得要命。(金格尔先生不必再怀疑了。她的确有钱。)

"还有事呢，"金格尔说，"他另有所爱。"

"另有所爱!"老处女激动地说，"是谁?"

"矮个子——黑眼睛女子——艾米丽侄女。"

一阵沉默。

"不可能。我不相信。"

"留神看就知道啦，"金格尔说。

"我会的，"姑妈说。

"注意他的眼神。"

"我会的。"

"他低声讲的话。"

"我会的。"

"他吃饭时会坐在她身边。"

"由他去。"

"他会讨好她。"

"由他去。"

"他会向她大献殷勤。"

"由他去。"

"他会不睬你。"

"不睬我!"老处女姑妈尖声高叫起来,"他不睬我,——他敢!"她又气又急,全身发起抖来。

"你是会看清真相的,是吗?"金格尔说。

"我会的。"

"你是会表明自己是有志气的,是吗?"

"我会的。"

"你从此跟他一刀两断,对吗?"

"对。"

"你会再找个心上人,是吗?"

"对。"

"你这就有。"

金格尔先生跪下身来,跪了有整整五分钟,直到老处女姑妈接受了他的求爱才站起来,不过有个条件,那就是先得证明有关特普曼先生的那番话确有其事。

阿尔弗雷德·金格尔先生这天午餐时就拿出了证据。老处女姑妈几乎没法相信自己的眼睛。特雷西·特普曼先生坐在艾米丽身边,他不断地对那位小姐做媚眼、讲悄悄话、微笑。对前一天晚上他的心上人呢,一句话都不说,一眼也不看,连眼睛都不往她这边歪。

"没良心的!"老处女姑妈心中想,"亲爱的金格尔先生没有骗我。噢,这个混蛋我好恨呀!"

特普曼的态度怎么会发生这种莫名其妙的变化的呢?以下的交谈或许可以解释清楚。

时间是晚上;地点是花园里。有两个人在小路上散步,分别是特普曼先生和金格尔先生。

"我干得行不行?"特普曼问。

"棒极了,刮刮叫——连我也做不出来——明天还照样干——每天晚上,除非另有通知。"

"雷切尔还要我这样下去吗?"

"那是自然——她也不情愿——没有办法——免得别人疑心——怕她哥哥——说是非这样不可——再有几天就行——等两个老的眼睛糊涂了——你就喜上加喜了。"

"她有没有捎口信给我?"

"爱情——最真挚的爱——最衷心的问候——永不变心。你有什么话要捎给她吗?"

"亲爱的朋友,"一点都没有起疑的特普曼先生热烈地握住他的"朋友"的手,回答说,"请转达我最真诚的爱——告诉她我觉得这样装假真是太困难了——凡是温柔的话你尽可以说;不过要加上一句,告诉她我完全理解,她今天上午由你转告的建议极其必要。告诉她说她的足智多谋令我赞叹不已,她做事的谨慎使我五体投地。"

"好的。还有什么要说的吗?"

"没有了;只是请你再告诉她,我是多么急切地希望那个时刻赶快到来,到那时我可以把她称作是我的人,再也不必这样掩人耳目了。"

"当然,当然。还有别的话吗?"

"噢,我的朋友,"可怜的特普曼先生再一次握住了他这位同伴的手说,"对你无私的帮助,请接受我最诚挚的谢意;要是我曾经对你有所误解,即使只是心中想到你或许会成为我的障碍,请原谅我。亲爱的朋友,我有没有办法报答你呢?"

"这就不必提了,"金格尔先生说。他一下停住了,似乎突然想起了什么事情,说:"顺便说一说,通融十镑钱,行不行? ——有非常特殊的用处——三天后就归还。"

"当然可以,"特普曼先生满腔热情地回答,"你说三天归还?"

"三天就行了——到那时一切都解决了——再也没有困难了。"

在往屋子走的路上,特普曼先生数着钱,放到同伴手心里,他一个个地放进口袋里。

"小心啊,"金格尔先生说,"一眼都不要看。"

"眼皮都不眨一眨,"特普曼先生说。

"一个字都不说。"

"大气都不出一声。"

"把全副精神都用到那个侄女身上——最好对姑妈不客气一点——只有这样才能把两个老的骗过去。"

"我会留神的,"特普曼先生大声说。

"我也会留神的,"金格尔先生在心里说。他们走进了屋子。

那天晚上的情景和午餐时一模一样,在下面接连三天午餐和晚餐时都是如此。大家虽然想法不同,但都很高兴。

七

晚饭已经摆上桌,桌子周围的椅子也放好了,酒瓶、水壶和酒杯都摆在餐具柜上,所有一切都预告一天二十四小时里最令人开心的时刻即将来临。

"雷切尔到哪儿去了?"华德尔先生问。

"咦,还有金格尔呢?"匹克威克先生接着说。

"天哪,"主人说,"真是怪,我怎么没有想到他。哈,我至少有两个小时没听见他的声音了。艾米丽,亲爱的,快拉铃。"

铃拉了以后,胖孩子来了。

"雷切尔小姐上哪儿去了?"他说不出来。

"那么金格尔先生呢?"他不知道。

大家都显得很惊奇。已经十一点多,时间很迟了。特普曼先生心中暗暗发笑。他俩是在什么地方闲逛,谈论着他呢。哈,哈! 这主意真是妙不可言——真有趣。

"没关系，"稍微停了一会儿之后华德尔说，"我想他们过不多久就会来。吃晚饭我是从来不等人的。"

"这规矩合情合理，"匹克威克先生说，"佩服佩服。"

"请吧，请坐，"主人说。

"好的，"匹克威克先生说，大家坐了下来。

桌子上有大大的一段冷牛腿肉，切给了匹克威克先生好几块。他将叉子举到唇边，正要张口品尝牛肉的时候，厨房里忽然响起一阵嘈杂的说话声。他停住手，放下叉子。华德尔先生也停住手，不觉松开了插在牛肉里的切肉刀。他望着匹克威克先生，匹克威克先生望着他。

过道里传来沉重的脚步声；客厅的门砰的一声打了开来；匹克威克先生来的第一天替他擦靴子的那个用人冲了进来，后面跟着胖孩子和所有的仆人。

"见鬼，这是什么意思啊?"主人嚷道。

走在前面的那个用人喘着气，有气无力地张口叫道：

"他们跑啦，先生! ——不见踪影啦，先生!"(在这个当口，可以看见特普曼先生放下手中的刀叉，脸变得煞白。)

"谁跑了?"华德尔先生恶狠狠地说。

"金格尔先生和雷切尔小姐，在玛格尔顿，蓝狮旅店坐的车，我在那边；但是拦不住，只好赶回来报告了。"

"车钱是我的!"特普曼先生说，狂怒地跳了起来。"他从我手上拿了十镑钱! ——抓住他—— 他把我给耍了! ——我咽不下这口气! ——我饶不了他，匹克威克! ——我决不罢休!"这位不幸的绅士前言不搭后语地发出诸如此类的叫唤，一面怒不可遏地在房间里面兜圈子。

大块头老主人说："把小马车套上!我到蓝狮去换驿车，立刻去追他们。快!"

小马车很快就备好了。

"我陪他去，"匹克威克先生说。

"匹克威克，你真好，"主人握住他的手说，"爱玛，给匹克威克先生拿条围巾来好裹住脖子——快一点。姑娘们，照应好你们奶奶，她晕过去了。嗯，你穿好了，走吧。"

他们跳上马车。"汤姆，放开缰绳，让它跑，"主人大声命令；马车沿着狭窄的小路冲了出去，车轮在车辙上里里外外颠簸，车子不住地撞到道路两边的树篱上。

"他们走了有多少时候了？"马车驶到蓝狮旅店门口时，华德尔大声问道，时间尽管很晚了，但那里还聚着一小群人。

"不到三刻钟，"大家回答。

"马上换驷马驿车！——快赶出来！然后再把小马车赶到车房里去。"

"喂，伙计们！"店主叫道，"把驷马驿车赶出来——快——来点儿劲！"

马车过来了——马套好了——两名驭者跳了上去——乘客坐进车子。

"注意——到下一站七英里路，给我用不到半个小时的时间赶到！"华德尔嚷道。

"走吧！"

驭者用鞭子和马刺赶马，侍者嚷嚷着，马夫欢呼着，车子飞快地冲了出去。

开头三四英里，两位先生一句话都没有说，各人都在想各自的心事，顾不上跟同伴说话。但在跑了这么一段路之后，马身子热了起来，真正来了劲，车子跑得飞快，匹克威克先生再也忍不住要开口说话了。

"我想我们一定能够赶上他们，"他说。

"但愿如此，"他的同伴回答。

"夜色真美，"匹克威克先生抬头望着明亮的月亮。

"这就更糟，"华德尔回答说，"他们借着月光可以抢在我们前面，我们占不到便宜。月亮再过一小时就要下去了。"

"没有月光用这种速度跑,那味道倒是不好受,对吗?"匹克威克先生问。

"应该是吧,"他的朋友冷冰冰地回答。

马车一点儿也没有放慢速度,飞快地向前进发。月亮很快就西沉了;时而有大大的雨点打在车窗上,狂风一阵阵卷过狭窄的道路,在路旁树木中凄厉地号叫。匹克威克先生把大衣裹得紧紧的,蜷缩在车厢的角落里,沉沉地睡着了;直到车子停下,马夫摇铃时才醒过来。

耽搁了一段时间,换好马之后,他们又上了路。天黑风大,又下起了瓢泼似的大雨。再也没法走快:花掉了将近两个小时才到达下一个驿站。不过,在这里有一样东西出现在面前,使他们又燃起了希望,原先消沉下去的心情顿时为之一振。

"这辆车是什么时候来的?"老华德尔跳下自己的车,指着停在院子里的一辆满是烂泥的车大声问。

"不到一刻钟之前,先生,"马夫回答说。

"一男一女两个人吧?"华德尔问,他急得上气不接下气。

"是的,先生。"

"男的是高个子——穿的燕尾服——长腿——瘦身材?"

"不错,先生。"

"女的上了年纪——瘦脸庞——几乎是皮包骨头——是吗?"

"不错,先生。"

"天哪,是他们,匹克威克,"老绅士大叫。

"他们断了一条缰绳,"马夫说,"要不然早就到这儿了。"

"是他们,"华德尔说,"是的,老天!快弄辆驷马驿车来。我们要在他们还没到下一站之前赶上他们。一人赏一个畿尼①,伙计们——来点劲——快点儿——干得好。"

车子备好了。"跳上来——跳上来!"老华德尔一面爬上车,一面

---

① 畿尼,英国货币名,1畿尼约合1.05英镑。

喊道,他随手拉起了踏脚板,砰的一声关上车门。"来啊,快点。"匹克威克先生还没弄清是怎么回事,就被老先生前面拉,后面一人推,弄进另一扇车门里面;他们又飞快地冲上了路。

"我这辈子从来没有这样颠簸过,"匹克威克先生说。

"不要紧,"他的同伴回答,"马上就会好的。稳住,稳住。"

匹克威克先生尽可能地在自己那个角落里坐稳了,车子以更快的速度向前飞驰。

他们就这样跑了三英里,头探在窗外看了两三分钟的华德尔先生突然将满是泥水的面孔缩了进来,他急得上气不接下气地高喊:

"他们就在前面!"

匹克威克先生也把头探出车窗。不错,就在他们前面不远处,有一辆驿车正在全速前进。

"快追,快追,"老先生几乎是在尖叫了,"每人两个畿尼,伙计——别让他们跑了——追上去——追上去。"

前一辆车上的马儿全速奔驰,华德尔先生车上的马儿紧随其后狂奔着。

"我看到他的脑袋了,"怒气冲冲的老头喊道,"混账,我看到他的脑袋了。"

"我也看到了,"匹克威克先生说,"是他。"

情况十分紧张。他们飞也似的直往前冲,追到了第一辆车的旁边。在车轮的辘辘声之中,可以清楚地听见金格尔在催驱者加油。老华德尔先生愤怒激动得唾沫四溅。他一边不住口地大声痛骂流氓混蛋,一边捏紧拳头向他咒骂的对象摇晃示威;但金格尔先生只是轻蔑地微笑着,对他的威胁只是得意洋洋地大叫一声,因为他的马在鞭子和马刺的威逼下,又猛然向前一冲,将第二辆车抛到了后面。

匹克威克先生刚刚把头从车窗外面缩回来,一阵猛烈的震动将他们颠到了车子的前部。车子撞了一下——哗啦一声巨响——一个轮子滚了开去,车子翻倒了。

接下来几秒钟乱成了一团,只听到马匹扬起后蹄跳开,玻璃乒乒兵兵地打碎了,匹克威克先生只觉得自己被人用力从马车的残骸里拉了出来;他刚站稳脚跟,立刻就看到老华德尔先生站在他身边,他头上的帽子没了,衣服上有好几处被撕破,在他们脚下到处是车辆的碎片。那两个驭者总算把缰绳割断了,站在马头旁边,他们浑身是泥,不知所措。另一辆车停在前面大约一百码的地方,坐在马背上的两个驭者望着出事的人,咧开嘴巴笑得一脸的怪相,金格尔先生从车窗里望着这一地的残骸,一脸正中下怀的样子。天有点亮了,在灰色的晨光之中这一切都看得一清二楚。

"喂!"厚颜无耻的金格尔高叫道,"有人受伤了吗? —— 两位老先生——分量不轻啊——危险的活儿——非常危险。"

"你这个混蛋!"华德尔咆哮着。

"哈!哈!"金格尔回答;随后他心照不宣似的眨了眨眼,翘起大拇指朝车厢里面指了指说道:"听着——她挺好——叫我问好——请你们不必费事了—— 转达对特皮的爱——你们不上车到后面来吗? ——伙计们,走吧。"

两名驭者重新坐好,车子辘辘地驶走了,金格尔先生还幸灾乐祸地在车窗口挥动着一条白手绢。

在这一事件中,匹克威克先生那宁静平和的心境并没有受到什么扰乱,连翻车这一事故也不例外。然而,那恶棍先向他的忠实门徒借钱,后来又把他叫成"特皮",这种混账事实在令他难以容忍。他用力吸了口气,脸色红到了眼镜框边上,接着一字一顿地用力说:

"要是那人再让我给碰上,我要——"

"不错,不错,"华德尔插嘴说,"这话完全有理,不过就在我们在这里说话的当儿,他们会赶到伦敦登记结婚了。"

匹克威克先生停住口,他把自己的复仇心理强忍下去,克制住了。

"到下一站有多远?"华德尔先生问一个驭者道。

"六英里,对吗,汤姆?"

"还多一点呢。"

“先生,六英里多一点。”

“没办法,”华德尔说,“我们只好走去了,匹克威克。”

“没有办法的事,”那位确实伟大的人说。

这样,他们吩咐一个驭者先骑马去另搞一辆车子和马匹,另一人留下来照看破车和马匹,匹克威克先生和华德尔先生大无畏地往前走去,他们首先用围巾围住脖子,接着又拉下帽子尽可能抵挡雨水,雨在方才稍稍停了一阵之后,又瓢泼似的下了起来。

八

第二天一大早,在伦敦波罗区白鹿旅社的院子里,有个人正忙着在擦一双靴子上的泥污。有个铃铛丁零零地大响起来,白鹿旅社的忙忙碌碌的老板娘出现在对面的走廊上。

“萨姆①,”老板娘喊道,“喏,把十七号房间的鞋子马上擦一擦,再送到二楼五号房私人起坐间里去。”

老板娘将一双女鞋扔到院子里,匆匆忙忙地走掉了。

“五号房间,”萨姆边捡起鞋子边说,他又从口袋里掏出一段粉笔,在鞋底上记下要送的房间——“女鞋,私人起坐间!这人不是坐货车来的吧。”

塞缪尔先生手上加了把劲,几分钟之后,靴子和女鞋就擦得雪亮,萨姆将它们送到了五号房间门口。

“进来,”萨姆敲门过后有个男人声音应道。

萨姆深深鞠了一躬,走进房去,一位女士和一位先生正在用早餐。他过分殷勤地将一左一右两只靴子分别放到那位先生的脚边,又将一左一右两只鞋子分别放到那位女士脚旁,然后朝门口退去。

---

① 萨姆,塞缪尔的简称。

"擦靴子的，"那位先生说。

"先生有事吗?"萨姆说，关上了门，但手还放在门的把手上。

"你知不知道——叫什么名字来着——民事律师公会吗?"

"知道，先生。"

"在什么地方?"

"圣保罗大教堂的墓地那边，先生。马车道上有个低拱门，一个角落是书店，另一个角落是旅馆，中间有两个门房卖证书。"

"卖证书!"那位先生说。

"卖证书，"萨姆回答，"结婚证书呀。"

接着，萨姆把自己老父亲娶后妈的故事一五一十地给客人讲了一遍。说完之后，看到没有其他的事，便走出去了。

"九点半——时间刚刚好——马上就去，"那位先生说，无须介绍，这就是金格尔先生。

"时间——什么事呀?"老处女姑妈说，故意卖弄风情。

"结婚证书，最亲爱的天使——到教堂里发告示——明天，你就是我的人了，"——金格尔先生说，捏了捏老处女姑妈的手。

"结婚证书!"雷切尔红着脸。

"结婚证书，"金格尔先生重复说，"我们结婚以后，小时啦、日子啦、星期啦、月份啦、年啦，都算不上回事啦——就跟飞一样过去——冲过去——匆匆逃去——蒸汽机——上千马力——都算不上一回事。"

"我们——我们在明天早上之前结婚不行吗?"雷切尔问。

"不行——绝对不行——要在教堂出告示——今天要拿证书去——明天举行婚礼。"

"我害怕，我就怕哥哥会找到我们!"雷切尔说。

"找到——胡说——车子出事一定把他吓坏了——而且——极其谨慎的措施——从驿车上下来——步行一段路——换出租马车——到波罗来——他决不会想到这个地方——哈! 哈! ——高明的主意——非常高明。"

"别去得太久，"在金格尔先生将那顶紧紧的帽子扣到头上时，老处女含情脉脉地说。

"离开你很久？——狠心的宝贝呀，"金格尔先生开玩笑似的跳到老处女姑妈跟前，在她的嘴唇上印下了一个纯洁的吻，随后跨着舞步走出去了。

"亲爱的人儿，"门在他身后关上后，老处女说。

"古怪的老太婆，"金格尔先生沿着过道走去时说。

他一路平安地来到了主教法律代表的办公室，弄到了一份羊皮纸的文件，上面的内容极尽吹捧之能事，是坎特伯雷大主教向他的"忠诚的无比亲爱的阿尔弗雷德·金格尔与雷切尔·华德尔致意"，他小心翼翼地将那份奥妙的文件放进口袋，得意洋洋地掉头往波罗走去。

就在他往回走的当儿，白鹿旅社的院子里走进了两位胖绅士和一个瘦绅士，他们四处张望，笔直朝萨姆走过去——

"朋友，"瘦绅士说，友好地清了清嗓子——"今天你们这儿的客人不少吧？很忙，对吗？"

"嗯，还可以，先生，"萨姆回答，"我们既不会关门，也不会发财。我们吃煮羊肉不用刺山果花来调味，有牛肉吃的时候没有萝卜也不在乎。"

"啊，"小个子说，"你很会说笑话呀，对吗？"

"人家常怪我大哥太爱说笑话，"萨姆说，"这恐怕会传染，我常同他睡在一起。"

小个子同另外两个胖绅士商量了一会儿。

"我们想要弄清楚，"小个子一本正经地说，"我们向你提出这个问题，是为了不惊动里面的人——我们想要弄清楚，这会儿在你们店里住的什么人。"

"住的什么人！"萨姆说，在他心中，客人们总是以属于他管辖之下的他们的某一特定装束出现的。"六号房间是个木腿，在推销员房间里是两双半统靴，酒吧里面的雅室是这双漆皮高统靴，咖啡间里还有五双高统靴。"

"还有吗?"小个子问。

"等一等,"萨姆回答,突然记起来了,"对了,还有一双很旧的高统雨靴跟一双女鞋,是五号房间的。"

"那双女鞋是什么样子啊?"华德尔连忙问。

"乡下做的,"萨姆回答。

"有厂家的名字吗?"

"布朗。"

"哪个地方的?"

"玛格尔顿。"

"是他们,"华德尔嚷道,"老天哪,可找到他们了。"

"轻声些!"萨姆说,"高统雨靴到民事律师公会去了。"

"真有这事,"小个子说。

"真的,去拿证书。"

"我们来得正好,"华德尔大声说,"马上带路,到那个房间去。"

"亲爱的先生,请别着忙,"小个子说,"谨慎些,谨慎些。"他从口袋里掏出一个红绸子钱包,紧紧盯着萨姆,拿出一个金币来。

萨姆意味深长地咧嘴笑了笑。

"把我们带到那个房间去,不要通报,"小个子说,"这钱就给你。"

萨姆把漆皮高统靴扔到角落里,带着他们穿过阴暗的过道,走上宽宽的楼梯。他在第二个过道尽头站住了,伸出手来。

"给你,"代理人低声说,将钱放进向导的手里。

萨姆走在头里几步,两位朋友和法律顾问跟在后面。他在一个门口停住了。

"是这间房吗?"小个子绅士问。

萨姆点点头。

老华德尔推开了门;三个人走进房间,恰好见到已经回来的金格尔先生正把那张证书拿给老处女姑妈看。

老处女尖叫了一声,倒在椅子上,双手蒙住了脸。金格尔先生将证书捏成一团塞进上衣口袋里。这几位不速之客走到房间中间。

"你——你这泼皮,真有本事啊,是吗?"华德尔嚷道,激动得上气不接下气。"你哪里来的胆子,竟然从我家里把我的妹妹拐走?"

"哎——哎,"小个子绅士说,"你哪里来的胆子,先生?——嗯,先生?"

"见鬼,你是谁呀?"金格尔先生问,他的口气无比凶狠,小个子绅士不由自主地往后退了一两步。

"他是谁吗,你这个流氓,"华德尔插进来说,"他是我的律师,格雷律师学院的佩克先生。佩克,我要告发他——控告他——我要——我要——见鬼,我要叫他完蛋。你呢,"华德尔先生突然掉转头对他妹妹说,"雷切尔,在你这种年纪应该懂事了,你这是什么意思呢,跟这个泼皮跑出来,丢了全家人的脸,也让自己受罪。戴上帽子回去。马上去叫一辆出租马车来,把这位女士的账结一结,听见没有——听见没有?"

"遵命,先生,"萨姆回答,他一直在外面凑在钥匙孔上朝里面看。

"把帽子戴起来,"华德尔又说了一遍。

"别听他那一套,"金格尔说,"先生,请出去——这里的事情同你们无关——女士有按照自己的意志行动的自由——超过二十一岁了。"

"超过二十一岁!"华德尔立即反唇相讥,"超过四十一岁了。"

"我没有,"老处女姑妈说,她原来决定要晕过去的,但这会儿愤怒占了上风。

"你早就有了,"华德尔回答,"你已经足足有五十岁了。"

听到这话,老处女姑妈大叫一声,变得人事不知了。

"去拿杯水来,"好心的匹克威克先生召来了老板娘。

"去拿桶水来!"怒气冲冲的华德尔说,"拿桶水来给她劈头盖脑浇下去;那对她有好处,她也完全活该。"

"马车来了,先生,"萨姆站在门口说。

"快呀,"华德尔说,"我来抱她下楼。"

听到这话,歇斯底里发作得加倍厉害了。

金格尔先生突然开口了——

"擦靴子的,"他说,"替我叫警察来。"

"且慢,且慢,"小个子的佩克先生说,"想一想,先生,想一想。"

"我才不想呢,"金格尔回答,"她有人身自由——我倒要看看,谁敢不经她本人同意——把她给带走。"

"我不想给带走,"老处女姑妈喃喃地说,"我不要走。"(说完这话,又来了一阵可怕的发作。)

"亲爱的先生,"小个子将华德尔先生和匹克威克先生拉到一边,低声说道,"亲爱的先生,我们的情况很不妙呀。真的,先生,我们确实无权限制这位女士的行动自由。亲爱的先生,这桩事情只有讲和,别无他法。"

有一会儿没人做声。

"照你的意思怎样讲和呢?"匹克威克先生问。

"哎,亲爱的先生,我们不得不在金钱上受些损失了。"

"损失就损失,只要不丢人现眼,让她这个傻瓜受一辈子的罪就成,"华德尔说。

"我看这不难做到,"忙忙碌碌的小个子说,"金格尔先生,请你同我们一起到隔壁房间里去一下好吗?"

金格尔先生同意了,四个人走到一个空房间里。

"是这样,先生,"小个子小心翼翼地关上房门后说道,"这桩事情就不能找到一个大家都满意的办法吗——这边来,先生,一会儿就行——到这扇窗户前面来,先生,我们单独谈谈——请,先生,请,请坐,先生。是这样,亲爱的先生,这事就在你我之间谈,我们心里都一清二楚,亲爱的先生,你是看上这位女士的钱才带着她跑出来的。别皱眉头,先生,别皱眉头;听我说,只在你我之间谈,我们是懂这种事情的。世上的事我们见得多了,嗯?"

金格尔先生的面容渐渐和缓了下来,他的左眼皮微微一跳,有点儿像是眨眼的意思。

"很好,很好,"小个子注意到他的话在对方身上起了作用。"情况很清楚,这位女士除了几百镑钱以外,再也没有什么了,其他的要等她母亲死后才——亲爱的先生,那可是一位身体很好的老太太呀。"

"嗯,"金格尔先生大声说。

"嗯,亲爱的先生,嗯,你是个前途无量的青年,见多识广——要是有一笔本钱,是很容易发财的,对吗?"

"嗯,"金格尔先生又说。

"你懂我的意思了吧?"

"不完全懂。"

"你想想看——是这样,亲爱的先生,我这样跟你说,你想想看——拿了五十镑钱后自由自在地快活,那不是要比华德尔小姐和眼巴巴地等遗产要上算得多?"

"不行——加倍都不止!"金格尔先生站起身来。

"别忙,别忙,亲爱的先生,"小个子律师赶紧抓住他的纽扣,劝他回心转意。"一笔很可观的钱啦——像你这样的人很快就会让它涨上三倍的——五十镑钱可以做好多事情呀,亲爱的先生。"

"一百五十镑可以做更多的事,"金格尔先生冷冷地回答。

"哎,亲爱的先生,我们不必浪费时间来斤斤计较了,"小个子又说,"那么——那么——七十镑。"

"不行,"金格尔先生说。

"别走啊,亲爱的先生——请别忙啊,"小个子说,"八十镑;怎么样,我马上就给你开支票。"

"不行,"金格尔先生说。

"哎,亲爱的先生,哎,"小个子仍然拉住他说,"跟我说你到底要多少。"

"这事情花费太大,"金格尔先生说,"直从口袋里往外面掏钱——车费,九镑;证书费,三镑——已经是十二镑了——赔偿费,一百镑——一百十二镑——破坏名誉——女人也损失掉——"

"不错,亲爱的先生,不错,"小个子说,脸上是一副心照不宣的神情，"这最后两项不必在意。总共是一百十二镑——那么，付你一百镑怎样——好了吧。"

"再加二十，"金格尔先生说。

"算了，算了，我来开支票给你，"小个子说，坐在桌旁开支票。

"我支票上注明后天支付，"小个子说，眼睛朝华德尔先生望了望，"我们就有时间把那位女士带走了。"华德尔先生沉着脸点了点头。

"一百镑，"小个子说。

"再加二十，"金格尔先生说。

"亲爱的先生，"小个子抗议说。

"给他算了，"华德尔先生插嘴说，"让他滚蛋。"

小个子开好支票，金格尔先生将它揣进口袋。

"行了，马上给我滚出去！"华德尔跳起身来，"我就这样算数，绝对不是为了别的原因，甚至也不是为了我家族的名誉，而是因为我敢肯定，你口袋里有了钱之后，准会更快地去魔鬼那儿报到，不像你没钱时——"

"亲爱的先生，"小个子劝道。

"别说了，佩克，"华德尔又说，"滚，先生，出去。"

"马上就走，回头见——回头见——匹克威克，这东西给你，"那个冷酷无情地背弃了老处女的家伙将结婚证书扔到匹克威克先生脚边，说道，"把名字改一下——把那位女士带回家——特皮可以用。"

匹克威克先生在狂怒之中，抓起墨水瓶朝前一扔，自己也随即冲了上去。不过金格尔先生已经走掉了，结果他发现自己给萨姆抱住了。

华德尔小姐发觉自己被没有良心的金格尔抛弃后悲哀得痛不欲生。第二天，两个朋友带着她坐上回玛格尔顿的沉重的马车，缓慢地满心悲哀地踏上了归程。当他们重又抵达丁格莱谷，站在庄园农场的进口处时，夏夜的暗影已经笼罩了一切，只见夜色朦胧，到处是黑黝黝一片了。

九

在万籁俱寂的丁格莱谷安睡了一夜,又在第二天一早呼吸了一个小时清新而芳香的空气之后,匹克威克先生的身心已经从劳累和焦虑之中恢复了过来。这位出色的人士同他的朋友兼追随者已经分开了整整两天,因此,当他早晨散步回来遇到温克尔先生和斯诺格拉斯先生时,他心情的喜悦和快乐是一般人难以想象得出来的,他连忙走上前去向他们打招呼。

"噢,"匹克威克先生在跟两位朋友热烈地握手,并且互致问候之后说道,"特普曼好吗?"

这个问题主要是问温克尔先生的,但他却没有回答。

"斯诺格拉斯,"匹克威克先生急切地问,"我们那位朋友怎样了——他没有病倒吧?"

"没有,"斯诺格拉斯先生答道,"没有,他没有病。"

匹克威克先生站住脚,轮番地盯着两个朋友看。

"温克尔——斯诺格拉斯,"匹克威克先生说,"这是怎么回事?我们那位朋友在哪儿?出了什么事?快说呀——请你们,求你们——不,我命令你们,快说呀。"

"他走掉了,"斯诺格拉斯先生说。

"走掉了!"匹克威克先生嚷道,"走掉了!"

"走掉了,"斯诺格拉斯先生又说了一遍。

"到哪儿去了?"匹克威克先生问。

"我们只能从这份留言上猜到,"斯诺格拉斯先生说,一面从口袋里拿出一封信交到他朋友手里。"昨天上午收到华德尔先生的信,说是你们会带着他妹妹晚上回来,我们这位朋友前一天一直在伤心难过,得知这个消息后显然更为痛苦了。不久之后他就不见踪影了,一整天都没有看见他,到晚上玛格尔顿王冠旅社的马夫送来了这封信。信是早上交给他的,但关照他务必要到晚上再送。"

匹克威克先生打开了信。是他朋友的手迹,其内容如下:

我亲爱的匹克威克:

  普通人无法克服的种种弱点和瑕疵,是同你,我亲爱的朋友根本无缘的。一个人在突然之中,被一个妖媚可爱的人儿所抛弃,成为一个在友谊的面具下奸笑的恶棍的阴谋的牺牲品,这种心情你是无法体会的。我希望你永远不会知道。

  如有信件,请转肯特郡科巴姆皮酒囊酒吧给我——如果我仍在人世的话。我急急忙忙离开了那个我再也无法忍受的地方。我是不是应该干脆离开这个世界呢,天可怜见——饶恕我吧。我亲爱的匹克威克,生命在我已经无法承受。在我们内心燃烧的精神,就像是搬运工用的垫肩,支撑着人世间烦恼忧伤的重担;精神一旦崩溃,这一重担就再也无法承受了。我们就垮了下去。你可以告诉雷切尔——啊,这个名字呀!

特雷西·特普曼

"我们马上得走,"匹克威克先生说,一边把信折了起来。"出了这样的事,我们再留在这里,无论如何总是不妥当的;我们现在应该去寻找我们的朋友。"他一边说,一边领着另两位向屋子里走去。

他立刻就把自己的打算通知了主人。大家诚心诚意地进行了挽留,但匹克威克先生去意已定。他说,要事在身,他再也不能逗留了。

他们依依不舍地与大家一一告别,在玛格尔顿他们搭上了去罗彻斯特的马车。等他们抵达该地时,他们忧郁的心情已经平静了下来,大家早早吃了顿丰盛的午餐;在打听好路程的情况之后,三位朋友下午便步行往科巴姆走去。

步行半个小时之后他们到达了那个村子,找到了皮酒囊酒吧,这是个干净而宽敞的乡村酒吧,三位朋友走进去后,立刻打听是不是有位名叫特普曼的绅士在这里。

"汤姆,请这几位先生到客厅里去,"老板娘说。

一个身体结实的乡下小伙子打开了过道尽头的一扇门,三位朋友走进一个屋顶低低的长房间,在房间的另一头有一张铺白桌布的桌子,上面放着烤鸡、咸肉、黑啤酒等食物,桌旁坐着特普曼先生,他样子一点也不像一个已经割断尘缘的人。

一见朋友们走进来,那位绅士立即放下手中的刀叉,神色黯然地走上前去迎候他们。

"真没想到你们会来,"他握着匹克威克先生的手说道,"太感激你们了。"

"啊!"走得满头是汗的匹克威克先生说,他坐了下来,抹着额头上的汗珠,"你先把饭吃掉,等下跟我出去走一走。我要和你单独谈谈。"

特普曼先生照办了;匹克威克先生呢,不慌不忙地等在一边,喝下了一大杯黑啤酒提提神。饭很快就吃好了,他们一起走了出去。

接下来的半个小时里,匹克威克先生竭尽全力地劝说朋友回心转意。没有必要重新引述他的话,因为有什么文字能够表现这位滔滔不绝的大人物说话的态度中所包含的精神力量呢?至于特普曼先生究竟是不再想遁迹尘世了呢,还是他的朋友口若悬河的劝告使他实在无法招架,那就无关紧要了;反正最后他屈服了。

他说,他的余生将在痛苦中度过,因此无论在哪里挨日子,在他是无所谓的了。不过既然他的朋友如此器重他,坚持要他同行,那么他也愿意跟着他一起去旅行考察。

匹克威克先生笑了,他们握了握手,一起走回到另两位朋友身边去。

朋友重新相聚在一起,自然十分高兴。大家商量了一会之后,决定第二天就回伦敦。这是因为,再过几天,伊坦斯维尔镇就要举行选举,匹克威克先生最近结识的佩克先生是镇上一位候选人的竞选经理人。他们要去亲眼目睹每个英国人都极其关心的这一场面,并对其进行详细的考察。

第二天,在用了一顿丰盛的早餐之后,四位绅士便迈步向格雷夫散特走去(他们的行李已经事先叫人从罗彻斯特直接运往伦敦),当天下午,他们身心愉快地回到了伦敦。

十

匹克威克先生在高斯威尔街上的住所虽然不是很大,但却十分洁净舒适。他的起居室在二楼前面,卧室在三楼前面;无论他坐在厅里书桌旁边,还是站在卧室里穿衣镜前面,他都有同样的机会看到那条众多行人熙来攘往的著名大街,可以仔细观察人性所表现出来的五花八门各个方面。他的房东巴德尔太太是某个故世的海关官员的遗孀,只有一个儿子。

在预定要去伊坦斯维尔前一天上午,匹克威克先生的举止和行动,着实有些令人费解。他迈着急匆匆的步子在房里走来走去,大约每过三分钟就要探头到窗外看一看,又不断地看表,此外还有其他许多焦急的表现。显然,他正在思考什么极其重要的心事。

"巴德尔太太,"匹克威克先生终于开口说。

"嗯,先生,"正在打扫房间的巴德尔太太说。

"你儿子出去很久啦。"

"是啊,先生,到波罗去很远啊,"巴德尔太太回答。

"噢,"匹克威克先生说,"一点不错,的确是这样。"

匹克威克先生又不做声了,巴德尔太太重新打扫起来。

"巴德尔太太,"过了几分钟后,匹克威克先生又说。

"嗯,先生,"巴德尔太太又答道。

"你会不会觉得养两个人要比养一个人开销大得多呀?"

"啊哟,匹克威克先生,"巴德尔太太说,脸一直红到耳根,她觉得自己看见她这位房客眼睛眨了眨,似乎与婚姻问题有关,"啊哟,匹克威克先生,你怎么问这个哟?"

"嗯,你是不是这样想的?"匹克威克先生问。

"那得看情况,"巴德尔太太说,她将鸡毛掸子伸到匹克威克先生撑在桌子上的手肘旁边,"在很大程度上得看那是什么人了,对吗,匹克威克先生;看他是不是细心节俭,先生。"

"确实是这么回事,"匹克威克先生说,"不过我想我眼中的那个人(这时他紧紧盯着巴德尔太太)是拥有这些品质的;而且还见过不少世面,精明得很呢,巴德尔太太;这对我或许是大为有用的。"

"啊哟,匹克威克先生,"巴德尔太太说,脸又红到了耳根。

"我确实这样想,"匹克威克先生说,越说越来劲,在他谈起他感兴趣的问题时总有这样的习惯。"是这样,确实是;巴德尔太太,实话跟你说吧,我已经拿定主意了。"

"天哪,先生,"巴德尔太太嚷道。

"你现在会觉得奇怪吧,"和蔼可亲的匹克威克先生说,兴致勃勃地瞅了对方一眼,"这事我一直没有同你商量,连提也没有提过,直到今天一早我把你儿子打发出去才——嗯?"

巴德尔太太说不出话来,只能朝他看了一眼。长期以来,她总是远远地崇拜着匹克威克先生,但这会儿,突然之间,她被抬举到一个她无论如何连做梦都不敢想的高度。匹克威克先生要向她求婚——事先作好了周密的布置——打发她的儿子去波罗,免得他碍事——想得多么周到——多么体贴!

"嗯,"匹克威克先生说,"你觉得怎样?"

"噢,匹克威克先生,"巴德尔太太说,激动得全身发抖,"你真好,先生。"

"那会省掉你好多麻烦的,是不是?"匹克威克先生说。

"噢,我从来没有想到麻不麻烦的事,先生,"巴德尔太太回答,"那一来我自然会比以前更加卖力让你高兴。你真好,匹克威克先生,把我的孤苦伶仃挂在心上。"

"啊，说真的，"匹克威克先生说，"这一点我倒是从来没有想到。我在伦敦的时候，你就总有个伴陪你坐坐了。真的，一定的。"

"我断定我会是很幸福的，"巴德尔太太说。

"你的小儿子呢——"匹克威克先生说。

"哎呀，"巴德尔太太发出一声充满母爱的呜咽，打断了他的话。

"他也会有个伴儿了，"匹克威克先生重新拾起话头说，"一个生气勃勃的伴儿，我敢保证，他一个星期里教他的把戏，就要比他一年里学的还要多。"匹克威克先生温和地笑了。

"喔，我的好人——"巴德尔太太说。

匹克威克先生吃了一惊。

"喔，你真好，亲爱的俏皮的好人啊，"巴德尔太太说，她不再啰嗦，干脆从坐着的椅子上站起身来，一把搂住匹克威克先生的脖子，发出一大阵呜咽，泪水哗哗地直往下流。

"天哪，"大吃一惊的匹克威克先生叫道，"巴德尔太太，好太太——天哪，真是糟糕——请想一想。——巴德尔太太，别这样——要是有人来看见——"

"噢，随他们来好了，"巴德尔太太发疯似的叫道，"我再也不离开你——我亲爱的好人哪，"巴德尔太太一边说着，一边搂得更紧了。

"唉呀，"匹克威克先生说，拼命挣扎着，"我听见有人上楼来了。别这样，别，好太太，别这样。"但无论是恳求还是抗议都同样无用；因为巴德尔太太昏倒在匹克威克先生怀里了；他正想将她扶到椅子上去，巴德尔少爷走了进来，后面跟着特普曼先生、温克尔先生和斯诺格拉斯先生。

匹克威克先生吓得张口结舌，一动不动。那个可爱的重担在他怀里，他茫然地瞪着他的朋友的脸孔，一点没有要招呼他们或者进行解释的样子。他们呢，也是瞪着他看；巴德尔少爷呢，瞪着眼睛朝大家看。

这几位匹克威克社成员太惊讶，匹克威克先生呢太狼狈了。要不是那位女士的小儿子以极其出色的感人肺腑的方式表现出他的一片孝心的话,那他们这几个人很可能会保持原来的姿势,直到那位不省人事的女士苏醒过来为止。这个孩子起初惊惶地站在门口,不知道是怎么回事,但渐渐地,他那似懂未懂的脑子里形成了一个印象,那就是他母亲一定在人身上受到了伤害,并且认定匹克威克先生就是干这坏事的人,于是他发出一声刺耳的仿佛是非人的号叫,一头冲了上来,向这位绅士的背和两腿发动进攻,他又是打又是掐,用尽了浑身的力气,尽量发泄他的愤怒。"把这小坏蛋拉开,"大为痛苦的匹克威克先生说,"他在发疯。"

"到底是怎么回事呀?"三位匹克威克社成员结结巴巴地问。

"我也不知道,"匹克威克先生气鼓鼓地回答,"把这孩子拉开,(这时温克尔先生将这个又是叫喊又是挣扎的孩子拉到了房间的另一头。)来,帮我把这个女人弄到楼下去。"

"喔,我现在好了,"巴德尔太太有气无力地说。

"我来扶你下楼去,"对女性一向十分殷勤的特普曼先生说。

"谢谢你,先生——谢谢你,"巴德尔太太歇斯底里地嚷道。这样她就被特普曼先生扶着下去了,后面跟着她的孝顺儿子。

"我真弄不懂——"在他的朋友回来后,匹克威克先生说,"我真是弄不懂那女人是怎么回事。我只是跟她提了提我想要找个男用人,她就突然发作起那种莫名其妙的毛病来,你们方才见到的就是。真是莫名其妙。"

"确实如此,"他的三个朋友说。

"使我处在一种极其尴尬的境地,"匹克威克先生继续说。

"确实如此,"他的追随者回答,他们轻轻咳了一声,满腹狐疑地互相看了看。

这个举动没逃过匹克威克先生的眼睛。他注意到他们并不相信他的话。他们显然心存怀疑。

"过道里来了个人,"特普曼先生说。

"这就是我跟你们说起的那个人,"匹克威克先生说,"我今天上午打发人去波罗叫来的。请你叫他上来吧,斯诺格拉斯。"

斯诺格拉斯先生照办了;塞缪尔·维勒先生走了进来。

"啊——你大概还记得我吧?"匹克威克先生说。

"那敢情是,"萨姆回答,眼睛还神气活现地一眨,"那事儿真有点怪呀,不过他那个家伙你们哪里对付得了,是吗?滑头得要命——嗯?"

"那事就别再提了,"匹克威克先生连忙说,"我有别的事情要同你谈谈。坐下吧。"

"谢谢你,先生,"萨姆说。他先把那顶旧白帽子在门口地板上一放,不等人再邀请就一屁股坐了下来。"这顶帽子看起来没什么好,"萨姆说,"不过戴在头上倒是舒服得要命;只要帽檐没坏,总是一顶神气的礼帽呀。"

"那么,来谈谈正经事吧,我在这几位绅士一致赞成之下把你找来,"匹克威克先生说。

"先生,这就对了,"萨姆插嘴说,"快吐出来吧,就像小孩子吞下角子的时候,父亲说的那样。"

"我们首先想要知道,"匹克威克先生说,"你对你目前干的活儿有没有不满意的地方?"

"先生,在我回答这个问题前,"维勒先生回答,"我首先要知道你是不是要给我找个好一点的活儿。"

一道平静慈祥的光辉在匹克威克先生的脸上荡漾,他说:"我倒是打算让你在我这里干。"

"真的吗?"萨姆说。

匹克威克先生点了点头。

"工钱多少?"萨姆问。

"一年十二镑,"匹克威克先生回答。

"衣服呢?"

"两套。"

"活儿呢?"

"侍候我,跟我同这几位绅士一起去旅行。"

"一言为定，"萨姆断然说，"这些条件我接受，我租给一个单身绅士。"

"你接受这个职位吗？"匹克威克先生问。

"当然，"萨姆说，"衣服上面要求不高，只要有这地方一半好就成。"

"弄一份品德证明书来，不成问题吧？"匹克威克先生说。

"先生，你去找白鹿旅社的老板娘要好了，"萨姆回答。

"今晚就来，行吗？"

"我恨不得现在就穿上你的号衣呢，可惜这里没有，"萨姆忙不迭地回答。

"你今晚八点钟来，"匹克威克先生说，"要是查问下来满意，衣服随手就给你。"

除掉一个无伤大雅的轻率举动——在那件事当中一位当助手的女侍同样有份——之外，维勒先生的品行是无可指责的，因此匹克威克先生就在当晚将这件事情定下来。他立即带了他新雇的跟班到一个方便的商店里去买衣服；天还没黑，维勒先生身上已经穿上一件缀有P.C.两个字母的扣子的灰色上装，头戴一顶有花结的黑色帽子，套一件粉红色的条纹背心，下面是浅色的马裤和绑腿，另外还有不少其他必需品，花样繁多，不胜枚举。

十一

伊坦斯维尔的每一个人都觉得自己有责任全心全意地投入到本地两大政党的竞争之中，不是加入"蓝色党"，就是参加"米色党"。蓝色党不遗余力地反对米色党，米色党也不遗余力地反对蓝色党；结果呢，无论是在公共集会上，还是在市政厅里，或者在市场上，只要米色党党员和蓝色党党员一碰头，双方立刻就会吵吵嚷嚷地争论起来。不用说,在这种派性的环境之中,伊坦斯维尔的每一件事都成为党派问题。要是米色党提议在市场里新开一个天窗,蓝色党立刻会召开群众大会对此进行声讨;要是蓝色党建议在大街上再增设一个抽水唧筒,米色党立刻一致起来对此谬论痛加驳斥。城里有蓝色党的商店和米色党的商店,蓝色党的旅社和米色党的旅社,就在教堂里也有蓝色党的过道和米色党的过道。

自然,极其重要而必不可少的是,这两个强有力的政党各自都应该有自己的机关报和代表,因此,镇上就有两种报纸——《伊坦斯维尔时事报》和《伊坦斯维尔独立报》;前者拥护蓝色党的纲领,后者则坚决采取米色党的路线。瞧瞧这样的社论和猛烈的攻击吧!——“我们这个时代的一文不值的《时事报》”——“无耻之尤胆小如鼠的《独立报》”——“《独立报》造谣生事,下流庸俗”——“《时事报》极尽恶意诽谤之能事”——在每一期报纸的每一栏中充斥着这些激动人心的谩骂,在镇上的老百姓的胸中激起极其强烈的欢乐和愤慨。

匹克威克先生选了一个特别有利的时刻来到了这个镇上。从来没有过这样的竞争。斯伦基府的塞缪尔·斯伦基阁下是蓝色党的候选人;伊坦斯维尔附近费兹金宅的霍莱肖·费兹金先生经不住他的朋友的极力怂恿,站出来代表米色党竞选。《时事报》向伊坦斯维尔的选民发出警告说,不仅所有英国人而且整个文明世界上的人都在注视着他们;《独立报》则咄咄逼人地发问说,伊坦斯维尔的选民究竟像他们一向自夸的那样是好汉呢,还只是一些卑鄙下流奴颜婢膝的工具,根本配不上英国人的光荣称号,不配享受自由所赋予他们的欢乐。在这个镇上从来没有这样人心沸腾,群情激奋的。

匹克威克先生和他的同伴在萨姆的帮助之下从伊坦斯维尔驿车顶部爬下来的时候,已经很晚了。从市镇武器旅馆的窗口飘扬着蓝色的绸旗,每一个窗框上都贴着标语,用大字写明塞缪尔·斯伦基阁下的竞选委员会每天都在此办公。一群无所事事的人站在马路上,抬头望着阳台上一个人在演讲,他讲得面红耳赤,声嘶力竭,显然是在为斯伦基阁下拉票;但费兹金先生的竞选委员会在街角放了四只大鼓不住地敲,使得他演说的效果和力量大打折扣。在他的身旁有个矮个子忙个不停,他每隔一段时间就脱下帽子向听众挥动,号召大家喝彩,听众也总是极其热情地予以响应;红脸的先生不住地讲着,脸色越来越红,似乎这样他的目的就达到了,这跟他的话是不是有人听同样重要。

这几位匹社成员刚刚下车,立刻就被一小股诚实而喜爱独立思考的人包围住了,他们震耳欲聋地连声欢呼了三次,这欢呼声立即在大群人中间激起了反响(因为群众根本就不用知道是为了什么事欢呼),化成了铺天盖地的胜利的吼声,连阳台上的红脸男子也停住了口。

"好哇!"人们最后高呼。

"再来一次,"阳台上的小个子指挥尖叫道,人们又大吼了一声,仿佛肺是钢铁铸就,强壮得不得了。

"永远选斯伦基!"诚实而喜爱独立思考的人喊。

"永远选斯伦基!"匹克威克先生随声附和,脱下了帽子。

"不选费兹金,"群众高声吼道。

"当然不!"匹克威克先生喊道。

"好哇!"接着又是一阵吼叫,就像大象敲钟宣布冷餐会开始时动物园里的所有动物发出的叫声一样。

"斯伦基是谁?"特普曼先生低声问。

"我也不知道,"匹克威克先生同样低声回答,"别做声。不要再问了。在这种场合最好的办法就是照着人群的样子做。"

"假如人群是一分为二的呢?"斯诺格拉斯先生问。

"那就跟着人数多的那一方叫。"

这番高论实在要胜过千万卷的书。

他们走进房子,人群左右分开让他们过去,仍是吵吵闹闹地欢呼着。首先要考虑的事就是找地方过夜。

"这里还有床位吗?"匹克威克先生召来侍者问道。

"不清楚,先生,"那人回答,"恐怕已经客满了,先生,我去问一下,先生。"他走去询问了;很快就回来了,他问这些先生是否都是"蓝色党"。

无论是匹克威克先生还是他的同伴对两个候选人的政治观点都不感兴趣,因此这个问题颇有些难以作答。正在为难之时,匹克威克先生突然想到了他的新朋友佩克先生。

"你听说过有位名叫佩克的先生吗?"匹克威克先生问。

"当然知道,先生,他是塞缪尔·斯伦基阁下的代理人。"

"那么,他是蓝色党的吧?"

"是的,先生。"

"那么,我们也是蓝色党,"匹克威克先生说;他掏出了自己的名片,对那人说要是佩克先生恰好在里面的话,请将名片交给他。侍者进去了,但几乎立刻就出来请匹克威克先生随他进去,他将他引到二楼一个大房间里,佩克先生坐在一张放满了书籍和报纸的大桌子旁。

"啊——啊,亲爱的先生,"小个子走上前来迎接他,"亲爱的先生,见到你很高兴,非常高兴。请坐。那么你是说到做到,真的来这儿观察选举的情况了——嗯?"

匹克威克先生点头称是。

"亲爱的先生,竞争很激烈呀,"小个子说。

"听到这一点我很高兴,"匹克威克先生摩擦着双手说,"我喜欢看到表现出坚定的爱国热情来,无论哪一方都行——那么竞争很激烈,是吗?"

"对啦,"小个子说,"确实非常激烈。这地方所有的酒店都是我们这方面开的,留给对手的只是一些啤酒铺子——亲爱的先生,这手段高明吧?"——小个子沾沾自喜地微笑着,吸了一大撮鼻烟。

"你估计竞选的结果大概会是怎样呢?"匹克威克先生问。

"很难说,亲爱的先生,眼下还很难说,"小个子回答,"费兹金那帮人有三十二个选民锁在白鹿旅社的车房里。"

"在车房里!"匹克威克先生说,对这一新的手段大吃一惊。

"他们将人锁在那里,等用得到的时候再放出来,"小个子继续说，"瞧，这一来我们就没法接触他们；就连我们能找到他们也无用，因为他们故意把那些人灌得烂醉。费兹金的代理人很是滑头呀——非常滑头。"

匹克威克先生瞪着眼睛，没有开口。

"不过我们还是有信心的，"佩克先生说，声音低到几乎像是在耳语。"我们昨晚在这里举行了一个小小的茶会——来了四十五个妇女，亲爱的先生——临走时每人送了一把绿阳伞。"

"阳伞！"匹克威克先生说。

"真的，亲爱的先生，真的。四十五把绿色阳伞，每把七先令六便士。女人都喜欢漂亮的东西，——这些阳伞效果非同寻常。所有这些女人的丈夫，她们一半的兄弟的票就跑不掉了——把长统袜、法兰绒和其他那些不值钱的东西打得落花流水。这是我的主意，亲爱的先生，完全是我的主意。今后无论天晴还是下雨落冰雹，你在大街上走不了几步就会遇上几把绿阳伞。"

说到这里小个子笑得前仰后合，直到另外有人进来才罢休。

进来的是个瘦高个男子，浅棕色的头发开始有点秃了，一脸的老成持重，带着深不可测的表情。这位先生被介绍给匹克威克先生，他是《伊坦斯维尔时事报》的主编波特先生。在寒暄了几句之后，波特先生朝匹克威克先生转过身来，一本正经地说道：

"这次选举在首都引起了广泛的兴趣吧，先生？"

"我想是的，"匹克威克先生说。

"我有理由相信，"波特说，又望着佩克先生，希望他给予证实，"我有理由相信，我上星期六发的那篇文章是起了一定的作用的。"

"一点也不错，"小个子说道。

"新闻界是个有力的引擎啊，先生，"波特说。

匹克威克先生对这种说法表示完全赞成。

"不过，先生，"波特说，"我相信，我从来没有滥用我掌握的巨大无比的权力。先生，我相信，我从来没有将我手中这一高贵的武器对准私人生活的神圣的胸膛，或者个人名誉的柔嫩的胸脯；——先生，我相信,我已经竭尽全力——试图——我知道,那些原则很可能微不足道——来进行灌输——那些有关——"

说到这里,《时事报》的主编似乎扯远了,匹克威克先生来助他一臂之力,他说:

"当然如此。"

"请问,先生,"波特说,"先生,您为人公正,请问,伦敦的舆论界对我和《独立报》之间的竞争有何反应?"

"毫无疑问,一定是极其兴奋了,"佩克先生插嘴说。

"这场竞争,"波特说,"将会一直进行下去,只要我身体健康,精力充沛,只要上天赋予我的才能不枯竭。虽然这场竞争,先生,可能使人心绪不宁,感情激动,使人无法像常人那样尽到日常生活中的责任;先生,我决不会从这场竞争中退缩,非得把《伊坦斯维尔独立报》打倒在地,再踩上一只脚为止。我希望伦敦人民,以及全国人民放心,先生,他们可以信任我;——我决不会背弃他们,我决心和他们站在一起,先生,直至最后胜利。"

"你的举动十分高尚,先生,"匹克威克先生说,他握住了那位品德高尚的波特的手。

"先生,我看得出来,您是位博学多才的明白人,"波特先生说,方才发表的充满爱国热情的讲话使他激动得上气不接下气。"先生,能认识您这样的人物,实在是万分荣幸。"

"我呢,"匹克威克先生说,"对您的这番话也深感荣幸。先生,请允许我将我的朋友介绍给您,他们都是我光荣地作为其创始人的会社的成员。"

"那真是太好了,"波特先生说。

匹克威克先生走了出去,将他的三位朋友带了进来,将他们正式介绍给《伊坦斯维尔时事报》的主编。

"喂,亲爱的波特,"佩克先生说,"现在的问题是,怎样安置我们这几位朋友呢?"

"我想我们可以在这里住下来吧,"匹克威克先生说。

"这家旅社里客满,我亲爱的先生——一张空床也没有了。"

"真是糟糕,"匹克威克先生说。

"非常糟,"他的旅伴说。

"这事我倒有个主意,"波特先生说,"我想那是完全可行的。在孔雀旅社还有两张床位,我可以斗胆代替波特太太说,如果匹克威克先生以及他的随便哪位朋友光临寒舍,她一定万分高兴;另外两位先生和他们的仆人,就只能委屈一下去孔雀旅社将就休息了。"

波特先生一再热心邀请,匹克威克先生则一再表示实在不好意思去打扰他那位可爱的夫人,在争了一番之后,大家一致同意眼下也只有这个办法行得通。因此也就照此办理了;特普曼先生和斯诺格拉斯先生去孔雀旅社,匹克威克先生和温克尔先生则去波特先生府上;大家约好第二天早上在市镇武器旅社会面,然后随塞缪尔·斯伦基阁下的游行队伍去选举的地方。

波特先生家里就只有他本人和他的妻子两个人。所有那些因其雄才大略而出类拔萃的人物通常都有某种小小的缺点,这类弱点在他们的性格的对比之下往往显得很突出。要是说波特先生有什么弱点的话,那就是他在他太太很有几分盛气凌人的管束和支配之下,未免太俯首帖耳了些。对这个问题,我们认为不应过分强调,因为当前波特太太所有的迷人的魅力都用来招待两位绅士了。

"亲爱的,"波特先生说,"这位是匹克威克先生,伦敦来的匹克威克先生。"

波特太太以最甜美动人的姿态握了握匹克威克先生像父辈样伸出来的手;而温克尔先生呢,未经介绍便溜到旁边一个没人注意的角落里,匆匆鞠了一躬。

"我亲爱的波呀——"波特太太说。

"我的心肝呀,"波特先生说。

"请给我介绍一下另一位先生呀。"

"万分对不起,"波特先生说,"波特太太,这位是——"

"温克尔,"匹克威克先生说。

"温克尔先生，"波特先生重复了一句，介绍仪式完成了。

"真是抱歉得很，太太，"匹克威克先生说，"这样贸然就到府上来打扰了。"

"请您千万别客气，先生，"波特太太有声有色地说，"请务必相信，能够见到客人的面孔是最令我愉快的事情了，生活在这个乏味的地方，一天又一天，一个星期又一个星期，一个人影子都见不到。"

"亲爱的，一个人影都见不到吗？"波特先生故作淘气地说。

"除了你之外没有别的人，"波特太太很不客气地回敬他。

"您瞧，匹克威克先生，"主人对他妻子的抱怨解释道，"从某种程度上说，生活中的许多欢乐和消遣都和我们无缘了，要不然我们本可以享受一番的。作为在全国具有重要影响的《伊坦斯维尔时事报》的主编，我的社会地位，我总是处在政治旋涡之中——"

"亲爱的波呀——"波特太太插嘴道。

"心肝——"主编说。

"亲爱的，我说你能不能谈点别的事，让这两位先生真正从心底里觉得有点儿意思呀。"

"亲爱的，"波特先生毕恭毕敬地说道，"匹克威克先生真的觉得这事很有意思呢。"

"要是他能这样当然很好，"波特太太毅然决然地说，"我对你那一套可真是烦透了，你的政治，跟《独立报》没完没了的吵嘴，那些胡说八道的东西。波呀，真想不到你不害臊，还尽在别人面前出乖露丑呢。"

"不过，亲爱的——"波特先生说。

"噢，废话，别跟我说了，"波特太太说，"先生，你打牌吗？"

"我很愿意，"温克尔先生回答。

"嗯，那么把那张小桌子拉到这扇窗户前面来，我再也不要听这些啰啰嗦嗦的政治了。"

"简，"波特先生对拿蜡烛来的女佣说道，"到楼下我办公室里去，把《时事报》的合订本拿来。我要给你读一读——"主编朝匹克威克先生转过身来说道,"我只是要给你读几篇我在那段时间里写的社论,有关米色党派新收费员收税的勾当的;我想你是会觉得很有趣的。"

"我确实很想听听,真的,"匹克威克先生说。

合订本拿了上来,主编坐下身去,匹克威克先生坐在他的旁边。在主编朗读的整个过程中,匹克威克先生的眼睛始终闭着,似乎是快乐得无以复加了。

仆人通报开晚饭了,这使得牌戏和对《时事报》美文的欣赏都告一段落。波特太太兴高采烈,满面春风。温克尔先生在获得她的好感方面已经大有成就,她毫不犹豫地跟他推心置腹地说,匹克威克先生是个"可爱的老头儿"。这话里含着亲昵和随便的意味。

等到这两位朋友回房里休息时,已经很迟了。

十二

天刚刚亮,街道上就响起了鼓声和喇叭声,人们在叫喊,马蹄声嘚嘚响着;两党中不时有些人挑起一些小冲突,这些冲突即使选举前的准备工作有声有色,又使其内容更加丰富多彩。

"哦,萨姆,"匹克威克先生刚要梳洗完毕时,他的跟班来到了卧室门口,"今天热闹得很,是吧?"

"好玩得要命,先生,"萨姆说,"我们的人聚在市镇武器旅社那边,嗓子都喊哑了。"

"啊,"匹克威克先生说,"萨姆,他们看起来对自己的党是忠心耿耿的,是吗?"

"先生,我这辈子还从来没见过这么忠心的。"

"劲头很足,对吧?"匹克威克先生问。

"足得不得了,"萨姆回答,"我从来没有看见过人吃喝了那么多的东西。真是奇怪,他们倒不怕把肚子撑破。"

"这些人看起来都是些精神饱满、劲头十足的家伙呀，"匹克威克先生朝窗外望了一眼说。

"饱满得很呢，"萨姆回答，"我，还有孔雀旅社的两个跑堂的，一直在用唧筒冲昨晚在那里吃饭的无党派的选民呢。"

"用唧筒冲无党派的选民？"匹克威克先生叫唤起来。

"对啦，"他的跟班说，"每个人倒下来就睡着了，我们今天早上把他们一个一个拖出来，放到唧筒底下一冲，这会儿个个都好好的了。干这活儿，每冲一个，委员会就给一先令的钱。"

"真有这事！"大为吃惊的匹克威克先生嚷道。

"上帝保佑你老，先生，"萨姆说，"这不同在家里临时给孩子受洗一样吗？——那没什么，没什么要紧的。"

"没什么要紧吗？"匹克威克先生说。

"一点事也没有，先生，"萨姆答道，"这里上回选举的前一夜，对方那个党收买了市镇武器旅社吧台上的女招待，给宿在那里十四个没有投票的选举人的搀水白兰地里下了东西。"

"你说'在搀水白兰地里下了东西'是什么意思？"匹克威克先生问。

"把鸦片酊放在里头，"萨姆回答，"该死，她让他们一直睡觉，直到选举过后十二个钟头才醒过来。他们想试一下，把一个睡得人事不知的人弄到马车上，拖到投票站里去，但是没用——没法让他投票，他们又只好把他弄回来，送到床上去。"

"这些事儿真怪，"匹克威克先生说，既是自言自语，又是对萨姆说。

"这算什么，我父亲遇到的事才叫怪呢，也是在这个地方，先生，"萨姆回答。

"怎么回事啊？"匹克威克先生问。

"嘿，他有一回赶车到这里来，"萨姆说，"恰好碰上选举，有个党雇他的车把选民从伦敦载过来。就在他要来的头天晚上，对方的委员会悄悄派人来找他，他就跟着送信的人去了，引着他走进去——是个大房间——许多绅士——一大堆一大堆的文件、钢笔和墨水这类东西。'啊，维勒先生，'坐在椅子上的一位绅士说道，'很高兴见到你，你好吗，先生?'——'我很好，先生，谢谢你，'我父亲回答，'我希望你身体还不错吧，'他说。——'还不错，谢谢你，先生'那位绅士说，'请坐，维勒先生——请坐吧，先生。'这样我父亲就坐了下来，他和那位绅士紧紧盯着对方看。'你记不得我了吧?'那位绅士说。——'真的记不得了，'我父亲说。——'噢，我可认识你，'那位绅士说，'在你小时候就认识你，'他又说。——'喔，我记不得你了，'我父亲说。'真是奇怪，'那位绅士说。——'是很怪，'我父亲说。——'你记性不大好啊，维勒先生，'那位绅士说。'嗯，记性很不好，'我父亲说。——'我想是这样，'那位绅士。这样那些人就倒了一杯酒给他，同他扯起赶车的事来，谈得他快活得要命，最后把一张二十镑的钞票塞到他手里。'从这里去伦敦路很糟糕呀，'那位绅士说。——'不少地方路是很泥泞难走的，'我父亲说。——'我想在运河附近尤其糟糕，'那位绅士说。——'那儿确实很糟，'我父亲说。——'听着，维勒先生，'那位绅士说，'我们都知道你是个赶车的好把式，那些马在你手里要怎样就怎样。维勒先生，我们都很喜欢你，如果你的车出个事，把那些选民都翻到运河里，又不伤着他们，这钱就给你，'他说。——'先生，你真客气，'我父亲说，'我再来一杯酒祝你身体健康，'他说，又喝了一杯酒，然后把钱收了起来，鞠了个躬出去了。先生，说给你听你也不相信，'萨姆看着他的主人继续说，脸上是一种难以描述的厚颜无耻的神情，"在他送选民的那天，真的在那地方翻了车，车上所有的人都摔到了运河里。"

"都救上来了吗?"匹克威克先生连忙问。

"嗯，"萨姆回答，话说得很慢，"我想是有个老先生不见了；我知道他的帽子是找到了，不过那里面到底有没有他的脑袋呢，就不清楚了。不过依我看，竟然有这等凑巧的事情，实在是怪得了不得，在那位绅士说了那番话之后，那一天我父亲的车子真的在那个地方翻掉了。"

"这件事确实奇怪得了不得,"匹克威克先生说,"不过,萨姆,替我把帽子刷一下,我听见温克尔先生在叫我去用早餐了。"

说了这些话,匹克威克先生下楼来到客厅里,只见早餐已经安排停当,人都来齐了。大家匆匆地吃了早饭;每一位的帽子上都别了一条大大的蓝色缎带,那是波特太太的纤纤玉手亲自缝制的;由于温克尔先生要负责陪伴波特太太到讲坛附近的一个屋顶上去,就剩下匹克威克先生和波特先生两人去市镇武器旅社,斯伦基先生竞选委员会的一个成员正在旅社的后窗口朝外发表演讲,听众是六个男孩和一个女孩,他每隔一句,就尊称听众为"伊坦斯维尔的选民",这使得六个小孩子拼命叫好。

马厩那边院子里的情况清楚不过地显示出伊坦斯维尔蓝色党事业兴旺、力量强大。有一队蓝旗的队伍,手上有的拿着一根旗杆,有的拿着两根旗杆,旗子上面镶着四英尺高的又粗又大的金字,组成各种图案。还有一个由小号、低音管和鼓组成的大铜管乐队,四人一排,起劲地吹奏着。有几组拿着蓝色警棍的警察,二十个系着蓝色领巾的竞选委员会成员,以及一群戴着蓝色帽章的选民。有一辆四匹马拉的敞篷马车,那是塞缪尔·斯伦基阁下的专车;另外四辆两匹马拉的车子是给他的朋友和支持者预备的:旗帜在风中哗啦啦地响,铜管乐队演奏着,警察骂骂咧咧的,二十名竞选委员会成员在争吵,群众在大声叫喊;此时此地的每个人和每样东西都是专门为斯伦基阁下的利益、荣誉和声名聚到一起来的,他作为本镇候选人之一,竞选联合王国下院议员的席位。

楼下的群众见到波特先生浅棕色的脑袋从一扇窗户里探出了来,便长时间大声欢呼起来,一面写有"新闻自由"字样的蓝旗挥舞得更加有力了;等到塞缪尔·斯伦基阁下本人出场时,人们的热情更是沸腾起来,他足登高统靴,围着蓝色领巾,走上前来握住波特先生的手,以这种戏剧性的手势向人们表明他对《伊坦斯维尔时事报》怀有永志不忘的感激之情。

"一切都停当了吗?"塞缪尔·斯伦基阁下问佩克先生。

"一切都停当了,亲爱的先生,"小个子回答。

"希望没有遗漏什么吧?"塞缪尔·斯伦基阁下说。

"该做的都做了,亲爱的先生——一点也没漏掉。在街门口有二十个冲洗过的人,你得去跟他们握手;六个抱在怀里的小孩子,你得去拍拍他们的头,再问他们有多大;亲爱的先生,千万要注意小孩子——这种事儿效果总是特别好。"

"我会留心的,"塞缪尔·斯伦基阁下说。

"另外,亲爱的先生,也许——"谨小慎微的小个子说道,"也许你能够——我不是说非这样不可——不过,要是你能够设法吻一吻哪个小孩的话,那是会给群众留下一个极好的印象的。"

"要是让提名的人或者附议的人来吻的话,会不会取得同样的效果呢?"斯伦基阁下问。

"噢,恐怕不行,"代理人说,"先生,要是你来吻的话,我想一定会使你大得人心的。"

"好吧,"塞缪尔·斯伦基阁下带着顺从的神气说,"那么非得这样不可了。就这样。"

"整队吧,"二十名竞选委员叫道。

在黑压压的人群的一片欢呼声中,铜管乐队、警察、竞选委员会委员、选民、马夫和马车都按次序排好了——每一辆两匹马拉的车子上都尽可能塞满了人,大家笔直地站在车上;匹克威克先生、特普曼先生和斯诺格拉斯先生就站在分配给佩克先生的那辆车上。

在游行队伍等待塞缪尔·斯伦基阁下跨进他的专车之时,出现了一段庄严的悬念的时刻。突然之间,人群中爆发出热烈的欢呼声。

"他出来了,"小个子的佩克先生极其兴奋地说道;由于大家站的位置太挤,没法看见发生的事情,因此就更加兴奋了。

又是一阵欢呼,声音更大了。

"他跟人家握手了,"小个子代理人嚷道。

又一阵欢呼,更加热烈了。

"他拍了那些小孩的脑袋了,"佩克先生说,激动得直发抖。

一阵惊天动地的鼓掌声。

"他吻了一个小孩啦!"小个子兴高采烈地说。

又响起了一阵吼声。

"他又吻了一个啦,"代理人兴奋得喘不过气来了。

第三阵吼声。

"他把他们全吻了!"热情洋溢的小个子尖声叫唤说。在人们震耳欲聋的欢呼声中,游行队伍出发了。

这个游行队伍很快就跟另一个游行队伍混到了一起,不一会儿,匹克威克先生的帽子就被米色党的一根旗杆一戳,歪到了他的眼睛、鼻子和嘴巴上面。等他能够看到当时的场面时,他只看见自己处在包围之中,四周全是些怒气冲冲的凶神恶煞样的面孔,扬起了一大片的烟尘,人们打成一团。他说自己也不知是怎么被人从马车上拉了下来,卷入到一场拳脚交加的格斗之中,但究竟是和谁交手,怎么会有这样的事,为了什么原因,他都一概不知。他只觉得后来被身后的人挤到了一个木头的台阶上,在脱掉帽子之后,发现自己处在朋友的包围之中,那地方是讲坛左侧的最前排。右侧是米色党的座席,中间则是市长和他的下属坐的;他的一个下属——伊坦斯维尔的胖公告宣读人——摇着一个大铃铛,要求全场肃静,而霍莱肖·费兹金先生和塞缪尔·斯伦基阁下手按在胸口上,极其谦恭地向着前面空地上那万头攒动的人海鞠躬,从人群中爆发出一阵嘲骂和呼喊、吆喝和喝倒彩的惊天动地的声音,比起一场地震来毫不逊色。

"温克尔在那边,"特普曼先生拉拉他朋友的袖子说。

"在哪里?"匹克威克先生问,戴起了眼镜,方才他幸而将它一直放在口袋里面。

"那里,"特普曼先生说,"那幢房子的屋顶上。"一点不错,温克尔先生和波特太太就在铺了瓦的屋顶上铅檐槽里,舒舒服服地坐在两张椅子上,向这边挥舞手帕——匹克威克先生连忙向那位太太飞吻作答。

选举还没有开始,人群在无所事事时往往会开玩笑找乐子,匹克威克先生这一纯洁无瑕的举动足以引得他们打趣胡闹一番了。

"嘿,你这个不要脸的老混蛋,"有个人叫道,"勾搭女人呢,是吗?"

"嘿,真是个假正经的下流坯,"另一个人叫道。

"还戴上眼镜去看人家有夫之妇,"又一个说。

"我看见他对那女的眨眼睛呢,瞧他色迷迷的眼睛,"第四个说。

"波特,看好你的老婆呀,"第五个大声喝道——紧接着人们哄的一声大笑起来。

由于这些玩笑中令人反感地将他比作老淫棍,还有其他一些诸如此类的俏皮话;此外还半真半假地诋毁一位纯洁的太太的名声,匹克威克先生只觉得怒不可遏;不过这时正好宣布全场肃静,他只好以一种怜悯的眼光紧紧盯着那些误入歧途的家伙作为发泄,这使得那些人笑得越发起劲了。

"安静,"市长的下属大声吼着,又大摇了一阵铃铛。

"先生们,"市长说,尽可能将嗓音提到最大的限度,"先生们。伊坦斯维尔镇的选民弟兄们。我们今天在这里开会,是为了选举一位代表以接替已故的——"

这时人群中响起一个声音打断了市长的讲话。

"祝市长事业发达!"那个人嚷道,"但愿他永远不要丢掉钉子和炒锅的生意,他不就是靠那个赚钱吗?"

这一对于演讲人职业的影射引得听众哄堂大笑,公共宣告人连忙摇铃,这一来他下面的讲话根本就听不清楚了,只有结尾那句话还算听得见,在最后市长对参加大会的诸位自始至终地耐心听完他的讲话表示感谢,——这句话又引得人们哄堂大笑,大家乐了大概有一刻钟之久。

接下来是个瘦高个子绅士发言,他围着一条很硬的白领巾,在人们一再大叫"打发个仆人到他家里去问问,他是不是把声音忘在枕头底下没带出来"之后,他要求提出一个适当的人选作为国会议员。等到他说这位人选就是伊坦斯维尔附近费兹金宅第的霍莱肖·费兹金先生时,费兹金派群众大声鼓掌,而斯伦基派群众则大喝倒彩,吵闹声震耳欲聋,拖了长长一段时间。

霍莱肖·费兹金先生的朋友们在首次出马之后,一个暴躁的红脸小个子走上前来提出另一个适当的人选在国会中代表伊坦斯维尔的选民;这位红脸先生刚用雄辩的口吻讲了几个巧妙的比喻,底下就有人打断了他的话,红脸先生破口大骂,这一来台上台下便互不相让地对骂起来;结果乱成一团,最后他不得不一本正经地依靠手势来表达自己的感情,让附议人演讲,附议人发表了一个长达半小时之久的书面演说,没人挡得住他,因为他已经将演说送交《伊坦斯维尔时事报》,《伊坦斯维尔时事报》已经将它一字不差地全文刊载出来了。

接着由伊坦斯维尔附近费兹金宅第的霍莱肖·费兹金先生出面向选民发表演说;他一出场,塞缪尔·斯伦基阁下雇佣的铜管乐队便立即使劲吹奏起来,力度大得吓人,与之相比早上那番演奏简直是不值一提;为了对此进行报复,米色党的群众就打起蓝色党群众的脑袋和肩膀来;而蓝色党群众则极力想要把站在他们身边的讨厌的米色党群众赶走;于是双方推推搡搡地扭打起来,市长向十二名警察发出指令,让他们逮捕闹事的头儿,不过这些头儿总数大概在二百五十人上下。在双方交手的当儿,费兹金宅第的霍莱肖·费兹金先生和他的朋友们火冒三丈,最后费兹金宅第的霍莱肖·费兹金先生向他的对手斯伦基府的塞缪尔·斯伦基阁下发话道,铜管乐队的演奏是不是得到了他的同意,对这一问题塞缪尔·斯伦基阁下谢绝回答,费兹金宅第的霍莱肖·费兹金先生对着塞缪尔·斯伦基阁下的面孔扬起了拳头;对此塞缪尔·斯伦基阁下热血上涌,向费兹金宅第的霍莱肖·费兹金先生说要同他拼个你死我活。由于一切都乱了套,所有的规则都不起作用了,市长下令重新摇铃要求肃静,并宣布说要将费兹金宅第的霍莱肖·费兹金先生和斯伦基府的塞缪尔·斯伦基阁下带到他面前具结保证维持治安。听到这一严厉的谴责,两位候选人的支持者都不买账,双方的朋友们捉对儿争吵了足足三刻钟,在这之后,霍莱肖·费兹金先生向塞缪尔·斯伦基阁下举手敬了个礼,塞缪尔·斯伦基阁下也向霍莱肖·费兹金先生举手敬了个礼：于是铜管乐队停止演奏，人们稍稍安静下来，霍莱肖·费兹金先生总算可以继续演讲了。

两位候选人的演说尽管在其他方面完全不同，但有一点却是一样的，那就是对伊坦斯维尔的选民的成就和高尚品德表示崇高的敬意。双方都声称，答应投他的票的选民可以说是世界上最具独立思想、最不抱偏见、最热心公益、最具高尚情操、最大公无私的人了；双方又都话中有话地讽刺那些支持对方的人一定像猪猡那样头脑不清，智力上有缺陷，根本不配来行使他们肩头的重任。费兹金宣称他愿意随时满足人们的任何要求；斯伦基呢，则声言他决不按照别人对他的要求行事。两人都说在他们的心中伊坦斯维尔的贸易、制造业、商业和繁荣是世界上最重要的事情；双方都信心十足地认为最终当选的一定非己莫属。

随后举手表决；市长裁决斯伦基府的塞缪尔·斯伦基阁下获胜。费兹金宅第的霍莱肖·费兹金先生要求进行投票，因此将投票的事宜定了下来。接着又表决通过一项动议对市长主持大会的出色表现致以谢意。游行队伍重新排好，马车缓缓地从人群中驶出去，人们在马车后面高声尖叫呼喊，心血来潮地任意发泄自己的感情。

在投票的那段时间里，整个市镇一直处于一种狂热的亢奋状态之中。所有的事情都以最无拘无束最令人快乐的方式进行着。酒店里应该纳税的商品都特别便宜；装有弹簧的轻马车在街上来回巡游，为的是给一时头晕的选民提供服务——在竞选中这个毛病在选民中流行开来，其范围之广相当吓人，常常可以见到有人因为得了这种毛病，人事不知地躺在人行道上。有一小群选民拖到最后一天也不投票。这是一些工于心计特别精明的家伙，尽管他们常常参加双方的会议，但两党的观点都还没有使他们信服。在投票结束前一个小时，佩克先生要求私下拜会这些足智多谋、行为高贵的爱国人士，他的要求获准了。他话说得不多，但听者十分满意。他们一起去了投票站，等到他们回来时，斯伦基府的塞缪尔·斯伦基阁下也就当选了。

十三

匹克威克先生由于近来冷落了住宿在孔雀旅社的两位朋友,觉得良心上有些过意不去;在选举结束后的第三天早上,他正要走出去找他们时,他的忠心的跟班递给他一张名片,当地的一位亨特先生来访,原来他太太亨特夫人要邀请大家出席第二天的化装早餐会。

第二天一早,匹克威克先生一行同波特夫妇俩一起来到了女诗人亨特夫人府上。

化装成为智慧女神的利奥·亨特太太正在接待客人,来了这么多出色的人物,她真是心花怒放,得意非凡。

"太太,匹克威克先生到,"仆人通报说。

"太太,"匹克威克先生深深鞠了一躬,"请允许我将我的朋友——特普曼先生——温克尔先生——斯诺格拉斯先生介绍给您,写作《奄奄一息的青蛙颂》的女诗人。"

"匹克威克先生,"利奥·亨特太太说,"您得答应我,今天您一步也不离开我身边。这里有好几百个人我得向您一一介绍呢。"

"真是太费心了,太太,"匹克威克先生说。

"首先,这是我的两个小女儿,我几乎把她们给忘了,"亨特太太说,大大咧咧地朝两个完全长大成人的年轻小姐一指,其中的一位可能有二十岁了,另一位呢还要大上一两岁,两人都穿着十几岁的小姑娘的服装——这究竟是要使她们看上去更年轻一些呢,还是使她们的母亲显得年轻一些,这就说不清了。

"很漂亮啊,"两位妙龄少女被介绍之后转身走开了,匹克威克先生说。

"跟她们的妈妈太相像了,"波特先生气宇不凡地说。

"噢,你这个人真油嘴滑舌,"亨特太太嚷道,用扇子开玩笑地敲敲主编的胳膊。

"哎呀,我亲爱的利奥·亨特太太,"波特先生说,他是这里的常任吹鼓手,"你不是不知道,去年在王家学会展览会上,看到你的相片的人都问照片上究竟是你呢还是你的小女儿,因为你跟她实在太相像了,简直看不出有什么不同。"

"哦,即使别人这样说,你干吗又要在生人面前再重复一遍呢?"亨特太太说,又在《伊坦斯维尔时事报》主编身上敲了一下。

亨特太太把一些显要的来宾给他们一一作了介绍。不久之后,四位某地来的歌手开始表演了,他们在一棵小苹果树前面一字排开,唱起了他们国家的歌曲来。之后,一个男孩立即出来,他钻在椅子的横档里,玩着各种各样的把戏,就是不坐到椅子上面去,接着他又把两条腿绕到脖子上,盘得像个领结一样,随后又摆出姿势来,表明他可以轻而易举地使人体看起来像个放大了的癫蛤蟆——这些功夫使在场的观众大饱眼福,个个看得心满意足。在这之后,波特太太的声音依稀传来,人们出于礼貌说那是在唱歌。接着便是利奥·亨特太太朗诵她那首闻名遐迩的《奄奄一息的青蛙颂》,她结束之后又应观众要求再来了一遍,要不是大多数客人觉得该吃点东西了,那她很可能会再来一遍的。

亨特太太得意洋洋地朝四处望去。特普曼先生正恭恭敬敬地向几位女性名流递上龙虾色拉,斯诺格拉斯先生正同一位写诗的年轻女士激烈地争论着;而匹克威克先生呢,无论在什么地方都大受人们的欢迎。这个社会精英组成的圈子似乎已经十全十美,再也不差什么了,亨特先生(在这时候他的任务是站在过道里同一些不那么重要的人聊天)突然高声叫道:

"亲爱的,查尔斯·费兹-马歇尔先生来啦。"

"啊哟,"亨特太太说,"我一直在等他,急得不得了。劳驾,请给费兹-马歇尔先生让让路。亲爱的,请费兹-马歇尔先生马上到我这边来,他来得这么迟,我得好好骂他一顿。"

"来了,我亲爱的夫人,"一个声音嚷道,"尽量赶路——全是人

——房子里挤得满满的——真不好办——非常难办。"

匹克威克先生手上的刀叉掉了下来。他朝坐在桌子另一头的特普曼先生望去,只见他手中的刀叉也扔下了,他那模样似乎是要马上陷到地皮底下去。

紧接着,一个海军军官打扮的年轻人挤到了桌子前面,出现在大家面前的不是别人,正是阿尔弗雷德·金格尔先生。

这个不法之徒刚刚握住利奥·亨特太太伸出来的手,目光就一下接触到匹克威克先生那满含怒气的眼睛。

"啊呀!"金格尔说,"完全忘记了——没关照车夫——这就去吩咐——马上就回来。"

"费兹-马歇尔先生,让仆人或者亨特先生去办,马上就好,"利奥·亨特太太说。

"不,不必了——我自己去——很快——马上就回来,"金格尔说。随即就在人群当中不见了。

"太太,能不能请问一句,"激动万分的匹克威克先生从座位上站起来说道,"这位年轻人是什么人?他住在哪儿?"

"匹克威克先生,他是位有钱人,"亨特太太说,"我很想介绍你们同他认识。"

"对,对,"匹克威克先生连忙说,"他住在——"

"眼下住在贝里那边的天使旅馆。"

"贝里那边?"

"在圣爱德门贝里,离这儿几英里远。天哪,匹克威克先生,您可不要走啊;说真的,匹克威克先生,您决不能这样早就走呀。"

不过,亨特太太还没有把话说完,匹克威克先生早就钻到人群之中,来到了花园里,特普曼先生随即也来了,他一直紧紧跟在他朋友后面。

"没有用,"特普曼先生说,"他已经溜掉了。"

"我有数,"匹克威克先生说,"我要去追他。"

"追他?哪儿去追?"特普曼先生问。

"贝里那边的天使旅馆,"匹克威克先生回答,他话说得很快,"我们怎么知道他又在那里骗谁?他曾经欺骗了一个值得敬重的人,这一切都是我们在无意之中引起的。只要我办得到,再也不能让他这样了;我要揭穿他。我的跟班呢?"

"我在这儿,先生,"维勒先生说,不知从哪儿冒了出来。

"马上跟我走,"匹克威克先生说,"特普曼,我到贝里去,等我写信给你,你就过去找我。等会儿见。"

反对是无用的。匹克威克先生满心激动,主意已定。特普曼先生回到了他的朋友那边,一个小时之后,他心头有关阿尔弗雷德·金格尔或者查尔斯·费兹-马歇尔的所有事情都在方阵舞和一瓶香槟酒之中消失得无影无踪了。这时候,匹克威克先生和萨姆·维勒正坐在一辆驿车外面的座位上,随着时间的消逝,他们离圣爱德门贝里这个古老的城镇的距离越来越近了。

十四

驿车飞快地从路边的田地和果园旁驶过,一群群妇女和小孩子正在将水果堆到筐子里或者在地里拾麦穗。面对这样的风光,像匹克威克先生这样稳重的心灵是不会无动于衷的。一开始他只是默默地坐在车上,专心思考采取何种方式才能够揭穿邪恶的金格尔的真正面目。渐渐地,他的注意力被周围的景色吸引住了;到末了,他只觉得旅途上的一切真是美不胜收,仿佛他这回出行是为了什么最赏心悦目的事情一样。

圣爱德门贝里到了。驿车辘辘地驶到了铺得很平的路上,这个漂亮的小镇干净整洁,市面繁荣,车子在一条宽阔的大街上一家大旅馆门口停了下来,几乎就在一个古老的修道院对面。

"嗯,"匹克威克先生抬头看了看说,"这就是天使旅馆!我们就在这儿下车,萨姆。不过得小心些。去要个私人包房,不要提我的名字。明白吧。"

"没说的,先生,"维勒先生回答,心中有数地眨了眨眼睛。私人包房很快就开好了,马上就将匹克威克先生带了进去。

"哎,萨姆,"匹克威克先生说,"现在首先要办的是——"

"叫人送饭来,先生,"维勒先生插嘴说,"不早了,先生。"

"啊,是不早了,"匹克威克先生望了望表说,"你说得对,萨姆。"

"先生,要是听我的话,"萨姆又说,"饭后好好睡上一觉,等明天一早再去查问。"

"我想你说得不错,萨姆,"匹克威克先生说,"不过我先得吃准他是不是住在这里。"

"这事你交给我办就成,先生,"萨姆说,"我先去给你叫一份可口的晚饭,在等饭送上来的时候我就可以到下面去打听。"

"就这样吧,"匹克威克先生说,维勒先生立刻出去了。

半个小时之后,匹克威克先生坐在桌前用起一份十分不错的晚餐来;三刻钟过后维勒先生回来了,他带来的消息是查尔斯·费兹-马歇尔先生吩咐过他的私人包间还要保留,他退房前会另行通知。他晚上到附近某个人家去做客,已经带着用人一块去了。

"是这样,先生,"维勒先生在说完之后又说,"要是我明天一早能同他那个用人谈一谈的话,他是会把他东家的事情全讲给我听的。"

"你怎么知道呢?"匹克威克先生插嘴问。

"天哪,先生,用人向来就是这样的,"维勒先生答道。

"噢,啊,我把这忘了,"匹克威克先生说,"是这样。"

"然后你就可以作出最好的安排来,先生,我们这就行动。"

看起来没有其他法子比这更周到的了,于是决定照此行事。维勒先生征得主人的同意,出去自由自在地消磨这一夜。

第二天一早,维勒先生通过一种只有半个便士花费的淋浴这种方式,将前一夜开怀畅饮所造成的昏昏沉沉的感觉驱除得一干二净,这种办法就是给马厩里打下手的青年一个铜子儿,叫他从唧筒里打水往他头上脸上浇,直到他清醒过来为止。就在这当儿,他注意到有个身穿桑葚颜色号衣的青年人,坐在院子里一张板凳上,读着一本像是赞美诗集的书,他那副神情就像是一心在书上,但又不时地朝唧筒下边的人偷偷瞟上一眼,似乎对这边的事儿颇感兴趣。

"这家伙的模样可真怪,真是的,"萨姆眼睛一接触到那个陌生人的眼光,心里就寻思,这个人的土黄色面孔又大又丑,眼睛深深凹了下去,脑袋其大无比,上面长着直直的黑头发。"你这家伙的模样可真怪,"萨姆寻思。

那个人还是不断地将眼光从赞美诗集移到萨姆身上,又从萨姆身上移到赞美诗集上,像是要跟他搭腔的样子。到末了,萨姆决定给他个机会,便友好地点了点头说道:

"你好啊,朋友?"

"谢谢你,先生,很好啊,"那人说,口气极其审慎,他合上了书,"希望你也好吧?"

"哈,我就是觉得有点像是个会走路的白兰地酒瓶,今天早上站不大稳,"萨姆回答,"老兄,你是住在这个店里吧?"

穿桑葚衣服的人点头称是。

"昨天晚上你怎么没有同我们一起乐一乐呢?"萨姆边用毛巾擦脸边问。

"我昨晚跟我东家出去了,"陌生人说。

"他叫什么名字呀?"维勒先生问,突然一阵兴奋,再加上毛巾的摩擦,脸色涨得通红。

"费兹-马歇尔,"桑葚色的人说。

"来,握握手,"萨姆说,走上前去,"我很想跟你交朋友,老兄,我喜欢你的样子。"

"哎,说来奇怪,"桑葚色的人说,态度变得十分坦率,"我也非常喜欢你,一看到你在唧筒底下冲洗,就想跟你说话。"

"真有这事吗?"

"千真万确。你说这怪不怪?"

"真的很怪，"萨姆说，心中暗暗庆幸这个陌生人头脑简单，"老兄，请问你的大名？"

"乔布·特洛特，"陌生人说，"请问你呢？"

萨姆记起主人的嘱咐，便回答说，

"我名字叫沃克，我东家叫维尔金斯。特洛特先生，早上喝点儿什么，好吗？"

特洛特先生对这一很配胃口的建议表示同意，他把书放到上衣口袋里，跟维勒先生一起走进酒吧间。

"你们住的地方怎样啊？"萨姆问，把同伴的杯子里斟满了。

"不好，"乔布说，一面咂着嘴唇，"很不好。"

"你是说笑话吧，"萨姆说。

"不，是真的。更糟糕的是，我东家要结婚了。"

"哪有这事？"

"真的，还有更糟的，他要跟一个寄宿学校里非常有钱的女继承人私奔。"

"真罪过！"萨姆说，又把同伴的杯子斟满了，"我猜是这个镇上的寄宿学校，是吧？"

尽管这个问题是以最最漫不经心的口气提出来的，但乔布·特洛特先生打着手势，明白无误地表示他已经看出这位新朋友想要套出他的话。他喝掉了杯中的酒，神秘莫测地看着他的同伴，朝他眨眨眼睛。

"不，不，"特洛特先生最后说，"这是不能跟别人讲的。这是个秘密——一个大秘密，沃克先生。"

桑葚色的人一边说，一边把酒杯颠倒过来拿着，以此来提醒同伴他杯中没有解渴的东西了。萨姆对他这种微妙的表达方式心领神会，叫人来把锡镴壶重新灌满了，看到这事桑葚色的人小眼睛闪闪发亮了。

"那么这是个秘密，"萨姆说。

"我想是吧，"桑葚色的人说，啜了一口酒，脸上露出洋洋自得的神情。

"看来你那东家很有钱吧?"萨姆说。

特洛特先生笑了,他左手拿着酒杯,用右手在衣服口袋上明明白白地拍了四下,像是表明他的东家要是这样拍口袋的话,别人也不会听到里面有钱币在丁零当啷响。

"啊,"萨姆说,"原来是耍把戏呢,是吧?"

桑葚色的人意味深长地点点头。

"嗯,老兄,"维勒先生规劝说,"你倒想想看,要是你眼睁睁让你东家去骗那个小姐上当,你不是太缺德了吗?"

"这我知道,"乔布·特洛特说,满面悔恨地朝他的同伴转过脸来,并且轻轻哼了哼,"我知道,正是为这件事我心里不得安宁。可是我又有什么法子呢?"

"法子!"萨姆说,"去报告校长,检举你东家呀。"

"有谁会相信我呢?"乔布·特洛特说,"人人都认为那位小姐天真无邪,规矩得了不得。她自然会一口咬定没有这事,我东家也会这样。有谁会信我的话呢?我会丢掉差使,还会被控告说是搞阴谋,或者这类事儿;我要去检举,只会落得这样的下场。"

"说得有点道理,"萨姆说,他反复想了又想,"说得有点道理。"

"要是有哪位可敬的绅士愿意管这件事,"特洛特先生继续说,"那我倒还有些希望能不让他们私奔,不过还是一样地难,沃克先生,一样地难。在这个陌生地方,我又认不得什么绅士;就算我认得的话,十有八九他也不会相信我的话。"

"跟我来,"萨姆突然跳起身来说道,他抓住了桑葚色的人的胳膊。"我的东家就是你要找的人,对啦。"乔布·特洛特稍稍抗拒了一下,便跟在萨姆后面走进了匹克威克先生的房间,萨姆把他这位新朋友介绍给他主人,把上面那段话简单地叙述了一番。

"先生,要出卖自己东家是很痛苦的,"乔布·特洛特说,掏出粉红色格子手绢擦眼睛。

"你的这种感情是值得敬佩的,"匹克威克先生回答说,"但你有责任这样做啊。"

"我知道我有责任，"乔布激动万分地回答，"我们都应该努力尽到自己的责任，先生，我呢能力有限，但也要尽力，先生；不过，要出卖自己的东家是很痛苦的呀，即使他是个坏蛋，可是你穿他的吃他的呀，先生。"

"你这个人心眼很好，"匹克威克先生深受感动地说，"是个正派人。"

"算了，算了，"萨姆插嘴说，看到特洛特眼泪鼻涕的，他很有点不耐烦了，"把你这水龙头收起来吧。一点儿用处也没有，没有用。"

"我这位跟班说得不错，"匹克威克先生跟乔布说道，"尽管他说话的方式不很客气，有时候还叫人听不大懂。"

"他说得不错，先生，完全对，"特洛特先生说道，"我不再这么冲动了。"

"好极了，"匹克威克先生说，"那么，寄宿学校在哪里呀？"

"就在城外，先生，是幢高大古老的红砖房子，"乔布·特洛特答道。

"时间呢，"匹克威克先生说，"这桩下流的勾当定在什么时候进行——什么时候私奔呀？"

"今天夜里，先生，"乔布回答。

"今天夜里！"匹克威克先生叫喊起来。

"先生，就在今天夜里，"乔布·特洛特回答，"正因为这样，我才急得要命。"

"必须马上采取行动，"匹克威克先生说，"我得立刻去见这所学校的校长。"

"对不起，先生，"乔布说，"这是绝对不行的。"

"为什么？"匹克威克先生问。

"先生，我的东家是个十分狡猾的人。"

"这我知道，"匹克威克先生说。

"他把老太太骗得团团转，先生，"乔布继续说，"说他的坏话她是一点都听不进去的,就是你光着膝盖跪在地上发誓也没有用;何况你又没有证据,只是凭一个用人的话,我的东家肯定会跟她说这个用人是因为犯了错给辞退的,用人这么说只是为了报复。"

"那么应该怎么办呢?"匹克威克先生说。

"只有在私奔的时候当场抓住他,才能使老太太信服,先生,"乔布回答。

"不过,要在私奔的时候把他当场逮住,恐怕是很难做得到的呀,"匹克威克先生说。

"这就不知道了,先生,"特洛特先生说,沉思了几分钟,"我想也许并不难。"

"有什么法子呢?"匹克威克先生问。

"是这样,"特洛特先生答道,"已经同两个用人串通好了,十点钟的时候,他们会把我同我东家藏到厨房里。等大家都睡着之后,我们就从厨房里出来,那位小姐就从她卧室里出来。外面有辆马车等着,我们上车就走。"

"嗯,"匹克威克先生说。

"是这样,先生,我想要是您一个人在后花园里等着——"

"一个人,"匹克威克先生说,"干吗要一个人?"

"我想这是合情合理的,"乔布回答,"这种不光彩的事儿,老太太自然希望知道的人越少越好。那位小姐也是,先生——得为她的感情着想啊。"

"你说得有理,"匹克威克先生说,"你这种想法,说明你考虑周到。说下去,你说得很有道理。"

"是这样,先生,我在想要是你独个儿在后花园里等着,我在准十一点半时到走廊尽头花园门那边,把门打开放你进门,你就可以不早不晚,来帮我挫败那个坏蛋的阴谋,我真倒霉,陷到了这个人的圈套之中。"说到这里,特洛特先生深深叹了口气。

"你不要再为这一点伤心了,"匹克威克先生说,"尽管你身份低微,但却用心善良,体贴入微,要是他能有你的一丁点儿善心的话,我就不会对他完全失望了。"

乔布·特洛特深深鞠了一躬;尽管维勒先生方才说过他,泪水又涌上了他的眼睛。

"我不喜欢这个安排,"在再三考虑之后匹克威克先生说,"我干吗不能同这位小姐的朋友联系一下呢?"

"因为他们离这儿有上百英里远,"乔布·特洛特回答说。

"还有花园的问题,"匹克威克先生继续说,"我怎么进去呢?"

"墙很矮,先生,你的跟班可以扶你爬过去。"

"我的跟班可以扶着我爬过去,"匹克威克先生机械地重复着,"你肯定会等在你方才说的那扇门边上吗?"

"那还会错,先生?花园里就只有这扇门,听到钟响,你轻轻一敲,我立刻就会把门打开。"

"我还是不喜欢这个安排,"匹克威克先生说,"不过又没有别的办法,何况这又关系到这位小姐一生的幸福,就只好这样了。我一定会去的。"

就这样,匹克威克先生的一片好心使他又一次陷入到麻烦之中,对这种事情他本来巴不得离得越远越好呢。

"那幢房子叫什么名字?"匹克威克先生问。

"惠斯盖特大楼,先生。走到镇子尽头往右拐,没几步就到;那座房子孤零零的,离大路没多远,大门上有个铜牌子。"

"知道了,"匹克威克先生说,"我上次来这里的时候看到过。你尽管放心。"

特洛特先生又鞠了一躬,转身要走,匹克威克先生在他手心里塞了一个畿尼。

"你这个人不错,"匹克威克先生说,"你心地善良,令人钦佩。不用谢。别忘记——十一点半。"

"请放心,先生,我是不会忘记的,"乔布·特洛特回答。说完这话以后他走了出去。

白昼过去,夜晚降临了,将近十点钟时,萨姆·维勒报告说看见金格尔和乔布一起出去了,他们的行李也收拾好了,并且叫了一辆马车。显然一切都按照特洛特说的那样进行着。

十点半了,匹克威克先生该出去执行他那微妙的使命了。萨姆好心要他披上大衣,他拒绝了,因为那样爬墙不大方便,他就带着跟班出去了。

月亮很亮,不过有云遮着。天气很好,只是非常暗。小路、树篱、田野、房子和树林都笼罩在深深的夜色之中。空气又热又闷,闪电在天边隐约地闪烁。

他们找到那幢房子,看到了铜牌,沿墙绕过去,在花园后墙外面站住了。

"你先扶我爬过墙,萨姆,然后就回旅馆去,"匹克威克先生说。

"好的,先生,"

"你别睡,等我回来。"

"那当然,先生。"

"抱住我一条腿,等我说'上',你就轻轻把我托起来。"

"行,先生。"

做好这些准备工作之后,匹克威克先生便抓住了墙头,喝了一声"上",这话分毫不差地照办了。不知是他的身体跟他的头脑一样也弹性十足呢,还是维勒先生对轻轻一托这个动作的理解要比匹克威克先生的估计粗鲁一些,反正他这一托就把这位不朽的绅士完全推过了墙,在压倒了三株醋栗和一棵玫瑰之后,他直挺挺地躺到了墙另一边的花圃上。

"先生,我希望你没有伤了自己吧,"萨姆说道;主人这样莫名其妙地不见了使他大吃一惊,定神下来后他连忙压低了嗓门问。

"不要紧,"匹克威克先生边说边站起身来,"不过只划破了几处皮。你快走吧,免得让别人听见。"

"再见,先生。"

"再见。"

萨姆·维勒蹑手蹑脚地走掉了,只剩下匹克威克先生一个人在花园里。

从房子的不同窗户里不时有灯亮起来,楼梯那边也有灯光闪烁,看来里面的人正准备上床休息。时间还早,匹克威克先生不想走到离园门太近的地方,他便蹲在一个墙角里等候。

处在这种情况之下,许多人是很可能会感到灰心丧气的。不过,匹克威克先生既不灰心,也不担忧。他深信自己完全是一片好心,对品德高尚的乔布没有一点儿疑惑。那地方自然很闷,至于枯燥就更不用说了。不过,勤于思索的人总能随时利用时间来认真考虑问题。匹克威克先生在沉思默想之中不觉打起盹儿来,突然邻近教堂的钟声将他惊醒了——是十一点半。

"时间到了,"匹克威克先生想,他小心翼翼地站起身。抬头朝房子望去。灯光全熄灭了,百叶窗都关着——毫无疑问,所有的人都睡了。他踮起脚尖,走到门口,轻轻敲了一下。两三分钟过去了,没有回应,他又敲了一下,声音稍稍大些,接着是第三下,声音更大一些。

终于传来了脚步声,有人下楼来了,接着从钥匙孔里也可以见到烛光。忙了好一阵子解开锁链,拔去门闩,门慢慢打开了。

门是朝外开的,它越开越大,匹克威克先生在门后面一步步往后退。为谨慎起见,匹克威克先生偷偷探头看了一眼,他不由得大吃一惊——开门的并不是乔布·特洛特,而是个女仆,她手上举着一枝蜡烛!匹克威克先生的脑袋猛地缩了回来。

"一定是猫,莎拉,"女仆对屋子里另一个人说道,"咪咪,咪咪,——喵,喵。"

可是没有什么给哄出来,女仆关上门,重新锁好;只剩下匹克威克先生贴住墙根站着。

"这事真是奇怪,"匹克威克先生想,"我想,大家还没上床,比平时晚多了。他们也算倒运,偏偏选了这一夜来做那种事——真是倒运。"匹克威克先生一边想着,一边小心地走回到他方才藏身的墙角里;心想过一会儿等适当时机再发暗号。

五分钟不到,空中突然划过一道雪亮的闪电,接着是一声惊雷,由近而远隆隆直响;接着又是一道闪电,比方才还要亮,又一声霹雳,比方才更响;随后大雨倾盆而降,雨势之猛,仿佛要把所有的东西都一扫而空似的。

匹克威克先生完全明白在雷雨中置身于大树附近是十分危险的。要是他走到园子中间去,那么很可能被人发现送交警方。有一两次他试图翻墙出去,但如今再没有别人帮忙了,他爬了两次,将自己的膝盖和小腿擦破了好几处,很是疼痛,而且弄得大汗淋漓,还是没用。

"真是太糟糕了,"匹克威克先生说,在这样忙了一阵之后,他停下来擦了擦额头上的汗。他抬头望望房子——完全漆黑一片。这会儿里面的人一定都上床睡了。他要再试一试暗号了。

他踮着脚尖走过湿淋淋的石子路,轻轻敲了敲门。他屏住气,凑到钥匙孔上去听。真是奇怪,没有回应。他又敲了敲门。再听。里面有人在低声说话,接着有人叫道:

"外面是谁?"

"不是乔布呀,"匹克威克先生想,连忙贴住墙根站直了,"是个女人。"

他刚刚得出这个结论,楼梯上的窗户就砰的一下打开了,传来三四个女人的声音,不住地问:"外面是谁呀?"

匹克威克先生吓得手脚不敢动弹。显然学校里所有的人都惊动了。他决心一动不动地待着,等这阵慌乱平息下去,在这之后他要使出超自然的力气翻过墙去,哪怕在半当中摔死也成。

匹克威克先生的这一决定,在当时这种情况之下可以算是最英明的了;可惜的是,做到这一点需要有个先决条件,那就是里面的人不敢再开门。因此,在他听到锁链松开门闩拔掉,看到大门慢慢开得越来越大之时,他是多么尴尬呀!他一步一步往角落里退;但无论怎样退,他的人夹在门和墙壁之间,门开不直了。

"门后面是什么人?"里面楼梯上好多个女高音像合唱似的同声尖叫道,这其中包括学校的老处女校长、三名教师,五个女仆,还有三十名学生，全都衣衫不整，头上的卷发纸密密麻麻像树林似的。

匹克威克先生自然没有说门后面是什么人，叫声变成了——"天哪！真吓死我了。"

"厨娘，"校长叫道，她小心翼翼地站在楼梯顶上，是所有人当中最靠后的一个——"厨娘，你干吗不往园子里再走几步呀？"

可怜的厨娘给逼得没法，只好往前跨了一两步，她把蜡烛举在眼睛前面，结果什么也看不清，于是便宣布说外面什么也没有，方才一定是风；这样门就准备要重新关上了，正在此时，一个一直从门缝里张望的生性好奇的寄宿生突然发出一声令人毛骨悚然的尖叫，吓得厨娘、女仆和其他几个胆大的连忙往后退。

"斯密色斯小姐怎么啦？"校长问，前面提到的这位斯密色斯小姐发起了歇斯底里，其力量之大，就连四个小姐也拉不住她。

"天哪，斯密色斯小姐，亲爱的，"另外二十九名学生说道。

"噢，门后面有人——有个男人！"斯密色斯小姐尖声叫道。

校长一听见这声可怕的叫喊，立即逃回到自己卧室里，把房门上两道锁都锁上，晕了过去。学生、教师和女仆全都退到了楼梯上，跌成一团，有的尖叫，有的晕过去，有的推推搡搡。在这一片混乱之中，匹克威克先生从藏身之处出来，走到众人面前。

"女士们——亲爱的女士们，"匹克威克先生说。

"噢，他还称我们是亲爱的，"那个最老最丑的教师说，"噢，这个下流坯！"

"女士们，"匹克威克先生吼了起来，处境的险恶使他不顾一切了。"听我说。我根本不是盗贼。我要找这里的校长。"

"噢，这恶棍多狠，"另一个教师尖叫，"他要找汤姆金斯小姐！"

这时大家同声尖叫起来。

"快拉铃报警，谁去呀，"十几个声音高喊。

"别这样，别这样，"匹克威克先生嚷道，"看看我，我的样子像盗贼吗？亲爱的女士们——我可以由你们随意处置，把我的手脚捆起来，把我锁到柜子里。只是听我解释一下，听我说一下。"

"你是怎样闯到花园里来的?"女仆结结巴巴地问。

"叫校长来,我会把所有的事情都告诉她——一点不漏,"匹克威克先生说,将肺部所有的力气都用了出来。"叫她来——只是别嚷嚷,叫她来,我就会把一切都讲给你们听。"

也许是由于匹克威克先生的相貌,或者是他说话的态度,或者只是因为女性心理之中有一种无法抗拒的好奇,巴不得能听一听到底有什么秘密之事——反正这群人当中比较理智的几个(总共是四位)稍微平静了下来。她们提议,为了证明匹克威克先生的诚意,他应该让她们对他的人身自由施加某种限制;这位绅士可以待在一个柜子里面同校长会谈,他同意了,并且立刻自愿跨到柜子里,随即外面就上了锁。这一来其他人又都来了劲,有人去把汤姆金斯小姐找了来,会谈开始了。

"你这个人到我的花园里来干什么?"汤姆金斯小姐有气无力地问道。

"我是来警告你,你们学校里有位小姐今晚要跟人私奔,"匹克威克先生在柜子里面答道。

"私奔!"汤姆金斯小姐、三位教师、三十个学生和五个女仆同声嚷道,"跟谁私奔?"

"你的朋友查尔斯·费兹-马歇尔先生。"

"我的朋友!我根本不认识这个人。"

"嗯,那么就是金格尔先生。"

"我从来也没有听说过这个名字。"

"那么我是上当受骗了,"匹克威克先生说,"我中了奸计,一个卑鄙无耻的圈套。亲爱的女士,你要是不信我的话,派个人到天使旅馆去,找匹克威克先生的跟班,求求你,女士。"

"他一定是个体面人——还带着跟班呢,"汤姆金斯小姐对教写作兼算术的教师说。

"照我看,汤姆金斯小姐,"教写作兼算术的教师说,"是他的跟班带着他。我想他是个疯子,汤姆金斯小姐,另一个是带他的人。"

"我想你说得一点不错，格温小姐，"汤姆金斯小姐回答，"两个女仆去天使旅馆，其余的留下来保护我们。"

这样两名女仆就奉命去天使旅馆找塞缪尔·维勒先生；另外三个就留下来保护汤姆金斯小姐、三名教师和三十名寄宿生。匹克威克先生便在柜子里面密密麻麻的三明治口袋底下坐了下来，等候回音，尽可能以达观的心情和坚忍的态度面对这一切。

一个半小时之后，派去的人回来了。他们一进门，匹克威克先生就听出除了塞缪尔·维勒先生的声音之外，还有另外两个人的声音。

接下来短短交谈了几句。柜子上的锁打开了，匹克威克先生跨了出来，他发现面前除了寄宿学校全体师生员工和萨姆之外，还有就是——老华德尔和他未来的女婿特伦德尔先生。

"我亲爱的朋友，"匹克威克先生冲上前去抓住了华德尔的手说，"亲爱的朋友，帮帮忙吧，真想不到我会陷到这种倒霉的可怕境地里，请你务必向这位女士解释一下。这件事的来龙去脉你一定听我跟班说了吧；无论如何，告诉她们，老朋友，我既不是盗贼，也不是疯子。"

"我已经跟她们说过了，亲爱的朋友，跟她们说过了，"华德尔先生握着他的右手说道，特伦德尔先生呢握着他的左手。

匹克威克先生无论是在跟朋友一起回去的路上，还是他们回去后坐在熊熊的炉火前用晚餐（这对他是太需要了）的时候，他一声也不吭。他似乎茫然失措，惊得呆住了。只有一次，仅仅一次，他转身对华德尔先生说：

"你们怎么会到这儿来的？"

"特伦德尔和我来这儿，首先是想要好好打一场猎的，"华德尔回答，"我们是今晚到的，没想到听你跟班说你也在这里。"

过不多久，匹克威克先生回房间睡觉去了，吩咐萨姆等他拉铃的时候去拿蜡烛。

铃不久之后响了，维勒先生走了进去。

"萨姆，"匹克威克先生说，头伸在被子外面朝外看。

"先生，"维勒先生说。

"金格尔猜到了我的心思,便指使那个家伙编了故事来哄你,是吧?"匹克威克先生说,几乎说不下去了。

"正是这么回事,先生,"维勒先生回答。

"那些话自然都是乱编的,是吗?"

"全是,先生,"维勒先生回答,"骗得高明,妙计啊。"

"我想,下一回总不能让他这样轻易逃脱,对吗,萨姆?"匹克威克先生说。

"我想他逃不了,先生。"

"无论在什么时候,什么地方,只要我再遇见那个金格尔,"匹克威克先生在床上坐起身来,朝枕头上一拳打下去,说道,"我除了要揭穿他的真面目,让他罪有应得之外,还要叫他尝尝我的拳头的滋味。我决不饶他,要不我就不姓匹克威克。"

"不管什么时候,要是我抓住那个哭丧着脸的黑头发小子,"萨姆说,"我不叫他生平头一遭眼睛里真正出点水的话,我就不姓维勒。晚安,先生!"

十五

匹克威克先生先在夜里给大雨淋得浑身湿透,接着又给关到柜子里去阴干,这种经历既特别又危险。他风湿病发作,卧床不起了。

不过,尽管这个伟人在体力上受到了伤害,但他的心灵却跟以前一样生气勃勃。他性情开朗,很快又恢复了快乐的心境。甚至最近这次遭遇所引起的不快也从他心里消失了;每当提到那件事引得华德尔先生哈哈大笑的时候,他也会一起大笑起来,一点也不生气或者觉得尴尬。在匹克威克先生卧病在床的那两天里,萨姆时刻在他身边照应着。第一天,他想法说些奇闻趣事给主人散散心;第二天,匹克威克先生吩咐将书写文具箱、笔墨拿来,接着整天就埋头写作。到了第三天,他能够坐起来在卧室里活动活动了。

前一天,匹克威克先生便给特普曼先生写了信,要待在伊坦斯维尔的三个朋友今天一起赶到贝里去找他,他们乘中午的驿车来了。

萨姆站在旅馆门口等他们,并且将他们引到匹克威克先生的房间里,见到老华德尔和特伦德尔也在场,温克尔先生和斯诺格拉斯先生大感意外,而特普曼先生则很有些尴尬。

"你好吗?"老头子握住了特普曼的手说,"别往后缩,也不要为了那件事情显得悲悲切切的,那是没办法的事,老兄。为了她呢,我巴不得你能娶她;不过为了你呢,我很高兴你没能娶她。像你这样的年轻人,将来不愁找不到一个更好的——嗯?"老华德尔拍拍特普曼的背安慰他,接着又纵声大笑起来。

"哎,你们好吗,年轻人?"老先生一边同时握着温克尔和斯诺格拉斯的手,一边说,"我刚才同匹克威克先生说了,要请你们一起到我那儿去过圣诞节。我们要举行婚礼——这次是真正的婚礼。"

"举行婚礼!"斯诺格拉斯先生嚷道,脸都发白了。

"不错,是婚礼。不过别害怕,"好脾气的老头儿说,"是特伦德尔和贝拉。"

"噢,是这样?"斯诺格拉斯先生说,觉得压在他心头令他坐立不安的沉甸甸的石头落了地。"恭喜恭喜,先生。"

"令堂呢,那位牧师还有其他所有的人,大家都好吗?"

"都很好。"

"那么,"特普曼先生费了好大的劲才说出口来——"那么——她在哪里呢,先生?"他转过身去,用手掩住了自己的眼睛。

"她!"老先生说,会意地摇了摇头,"你指的是我那个独身的亲人——是吧?"

特普曼先生点点头,表明他问的正是那位满心失望的雷切尔。

"哦,她走了,"老先生说道,"她住到远处一个亲戚家里去了。她看不得两个侄女,所以我就让她走了。来用饭吧,你们坐车过后,肚子一定饿了。我也饿了;我们吃吧。"

大家尽情享用了这顿晚饭;饭后桌子收拾停当,大家围坐下来,匹克威克先生将他这两天的遭遇告诉了他的朋友们,大家听到阴险狡猾的金格尔设下这种卑鄙下流的圈套,并且又一次得逞,个个大惊失色,义愤填膺。

　　"在那个花园里我惹上了风湿病,"匹克威克先生最后说,"到现在还瘸着腿。"

　　正在这时,萨姆拿着一封信闯了进来,打断了匹克威克先生滔滔不绝的发言。他用手帕擦了擦额头,拿下眼镜擦拭过后又戴了起来。他问道:

　　"什么事呀,萨姆?"

　　"刚才去邮局来着,看到了这封信,已经到了两天了,"维勒先生回答,"是用封缄纸封的,写的是圆体字。"

　　"这人的笔迹我不认识呀,"匹克威克先生边说边打开了来信,"老天爷!这是怎么回事?一定是开玩笑吧;这——这——决不会是真的。"

　　"什么事呀?"大家异口同声地问。

　　"不会是出了人命吧?"华德尔说,见到匹克威克先生目瞪口呆的样子,他吓了一跳。

　　匹克威克先生没有回答,只是将来信推到桌子对面,要特普曼先生大声朗读一下,他自己往椅子上一倒,脸上那种茫然不知所措的神色让人看了很是不安。

　　特普曼先生声音直发抖,将这封信念了出来,内容是这样的:

　　康希尔　弗利曼巷　　　　一八二七年八月二十八日
　　　　　　　　巴德尔起诉匹克威克

先生:

　　本律师事务所受玛莎·巴德尔太太之委托,对贵方拒不执行婚约一事提出诉讼,要求赔偿原告损失一千五百镑。本案已由民事法院受理,并已发出书面命令,特此奉告。并请回函告知贵方在伦敦的代理人姓名,以便进入正式程序。

　　此致

　　塞缪尔·匹克威克先生

道孙与福格敬上

　　每个人都惊异地看看坐在自己身边的人,大家又惊异地看看匹克威克先生,没有人做声,大家似乎都不敢开口。最后还是特普曼先生打破了沉默。

　　"道孙与福格,"他机械地重复着。

　　"巴德尔与匹克威克,"斯诺格拉斯先生若有所思地说。

　　"这是个阴谋,"匹克威克先生说道,他终于恢复了说话的能力,"一个卑鄙的阴谋,是道孙与福格这两个惟利是图的律师策划的。巴德尔太太决不会做这样的事;——她的心不会这么狠,也没有这样做的理由。滑稽——真是滑稽。"

　　"说到她的心呢,"华德尔微微一笑说道,"自然只有你最清楚了。我不想给你泼冷水,不过我还是得说一句,要说她有没有理由的话,道孙和福格要比我们任何人都清楚得多。"

　　"他们只是卑鄙地想敲竹杠罢了,"匹克威克先生说。

　　"但愿如此,"华德尔说,干咳了一声。

　　"我同她说话,只是房客对房东太太那样,有谁听见过什么出格之处?"匹克威克先生继续说,火气越来越大,"有谁看见我同她在一起过? 连我的这些朋友也没有——"

　　"不过有一次,"特普曼先生说。

　　匹克威克先生的脸一下变得刷白。

　　"啊,"华德尔先生说,"哎,这很要紧啊。我想没有什么值得怀疑的地方吧?"

　　特普曼先生怯生生地朝他的头儿看了一眼。"嗯,"他说,"是没有什么值得怀疑的地方,不过——我也不知道是怎么搞的,听着——她真的靠在他怀里。"

"天哪!"匹克威克先生失声叫道,当日那个场面活生生地浮现在他的眼前,"多么可怕,这正是人在身不由己情况之下的事情!她靠在我怀里——确实有这回事。"

"我们的朋友是在安慰她痛苦的心灵呢,"温克尔先生说。

"是这样,"匹克威克先生说,"我不否认,是这么一回事。"

"啊哈!"华德尔说,"既然那件事情没有什么值得可疑之处,这就好像有点儿怪了——嗯,匹克威克——嗯。"他哈哈大笑,震得碗橱里的玻璃杯也响了起来。

"真可怕,看上去真是太凑巧了!"匹克威克先生嚷嚷道,他双手托住了下巴。"我不由自主成了牺牲品。"在这之后,匹克威克先生双手抱住了头沉思起来。

"不过我要把它解释清楚,"匹克威克先生抬起头,用手拍着桌子说,"我要到道孙与福格这家事务所去。我明天就回伦敦。"

"明天不行,"华德尔说,"你的腿还瘸呢。"

"那就后天去。"

"后天是九月一日,你已经说好了无论如何要跟我们一起坐车去杰弗里·曼宁爵士的庭园去,要是你不上阵,那就和我们一起吃饭。"

"好吧,那就再往后延一天,"匹克威克先生说,"星期四去——萨姆。"

"先生,"维勒先生回答说。

"去订两个星期四上午去伦敦的外座,我跟你的。"

"好的,先生。"

维勒先生走出去了,他手插在口袋里,眼睛盯着地上,慢慢走去。

"我这位皇上真是个怪家伙,"维勒先生在慢慢走上大街时说道,"想不到他会去勾搭巴德尔太太,那婆娘还有个小孩子呢!这些老家伙看上去正经,全在搞这种鬼花头。不过,我不相信他有这种事——我不相信。"塞缪尔·维勒先生一边用这种口气评论着,一边朝售票处走去。

十六

　　道孙和福格律师事务所办事员的办公室是一间暗黑的长霉的房间,可以闻到泥土的气息,房里有道高高的隔板,挡住外人视线;房里有两张旧木椅子,一只走得很响的钟,一本年鉴,一个伞架子,还有几个架子,上面放着挂了纸条的脏脏的文件,还有几只贴着标签的旧松木箱子。有一扇玻璃门通往走廊。星期五上午,匹克威克先生带着萨姆来到了那扇玻璃门的外面。

　　"进来吧。"在匹克威克先生轻轻敲了敲门之后,隔板里面有个声音喊道。这样匹克威克先生和萨姆便走了进去。

　　"先生,请问道孙先生或者福格先生在吗?"匹克威克先生脱下帽子,一面轻声问。

　　"道孙先生不在,福格先生手头正忙着呢,"那个声音回答;与此同时说话人的脑袋从隔板里探了出来,望着匹克威克先生,他耳朵上夹着一枝笔。

　　"请问道孙先生什么时候回来?"匹克威克先生问。

　　"很难说。"

　　"福格先生还要忙很久吗,先生?"

　　"不知道。"

　　"那么我还是等一等吧,"匹克威克先生说。没人答腔;因此匹克威克先生便顾自坐了下来,只听见那只钟滴答滴答地大声响着,其间又夹杂着办事员低低的说话声。

　　"今儿一早福格在这里玩了一手,"其中一个身穿棕色上装的人说,"当时杰克正在楼上整理文件,你们两个到印花税务局去了。福格在楼下这儿拆开来信,这时候坎布维尔的那个家伙来了,喏,就是我们发传票去打官司的那个,他叫什么名字来着?"

"拉姆齐，"方才跟匹克威克先生说话的那个人回答说。

"对了，拉姆齐——那主顾一副晦气样儿。'嗯，先生，'老福格说，气势汹汹地望着他——你们知道他那副模样——'嗯，先生，你是来把案子结掉的吧？'是啊，先生，我是来结账的，'拉姆齐说，手伸到口袋里掏出钱来，'债欠了两镑十先令，费用是三镑五先令，全在这儿啦，先生，'他一边把包在吸墨纸里的钱拿出来，一边狠狠地叹气。老福格先望望钱，然后又望望他那个人，接着以他那种怪腔调也咳了一声。'你大概还不知道吧，状子送上去了，费用会增加不少呢，'福格说。'哪有这种事情，先生，'拉姆齐吓得往后一缩，'昨天晚上才到期的呀，先生。'确实是这样，'福格说，'我有个办事员刚刚去送。维克斯先生，杰克逊先生是去送布尔曼告拉姆齐的状子了，对吗？'我自然回答说确实如此，福格又咳了一声，望着拉姆齐。'天哪！'拉姆齐说，'我好不容易才凑起这点钱来，真是急得要发疯了，想不到还是没用。'根本没有用，'福格冷冷地说，'所以你最好还是回去再弄点儿钱，趁早送到这里来。'我敢赌咒，我弄不到了，'拉姆齐用拳头捶着桌子说。'别在这里耍蛮吓唬人呀，先生，'福格说，故意大发脾气。'我不是耍蛮吓唬你，先生，'拉姆齐说。'你是这样，'福格说，'出去，先生，你给我出去，先生，等你明白该怎样说话行事再回来。'嘿，拉姆齐还想争辩，可是老福格不让他开口，所以他只好把钱放回到口袋里，偷偷跑了出去。门刚在他身后关上，老福格就朝我转过身来，满脸堆着甜蜜的笑容，从上衣口袋里掏出那份状子。'哎，维克斯，'福格说，'叫挂马车，尽快把这份东西送到律师学院书记员那里去。费用是拿得稳的，因为这个人靠得住，他老婆孩子一大堆，每礼拜工钱有二十五个先令，到头来他肯定要签约从工资里扣钱付律师费，假如那样的话，他的东家肯定会从他的工钱里扣下来付给我们的，我有数；所以我们不妨尽量敲他一下，维克斯先生。这也是符合基督教的教义的，你看，他拖儿带女那么一大家子，工资少得可怜，该给他个教训，让他下次不要借债，这是为他好，维克斯先生，对吗？'——他走开时一脸和蔼可亲的笑容，让人看了也高兴。这才叫顶呱呱的吃法律饭呢，"维克斯的口气佩服得五体投地，"真是顶呱呱，是吗？"

另外那三个人忙不迭地一致对此表示赞同，这个小故事使大家开心得不得了。

"这些人可真不坏，先生，"维勒先生凑在主人耳边说，"他们可真会找乐子呀。"

匹克威克先生点头表示同意，他又咳了一声以提醒隔板后面的那几位年轻人他在等候，那几位呢，谈了这一阵闲话后满心轻松，总算想到了还有客人在外头。

"不知福格手头上的事情做好了没有？"杰克逊说。

"我去瞧一下，"维克斯不慌不忙地从凳子上爬下来，"你叫什么名字呀？"

"匹克威克，"本书的这位杰出的主角回答。

杰克逊先生上楼去通报了，他马上就回来说再过五分钟请匹克威克先生去见福格先生，说完这话后他又坐到了自己的办公桌旁。

"刚才他说叫什么名字来着？"维克斯低声问。

"匹克威克，"杰克逊说，"是巴德尔跟匹克威克那个案子里的被告。"

隔板后面立刻响起一阵脚步从地板上拖过的声音，还有人压着嗓门在笑。

"他们在瞧你呢，先生，"维勒先生低声说。

"瞧我，萨姆！"匹克威克先生说，"瞧我，这是什么意思？"

维勒先生没有开口，只是竖起大拇指从肩头上往后面指了指，匹克威克先生抬头看去，这才发现了四位办事员头都探在隔板上方，个个眉飞色舞，正仔仔细细地观察这位据称是耍弄了女性感情破坏了女性幸福的男人的体态和模样。他一抬头，这一排脑袋立刻就缩下去了，接着便立刻传来了钢笔飞快地在纸上涂抹的沙沙声。

挂在办公室里的一只铃铛突然响了，召杰克逊先生去福格那里，这一位回来后便通知说请匹克威克先生上楼去见他（福格）。

匹克威克先生上楼去了，萨姆独自在楼下等。二楼后面一间房的房门上清清楚楚地刻着"福格先生"几个很有气派的字儿,杰克逊在门上轻轻敲了一下,里面发话请进,他就引着匹克威克先生走了进去。

"道孙先生回来了吗?"福格先生问。

"刚刚回来,先生,"杰克逊回答。

"请他来一趟。"

"是,先生,"杰克逊出去了。

"请坐,先生,"福格说,"那里有报纸,先生,我的合伙人马上就来,我们可以把那件事谈一下,先生。"

匹克威克先生坐下来拿起报纸,不过并没有看报,而只是从报纸上方偷眼望出去,打量这位吃法律饭的人。这人上了点年纪,满脸粉刺,像是吃素的,他身穿黑色上衣,深色的混纺裤子和小小的黑色绑腿;这种人似乎成为他伏在上面写字的办公桌的一个必不可少的部件,而且他的思想与感情同那张桌子也相差不了多少。

几分钟之内谁也没开口,直到道孙先生走进来才开始谈话,后来的这一位又高又胖,他面容严肃,说话的声音很大。

"这位是匹克威克先生,"福格说。

"噢,先生,你就是巴德尔和匹克威克那个案子里的被告,是吗?"道孙说。

"正是,先生,"匹克威克先生回答。

"很好,先生,"道孙说,"你有什么打算啊?"

"啊!"福格说,双手往裤袋里一插,身子仰在椅背上,"匹克威克先生,你有什么打算啊?"

"别做声,福格,"道孙说,"我要听听匹克威克先生的说法。"

"先生们,"匹克威克先生平静地注视两位律师,回答说,"我来这儿,先生们,是要表达我收到你们那天的信时的惊讶之情,并且打听一下你们控告我究竟有什么根据。"

"根据呢——"福格刚说出了这几个字,道孙就挡住了。

"福格先生,"道孙说,"我有话要说。"

"对不起，道孙先生，"福格说。

"至于控告的根据呢，先生，"道孙接下去说，神气中颇有几分道德上的优越感，"你该问问自己的良心和情感。我们呢，先生，我们完全按照我们的当事人的申诉行事。那份申诉呢，先生，可能一点不假，也可能不是真的；它也许完全可信，也许一点都不可信；不过，假使它是真的，是可信的话，那么，先生，我可以毫不迟疑地告诉你，先生，我们控告的根据十分有力，它是推翻不了的。先生，在这件事上你或许是倒了大霉，或许是工于心计；不过，要是让我宣誓作陪审员对你的行为发表看法的话，先生，我会毫不迟疑地声明，对这桩案子我的看法一清二楚。"说到这里道孙像个德行完美的人受到侮辱那样挺直了身子，朝福格看了看，那一位呢，将手在裤袋里插得更深，心照不宣地点点头，用完全赞同的口吻说，"千真万确啊。"

"嗯，先生，"匹克威克先生说，脸上的表情显得很是痛苦，"请相信我说的话，在这件事上，我真是太倒霉了。"

"我希望如此，先生，"道孙回答，"我相信你可能是倒了霉，先生。如果在控告你的那件事上你是清白无辜的，那么你这个霉确实是倒得太大了，从来没有人像这样倒霉过的呢。你说呢，福格先生？"

"我完全赞成你的说法，"福格回答，脸上露出一副不予置信的笑容。

"作为诉讼手续开始的通知书，先生，"道孙继续说，"是正式签发的。福格先生，申请单的本子在哪里？"

"在这儿，"福格说，递给他一个羊皮纸封面的方本子。

"这一条就是，"道孙接下去说，"'米德尔塞克斯，拘票，寡妇玛莎·巴德尔告塞缪尔·匹克威克。损失赔偿费，一千五百镑。原告律师，道孙与福格。一八二七年八月二十八日。'完全符合规定，先生，完完全全，"道孙咳了一声，朝福格望去，他也说了声"完完全全"。然后两个人都望着匹克威克先生。

"那么，这就是说，"匹克威克先生说，"你们当真要把这场官司打下去了？"

"当真,先生! 那还用说,"道孙回答,不失身份地咧咧嘴,一副似笑非笑的神气。

"那么损失赔偿确实是一千五百镑了?"匹克威克先生说。

"说到这一点,我可以向你担保,要是当事人听了我们的话,这笔数目要大三倍呢,先生,"道孙回答。

"不过,我记得巴德尔太太特别提出来,"福格望了望道孙,说道,"一个子儿都不能少了。"

"肯定如此,"道孙板起面孔回答。因为官司刚刚开始,这时就是匹克威克先生想要求和的话,也是没门儿。

"先生,既然你提不出什么条件,"道孙说,右手拿着一份羊皮纸文件扬了扬,左手将纸上抄写的副本亲切地塞到匹克威克先生手里,"先生,我想最好还是把副本给你一份,先生,原件在这儿。"

"很好,先生们,很好,"匹克威克先生说,勃然大怒地站起身来,"我会派我的律师同你们接头的,先生们。"

"那再好也没有了,"福格擦着双手说。

"再好没有,"道孙说,把门打开。

"先生们,在我离开以前,"满心激动的匹克威克先生在楼梯口转过身来说,"我还有句话要说,那就是在所有那些卑鄙无耻的诉讼当中——"

"慢着,先生,慢着,"道孙彬彬有礼地打断了他的话,"杰克逊先生! 维克斯先生!"

"来了,先生,"那两个文员来到了楼梯底下。

"我只是要你们听一听这位先生说的话,"道孙说,"请你说下去,先生——你刚才说的是,卑鄙无耻的诉讼吧。"

"不错,"匹克威克先生说,他火冒三丈了,"先生,我说的是,在古往今来所有那些卑鄙无耻的诉讼当中,这件是最卑鄙无耻的了。我把这话再说一遍,先生。"

"维克斯先生,你听到了吧?"道孙说。

"这几句话你记住了吧,杰克逊先生?"福格说。

"也许你还想骂我们是骗子吧，先生，"道孙说，"要是你想骂，那就请骂吧，先生。"

"我是要骂，"匹克威克先生说，"你们这两个骗子。"

"好极了，"道孙说，"维克斯先生，你在下面听清楚了吧？"

"听清楚了，先生，"维克斯回答。

"要是听不清楚，你们走上一两级楼梯，"福格先生说，"说下去，先生，请说下去。你最好骂我们是小偷吧，先生；你也许想要把我们哪个揍一顿吧。请吧，先生，只要你高兴，我们是绝对不会还手的。请打吧，先生。"

由于福格故意走到匹克威克先生捏紧的拳头下面逗引他，他无疑是会在他一再怂恿之下打下去的，幸而这时萨姆赶到了，他听见争吵的声音，便赶紧冲上楼，抓住了他主人的手。

"你快走，"维勒先生说，"板羽球这游戏挺好玩，不过要是你当球，两个律师当球拍子，那就太过激动，没有什么好玩的地方了。走吧，先生。要是你想教训什么人一顿出气的话，那就到院子里去教训我吧；在这儿玩这玩意儿可是要花大价钱的呀。"

维勒先生顾不上一点儿礼节，拖着他主人下了楼，来到院子里，又平平安安来到了康希尔街上，在这之后，他就退到主人身后，准备跟他去随便什么地方。

匹克威克先生心不在焉地走着，在市长官邸对面穿过马路。萨姆正有些纳闷不知这是要到什么地方去，这时他主人转过头来说：

"萨姆，我马上要去佩克先生那里。"

"这就对了，你昨晚就该到他那儿去了，先生，"维勒先生回答。

"嗯，嗯，萨姆，"匹克威克先生回答说，"我们马上就去，不过，我心里很烦，想要先来一杯热的搀水白兰地，萨姆，哪里有酒店呀，萨姆？"

维勒先生对伦敦可说是无处不知，特别清楚，他不假思索地回答说：

"右手那边第二条巷子——右边最后第二家。"

匹克威克先生叫萨姆跟着他走进了他提的那家酒店,热的搀水白兰地立刻就给他端了上来;萨姆呢,也坐在同一张桌子上,不过与主人保持了一定的距离,他叫的是一品脱黑啤酒。

这个房间布置很简单,显然是驿车车夫特别爱光顾的地方:在几个包间里有几位看来确实属于这一行当的先生正在抽烟喝酒。其中坐在对面包间里的一位红光满面的上了年纪的大块头尤其引起了匹克威克先生的注意。这位大块头正在起劲地抽烟,每抽五六口,他总要把烟斗从嘴上移开,先看看萨姆,再看看匹克威克先生。然后他再尽量埋下头,到一只一夸脱的大杯子里喝酒,接着再看看萨姆和匹克威克先生。在这之后他又带着深思熟虑的神气抽上五六口烟,又朝他们望着。最后这位大块头把两条腿搁到座位上,背倚着墙,接连不断地抽起烟来,同时他又透过烟雾朝这两个新来的客人盯着,似乎已经下定决心要把他们好好看个痛快。

大块头举动上的这些变化起初并没有引起维勒先生的注意,但是渐渐地他发现匹克威克先生的眼睛老是朝那边转过去,他也往那边注意观看起来,他同时用手遮在自己眼睛上方,仿佛觉得这个人很面熟,他想要弄清楚自己究竟有没有看错。他的疑惑很快就烟消云散了,因为大块头从烟斗里喷出一大团烟之后,一个沙哑的声音从围在他喉咙和胸膛上的无比巨大的围巾底下发了出来,有点像是在练那种用肚皮运气说话的怪功法,那声音慢慢地说:"喂,萨姆!"

"是谁呀,萨姆?"匹克威克先生问。

"啊哟,真正想不到,先生,"萨姆说,眼睛吃惊地睁得老大,"是老头子。"

"老头子,"匹克威克先生说,"什么老头子?"

"是我父亲,先生,"萨姆回答,"你好吗,我的老前辈?"他一边这样打了个孝心十足的招呼,一边侧过身子让座,因为大块头衔着烟斗,端着酒杯走了过来。

"嘿,萨姆,"父亲说,"有两年多没有见到你了吧。"

"差不多,老头,"儿子回答,"后妈好吗?"

"嘿，实话告诉你，萨姆，"老维勒先生说，神色非常庄重，"我第二回结婚碰到的这个女人做寡妇时候真是天下无双的呀——萨姆，真是可爱极了，我现在对她的看法呢是这样，她守寡时真是好得没法比，真可惜她要嫁人。萨姆，她做老婆可是不怎么样啊。"

　　"真有这事？"小维勒先生问。

　　老维勒先生摇摇头，叹了一口气答道："我这回可真是上了当哇，萨姆，我这回可真是上了当哇。孩子，记住你老爸的教训，你这辈子对寡妇可要留神啊，尤其是开酒店的寡妇，萨姆。"老维勒先生在满怀悲愤地以长辈的口吻对儿子发了一通肺腑之言之后，又从口袋里一只铁皮盒子掏烟丝把烟斗填满，借着上一斗的烟灰余烬点着了，接着便大口大口地吸了起来。

　　"对不起，先生，"他在沉默了好一阵之后，又捡起了这个话题，这回是对匹克威克先生说的，"请您别见怪，先生；我希望您没有娶寡妇吧，先生。"

　　"没有，"匹克威克先生哈哈大笑；趁匹克威克先生大笑的当儿，萨姆·维勒低声告诉父亲他同这位先生之间的关系。

　　"对不起，先生，"老维勒先生脱下帽子说，"希望萨姆没出什么岔子吧，先生。"

　　"一点也没有，"匹克威克先生说。

　　"听到这话真叫人高兴，先生，"老头答道，"我在他的教育上可没少费工夫，先生；在他小时候就让他到街上去闯，自己混饭吃。先生，要让孩子伶俐，就只有这个法子呀。"

　　"我看这未免有点儿危险，"匹克威克先生微笑着说。

　　"也不大靠得住，"维勒先生接口说，"前几天我还上了个大当。"

　　"哪有这事！"父亲说。

　　"真的，"儿子说，他接着尽可能简单地告诉父亲他如何轻而易举地中了特洛特的奸计。

　　老维勒先生极其认真地听了这事的经过，在儿子说完以后他开口道：

"那两个家伙当中有个是留着长头发的瘦高个儿,嘴巴像是抹了油,是吗?"

匹克威克先生对后一句话不是很明白,但前面那句却完全清楚,他随口应了声"是的"。

"另外一个是黑头发,穿了桑葚色的衣服,脑袋特别大?"

"对,对,一点不错,"匹克威克先生和萨姆急忙说。

"这么说我知道他们的去处了,是这样,"老维勒先生说,"他们两个是在伊普斯威奇,好好的没人动他们一根汗毛。"

"哪有这样的事!"匹克威克先生说。

"一点不假,"老维勒先生说,"我这会儿常给一个朋友赶去伊普斯威奇的驿车。就在您得了风湿病那一晚的第二天我也赶车,他们是在切姆斯福的黑孩旅社过夜的,就在那儿上了我的车,一直去了伊普斯威奇,那个穿桑葚颜色衣服的用人告诉我他们要在那地方待一阵子呢。"

"我去追他,"匹克威克先生说,"不管是伊普斯威奇还是别处,我要去追他。"

"你看准了当真是他们吗,老人家?"小维勒先生问。

"准,萨姆,准,"父亲回答,"他们那副模样实在是怪,何况呢,那个绅士同他的跟班这样亲热,实在叫人奇怪,还有呢,他们坐在马车前边,就在我座位后面,我听见他们哈哈大笑,说是他们把那老火药筒子好好耍了耍。"

"老什么?"匹克威克先生问。

"老火药筒子,先生,不会错,先生,他们是在说您呢。"

"老火药筒子"这个称呼虽然谈不上有多大的恶意,不过也绝对没有一点客气恭敬的意味。在维勒先生开口说话的时候,匹克威克先生在金格尔手中所吃的种种苦头一起浮上心头,只要再加上一根羽毛天平就倾斜了,而"老火药筒子"正起了这样的作用。

"我要去追他,"匹克威克先生说,重重地拍了一下桌子。

"先生,我明儿要驾车去伊普斯威奇,"老维勒先生说,"在怀特查普尔大街公牛旅店出发；假如您真的想去，那还不如坐我的车子去。"

"不错，"匹克威克先生说，"一点不错；我可以写信到贝里去，叫他们到伊普斯威奇来找我。我们搭你的车去。不过维勒先生，请别急着走呀，要不要喝点什么？"

"多谢多谢，先生，"维勒先生说，立刻站定了，"那就来一小杯白兰地祝你健康，并且祝萨姆顺当，先生，这样可以吧？"

"当然可以，"匹克威克先生说，"喂，来一杯白兰地！"

白兰地送上来了，维勒先生朝匹克威克先生捋了捋头发，又朝萨姆点点头，端起酒杯一下子倒进他那大大的嗓子里去，仿佛那只是个顶针箍似的。

"好啊，爸爸，"萨姆说，"老头儿，留神点啊，要不你那痛风的老毛病又会发作啦。"

"萨姆，我已经找到了治这种毛病的好法子啦，"维勒先生把酒杯放下，说道。

"治痛风病的好法子，"匹克威克先生连忙掏出了笔记本，问道，"什么法子呀？"

"先生，痛风，"维勒先生说，"痛风这种毛病的根子是太舒服，太安逸。先生，要是你得了痛风病，只要去娶个嗓门大大的寡妇，并且把她那个大嗓门好好用起来，那你就再也不会得痛风病了。这个方子是再灵验不过的，先生。我常常用它，我敢打赌，但凡任何由于过分安逸引起的病痛它都治得好。"在将这个宝贵的秘方公之于众之后，维勒先生又喝下一杯酒，吃力地眨了眨眼睛，深深叹了口气，慢慢走掉了。

"哎，你对你父亲的话有什么感想呀，萨姆？"匹克威克先生微笑着问。

"感想，先生！"维勒先生说，"嘿，我想他是受了婚姻大事的害呀。"

对这番切中要害的结论没有什么好回答的，因此，匹克威克先生在付账过后，便重新往格雷律师学院走去。不过，在他走到律师学院那个僻静的园子里的时候，已经是八点钟了，足登满是泥污的半高帮皮鞋,头戴有污迹的白帽子,身穿破旧衣服的人川流不息地涌上通往外面的小路,他意识到大多数办公室已经下班了。

在爬上两道又脏又陡的楼梯之后,他发现自己的预感没有错。佩克先生办公室的"大门"关得紧紧的,尽管维勒先生踢了又踢,一点回音也没有,这说明里面的人已经回去了。

"这倒是不错呀,萨姆,"匹克威克先生说,"我不该耽搁了一个钟头再来找他的;要是我想到没能把这件事托付给一位专业人士办理,我肯定,今天晚上我是没法合眼的。"

"先生,有个老太婆上楼来了,"维勒先生回答,"她或许知道到哪里能找到人。哈啰,老太太,佩克先生事务所里的人去哪儿啦?"

"佩克先生事务所里的人,"一个瘦瘦的、样子可怜巴巴的老太婆说,她爬了楼梯后,停住脚喘口气,"佩克先生事务所里的人走了,我是来打扫办公室的。"

"老太太,您可知道到哪儿才找得到佩克先生呀?"

"我不知道,"老太婆生硬地回答,"他这会儿不在城里。"

"真是糟糕,"匹克威克先生说,"他的办事员在哪儿——您知道吗?"

"嗯,我倒是知道,不过要是我告诉了你他是会不痛快的,"洗衣妇回答。

"我找他有要紧的事情,"匹克威克先生说。

"等到明天上午不行吗?"老太婆说。

"不大好,"匹克威克先生回答。

"嗯,"老太婆说,"既然是要紧事情,我就把他在哪儿告诉你吧。你到喜鹊和树桩旅店去,到柜台上去说要找娄顿先生,他们就会带你去找他,他就是佩克先生的办事员。"

在老太太指点之下,匹克威克先生和萨姆走下楼梯,找到了喜鹊和树桩旅店。

匹克威克先生一站到柜台前面,一个上了年纪的女人立刻从屏风后面走了出来。

"太太，娄顿先生在这儿吗？"匹克威克先生问。

"在这儿，先生，"老板娘回答说，"喂，查理，给这位先生引路。"

匹克威克先生关照萨姆在酒吧里面自己消遣，便跟着跑堂去找正在同朋友一起喝酒唱歌的娄顿先生。

在跑堂的通报"有位绅士要见您，先生"之后，一个坐在桌子尽头椅子上的面孔鼓鼓的青年有点惊异地朝说话的这边转过脸来，他的目光落到了来人的身上，惊异的神色一点没有减少，因为他从来没有见过这个人。

"对不起，先生，"匹克威克先生说，"也很抱歉打扰了在座各位，不过我有要紧的事情；能不能请你跟我到房间这一头来，就五分钟，谢谢了。"

面孔鼓鼓的年轻人站起身，拉着椅子到房间一个暗暗的角落里，在匹克威克先生身边坐下，认真倾听他那件倒霉的事情。

"啊，"匹克威克先生说完之后他说，"道孙和福格——手段毒辣得很呀——道孙和福格，办起案子来没得说，先生。"

匹克威克先生承认道孙和福格手段确实毒辣，娄顿又说：

"佩克不在城里，他要到下个星期周末才能回来；不过要是您想要找辩护律师的话，你就把文件交给我吧，我可以先把要办的事办起来，等他回来。"

"我正是为了这一点来找你的，"匹克威克先生边说边将文件递给他，"假如有什么要紧的事的话，你可以写信给我，地址写伊普斯威奇邮局就行。"

十七

"那是你东家的行李吗，萨姆？"老维勒先生见到他儿子提着一个旅行包和一只小手提箱走进怀特查普尔公牛旅馆的院子里，便问他说。

"你猜得再准也没有了,老人家,"小维勒先生把手中的东西放在院子里答道,他随即又坐到了行李上,"东家自己马上就来。今天早上后妈怎样啊?"

"很怪,萨姆,很怪,"老维勒先生回答,"她近来有点迷上了循道会那一套东西,不骗你,她真是虔诚得很呢。她这个人对我来说是太好了,萨姆。我觉得自己配不上她。"

"啊,"塞缪尔先生说,"你这话真是很有点灭自己志气的味道呀。"

"很是,"父亲叹了口气说道,"她学了什么新发明的法子,说是可以让成年人再生出来,萨姆;我想,他们是把这称为新生吧。我倒是想要看看怎么样把这法子变成实事,萨姆。我倒是真想看看你后妈怎样再给生出来。我可不想送她去找奶妈。"

就在老维勒先生说话的当儿,匹克威克先生从两轮马车上下来,走进了院子。

"早上天气很好啊,先生,"老维勒先生说。

"真的很好,"匹克威克先生回答。

"真的很好,"跟匹克威克先生同时从马车上下来一个红头发的人附和说,他长着一个好管闲事的鼻子,戴着蓝色的眼镜。"先生是去伊普斯威奇吗?"

"是啊,"匹克威克先生回答。

"真是巧得很,我也去那里。"

匹克威克先生欠了欠身子。

"坐外边的座位吗?"红头发的人问。

匹克威克先生又欠欠身子。

"老天哪,真正是巧得不得了——我也坐外面的座位,"红头发的人说,"我们的的确确是一块儿去了。"红头发的人模样很有些自命不凡,他鼻子尖尖的,说话的口气很有些令人莫测高深,他每说一句话脑袋就像鸟那样一点。这会儿他得意地笑着,就像是发现了什么人类历史上最了不得的奇迹似的。

"能有幸和您结伴同行，我很是高兴，先生，"匹克威克先生说。

"啊，"新来的人说，"这对我们俩都有好处，对吗？有伴儿，嗯，有伴儿是同独个儿出门大不相同的——对吗？"

"这一点是千真万确的，"萨姆满脸堆笑，也插嘴说。

"啊，"红头发以傲慢的眼光将维勒从头到脚打量了一番，"先生，是您的朋友吗？"

"算不上是朋友，"匹克威克先生低声回答，"真实情况是，他是我的跟班，不过我允许他不那么拘礼；不瞒您说，我觉得他很有些新颖的想头，我很为他骄傲。"

"啊，"红头发的人说，"您瞧，这就是个人爱好的问题了。我对新异的东西都不喜欢；我讨厌标新立异，觉得完全没有什么必要。您贵姓啊，先生？"

"这是我的名片，先生，"匹克威克先生回答，陌生人说起话来这么古怪，这使他觉得很是好笑。

"啊，"红头发的人将名片夹在口袋里的小本子里，说道，"匹克威克，很好。我就喜欢弄清别人的名姓，这可以省掉不少麻烦。先生，这是我的名片，你可以看到，我叫马格纳斯，先生——我姓马格纳斯。这个姓很不错，是吗，先生？"

"确实很好，"匹克威克先生说，再也忍不住要笑出来。

"对，我觉得确实不错，"马格纳斯先生接下去说，"你可以看到，前面那个名字也很好。先生，劳驾请你把名片稍微斜点儿拿，这样子，你就可以看见朝上的那一笔了。哪——彼得·马格纳斯——念起来很好听，是吗，先生？"

"很好听，"匹克威克先生说。

"喂，先生们，"马夫叫道，"车子要上路啦，请上车吧。"

"我的行李都拿上去了吗？"马格纳斯先生问。

"拿上去了，先生。"

"红色的提包呢？"

"在上面,先生。"

"带条纹的包呢?"

"在前面马车夫座位底下,先生。"

"牛皮纸包呢?"

"在座位下面,先生。"

"皮帽盒子呢?"

"都在车上了,先生。"

"行了,上车吧,怎么样?"匹克威克先生说。

"对不起,"马格纳斯站在车轮上回答说,"对不起,匹克威克先生。事情没有弄清楚,我不能上车。照那个人的样子来看,我敢肯定皮帽盒子不在车上。"

马车夫赌神发咒地声明帽盒子已经放好了,但是完全没有用,于是只好从放行李的地方最底下将皮帽盒子翻出来,让他看放得好好的,他才放心;在这件事上放下心来之后,他在其他问题上又有了些不祥的预感,首先是红色提包放的地方不对头,再有就是条纹提包给偷掉了,还有就是扎牛皮纸包的绳子"松开了"。最后,在他亲眼目睹了他怀疑的每一桩事情都毫无根据之后,他才同意爬到车顶上,说是这下他才完完全全放心了,他觉得一身轻松,非常快活。

"你这不是有点神经过敏吧,先生?"老维勒先生问道,他一边爬到自己座位上,一边斜着眼睛打量这位陌生人。

"对啊;在这些小事情上,我是有点这样,"陌生人说,"不过现在好了——完全好了。"

"嗯,谢天谢地,"维勒先生说,"萨姆,扶你东家上车坐到我边上来,那条腿,先生,对啦;把手伸给我,先生。上来吧。你小时候可没有这样重,先生。"

"这话一点也不错,维勒先生,"匹克威克先生上气不接下气地说,他坐到他旁边的座位上,一脸的高兴。

"萨姆,到前面跳上来,"维勒先生说,"行了,出发吧。"马车沿着怀特查普尔驶去,引得这个人口相当稠密的地区的全体居民赞叹不已。

"这一带算不上是什么好地方呀,先生,"萨姆说,举手碰了碰帽檐,每当他要同主人谈话之前总要这样做。

"的确不很好,萨姆,"匹克威克先生回答,望着沿路拥挤肮脏的街道。

"先生,说起来真奇怪,"萨姆说,"贫穷和牡蛎好像总是在一起啊。"

"你这是什么意思啊,萨姆?"匹克威克先生说。

"先生,我的意思是,"萨姆说,"越是穷的地方,买牡蛎的像是越多。您瞧,先生,每隔五六户人家就有一个牡蛎摊子。街两边都是卖牡蛎的。这叫我不得不相信,人一穷,就会冲出屋子来死命吃牡蛎。"

"这话一点也不错,"老维勒先生说,"还有腌鲑鱼也是这样!"

"这两桩事情的确很怪,我以前倒从来没有想到过,"匹克威克先生说,"等下子车一停,我就要把它们记下来。"

维勒先生就这么一路聊着,既生动有趣,又大有学问,真是魅力无穷,使人忘记了这大半天旅途的劳顿。交谈的话题是不会缺少的,因为即使东拉西扯的维勒先生偶尔停住口,马格纳斯先生就会立刻补充进来,他这个人对每个旅伴的个人历史极为感兴趣,总是前前后后地问个不停,同时,车子每到一站他就焦急不安地大叫大嚷,叫人看看他的两个提包、皮帽盒子和牛皮纸包是否还在车上,完好无损。

傍晚,匹克威克先生、萨姆·维勒和彼得·马格纳斯先生在大白马旅馆前下了车。

"先生,您住在这儿吗?"在彼得·马格纳斯先生的条纹提包、红提包和皮帽盒子都放到过道里之后,他问道,"先生,您在这儿下榻吗?"

"是的,"匹克威克先生说。

"天哪,"马格纳斯先生说,"真想不到世上竟然有这么巧的事情。哎呀,我也在这儿下榻。我希望我们一起去用饭,好吗?"

"很好,"匹克威克先生说,"不过我还不知道我的朋友有没有到。

茶房,有没有那位名叫特普曼的客人呀?"

"没有。"

"有没有名叫斯诺格拉斯的先生呢?"匹克威克先生又问。

"没有!"

"温克尔也没有吗?"

"没有。"

"先生,我的朋友今天还没到,"匹克威克先生说,"那么,就我们俩用饭了。茶房,给我们开个包间。"

茶房叫擦靴子的去搬绅士们的行李,自己就带他们去包间。过了一个钟头才给客人上了一小块鱼和牛排,等到饭用好桌子收拾干净以后,匹克威克先生和彼得·马格纳斯先生把椅子拉到火炉旁边,以最贵的价钱叫了一瓶最糟糕不过的葡萄酒,让旅店大赚了一笔,随后饮起搀水白兰地来散散心。

彼得·马格纳斯先生生来就非常喜欢同人聊天,搀水白兰地更是神妙无比,使他藏在内心深处的秘密蠢蠢欲动,终于一股脑儿倒了出来。他扯起了自己、他的家庭、亲戚、朋友、他的笑话、事业和兄弟的种种故事,在这之后,彼得·马格纳斯先生透过他的蓝色的眼镜片朝匹克威克先生瞅了几分钟,然后怯生生地问道:

"匹克威克先生,您认为——您认为——我是为什么到这里来的呢?"

"说实在话,"匹克威克先生说,"我根本猜不出来;或许是为了什么事务吧?"

"先生,猜对了一半,"彼得·马格纳斯先生说,"不过还有一半猜错了,再猜猜看,匹克威克先生。"

"说真的,"匹克威克先生说,"我就是猜上一整夜,也猜不出来了;只好请您告诉我了,不过,告诉我究竟合不合适,那得请您自己做主了。"

"嗯,是这样,嘻——嘻——嘻!"彼得·马格纳斯先生难为情地吃吃笑了,"您想不到吧,匹克威克先生,我是为了求婚到这儿来的,您觉得如何？嘻——嘻——嘻！"

"觉得如何！我想您大有成功的希望啊，"匹克威克先生笑容满面地说。

"啊！"马格纳斯先生说，"匹克威克先生，您真是这样想的吗？真的吗？"

"那当然啦，"匹克威克先生说。

"哎，您只是说笑话吧。"

"不是，真的不是。"

"哦，那么，"马格纳斯先生说，"不瞒您说，我对此也有同感。匹克威克先生，虽然我这个人天生喜欢吃醋——极其喜欢吃醋——我不妨告诉您，这位女士就在这家旅店里。"说到这里，马格纳斯先生摘下眼镜，为了眨巴一下眼睛，然后又把眼镜戴上。

"难怪您在饭前老跑到房间外面去呢，"匹克威克先生调皮地说。

"轻声点！对啊，您说得不错，正是这样；不过，我还没有傻到去找她的程度。"

"真的！"

"没有；要知道，刚刚才到这儿，那是不行的。等明天再见面，先生；那就好多啦。匹克威克先生，在那只提包里有一套衣服，在那只盒子里有顶帽子，这两样东西实在别致，我想它们一定会对我产生千金难买的作用的，先生。"

"一点不错！"匹克威克先生说。

"是的，您一定注意到了今天我是多么当心这两件东西。匹克威克先生，我相信，这样的衣服和帽子你再也买不到了。"

匹克威克先生祝贺他运气实在是好，竟然将这两件具有无法抗拒的魅力的衣物弄到了手；彼得·马格纳斯先生有几分钟没开口，显然还在认真回味这桩事情。

"她真是个妙人儿啊，"马格纳斯先生说。

"是吗？"匹克威克先生说。

"很可爱，"马格纳斯先生说，"非常可爱。她住的地方离这儿大概有二十英里,匹克威克先生。我听说她今天晚上会来这儿,待到明天中午,因此就赶来抓住这个机会。我想向单身女子求婚旅馆可以算作是好地方了,匹克威克先生。她在旅途中总会比在家里更感到孤独。您以为怎样,匹克威克先生?"

"这倒是大有可能的,"匹克威克先生回答。

"对不起,匹克威克先生,"马格纳斯先生说,"请问您是为什么到这里来的呢?"

"我的事可就讨厌多了,先生,"匹克威克先生回答说,一想起这事他的脸就涨得通红,"先生,我来这儿是为了揭穿一个不讲信义的骗子,我曾经完全相信这个人的诚实和人格。"

"天哪,"彼得·马格纳斯先生说,"这真是很讨厌的。是位女士吧,对不对?哎?啊!滑头,匹克威克先生,滑头。嗯,匹克威克先生,我决不想深入探询您的感情,先生。这个话题很令人痛苦,先生,很令人痛苦。别在意我,匹克威克先生,要是您想发泄自己的感情的话,就请便吧。我知道被情人抛弃的味道,先生,我自己就经历过三四回了。"

"您以为我是为了这方面的事情难受而来安慰我,对此我深表感谢,"匹克威克先生边说边将表上紧发条放到桌子上,"不过——"

"别说了,别说了,"彼得·马格纳斯先生说,"什么也别说了,这是个痛苦的话题。我明白,我明白。几点钟了,匹克威克先生?"

"十二点多了。"

"哎呀,该上床睡觉了。坐在这里是决不行的。明天脸上就会没有血色了,匹克威克先生。"

一想到会出现这样可怕的后果,彼得·马格纳斯先生立刻拉铃叫来负责卧房的女侍者;于是条纹提包、红色提包、皮帽盒子和牛皮纸包都搬到他的卧室里,他拿着一枝漆烛台到旅社一头的房间里,匹克威克先生呢,同时也拿着另一枝漆烛台,被人带路,在过道里七拐八拐地绕了不知多少个弯,来到旅社另一头的房间里。

"先生,这是您的房间,"女侍说。

"很好，"匹克威克先生回答。他朝四周望去，这是个有两张床铺的相当大的房间，生着火；总的说来，这要比匹克威克先生预料的舒服，本来他对这里的设备已经不抱多大希望了。

"另外一张床自然是空的了，"匹克威克先生问。

"当然是空的，先生。"

"很好。告诉我跟班，叫他明天早上八点半送些热水来，今晚没有他什么事了。"

"好的，先生。"女侍向他道过晚安以后就走掉了，房间里只剩下他一个人。

匹克威克先生在火炉前面的一张椅子上坐下，很快就不由自主地想起各种各样的事情，不觉出了神。首先他想到了自己的朋友，不知他们什么时候能来；接着他又想到了巴德尔太太；从这位太太身上自然又联想到道孙和福格那间暗暗的办公室。从道孙和福格事务所那边他的思路岔开了，随后他的思绪又回到了大白马旅店，他清清楚楚地意识到自己马上就要睡着了。于是他振作精神，着手脱衣服，就在这时，他忽然记起自己把表忘在楼下的桌子上了。

这只表呢，可说是匹克威克先生特别心爱的东西了，长期以来，他老是将它带在背心的下面，究竟有多少年头，我们现在都说不清了。没有这只表在枕头下面或者挂在头上方滴答滴答地轻轻响着，匹克威克先生根本无法想象他可以睡得着觉。这会儿时间已经很迟了，他不想在深更半夜拉铃叫人，因此他把方才脱掉的上衣披到身上，拿了漆烛台，轻手轻脚地往楼下走去。

匹克威克先生越是往下走，前面似乎越是有更多的楼梯要下，一次又一次，每当匹克威克先生走到一个窄窄的过道里，正要庆幸自己总算下到底层时，又有一道楼梯出现在他面前，令他大为吃惊。最后他走到了一个石头大厅里，他记得在抵达旅店时见到过这个地方。他查找了一道又一道的走廊；窥视了一个又一个的房间，正灰心丧气地打算就此作罢的时候，却推开了他用晚饭的那个房间的房门，一眼看见他的那只宝贝怀表就在桌上。

匹克威克先生得意洋洋地一把抓起表来,回头往自己的卧房走去。要是说,他方才下楼时毫无把握,困难重重的话,那么,这会儿往回走则更叫他晕头转向,不辨东西了。沿着四面八方伸展出去的过道的是一排排房门,门口排着形状各异、大小不同的鞋子。他有十一二次看到很像自己卧室的房间,轻轻地旋转门把手,立刻便听见里面有人怒喝"见鬼,是谁呀?"或者"什么事?"吓得他踮着脚尖赶紧溜开。就在他无计可施的当儿,他的眼光落到了一扇开着的房门上。他朝里面一张望,总算找到了!房里有两张床,摆放的格式他记得一清二楚,火炉里仍然有火在烧。他手上的蜡烛本来就不很长,经过的一道道走廊里又吹着穿堂风,把蜡烛吹得忽闪几下要熄灭,就在他走进房间随手带上房门时,蜡烛芯陷到蜡油里熄掉了。"没关系,"匹克威克先生说,"我照样可以借炉火的亮光脱衣上床。"

　　进门之后两边各有一张床,每张床靠里边有条狭狭的过道,过道尽头有一张椅子,过道的宽窄恰好足够可以容一个人,这样客人也可以在床朝里的一边上下床。匹克威克先生小心翼翼地把床外边一侧的幔子拉了起来,便在那张椅子上坐下了,他不紧不慢地脱下了鞋子和绑腿。接着又脱掉上衣、背心和领带,并且将它们一一叠好,再慢条斯理地戴上带流苏的睡帽,把帽带在下巴底下扣好,将帽子牢牢戴在头上。就在这一刻,他想起了方才找不着路而到处摸索的狼狈样儿。他往椅背上一仰,开心地笑起来。

　　"真是想不到,"匹克威克先生自言自语地说道,"真正是想不到,我竟然会在这里迷路,在那一道道的楼梯上摸来摸去。有意思,有意思,太有意思了。"想到这里,匹克威克先生又笑了,比方才笑得更欢,在这种乐不可支的心情下,他又着手要脱衣服,正在此时,突然发生了一件意想不到的事情,使他停了下来;原来就在这时,有个人手持蜡烛走进房来,这人在锁上房门之后,径直走到梳妆台前面,把蜡烛放在桌子上。

　　匹克威克先生脸上原先挂着的笑容顿时消失得无影无踪,代之而起的只是大惊失色的表情。走进房的这个什么人来得太突然,又没有什么声音,匹克威克先生根本来不及出声,叫他别进来。那会是什么人呢?是小偷?他该怎么办呢?

匹克威克先生要想看到这个神秘的来客而不被对方发现,只有一个办法,那就是爬到床上,从对面幔子夹缝中间张望一下。他就这样依计行事了。他一只手小心翼翼地抓住幔子,只是让自己的面孔和睡帽露出来,在戴上眼镜之后,他鼓足勇气,朝外面望去。

匹克威克先生又是惊骇又是恐怖,几乎要晕过去。站在梳妆镜前面的原来是一位中年女士,她满头的黄色发卷,正忙着在梳弄女士所谓的"后头发"。无论这位对此一无知觉的中年女士是怎么进来的,很明显她是打算在这里过夜;因为她带进来一枝灯芯草蜡烛,还有个灯罩,出于火烛小心这种精神可嘉的考虑,她将这枝蜡烛放在地板上一只盆里,蜡烛发出微光,就像是一座巨大的灯塔竖在特别小的一片水里一样。

"我的天哪,"匹克威克先生想道,"这可怎么是好!"

"哼!"那位女士发出了这个声音,匹克威克先生的脑袋立刻迅速地缩了回去。

"我从来没有碰上这么糟糕的事情啊,"可怜的匹克威克先生想,冷汗一滴滴地冒出来,弄湿了睡帽。"从来没有。真是可怕。"

不过要想知道究竟还会有什么事的欲望太强烈,他没法抑制住自己不再去看。因此匹克威克先生又探出头去。情况更加糟糕了。中年女士的头发已经梳理好了,她小心翼翼地将头发用帽檐打着小裥的细布睡帽包好,心事重重地望着炉火。

"事情越来越要不得了,"匹克威克先生寻思着,"再也不能这样拖下去了。瞧这位女士不慌不忙的样子,一定是我走错了房间。要是我叫出声来的话,她一定会大喊大叫,惊动旅馆里所有的人;不过要是我就这样躲着的话,后果就会更加可怕。"

毋庸多言,匹克威克先生一想到自己竟然戴着睡帽出现在女士面前就让他受不了,不过他将那两道帽带打了个死结,无论如何也脱不下来了。而他又非得出来不可。只剩下一个法子了。他缩到幔子

后面,大声地叫道:

"哈——哼!"

突然传出的这一声显然使那位女士吓了一跳,因为她往前一跌撞在蜡烛罩子上;不过,她显然是以为自己听错了,那声音只是出自想象,因为当匹克威克先生再冒险探出头去的时候,他看见她又像原先那样盯着炉火想心事。

"这位女士真是非同寻常啊,"匹克威克先生想道,他头又缩了下去。"哈——哼!"

这一声叫喊听得太清楚了,再也不会被误认为只是出于自己的想象了。

"天哪!"中年女士说道,"怎么回事呀?"

"这是——这是——不过是一位绅士呀,女士,"匹克威克先生在幔子后面说。

"一位绅士!"那位女士哇的一声尖叫起来。

"这下完啦!"匹克威克先生想。

"一个陌生男人!"女士又叫道。只听见她衣裙窸窣作响,她朝房门冲去。

"太太,"匹克威克先生叫道,在走投无路的情况之下探出了头,"太太!"

那位女士已经走到房门前面。她得跨出门槛,才能下楼梯,要不是这时匹克威克先生的睡帽突然出现在她面前,吓得她退到房间里最远的角落里的话,她肯定已经到了楼梯上了。这会儿呢,她站在那里失魂落魄地盯着匹克威克先生,而匹克威克先生也失魂落魄地盯着她。

"混蛋,"那位女士用双手掩住眼睛说,"你到这里来要想干什么?"

"不干什么,太太,什么也不想干啊,太太,"匹克威克先生诚恳地说。

"不干什么!"那位女士抬起头来说。

"不干什么，太太，以我的人格担保，"匹克威克先生边说边使劲点头，使得他睡帽的流苏又跳动起来。"太太，我竟然戴着睡帽在同一位女士说话（听到这话那位女士一把将她头上的睡帽摘了下来），这真叫我尴尬得要死了，可是我脱不下来啊，太太（说到这里匹克威克先生拼命扯了一扯帽带，以表明他没有说谎）。太太，我现在看出来了，我走错地方，把这里当成是我的房间了。太太，我进房还不到五分钟，您就突然来了。"

"尽管这话实在荒唐，但如果确实是这么一回事，先生，"那位女士剧烈地抽泣着说，"那么你马上出去吧。"

"太太，这是我求之不得的了，"匹克威克先生说。

"马上出去，先生，"女士说。

"当然，太太，"匹克威克先生连忙说，"当然，太太——我——我——非常抱歉，太太，"匹克威克先生说，从床的脚头钻了出来，"我完全无意惹出这场事来，惊动了您；真是对不起，太太。"

那位女士手指房门。在这种令人极其难堪的情况之下，匹克威克先生的性格中一个优秀的方面得到了出色的表现。尽管他匆匆忙忙地将帽子套到睡帽上面，尽管他手上拿着鞋子和绑腿，胳膊上搭着上衣和背心，但他生来注重礼节，这是一点也马虎不得的。

"太太，我非常非常抱歉，"匹克威克先生深深鞠了一躬说。

"果真如此的话，先生，那你马上就给我走，"女士说。

"这就走，太太；这就走，"匹克威克先生打开房门，扑通一声两只鞋子掉到了地上。

"太太，我相信，"匹克威克先生在拾起鞋子之后，转过身来又鞠了个躬继续说道，"太太，我为人规矩正派，对女性一向敬仰有加，我相信，这可以稍稍用来解释这———"不过匹克威克先生还没有说完，那位女士就把他推到走廊里，随手锁起房门，加上门闩。

无论匹克威克先生可以有多少理由庆幸自己，竟然能如此神不知鬼不觉地从方才那种极为尴尬的处境摆脱出来，他目前的状况却是一点也不令人羡慕。他衣衫不整，深更半夜独自一人，站在一家陌生的旅馆里一道空无一人的走廊上。既然他方才拿着蜡烛都迷了路，那么这会儿漆黑一团，他更不可能找到自己的房间了；要是他四处乱摸，弄出一点儿声音来，那么他很有可能被哪位警醒的客人开枪打伤甚至打死。他别无他法，只好待在原地等天亮。因此，在沿着走廊摸索了几步——他接连绊倒了几双鞋子，吓出了一身冷汗——之后，匹克威克先生缩到了一个小小的墙角里，尽可能心平气和地在那里等待天明。

不过，命运免去了这个对他耐性的又一次考验；就在他缩在那个角落里没有多久，走廊尽头走来一个拿着蜡烛的人，使他吓得要命。不过，他的恐惧立刻就被大喜过望的心情代替了，想不到来的不是别人，正是他忠实的跟班。确实是塞缪尔·维勒先生，原来他一直没睡，在同等待邮件的擦鞋子的仆人闲聊，这时才回房去睡觉。

"萨姆，"匹克威克先生突然闯到他的面前问道，"我的房间在哪里？"

维勒先生盯着他的东家，显然是大吃一惊；等到这个问题问了三遍，他才转过身，领他走到他找了又找的那个房间里去。

"萨姆，"匹克威克先生在爬上床后说道，"我今天夜里犯了一个特别的错误，真是闻所未闻。"

"很有可能啊，先生，"维勒先生冷冰冰地回答。

"萨姆，出了这事，我下定决心，"匹克威克先生说，"即使我在这个旅馆里面要住上半年，我再也不敢独自一个人到外面去了。"

"您作出来的这个决定可以说是最最保险的了，先生，"维勒先生回答，"先生，您的判断力出门去玩儿的时候，是得要个人来照应您呢。"

"你这是什么意思，萨姆？"匹克威克先生说。他从床上坐起身子，伸出了手，像是还有话要说，不过又突然忍住了，他转过身子，对他的跟班说："去睡吧，晚安。"

"晚安，先生，"维勒先生回答。他走出门后站住了——摇了摇头——走了几步——又停下来——把烛芯剪了剪——又摇了摇头——

最后慢慢走回到自己的房间里去,显然是在出神地思考什么呢。

十八

第二天一早,萨姆用过早餐出去散步。他溜达了一会儿,不知不觉走到了一个背静的地方——那是个显得很庄严肃穆的院子——他发现,除了他方才走进来的那个岔路口之外,再也没有别的出路了。他正打算往回走,突然面前出现了一个人影,使他呆住了。

塞缪尔·维勒先生原先心不在焉,只是时不时抬头望望那所古老的砖房,朝哪个推起百叶窗或者打开卧室窗户的女佣眨眨眼睛,正在这时,院子尽头花园的一扇绿色门打开了,一个人走了出来,随手又小心翼翼地把绿门带上,快步朝维勒先生站的地方走来。

那个人把绿色园门随手带上之后,便迈着轻快的步子朝院子里走来;不过他一见到维勒先生,便立刻愣住了,他停住脚步,似乎有那么一会儿不知道该往哪里走才好。由于他身后的绿门已经关上,除了往前走之外,他没有别的出路,因此,他很快就看出来只有从塞缪尔·维勒先生身旁过去才能脱身。因此,他又快步往前,双眼直瞪瞪地朝前望去。这人身上最令人不可思议之处就是他把脸扭得不成样子,那副怪相既可怕又出奇,真是天下少见。从来没有哪个人会将大自然的作品这样地雕琢一番,把自己那张脸皱成那副鬼样子的。

"啊!"维勒先生眼看那人朝自己走来,不由得自言自语道,"真是想不到。我敢赌咒就是这家伙。"

那人走近了,越靠近,他的脸就扭得越发可怕。

"我敢赌咒,这就是那个黑头发、桑葚色衣服,"维勒先生说,"只不过以前从来没有见过这么副怪相。"

听到维勒先生说这话,那人脸上更现出一副无比剧痛的样子,那嘴脸可怕极了。不过,他非得挨在萨姆身边才走得过去,那位先生认真一看,尽管那人一脸的怪相令人心里发毛,但那双小眼睛太像乔布·特洛特先生了,那是错不了的。

"喂,先生,叫你呢!"萨姆气势汹汹地喊。

陌生人停住脚。

"喂!"萨姆又喊,口气更不客气了。

那个一脸凶相的人显得大为惊奇,他望望院子这一头,又望望院子那一头,再望望屋子里的窗户——除了萨姆之外,把各处都看了一遍——然后又朝前迈步,不过,又传来一声吆喝,他停了下来。

"喂,先生,叫你呢!"萨姆第三次喊道。

这回没法假装不知道说话声音是打哪里来的了,陌生人别无他法,终于只能面对面地望着萨姆·维勒。

"佯装是不行的,乔布·特洛特,"萨姆说,"嘿!别来这一套啦!你模样本来就不怎么样,哪里还经得起再做出这些怪相来。把你眼珠子放回到原来那地方去吧,要不然我会把它们从你脑袋里砸出来。听见吗?"

因为维勒先生看来像是要把他的话付诸实施。特洛特终于让面孔恢复了原样,接着他大喜过望地一颤,大声嚷道,"真是想不到,原来是沃克先生呀!"

"啊,"萨姆回答,"你见到我一定很高兴,是吗?"

"高兴!"乔布·特洛特嚷道,"噢,沃克先生,你不知道,我是多么想再见到你呀!太好了,沃克先生,我快乐得受不了啦,真的,我受不了啦。"说到这里,特洛特先生又照老规矩,眼泪鼻涕地大哭起来,他伸出双臂,拢住维勒先生,紧紧拥抱他,一副喜出望外的样子。

"把手松开!"萨姆嚷道,这一招使他气得要命,他尽力想要从他这位热心的老相识的拥抱中挣脱出来,可是没有用,"把手松开,听见吗? 你真是随身带着个水龙头,伏在我身上哭什么呀?"

"因为我见到您真是太高兴了,"乔布·特洛特回答,因为维勒先生似乎不像先前那样准备动武了,他慢慢地松开了手。"噢,沃克先生,这真是太棒了。"

"太棒了！"萨姆学着他的腔调，"我想确实棒！喂，你现在还有什么要说的，嗯？"

特洛特先生没有回答，因为他只顾忙着用那块粉红色小手帕擦眼睛。

"你还有什么要说的，嗯？等下我可要敲破你的脑袋了，"萨姆恶狠狠地再说了一遍。

"啊！"特洛特先生说，脸上是一副天真无邪的惊讶神情。

"你还有什么要同我说的呀？"

"我吗，沃克先生？"

"别叫我沃克，我姓维勒；这一点你是明明知道的。你还有什么要同我说呀？"

"天哪，沃克——我是说维勒先生——要说的事情太多了，我们到个什么地方去，可以舒舒服服地谈一谈。你不知道我找您找得好苦呀，维勒先生——"

"确实很苦，对吧？"萨姆冷冷地说。

"苦得很哪，先生，"特洛特回答，脸上的肌肉纹丝不动。"先握个手，维勒先生。"

萨姆盯着他的同伴看了一会儿，然后，似乎在一阵冲动之下，答应了他的要求。

"哎，"在他们一起走出去时，乔布·特洛特问，"您那位好心的东家可好吗？噢，他是个品德高尚的绅士呀，维勒先生！希望他在那个可怕的夜里没有着凉吧，先生？"

在乔布·特洛特说这话时，他的眼神一闪，一丝无比诡秘的神情掠过，但立刻就消失了，这使得维勒先生捏紧的拳头一阵发痒，他恨不得马上朝他肋骨捣过去。不过萨姆还是克制住自己的冲动，回答说他东家很好。

"噢，我很高兴，"特洛特先生回答，"他也到这里来了吗？"

"你的东家呢？"萨姆以此作为答复。

"喔，对了，他也在这儿，维勒先生，糟糕的是，他还在干坏事，比

148

从前更坏了。"

"啊,啊?"萨姆说。

"噢,可怕——太吓人了!"

"还是在寄宿学校吧?"萨姆说。

"不,不,不是在寄宿学校了,"特洛特先生回答,又露出了萨姆方才注意到的诡秘神情,"不是寄宿学校了。"

"是在那个绿门的房子里吗?"萨姆问,紧紧盯着他的同伴。

"不,不,——不是那儿,"乔布说,他答话很少像这样敏捷的,"不是在那儿。"

"你到那里面去有什么事?"萨姆狠狠盯住他问,"是不留神走进去的吧,是不是?"

"哎,维勒先生,"乔布回答说,"还是让我把自己的一些小秘密告诉您吧,嗯,谁叫我们俩一见面的当儿就那么谈得来的呢,您还记得吧,那天早上我们聊得多痛快?"

"不错,"萨姆不耐烦地说,"我记得,怎么啦?"

"是这样,"乔布一板一眼地说,声音压得低低的,像是有重大机密要传达似的,"维勒先生,在那个绿门里面的那一家,有好多仆人呀。"

"我想是吧,这从房子的样子也看得出来,"萨姆插嘴说。

"一点不错,"特洛特先生说,"其中有个厨娘,她积了一笔钱,维勒先生,是这样,她想要自己出来,开个杂货铺什么的。"

"嗯。"

"嗯,是这样,先生,我在我常去的那个小教堂里遇见了这个厨娘,我同她认识了,维勒先生,慢慢地就越来越熟,可以这样说,维勒先生,将来那个杂货铺的老板就是我。"

"啊,你是会成为一个刮刮叫的杂货铺老板的,"萨姆说,极其厌恶地斜着眼睛看看他。

"这样做有个最大的好处,维勒先生,"乔布接着说,同时泪水又涌到了眼睛里,"那就是我可以从此不再干这个下作的差事,同那个坏蛋一刀两断了,我可以过上一种规规矩矩的像样的生活;从小我父母对我的教养都是规规矩矩的,维勒先生。"

"啊,"萨姆说,"这一点我是料得到的。你母亲有这样的儿子,真是天大的福气呀。"

一听这话,特洛特把手帕的角落凑到眼角前,抹了一只后又抹另一只,又号啕大哭起来。

"这家伙是怎么回事呀?"萨姆怒气冲冲地说,"自来水厂同你都没法比啦。你为什么事这样伤心呀?是懊悔自己干了坏事吗?"

"我控制不住自己的感情啦,维勒先生,"乔布稍稍停了停之后又说,"我哪里想得到呢,那天我东家对我同你们讲话起了疑心,就把我拉到马车上跑了,临行前还教会那位可爱的小姐说她根本不认识他,又贿赂了校长,让她也这样说,然后把那小姐遗弃,再来找更好的机会!噢,维勒先生,一想起这些事我浑身就要发抖。"

"啊,原来是这样,对吗?"维勒先生说。

"就是这样,千真万确,"乔布回答。

"嗯,"他们已经走到旅馆附近了,萨姆说,"乔布,我有话要跟你谈,要是你今天晚上有空,就到白马旅馆来,八点左右吧。"

"我一准会来,"乔布说。

"嗯,你最好还是来,"萨姆回答,脸上一副意味深长的表情,"要不然我或许会到那个绿门里的人家去找你,那一来说不定会抢掉你的好机会的,对吗?"

"我准定会来,"特洛特先生说,他无比热烈地握了握萨姆的手,转身走掉了。

"小心啊,乔布·特洛特,小心啊,"萨姆望着他的背影说道,"这回可要叫你尝尝我的厉害了呢。真的,我不会放过的。"这么自言自语了一阵,眼看着乔布的背影不见了,维勒先生便尽快赶到主人的卧室里去。

"情况不错呀,先生,"萨姆说。

"什么情况不错,萨姆?"匹克威克先生问。

"先生,我找到他们了,"萨姆说。

"找到谁呀?"

"那个古怪的主顾,还有那个哭哭啼啼的黑头发小子。"

"真的吗,萨姆!"匹克威克先生劲道十足地嚷道,"他们在哪里,萨姆,在哪里?"

"别嚷,别嚷嚷!"维勒先生说;他一面帮匹克威克先生穿衣服,一面把他心中的打算一五一十地讲了出来。

"什么时候才办得成呢,萨姆?"匹克威克先生问。

"到时候自然会办好,先生,"萨姆回答。

到时候事情究竟有没有办好,且看下文便知分晓。

十九

匹克威克先生走下楼,来到昨晚他同彼得·马格纳斯先生一起用饭的房间里,发现那位先生已经把两只旅行包、皮帽盒和牛皮纸包里面装的大部分行头都穿到了身上,打扮得十分潇洒,他不住地在房里踱来踱去,显得极其兴奋不安。

"早上好,先生,"彼得·马格纳斯先生说,"您看这样可好,先生?"

"确实很出色,"匹克威克先生回答,他一脸和蔼的笑容,打量着彼得·马格纳斯先生的这身打扮。

"是啊,我想这样就行,"马格纳斯先生说,"匹克威克先生,我已经把名片送去了。"

"是吗?"匹克威克先生说。

"茶房来传她回话,约我十一点钟去见她——十一点钟,先生,还差一刻钟就到啦。"

"马上就要到啦,"匹克威克先生说。

"可不是吗,马上要到了,"马格纳斯先生回答,"马上就到,弄得我紧张起来了——嗯!匹克威克先生,对吗?"

"在这类事情上,自信是最要紧的,"匹克威克先生说。

"我看也是这样,先生,"彼得·马格纳斯先生说,"我很有信心,先生。说真的,匹克威克先生,我真弄不懂,一个男子汉在这种事情上怎么会觉得害怕,先生。这是怎么回事呢,先生?没有什么可以害臊的呀;这是一件互相迁就的事情,仅此而已。丈夫是一方,妻子是另一方。我对这事就持这样的看法,匹克威克先生。"

"这看法很富有哲理呀,"匹克威克先生回答,"不过早餐摆上桌了,马格纳斯先生。用饭吧。"

"嘻——嘻——嘻,"马格纳斯先生装作快活的样子吃吃笑着,紧张得直喘气。"只剩两分钟了,匹克威克先生。我的脸色发白了吗,先生?"

"不怎么白,"匹克威克先生回答。

稍稍停了一下。

"对不起,匹克威克先生,请问您当年可曾有过这种事情呀?"马格纳斯先生说。

"您是说求婚?"匹克威克先生问。

"是的。"

"从来没有,"匹克威克先生说,用了很大的劲,"从来没有。"

"那么,您并不知道最好该怎样开头了?"马格纳斯先生问。

"嗯,"匹克威克先生说,"对这个问题呢我也许倒是知道一些的,不过,因为我自己从来没有切身体会,因此要是您打算根据我的看法来行事,那或许不大妥当。"

"先生,无论您有什么忠告,我都会感激不尽的,"马格纳斯先生说,他又望了一眼时钟;已经快要十一点过五分了。

"要是这样的话,先生,"匹克威克先生以极其庄严肃穆的神气说,这位伟人高兴的时候,神色常会这样庄严,使他的话扣人心弦:"先生,我就会先盛赞那位女士容貌美丽,品行端庄;接下来呢,先生,我就会把话题岔到自己身上来，说自己如何如何地配不上。"

"很好，"马格纳斯先生说。

"注意，先生，只是说配不上她，"匹克威克先生又说下去，"先生，为了说明我这个人并不是毫无价值，我应该把自己过去的经历和目前的状况简单介绍一下。我应该以类推的方式来声明，其他任何一位女士都会对我大加青睐。然后呢，我就要尽情地诉说我的爱情是多么热烈，我愿意为她献出一切。然后呢，我也许就会情不自禁地要去握她的手。"

"啊，我明白了，"马格纳斯先生说，"这一点很重要。"

"然后呢，先生，"匹克威克先生继续说，随着他眼前的这幅画面越来越生动，他也越发来了劲："先生，我就直截了当地向她开口问：'你愿不愿意嫁给我?'我有理由相信，在她听了这话之后，一定会扭过头去。"

"您真那么有把握吗?"马格纳斯先生说，"因为要是她没有恰到好处地这样做的话，那是十分尴尬的。"

"我认为她是会这样做的，"匹克威克先生说，"这时候呢，先生，我就会捏捏她的手，我想——马格纳斯先生——要是她没有拒绝的话，我想，在这之后，我就会轻轻把她的手绢拉开，——按照我对人类天性的有限的理解，我想在这种时刻女士总是会用手绢擦眼睛的，——毕恭毕敬地偷偷吻她一下。我想我应该吻她一下，马格纳斯先生；在这样一个特别的时刻，我坚决相信，要是那位女士愿意嫁给我的话，她一定会在我耳边羞答答地低声表示同意。"

马格纳斯先生跳起身来，默默地盯着匹克威克先生那张充满智慧的面孔看了一会儿；然后（时钟上已经是十一点十分了）热烈地握了握他的手，不顾一切地冲出门去。

半个钟头过去了，房门突然打开了。匹克威克先生转过身来，看到的竟然是特普曼乐呵呵的笑脸、温克尔安详宁静的脸孔以及斯诺格拉斯睿智的面容。就在匹克威克先生同他们一一招呼的时候，彼得·马格纳斯先生迈着轻快的脚步走了进来。

"朋友们,这是马格纳斯先生,"匹克威克先生说。

"能见到各位,不胜荣幸,"马格纳斯先生说,他显然处在一种极其兴奋的状态之中,"匹克威克先生,能同我说句话吗?只要一会儿,先生。"

他一边说着,一边用食指勾住了匹克威克先生的纽扣孔,将他拉到窗户前边,说道:

"向我道喜吧,匹克威克先生,我一字不差地照您的建议做了。"

"没有问题,是吗?"匹克威克先生问。

"没有问题,先生。再好也没有了,"马格纳斯先生回答,"匹克威克先生,她答应了。"

"恭喜恭喜,我真是太高兴了,"匹克威克先生说,热烈地同他这位新朋友握手致意。

"您得见见她,先生,"马格纳斯先生说,"请您跟我来。先生们,对不起,我们去一会儿,马上就回来。"马格纳斯先生就这样急急忙忙把匹克威克先生从房间里拉了出去。他在过道里隔壁那个门前停住了,轻轻敲了敲房门。

"请进,"一个女性的声音说。他们走了进去。

"维塞菲尔小姐,"马格纳斯先生说,"请允许我介绍我特别知心的朋友匹克威克先生。匹克威克先生,这位就是维塞菲尔小姐。"

那位女士站在房间的另一头。匹克威克先生鞠了个躬,把眼镜从背心口袋里掏出来戴上;他刚刚戴好眼镜,便大吃一惊地尖叫一声,往后倒退了几步,而那位女士呢,刚叫出声又咽了回去,用双手掩住了脸,一屁股坐在椅子上。彼得·马格纳斯先生在一旁吃惊得呆住了,他望望这个,又望望那个,脸上露出极度恐怖和惊惶的神情。

情况是这样,匹克威克先生一戴上眼镜,立刻就认出马格纳斯先生的这位未婚妻,原来就是他昨天夜里荒唐地闯进她房间的那位女士;而随着匹克威克先生戴上眼镜,那位女士也立刻认出了这就是那张给那可怕的睡帽箍着的面孔。因此女士尖叫了起来,而匹克威克先生则吓了一大跳。

"匹克威克先生！"马格纳斯先生大惊失色地嚷道，"这是什么意思，先生？这是什么意思，先生？"他又问了一遍，声音放大了，口气变得咄咄逼人。

"先生，"匹克威克先生说，马格纳斯先生突然变了脸，使他很有些愤慨，"我拒绝回答这个问题。"

"你拒绝回答，是吗？"马格纳斯先生说。

"一点不错，先生，"匹克威克先生回答，"未经这位女士的同意和允许，我决不会说出任何有可能对她造成伤害，或者在她心中引起不愉快的回忆的话来。"

"维塞菲尔小姐，"马格纳斯先生说，"你认识这个人吗？"

"认识他！"中年女士迟疑不决地重复他的问话。

"你认识他，小姐。我是说认识他，"马格纳斯先生气势汹汹地说。

"我见过他，"中年女士回答。

"在什么地方？"马格纳斯先生问，"在什么地方？"

"这一点，"中年女士站起身来，掉过脸去说道，"我决不会说出来。"

"小姐，我理解您，"匹克威克先生说，"我尊重您周到的考虑；请相信我，我也决计不会泄漏的。"

"哎呀，小姐，"马格纳斯先生说，"想一想您跟我现在是一种什么关系，您对这件事倒真是冷静得很——冷静得很呀，小姐。"

"马格纳斯先生，您心真狠呀！"中年女士说，号啕大哭起来。

"你有话同我说好了，先生，"匹克威克先生插嘴说，"要是怪谁的话，那完全是我的错。"

"噢！完全是您的错，是吗，先生？"马格纳斯先生说，"我——我——明白了，先生，你现在对自己作出的决定后悔了，是吗？"

"我作出的决定！"匹克威克先生说。

"是您作的决定，先生。噢，别朝我瞪眼睛，先生，"马格纳斯先生说，"我想起您昨晚说的话来了，先生。您来这里，是为了揭穿一个不讲信义的骗子，您曾经完全相信这个人的诚实和人格——不是吗？"

说到这里,彼得·马格纳斯先生拖长了调子冷笑起来,他摘下了他的绿眼镜,一双小眼睛骨碌骨碌地乱转,那模样实在很吓人。

"不是吗?"马格纳斯先生说,他又冷笑了一下,这回更加刻薄了,"不过您是得负责的,先生。"

"负什么责?"匹克威克先生说。

"无所谓,先生,"马格纳斯先生回答,一边大步在房间里踱来踱去,"无所谓。"

匹克威克先生打开房门,猛然叫道,"特普曼,到这儿来。"

特普曼先生立刻就过来了,他一脸惊诧之情。

"特普曼,"匹克威克先生说,"有一件同这位女士有关的小事是不便明说的,就因为这事这位绅士和我刚才争论起来。现在我当着你的面向他保证,这件小事同他无关,同他的事情也毫无牵连,请你注意,假如他还是执意要争下去的话,他就是不相信我的诚信,我会将此视为对我的极大的侮辱。"匹克威克先生一边说着,一边意味深长地望着彼得·马格纳斯先生。

匹克威克先生一身正气,态度光明磊落,再加上他的话又是那么诚恳有力(他讲话时总是这样不同凡响),换了任何一个通情达理的人,一定会疑团冰释,深信不疑的;但糟糕的是,在这一特定的时刻,彼得·马格纳斯先生偏偏失去了理智。结果呢,他非但没有按照常理,接受匹克威克先生的解释,反而更加暴跳如雷,七窍生烟,由着性子发泄自己的愤怒,信口开河地乱说,为了加强语气,他又大步地在房里走来走去,不断揪自己的头发,有时候他还朝匹克威克先生那张慈祥的脸孔挥动拳头,使出种种滑稽的招数来。

匹克威克先生呢,觉得自己问心无愧,正大光明,又为自己糟糕地将那位中年女士扯到这件不愉快的事件之中而深感懊恼,因此也就不像平常那样心平气和。结果呢,话越说越重,声音也越来越高;最后马格纳斯先生同匹克威克先生说等会儿他是会同他算账的;对此匹克威克先生就用值得赞美的态度彬彬有礼地回答说他求之不得呢;一听这话,中年女士大惊失色地冲出了房间,而特普曼先生也将匹克威克先生拉了出去,让马格纳斯先生独个儿在里面反思去。

中年女士回到自己卧室,把房门插上,回想方才目睹的一切时,她想象中便出现了一系列血淋淋的杀来杀去的可怕场面;至少彼得·马格纳斯先生会直挺挺地被四个壮汉抬回家中,左腰上满是枪子儿。中年女士越想越怕;最后她决定到本市的行政长官那里去报告,请求他立刻拘捕匹克威克先生和特普曼先生。

中年女士所以作出这一决定,是出于种种的考虑,其主要的一点就是这样可以无可争辩地证明她对彼得·马格纳斯先生怀着满腹柔情以及对他的安危深表关切。她对他那好吃醋的天性真是太熟悉了,绝不敢向他提及她在见到匹克威克先生时所以会那么惊惶失措的真正原因;她也深信只要把匹克威克先生带走,自己就有本事平息这个小个子狂暴的妒火,这样就不会再争吵了。这样思索一番之后,中年女士戴上软帽,围起围巾,往市长家里赶去。

市长乔治·纳普金斯先生是一位大人物,平时找他都不容易。这天上午,纳普金斯先生正处在一种极其激动而烦恼的状态之中,因为城里有人要造反;本市一所最大的走读学校的学生勾结在一起,砸了一个态度恶劣的卖苹果商人的橱窗,并且朝差役起哄,还扔东西打警官。纳普金斯先生正坐在圈椅里,威严地皱着眉头,一肚子的气,就在这时,有人通报说有一位女士有十万火急的要事求见。纳普金斯先生脸色阴沉,冷静得可怕,下令让那女士进来。

"马士尔!"市长说。

马士尔是个矮个子的用人,他上身长,两条腿短。

"是,大人。"

"拿张椅子来,然后你就走开。"

"是,大人。"

"嗯,女士,您有什么事情啊?"市长问。

"先生,那是件很令人痛苦的事情啊,"维塞菲尔小姐说,"我担心这里有人要决斗。"

"这里,女士?"市长说,"在什么地方,女士?"

"就在伊普斯威奇。"

"在伊普斯威奇,女士!就在伊普斯威奇要决斗!"市长说,这个消息使他大为震惊。"不可能,女士;我有把握,本地绝对不会有这种事情。哎呀,女士,您可知道本地行政当局的行动吗?您有没有听说过,女士,就在今年五月四号那一天,我只带了六十名特别警察,冲进拳击场里面去,冒着被成千上万个怒气冲冲的群众砸烂的危险,阻止了'米德尔塞克斯饺子'跟'萨福克矮脚鸡'的一场拳击比赛?在伊普斯威奇决斗,女士!我相信——我相信,"市长自我解释道,"本地绝没有哪两个人如此胆大妄为,竟敢企图破坏本市的安宁。"

"糟糕的是,我的报告千真万确,"中年女士说,"争吵的时候我就在场。"

"这真是不可思议呀,"大为吃惊的市长说,"马士尔!"

"是,大人。"

"去请金克斯先生到这儿来,马上来!"

"是,大人。"

马士尔出去了,一个脸色苍白,尖鼻子,面有饥色、衣衫褴褛的中年职员走了进来。

"金克斯先生,"市长说,"金克斯先生。"

"先生有什么事,"金克斯先生说。

"这位女士,来报告说城里有人要决斗。"

金克斯先生不知道该怎么才好,只是恭顺地笑了一笑。

"你笑什么呀,金克斯先生?"市长问。

金克斯先生立刻板起面孔来。

"金克斯先生,"市长说,"你是个蠢材。"

金克斯先生卑躬屈膝地望了望这位伟人,咬着钢笔杆的一头。

"你或许觉得这个消息有点儿滑稽吧,先生;不过,金克斯先生,我可以告诉你,没什么好笑的,"市长说。

面有饥色的金克斯先生叹了口气,他拖着脚步坐到座位上,着手写了起来。

"那么,这个名叫匹克威克的人是主犯,对吧?"市长在听完了陈述之后问。

"是的,"中年女士说。

"另外一个捣乱分子——叫什么名字呀,金克斯先生?"

"叫特普曼,先生。"

"特普曼是副手,对吗?"

"是的。"

"您说另一名主犯已经潜逃了,对吗,女士?"

"是的,"维塞菲尔小姐回答,短短地咳了一声。

"很好,"市长说,"这两人是伦敦来的杀人惯犯,他们到这儿来是残杀国王陛下的臣民的;他们以为这里天高皇帝远,法律松弛没有威力。我要杀鸡给猴儿看,拿他们当样子。签发逮捕证,金克斯先生。马士尔!"

"是,大人。"

"格伦默在楼下吗?"

"在楼下,大人。"

"叫他上来。"

惟命是从的马士尔出去了,很快又回来了,他身后跟着一位足登高统靴的年长的先生,他长着酒糟鼻子,声音粗哑,身穿一件黄褐色的紧身长外套,目光游移不定。

"格伦默,"市长说。

"是,大人。"

"城里现在平息了吗?"

"可以了,大人,"格伦默回答,"老百姓的情绪差不多安定下来啦,小伙子各归各去打板球啦。"

"在这种时候,只有采取断然措施才行,格伦默,"市长以斩钉截铁的口气说道,"要是有人对国王陛下任命的官员的权威置之不理,我们就得宣读禁止暴动法。要是政府的权力没法保护这些橱窗的话,格伦默,那就动用武力来保护政府的权力,还有橱窗。我记得这是实行宪政的一条基本准则,对吗,金克斯先生?"

"当然是,先生,"金克斯先生说。

"很好,"市长说,在逮捕证上签了字,"格伦默,你在今天下午把这两个人带到我这儿来。你可以在大白马饭店找到他们。还记得米德尔塞克斯饺子跟萨福克矮脚鸡那个案子吗?"

格伦默像是回首往事似的点了点头,表示这事他永远都不会忘记。

"这件事更加违反宪法,"市长说,"对治安是更大的破坏,严重侵犯了国王陛下的特权。是吗,金克斯先生?"市长说。

"正是如此,先生,"金克斯先生回答。

"很好,"市长说,威风凛凛地挺直身子,"绝不能让它在陛下的这块领地上任人糟蹋。格伦默,带几个人去将那两个人捉拿归案,立刻就出发。马士尔!"

"在这儿,大人。"

"送这位女士出去。"

维塞菲尔小姐退出去了。格伦默退出去执行新接受的任务。

匹克威克先生和他的朋友们对这件大事一无所知,他们几个人心平气和地坐下来用饭;大家有说有笑,十分融洽。突然,门打开了,一张很有些冷冰冰的面孔朝房里张了张,人随后走了进来。

格伦默先生办事的方式是很专业的,他先把门从里面闩上,接着掏出棉手绢把脑袋和面孔认认真真地擦了一遍,随后把手绢放到帽子里,再把帽子放到靠他最近的椅子上,最后从上衣的胸袋里掏出一根包黄铜头的短警棍,以严肃而阴沉的神气朝匹克威克先生一指。

大家吃惊得说不出话,首先打破沉默的是斯诺格拉斯先生。他紧紧盯着格伦默先生看了一会儿,然后斩钉截铁地说道:"这是私人房间,先生。私人房间。"

格伦默先生摇了摇头,回答道:"对国王陛下来说,只要进了大门,就不存在私人房间了,这是法律。有人说英国人的房子就是他的城堡。这是胡说八道。"

匹克威克社的几位成员用惊异的目光互相看看。

"哪一位是特普曼先生?"格伦默问。他凭直觉就知道谁是匹克威克,立刻就认出了他。

"我姓特普曼,"那位先生说。

"这里有逮捕证。姓特普曼的某人,姓匹克威克的某人——妨碍国王陛下的治安罪——本案有人告发——手续齐备。我奉命逮捕你,匹克威克,还有刚才提到的特普曼。"

"你这样耀武扬威是什么意思呀?"特普曼先生跳了起来,"出去!"

"喂,"格伦默先生说,飞快地退到门口,把门打开了一条缝,"多布雷。"

"嗯,"从过道里传来一个低沉的嗓音。

"命令你带的那组人进来,多布雷,"格伦默先生说。

多布雷先生照办了;五六个人拥了进来,每人手上都拿着包铜头的短警棍。匹克威克先生和他的朋友们一起站起身来。

"像这样骇人听闻地骚扰我的私人生活究竟是什么意思?"匹克威克先生问。

"谁敢逮捕我?"特普曼先生说。

当执法人员发觉匹克威克先生和他的朋友们有点想要抗拒执法时,他们意味深长地卷起衣袖,似乎首先要将他们打倒在地,然后再将他们抬走。这种示威的举动对匹克威克先生发生了作用。他同特普曼先生单独商量了一会儿,然后表示他愿意到市长府第去,只是要求在场的人注意,他下定决心,等他一获自由,他就要采取措施,抗议这个肆意侵犯他作为英国人的人身权利的恶劣行为;在场的人听了都哈哈大笑。

旅馆天井里有一顶旧轿子,恰好可以坐得下匹克威克先生和特普曼先生两个人。于是便把轿子抬到厅里;匹克威克先生和特普曼先生两人挤了进去,放下帘子;马上找来了两个轿夫;一队人便浩浩荡荡地出发了。

维勒先生很有点沮丧地正往回走,他方才对那个装着绿色大门的神秘的房子作了一番考察,结果并不成功;他抬头一看,发现街上一群人拥了过来,人群中簇拥着一个东西,那样子有点儿像是轿子。他发现大家一路走一路欢呼,个个兴高采烈,于是也跟着使劲大声叫好,从而让自己振作起来。

格伦默先生走过去了,多布雷先生走过去了,轿子走过去了,贴身警卫的临时警察也走过去了,萨姆还是跟着兴高采烈的人群叫好,并且挥动帽子,像是快乐得不得了(自然,他一点儿都不知道这究竟是怎么回事),突然间,想不到温克尔先生和斯诺格拉斯先生来到了他跟前,他立刻住口了。

"这闹哄哄的干什么呀?"萨姆嚷道,"他们把什么人弄到这个出丧的岗亭里面啦?"

两位先生一起回答了,不过吵闹的声音太大,根本听不清他们在讲什么。

"是谁呀?"萨姆又嚷。

他们俩又同声回答;尽管萨姆听不清他们的话,但从他们嘴唇的动作看得出来,他们说的是那个奇妙的名字"匹克威克"。

这就够了。一眨眼的工夫维勒先生已经挤到了人群当中,拦住了轿夫,同肥胖的格伦默面对面站着。

"嘿,老先生!"萨姆说,"你这东西里面抬的是什么人呀?"

"让开,"格伦默先生说,他就同很多人一样,只要有人朝他喝几声彩,架子立刻就会膨胀许多。

"要是不走,就把他打趴下来,"多布雷先生说。

格伦默先生从那专用的口袋里拔出包铜头的警棍来,在萨姆的眼睛前面晃了晃。

"啊,"萨姆说,"很漂亮呀,特别是那个铜包头,就同真的一样。"

"让开!"勃然大怒的格伦默先生说道。为了使这个命令更有力,他一只手把那个象征王室权威的铜头戳到了萨姆的领巾里面,另一只手抓住了他的领口,对这个恭维的举动萨姆只是回敬一记老拳,将

162

他打倒在地;他考虑周到,事前先把一个轿夫打倒在下面给老先生垫底。

温克尔先生究竟是由于受到不公的对待而脑袋发热一时冲动呢,还是受到维勒先生英勇的举动的激励呢,这就很难说了;不过,可以肯定的是他一看见格伦默先生被打倒在地,便立即向站在他身边的一个小孩子发动猛烈的进攻;而斯诺格拉斯先生呢,本着公道文明的真谛,不在别人毫无准备的情况下打冷拳,便大声宣布他也要出手了,并且以一种极其从容的态度慢慢脱起上衣来。几个人立刻就围上来将他抓住了;平心而论,他和温克尔先生一点也没有试图还手来解救自己或者维勒先生;后者呢,在拼命抵抗了一阵之后,终于因为寡不敌众而被抓了起来。于是重新整队,轿夫也各就原位,队伍又往前进发了。

在这整个过程之中,匹克威克先生真是怒气冲天。他只能够看见萨姆大打出手,把临时警察打得到处乱窜;别的什么就看不到了,因为轿子门没法开,帘子也拉不上去。最后,在特普曼先生的帮助下,他设法把轿顶顶开了;他站到座位上,手搭在朋友的肩膀上稳住身子,对大家演说起来;他详细叙述了他所受到的无理的对待,要大家注意先动手的不是他的仆人。就这样他们一路来到了市长官邸;轿夫们迈着碎步子,被抓的人跟在后面,匹克威克先生继续演说,人群大声叫唤着。

二十

萨姆被一路押过来时气愤得要命,他嘴里不住地骂骂咧咧,指桑骂槐地攻击格伦默和他手下人的外貌和举止。斯诺格拉斯和温克尔阴沉着脸,恭恭敬敬地倾听他们的头儿在轿子里口若悬河地演讲。想不到的是,这一行人拐弯过后,来的地方正是萨姆早先遇见逃跑的特洛特的院子,这一来他的气愤立刻化成了好奇;当那位身负重任的格伦默命令轿夫停下来,威风十足地迈开大步走到特洛特出来的那扇绿色大门门口,伸手使劲去拉门边上的门铃时,他的好奇又化成了令人愉快的惊讶之情。出来开门的是个穿戴整洁、脸孔漂亮的年轻女佣。大门打开一半,把轿子、被捕的人和临时警察放进去后,便立刻砰的一声关上了门,将跟来的人都关在外面。

轿子在通到屋门的一道台阶下面停住了,门两侧一边放着一个种着龙舌兰的绿色花盆。匹克威克先生和他的朋友被带进厅里,马士尔已经先去通报了,接着就传纳普金斯先生之命,将这几个人带到那位一心为公的长官跟前。

接下来的场面非同小可,一切早就安排好了,要对罪犯起一种震慑作用,令他们充分认识到法律的威严。纳普金斯先生坐在一个大书橱前面一张大椅子上,在他面前是一张大桌子,后面还有一本大书,尽管这几件东西都是够大的了,但市长比它们显得更大。桌子上有一叠叠的文件,在桌子另一头露出了金克斯先生的脑袋和肩膀,他正忙着现出忙碌得不得了的样子来。这几个人进来以后,马士尔就小心翼翼地关上了门,站到主人椅子后面随时待命。纳普金斯先生身子一仰,以令人毛发直竖的严肃神气,仔仔细细地观察这几位硬被请到这儿来的客人。

"嗯,格伦默,那个人是谁呀?"纳普金斯先生指着匹克威克先生问,匹克威克先生作为他们当中的发言人,脱下帽子,站在那里鞠躬致意。

"大人,这就是那个匹克威克呀,"格伦默先生说。

"嘿,算了吧,你这个老家伙,"维勒先生挤到前面来插嘴说,"对不起,先生,这位呢,是尊贵的匹克威克先生,这位是特普曼先生,这位是斯诺格拉斯先生,再过去,在他另一边的是温克尔先生——都是规规矩矩的绅士,先生,您一定会高兴同他们做朋友的。"

这番话一讲完,维勒先生就用右肘擦擦帽子,和和气气地朝金克斯点点头。

"格伦默,这个人是谁?"市长问。

"大人,是个无法无天的家伙,"格伦默回答,"他想要把罪犯劫走,还殴打警官,所以我们就把他抓了,一起带来了。"

"你做得完全正确,"市长回答,"一看上去就知道,这是个胆大包天的恶棍。"

"他是我的跟班,先生,"匹克威克先生气鼓鼓地说。

"喔!是你的跟班,是吗?"纳普金斯先生说,"阴谋妨害执法,谋害执法官员。匹克威克的跟班。记下来,金克斯先生。"

金克斯先生记下来了。

"你叫什么名字,伙计?"纳普金斯先生大声喝问。

"维勒,"萨姆回答。

"你住在哪儿呀?"市长问。

"哪里有地方住就住在那里,"萨姆回答。

"把这点也记下来,金克斯先生,"市长说,他怒气猛然升起了许多。

"再在底下画条线,"萨姆说。

"他是个流浪汉,"市长说,"按照他自己说的,他是个流浪汉,对吗,金克斯先生?"

"当然是的,先生。"

"那么我就要把他关起来,我就要把他作为流浪汉关起来,"纳普金斯先生说。

"这个国家的司法再公平不过啦,"萨姆说,"市长要关人,自己总会加倍受罚的呀。"

听到这句俏皮话,有个临时警察笑了起来,一笑出声他又马上装出严肃得不得了的样子,所以市长立刻就认出了他。

"格伦默,"纳普金斯先生说,气得满面通红,"你真大胆,怎么选了这么一个既无用又坍台的人来当差?你怎么敢做出这种事来,先生?"

"我很抱歉,大人,"格伦默结结巴巴地说。

"很抱歉!"怒不可遏的市长说,"格伦默先生,你这样玩忽职守,我要叫你后悔也来不及;我要处分你来儆戒别人。把那个家伙的警棍拿走。他喝醉了。你喝醉了,伙计。"

"我没有醉,大人,"那人说。

"你就是喝醉了,"市长训斥说,"我说你醉了,你竟然还敢说自己没醉,是吗,先生?格伦默,他身上有没有酒的气味?"

"酒味大得吓人,大人,"格伦默回答,他隐隐约约觉得那里是有点儿糖蜜酒的气味。

"我早知道他醉了,"纳普金斯先生说,"他一进门我就知道他喝醉了,那眼神兴奋得不正常。你注意到他兴奋的眼神了吗,金克斯先生?"

"当然,市长。"

"我今天上午一滴酒都没有沾呀,"那人说,他神志十分清醒。

"你竟然还敢对我扯谎?"市长说,"他现在这样子是喝醉了,对吗,金克斯先生?"

"当然是,先生,"金克斯先生回答。

"这个人蔑视法律,"市长说,"我要把他关起来。签发拘留证,金克斯先生。"

要不是担任市长顾问的金克斯(他曾经在一个乡村律师事务所里学过三年法律)俯身在市长耳边劝了劝,说是这种做法不妥,那么那个临时警察准会被关起来了;结果呢,市长发表了一通演说,说是姑念他有家有室,只是对他申斥一番之后革职处理。于是便把那位临时警察痛骂了整整一刻钟,然后就将他打发走了;格伦默、多布雷和马士尔还有其他的临时警察呢,人人都喃喃地对纳普金斯先生的宽宏大量表示钦佩。

"喂,金克斯先生,"市长说,"让格伦默宣誓。"

格伦默马上就宣誓了;可是由于他说话有点不着边际,再加上纳普金斯先生的午饭已经快好了,因此市长便采取了便捷的办法,直接提了几个诱导性的问题,格伦默几乎都一一点头称是。就这样询问结束,一切都顺顺当当,不费吹灰之力;维勒先生被控犯了两次人身侵犯罪,温克尔先生被控犯了一次威吓罪,斯诺格拉斯先生被控推人一次。等到这一切都按照市长的意思办好之后,市长和金克斯先生又低声商量起来。

商量持续了大约十分钟,金克斯先生又回到桌子的那一头;市长咳了一咳清清喉咙,在椅子上坐直身子,打算开口讲话,正在这时,匹克威克先生打断了他。

"对不起,先生,容我打断您一下,"匹克威克先生说,"在您要对方才在这儿的种种陈述作出决定并且付诸实施之前,我有权利请您听一下我的申诉,因为此事与我个人有关。"

"住嘴,先生,"市长盛气凌人地说。

"我必须向您提出来,先生,"匹克威克先生说。

"住嘴,先生,"市长打断他的话,"要不然我要命令警察动手把你拉走了。"

"随您的便,先生,您命令您手下人干好了,"匹克威克先生说,"照他们那种唯唯诺诺的样子,我毫不怀疑,无论您命令他们去干什么,他们都会照办的,先生;不过对不起,我还是坚持要求行使申诉的权利,先生,除非您叫人硬把我拉出去。"

纳普金斯先生紧紧盯住匹克威克先生看着,对他竟然如此大胆深为惊讶;他显然准备大发雷霆,骂上一顿,这时金克斯先生扯了扯他的袖子,低声在他耳边说了几句话。对此市长先是声音较大地回了一句,接着又压低嗓门耳语起来。金克斯显然是在规劝他。

最后,市长勉强压下心中的怒气,十分不乐意地同意再听几句申诉,他朝匹克威克先生转过脸去,恶狠狠地问道:"你想要说什么呀?"

"首先是,"匹克威克先生说,炯炯的目光从眼镜后面扫过来,连纳普金斯先生也觉得有几分不自在,"首先,我想要知道,究竟是为了什么理由把我和我的朋友带到这里来?"

"我得告诉他吗?"市长对金克斯耳语。

"我想您最好还是告诉他,先生,"金克斯也用耳语同市长说。

"有人向我正式告发，"市长说，"说是你打算要同人决斗，那另一个姓特普曼的呢，就是你的副手和教唆人。正因如此——哎，金克斯先生？"

"当然啦，先生。"

"正因如此，我找你们两个，来——我想事情是这样，金克斯先生？"

"当然是，先生。"

"来——来——什么啊，金克斯先生？"市长说，光起火来。

"来找个保人，先生。"

"对了。正因如此，我找你们两个来——我正想要说，给文书打断了——来找个保人。"

"靠得住的保人，"金克斯先生耳语说。

"我要靠得住的保人，"市长说。

"本城的居民，"金克斯先生耳语。

"担保人必须是本城的居民，"市长说。

"每人缴五十镑钱，"金克斯耳语，"当然，还得是户主。"

"我要你们找两个担保人，每人缴五十镑保证金，"市长大声说，架子十足，"当然，他们必须是户主。"

"老天哪，先生，"匹克威克先生说，他和特普曼先生一样又是惊诧又是生气，"我们在城里一个人都不认识。我根本认不得什么户主，也从来没有想到要同哪个人决斗呀。"

"是这样，"市长回答，"是这样——对吗，金克斯先生？"

"当然，先生。"

"你还有什么话要说吗？"市长问。

匹克威兑先生本来有很多话要说，这些话说出来肯定对他自己没有什么好处，而且也不会让市长高兴；就在他方才停下来的时候，维勒先生拉了拉他的袖子，他们立刻认真谈了起来，结果呢，连市长问他的话都没有听见。纳普金斯先生对一个问题从来不会问第二遍；因此，他又清了清喉咙，准备要宣读判决了，警察们个个毕恭毕敬，肃静无声。

对维勒第一次人身侵犯要罚两镑,第二次罚三镑。温克尔要罚两镑,斯诺格拉斯罚一镑,此外还要他们具结保证不再向国王陛下的臣民惹是生非,尤其不准向他的忠诚的仆人但尼尔·格伦默挑衅。匹克威克和特普曼呢,他已经要他们去找担保人了。

市长话音刚落,匹克威克先生就走上前,那张重又变得愉快的脸上笑容可掬,他开口道:

"对不起,能不能请市长跟我私下里谈几分钟?事关市长本人,极其重要。"

"什么?"市长问。

匹克威克先生又把他的请求重复了一遍。

"这个要求太不可思议了,"市长说,"私下谈一谈?"

"私下谈一谈,"匹克威克先生坚定地回答,"不过,由于此事有一些是我的跟班说的,因此我要求他也在场。"

市长望望金克斯先生;金克斯先生望望市长;警察也面面相觑。纳普金斯先生的脸色突然发了白。会不会是这个名叫维勒的人,一时天良发现,来密报有人要阴谋暗杀他呢?一想到这事,他就觉得可怕。他是个公众人物。

市长又望了望匹克威克先生,并且把金克斯先生招到跟前来。

"金克斯先生,你觉得这个请求怎样?"纳普金斯先生低声问。

金克斯先生拿不出主意来;他生怕说错话惹恼市长,只是以一种暧昧不明的态度怯生生地笑了笑,皱着嘴角,慢慢地摇了摇头。

"金克斯先生,"市长沉着脸说,"你是头蠢驴。"

听到这话,金克斯先生又笑了——比方才更加胆怯了——他侧着身子一点一点地缩回到自己的角落里去。

纳普金斯先生左思右想,把这件事考虑了好几秒钟,然后站起身,请匹克威克先生和萨姆跟他走,来到了和审判厅相连的一个小房间里。他要匹克威克先生走到房间靠里的尽头,自己手扶住半开的房门,以便万一对方露出敌意时,他可以立刻脱身。然后纳普金斯先生表示，不管他们有什么话，就同他说好了。

"我就不绕弯子了，先生，"匹克威克先生说，"这件事对您本人，对您的名誉关系重大。我有充分的理由相信，先生，有个大骗子钻到您的府上来了。"

"两个，"萨姆插嘴说，"穿桑葚色衣服的，老规矩，哭哭啼啼的使坏。"

"萨姆，"匹克威克先生说，"我得请你控制自己的感情，要不然我就没法让这位绅士明白我的意思了。"

"对不起，先生，"维勒先生说，"不过我一想到乔布那家伙，就忍不住要出出气儿。"

"就一句话，"匹克威克先生说，"我的跟班怀疑有个叫费兹-马歇尔上尉的人常常到府上来做客，有没有这回事？因为，"匹克威克先生看到纳普金斯先生正气鼓鼓地要开口打断他，就加上一句说，"因为，要是他常来的话，我知道这人是个——"

"小声些，小声些，"纳普金斯先生说，把门关上，"知道这个人是什么，先生？"

"是个道德沦丧的冒险家——是个无耻的家伙——这个人专门在社会上招摇撞骗，欺诈轻信的人，先生；这些人上当受骗，糊糊涂涂地被他耍弄，先生，"激动的匹克威克先生说。

"天哪，"纳普金斯先生说，脸色涨得通红，他的态度马上改变了。"天哪，匹——"

"匹克威克，"萨姆说。

"匹克威克，"市长说，"天哪，匹克威克先生——快请坐——你这话可当真？费兹-马歇尔上尉？"

"别叫他上尉，"萨姆说，"也不是费兹-马歇尔；两样都不对。他是个跑码头演戏的，不错，他名叫金格尔；另一个叫乔布·特洛特，那就是一条穿桑葚色衣服的狼。"

"这是千真万确的，先生，"看到市长一脸惊异的神色，匹克威克先生又说，"我到本市来不为别的事，就是为了要把我们现在说的这个人的真面目揭露在光天化日之下。"

接下来,匹克威克先生将金格尔先生的种种劣迹简单扼要地讲了一遍,听得纳普金斯先生大惊失色。他告诉市长他当初是怎样遇到那人的;他后来又怎样拐了华德尔小姐私奔;他又怎样在敲诈一笔钱以后高高兴兴地丢下了她;还有他怎样把他深更半夜骗到女子寄宿学校里;他(匹克威克先生)现在感到有责任揭穿这个化名冒充上尉的人的真面目。

随着这段叙述的深入,纳普金斯先生浑身的热血涌了上来,弄得他两个耳朵尖通红通红。他是在附近的赛马场上遇见那个上尉的。听到他有那么多的贵族朋友,又跑了那么多的地方,再加上他举止时髦,纳普金斯太太和纳普金斯小姐极为倾倒,她们将费兹-马歇尔上尉带到各个社交场合露面,嘴边常挂着费兹-马歇尔上尉说过什么什么话,老是同她们最要好的朋友谈论费兹-马歇尔上尉的事情,最后弄得她们的心腹至交珀肯汉太太和珀肯汉小姐以及西特尼·珀肯汉先生吃起醋来,气得要命。现在,到头来,竟然听说他是个投机取巧的穷光蛋,是个跑码头的戏子,即使不是骗子的话,也差不了多少!老天哪!珀肯汉那一家子会怎样说呢!西特尼·珀肯汉先生近来所献的殷勤没有被看在眼里,等他发现他的情敌竟然是这么一个家伙,他不知会多么得意啊!他,纳普金斯先生还有脸去见老珀肯汉吗!要是这桩事情传开了,岂不是给市长的政敌一个把柄吗?

"不过,说到底,"纳普金斯先生说,在沉默了好一阵之后,又来了精神,"说到底,这只是一面之词而已。费兹-马歇尔上尉为人风度翩翩,我想他也会有很多的对头。你说的这些话有什么证据呢?"

"让他同我对质就行,"匹克威克先生说,"我只要求这一点,只需要这一点。让他同我和我这里的几位朋友当面对质就行;那一来就足够说明问题了。"

"嗯,"纳普金斯先生说,"这倒是不难办到,因为他今晚就要来这儿,那样就不会把这件事弄得人人皆知了,不过,这只是—— 只是——为那个年轻人着想,对吗?我——我——想先得跟纳普金斯太太商量一下，这样做妥不妥当。无论如何，匹克威克先生，我们还是要先把这桩官司办完，才能干别的事情。请到隔壁房间里去。"

他们回到了隔壁房间。

"格伦默，"市长说，口气冷冰冰的。

"大人，"格伦默回答，受宠若惊地笑着。

"哎，哎，先生，"市长严厉地说，"别在我面前作出这副轻浮样子来。这太不像样，告诉你，你没有什么可笑的。你刚才跟我说的那番话都完全符合事实吗？你得留神些，先生。"

"大人，"格伦默结结巴巴地说，"我——"

"噢，你晕头转向了，对吗？"市长说，"金克斯先生，你看见了吗，他晕头转向了。"

"当然，先生，"金克斯说。

"来，把你报告的重说一遍，格伦默，我警告你留点神。金克斯，把他的话笔录下来。"

于是倒霉的格伦默又开口历数起这几个人的罪状来，不过，一边是金克斯先生在记录，一边是市长不住地在指责他，再加上他本来说话就没头绪，而且昏头昏脑给弄糊涂了；结果呢，不到三分钟，他就陷入到一种矛盾百出、难以自圆其说的境地，于是纳普金斯先生立刻宣布他的话不予采信。因此，罚款予以取消，金克斯先生马上就找来了两个担保人。所有这些庄严的程序都令人满意地完成了，格伦默先生颜面丢尽，给打发了出去——这个突出例子说明人性的伟大并不永恒，而大人物的宠信根本就靠不住。

纳普金斯太太是位头戴粉红色薄纱窄边帽和淡棕色假发的高贵女士。纳普金斯小姐呢，妈妈的傲慢态度她应有尽有，只是没有那顶窄边帽，妈妈的坏脾气她也一样不少，只是没有那袭假发；每当这两种可爱的品质导致母女俩陷入到什么令人不快的尴尬境地时，她们总异口同声地责怪纳普金斯先生应对此负责。因此，当纳普金斯先生找到纳普金斯太太，将匹克威克先生所说的话一五一十地告诉她后，她突然想到她一向就料到会有这样的事情；她平时总是说要当心这种事情;但她的话没有人听;她真的不明白纳普金斯先生把她当成了什么人,等等等等。

"真气人,"纳普金斯小姐说,两只眼角里都挤出了很小一滴眼泪,"一想到我竟然会上这样的当,真气死我了!"

"噢!亲爱的,你得感谢你爸爸呢,"纳普金斯太太说,"我不是一再向他提出,应该去把上尉的家世查查清楚?我不是一再向他要求,应该采取果断的措施?我敢肯定,没人会相信这点——我完全肯定。"

"哎,亲爱的,"纳普金斯先生说。

"别同我说话了,你这惹人生气的东西,别说了!"纳普金斯太太说。

"我亲爱的,"纳普金斯先生说,"你不老是说自己很喜欢费兹-马歇尔上尉吗?你老是请他来做客,亲爱的,而且一有机会就介绍他跟别人认识。"

"我不是早就说过吗,亨丽埃塔?"纳普金斯太太嚷道,一脸是受到伤害的女性的神气,向女儿求助。"我不是早就说过,你爸爸会掉过头把这一切都怪到我的头上的?我不是早就说过吗?"说到这里,纳普金斯太太抽抽搭搭地哭了起来。

"噢,爸!"纳普金斯小姐抗议道,说着也抽泣起来。

"是他让我们丢脸,让别人看我们的笑话,他如今倒说风凉话,把这件事怪到我头上,这让我怎么受得了?"纳普金斯太太嚷嚷说。

"我们怎么有脸见人呢?"纳普金斯小姐说。

"不过你爸爸才不在乎呢!他才不管呢!"一想到这一可怕的情景,纳普金斯太太心如刀绞地痛哭起来,纳普金斯小姐也跟着一起哭。

纳普金斯太太泪如泉涌,哗哗直流,直到她静下心来把这事前前后后想了一通之后才止住。她心里拿定了主意,最好的办法便是请匹克威克先生和他的几位朋友在这里等上尉来,匹克威克先生不是提出这个要求吗?给他这个机会。如果证明他说的话当真,那就可以把上尉赶出去,并且不会把事情张扬出去,然后,对珀肯汉那家子呢,就可以很容易地解释说,所以见不到上尉的踪影,是因为他家里运动了宫廷,任命他为某个气候宜人的地方的总督了。

在纳普金斯太太擦干眼泪后,纳普金斯小姐也擦干了眼泪,纳普金斯先生很高兴按照纳普金斯太太的主意办。因此匹克威克先生和他的几位朋友被介绍给两位女士,并且马上就请一起用餐,先前那场遭遇的痕迹一丝一毫也见不到了;维勒呢,独具慧眼的市长半小时之后就发现他是世上最出色的家伙之一,便吩咐由马士尔照料,并特别关照带他到下面去好好款待一番。

马士尔先生毕恭毕敬地走在前面,将维勒先生引进厨房。

"玛丽,"马士尔先生对一个漂亮的女佣说,"这位是维勒先生,东家请他下来,吩咐我们好好招待他,让他快快活活的。"

"你东家真是个聪明人,他叫我到这里来,真是再好不过了,"萨姆说,满心倾慕地看了玛丽一眼,"我要是在这里当家作主的话,凡是有玛丽在,我总是会找到快活的东西的。"

"啊呀,维勒先生!"玛丽说,脸红了。

"哼,我可从来不觉得!"厨娘猛然说。

"啊呀呀,厨娘,我把你忘了,"马士尔说,"维勒先生,让我来给你们介绍一下。"

"你好,太太,"维勒先生说,"真高兴见到你,真的,希望我们的交情能够长久。"

等到介绍的礼数完成过后,厨娘和玛丽便回到厨房的里间,只听见她们吃吃地又说又笑,足足有十分钟;然后她们格格笑着,红着脸儿出来了,接着便坐下来用饭。

维勒先生态度随和,又是那么会讲话,他的新朋友禁不住都入了迷,饭吃了不到一半,他们已经要好得无话不谈了,大家对乔布·特洛特的鬼花头已经全都知道了。

"那个乔布啊,我从来是看见他就讨厌,"玛丽说。

"亲爱的,你本来也就应该的嘛,"维勒先生回答。

"为什么呢?"玛丽问。

174

"因为他又丑又坏,那怎么能跟又美又纯洁的你走到一起去呢?"维勒先生回答,"你说呢,马士尔先生?"

"那是决计不成的,"那位先生回答。

听到这话玛丽笑了,她说是厨娘逗得她笑起来的;厨娘笑了,说是她并没有啊。

"我没有杯子啊,"玛丽说。

"就在我杯子里喝,亲爱的,"维勒先生说,"你的嘴唇沾到了这只大杯子上,那我也等于亲到你的嘴了。"

"不害臊呀,维勒先生!"玛丽说。

"有什么害臊的,亲爱的?"

"你说这种话。"

"胡扯,那又没有坏处。那是再自然不过的啦,你说呢,厨娘?"

"别问我这种不要脸的话,"厨娘回答,高兴得要命。说到这里厨娘和玛丽又哈哈大笑起来,因为又是啤酒,又是冷肉,再加上哈哈大笑,直弄得后一位女士几乎呛过气去——这种局面实在吓人,幸亏塞缪尔·维勒先生体贴入微,他殷勤万分地在那位女士背上捶了又捶,又忙着张罗,关怀备至,总算把她救了过来。

就在大家有说有笑地大吃大喝的时候,花园那里门上铃声大作。维勒先生对那个漂亮的女仆献殷勤正处在白热化的阶段,马士尔先生忙着对付桌子上的美味;厨娘笑声刚停,正把一大块食物举到嘴边,就在此时,厨房门打开了,乔布·特洛特先生一下闯了进来。

他倒是要进来的,事实上已经迈动步子,可他一眼看到了维勒先生,脚便不由自主地往后缩了一两步,他做梦也想不到会看到这样的情景,只是站在那里望着,又惊又怕,呆若木鸡。

"这不就是他吗!"萨姆欢天喜地地站起身来,"我们正在谈你呢。你好啊?你到哪里去啦?快进来。"

维勒先生伸出手去,抓住那个毫不还手的乔布的衣领,把他拖进厨房里来;他随手闩上门,把钥匙交给马士尔先生,后者冷静地将钥匙放进侧边口袋里,扣上扣子。

"嘿,这可真有意思呀!"萨姆嚷道,"想想看,我的东家在楼上有幸同你的东家会面,我呢有幸在这儿会到了你。你混得怎样啊,开杂货铺子的事情还顺利吗?嘿,见到你真高兴。你那模样多快活呀。能见到你真的很有意思啊,不是吗,马士尔先生?"

"一点不错,"马士尔先生说。

"他真是开心得很哪,"萨姆说。

"兴致又这么高,"马士尔说。

"看到我们又是这么高兴——这就更叫人开心了,"萨姆说,"坐啊,坐下来吧。"

特洛特先生给人拉到火炉旁边的一张椅子上坐了下来。他一双小眼睛先望望维勒先生,接着又望望马士尔先生,但是一声不吭。

"嗯,这样,"萨姆说,"当着这两位女士的面,我倒想要问问你这个怪物,你是不是还觉得自己是个规规矩矩的年轻人,老是用粉红手帕擦眼泪,还唱第四卷的赞美诗?"

"说是打算同厨娘结婚呢,"那位女士愤怒地说,"混蛋!"

"还说要痛改前非,将来要去做杂货生意呢,"女仆说。

"喂,你好好听着,年轻人,"马士尔先生一本正经地说,刚才提到的两件事使他大为光火,"这位女士(他指着厨娘)同我是一对儿;你竟然敢说要同她一起开杂货铺子,你这是在伤害我,这种事情上,一个男人是最最容不得另一个男人来插足的。你懂不懂,先生?"

马士尔先生模仿东家的口气,对自己的口才大为得意,说到这里,他停下来等对方回话。

可是特洛特先生不回答,于是马士尔先生继续一本正经地讲下去:

"先生,很可能暂时不会叫你上楼去,因为我的东家这时候正在收拾你的东家呢,先生,因此,你是有时间来同我私下谈一谈的,先生。你懂我的意思吗,先生?"

马士尔先生又停下来等他回答,特洛特先生又叫他失望了。

"嗯,那么,"马士尔先生说,"我只好当着这两位女士的面来说说清楚了，真是对不起，不过情况紧急，我也就顾不上许多了。厨房里间是空着的，先生，你愿不愿意进去，先生？维勒先生做裁判，我们可以痛痛快快地好好干一场，等到铃响再住手。来吧，先生。"

马士尔先生说了这几句话后，往门那边跨了一两步；为节省时间，他一边走一边脱上衣。

厨娘听见了这一你死我活的挑战的最后几个字，又看见马士尔先生准备将此付诸行动，当即发出一声尖厉的号叫，朝正要站起来的乔布·特洛特先生冲上去，女性一激动起来，不知哪儿来的力气，她对着那张大扁脸又是撕又是打，还把手插到他长长的黑头发里往下扯，扯下的头发足足可以用来做五六个特大号的纪念死者的戒指。她对马士尔先生的爱情激得她浑身是劲，在拳脚相加这样干了一阵之后，她跌跌撞撞地往后退了下来；她生性容易激动，感情又细腻，因此便立刻倒在备餐桌子下面，晕了过去。

就在这时候，铃响了。

"是叫你的，乔布·特洛特，"萨姆说。特洛特先生还没有来得及回答或者提出异议——甚至连抚摸一下伤口都来不及——萨姆就抓住他一只胳膊，马士尔先生抓住另一只胳膊；一个在前面拉，一个在后面推，就这样把他弄上楼梯，走进客厅里。

厅里的场面真是十分动人。化名为费兹-马歇尔上尉的阿尔弗雷德·金格尔老爷站在离门不远的地方，帽子拿在手上，满面堆笑，对这一令人不快的场面毫不在意。匹克威克先生冲着他站着，显然是一直在跟他讲大道理。不远处站着特普曼先生，他一脸怒容，另两位年轻些的朋友小心翼翼地拉着他；房间的另一头是纳普金斯先生、纳普金斯太太和纳普金斯小姐，个个面色阴沉，端着架子，心里恼火得不得了。

"为了什么缘故，"乔布被带进来的时候，纳普金斯先生摆出官老爷的架子，说道，"为了什么缘故我不把这两个家伙以流氓骗子的罪名抓起来呢？这样宽宏大量，不是太傻了吗？为了什么缘故呢？"

"面子啊，老伙计，面子啊，"金格尔回答，一点儿也不尴尬，"不行的——不行啊——把上尉给抓了,嗯?——哈,哈,很好——给女儿找的女婿呀——骗人的反而让人给骗了——宣扬出去——绝对不行——大出洋相——洋相!"

"混账,"纳普金斯太太说,"你话里带刺,真不要脸。"

"我一向就讨厌他,"亨丽埃塔接着说。

"哦,当然啦,"金格尔说,"高个子青年人——原来的情人——西特尼·珀肯汉——有钱——不错的家伙——不过不及上尉那么有钱,嗯?——把他轰走——和他一刀两断——都是为了上尉——再也找不到上尉这样的人——所有的女孩子——发了疯——嗯,乔布,嗯?"

说到这里,金格尔先生纵声大笑;乔布快活地搓搓手,发出声音来。

"纳普金斯先生,"年长的女士说,"这种话让下人听了不大好。把这几个混蛋弄到别处去吧。"

"当然,亲爱的,"纳普金斯先生说,"马士尔。"

"是,大人。"

"把前门打开。"

"是,大人。"

"给我滚出去,"纳普金斯先生说,用力挥了挥手。

金格尔笑着,向门口走去。

"等一下,"匹克威克先生说。

金格尔站住了。

"你,还有你那个假装好人的朋友,"匹克威克先生说,"对我造成那么大的伤害,我报复的手段本来是可以激烈得多的。"

听到这话,乔布·特洛特手按在心口上,毕恭毕敬地鞠了一躬。

"我说的是,"匹克威克先生说,越来越气,"我本来是可以好好报复一下的,不过我只是将你揭发出来就算了,我认为这是我对社会应尽的责任。这就是宽宏大量,先生,我希望你不要忘记。"

匹克威克先生说到这里时,乔布·特洛特嬉皮笑脸地装出一副严肃的样子,把手拢住耳朵,像是每一个字都不肯放过。

"先生,我只想再说一句,"匹克威克先生说,他这会儿气得要命,"那就是我觉得你是个流氓,是个——恶棍——我从来没有见过——或者听说过像你这样坏的人,只有这个穿桑葚色号衣、装出一副虔诚的好人样子的混蛋除外。"

"哈!哈!"金格尔说,"匹克威克,好老头儿——心肠好——胖老头儿——不过别激动——那是不好的,很不好——告辞了——将来再见——鼓劲啊——乔布——快走。"

说了这番话以后,金格尔先生照老规矩把帽子往头上一戴,大步走出了房间。乔布·特洛特停住脚步,朝四处看了看,嬉皮笑脸地装出一本正经的样子朝匹克威克先生一鞠躬,又朝维勒先生眨眨眼睛,跟着他前程万里的主子走了,那种厚颜无耻那种狡诈简直无法形容。

"萨姆,"看到维勒先生要跟出去,匹克威克先生叫住了他。

"先生。"

"站着别动。"

维勒先生似乎有点儿犹豫。

"站着别动,"匹克威克先生又说了一遍。

"我不可以到前面花园里去把乔布修理一顿吗?"维勒先生说。

"当然不可以,"匹克威克先生说。

"那么把他踢出门去,行不行,先生?"维勒先生问。

"绝对不行,"他的东家回答。

维勒先生有那么一会儿显得很不满,很不高兴,自他给主人当差以来还从来没有这样的事。不过他的脸色马上就由阴转晴了,因为诡计多端的马士尔早就埋伏在大门口,时机一到他就冲出来,以熟练高超的技巧将金格尔和他的跟班打下台阶,滚到下面两个龙舌兰花盆里面。

"先生,我的任务完成了,"匹克威克先生对纳普金斯先生说,"我跟我的朋友要告辞了。感谢您对我们的热情款待,不过,我要代表大家说明一声,要不是受到强烈的责任感驱使,我们是决不会接受这种招待的,也就是说同意以这种方式结束先前那番胡闹的。我们明天就回伦敦。请放心,我们决不会泄漏您的秘密。"

在对早上他们的那番遭遇提出抗议之后,匹克威克先生对两位女士深深鞠了一躬;尽管这一家子挽留,他还是带着朋友们一起走出了房间。

"你把帽子戴起来呀,萨姆,"匹克威克先生说。

"帽子在楼下呢,先生,"萨姆说,他奔下楼去拿帽子。

这会儿厨房里就只剩下漂亮女佣一个人,萨姆乘机同她好好调了一番情。

二十一

揭发了金格尔的真面目,此行的主要目的已经达到,匹克威克先生决定立刻回伦敦,因为他要了解一下道孙和福格两位先生对他的指控有何进展。他做起事来劲道十足,很是果断,一下决心,便立刻行动。这样在次日早晨,他就坐到伊普斯威奇第一班马车的后座上,同他的三位朋友和塞缪尔·维勒先生一起离开了,他们一路平平安安,于当天晚上回到了首都。

在这里几个朋友暂时分手了。特普曼先生、温克尔先生和斯诺格拉斯先生分别回到自己家里,为不久后去丁格莱谷做客作准备;匹克威克先生和萨姆在一个非常好的、老式的、很舒服的地区找了个住所住下来,那就是伦巴第街乔治大院的乔治和兀鹰旅社。

这天晚上,匹克威克先生吩咐萨姆到原来的住处去一趟,把自己的东西取出来,付清房租后把房子退掉,并且暗示说他不妨顺便打听一下,看巴德尔太太究竟是不是打算把那件无中生有的官司进行下去。

萨姆遵命去了。他在那里遇到了巴德尔太太和她的朋友山德斯太太和克勒平斯太太,在闲谈之中,只听见她们异口同声地称赞道孙和福格这两位律师手段高明,说是这回一定可以在匹克威克先生身上敲到一大笔钱。他回来后,把听到的消息,尤其是同道孙和福格的毒辣手段有关的事情,一五一十地向东家作了汇报。第二天他们又一起去见了佩克先生,这次会面证实了情况确实很糟;匹克威克先生别无他法,只好准备去丁格莱谷度圣诞节,而心里却时刻得想到两三个月之后的那桩事儿,指控他毁弃婚约的案子就要在民事法庭公开审理;原告处于有利地位,这不仅由于当时情况确实令人生疑,还加上道孙和福格手段高明而毒辣。

大家约定去丁格莱谷的时间,是在两天之后。萨姆在早早吃过午饭之后,便回到自己房间里,动脑筋如何打发这两天的时间。天气很好,他想了不到十分钟,突然涌起一片孝心,觉得自己应该去乡下看望父亲,并且去候继母。于是他立刻上楼去找匹克威克先生请了假。然后换上最好的衣服,坐车去了多金。

萨姆·维勒下车后,很快就找到了格兰比侯爵酒店,他立刻走进店门。

"嘿!"萨姆的头一探进店门,就听见一个尖尖的女人声音,"年轻人,你要什么呀?"

萨姆朝声音发出来的那边望去。只见那是一位容貌顺眼的有点发福的女人,她坐在酒吧里面火炉边上,用皮老虎把火吹旺了烧水冲茶。在火炉另一边一张高背椅子上,坐着个身穿破旧黑衣服的男子,他坐得笔直,背挺得几乎像椅背那样又硬又长。

他表情严肃,长着个红鼻子,脸又瘦又长,眼光有点像是响尾蛇——相当锐利,但十分恶毒。他穿了一条很短的裤子,脚上是黑色棉袜,袜子也像他身上其他衣物一样,相当破旧了。

红鼻子正忙着用一把长长的黄铜叉子叉住一大片面包,将它在火上烤。在他身旁放着一杯香气扑鼻的搀水菠萝甜酒,里面放了一片柠檬。每当红鼻子停下来将那片面包举到眼前,看看它烤得怎样时,他就啜一两口热的搀水菠萝甜酒,并且朝有点儿发福的太太笑笑,那位太太呢还在给炉火吹风。

萨姆看着眼前这舒服的场面，不觉忘了神，因此那位太太的第一声询问，他竟没有听见。直到她又问了两次，而且声音一次比一次尖，他才意识到这样未免不够恭敬。

"掌柜的在吗?"萨姆没有回答她的问题，只是问道。

"他不在，"维勒太太回答。

"他今天是赶车去了吧?"萨姆问。

"大概是吧，也可能不是，"维勒太太回答，一边给红鼻子刚刚烤好的面包片抹上牛油，"我不晓得，而且我也不管。可以吃啦，斯提金斯先生。"

红鼻子照办了，立刻狼吞虎咽地吃起烤面包来。

萨姆一见到红鼻子的时候，就有点疑心这就是他可敬的父亲说起过的那位助理牧师。等他见到他吃东西的样子，一点儿怀疑都不存在了，他立刻意识到要是他打算在这里住上一两天的话，他必须在这儿站稳脚跟，一刻都不能耽误。因此，他将手臂伸过酒吧半高的柜台门，冷静地拨开门闩，大大咧咧地走了进去。

"后妈，"萨姆说，"您好啊。"

"嘿，我有数他准是维勒家的，"维勒太太说，抬头望望萨姆的面孔，脸上并不高兴。

"我想他也是，"满不在乎的萨姆说，"希望这位教会来的绅士原谅我说话放肆，我真巴不得自己就是娶您的那位维勒呢，后妈。"

这句恭维话有一箭双雕的目的，它既指维勒太太是位十分迷人的女性，又表示斯提金斯先生的风度像一位牧师。

助理牧师对萨姆的出现似乎一点儿也不高兴，等到那番恭维话所引起的第一阵兴奋之情消失掉后，连维勒太太也显出她巴不得将萨姆甩掉才好。不过，既然他已经来了，也没法体面地将他撵出门，因此，他们三个人就坐下来喝茶。

"父亲好吗?"萨姆问。

听到这话，维勒太太举起双手，两眼朝上翻，似乎一提起这件事就让她伤心。

斯提金斯先生哼了一声。

"那位先生怎么啦?"萨姆问。

"他一想到你父亲干的那些好事,就受不了呀,"维勒太太回答。

"噢,真的,是吗?"萨姆说。

"原因明摆着呢,"维勒太太一本正经地接着说。

斯提金斯先生又拿起一块烤面包片,重重地哼了一声。

"他是个可怕的坏蛋,"维勒太太说。

"罪过,"斯提金斯先生嚷道。他咬了一大口,在面包片上留下了一个大大的半圆形缺口,又哼了一声。

萨姆心里涌起一阵冲动,很想给那个斯提金斯牧师一下子,让他好去哼哼,不过他克制住自己这种想法,只是问道,"喂,老头子究竟干了些什么呀?"

"干了什么吗,哼!"维勒太太说,"噢,他心肠硬得不得了。这位数一数二的好人——斯提金斯先生,天天夜里都来,在这儿坐上好几个钟头,可是对他一点儿效果都没有。"

"咦,这倒真怪,"萨姆说,"要是换了我,一定会大有效果的呀,这是不会错的。"

"情况是这样,朋友,"斯提金斯先生严肃地说,"他真是冷酷无情得很。噢,朋友,换了别人,还有谁忍心拒绝我们十六位最仁慈的姐妹的请求呢?她们只是请他给这个高尚的协会捐一笔钱,好给西印度群岛的黑人小娃娃送一些绒背心和手帕,他就是一个子儿都不肯出。"

"女士们劝他他都不听,是吗?"萨姆说。

"只是坐在那里抽烟斗,还说黑人娃娃是——他说黑人娃娃是什么来着?"维勒太太问。

"是小骗子,"斯提金斯先生回答,一副感慨系之的样子。

"说黑人娃娃是小骗子,"维勒太太重复道。想到老维勒先生竟然如此丧尽天良,两人都哼了一声。

这种性质的罪状本来还可以揭发出许多来,不过烤面包片吃完

183

了,茶也不浓了,萨姆又没有要走的意思,斯提金斯先生突然想起他事前有约,有要事去同牧师商量,于是便告辞了。

茶具刚刚收拾好,壁炉那里刚刚打扫干净,伦敦来的驿车就把老维勒先生载到了门口,他的两条腿又把他载到酒吧里面,一眼看见了儿子。

"哟,萨姆!"父亲喊道。

"哟,老爷子!"儿子嚷道,两人热烈地握起手来。

"见到你真高兴,萨姆,"老维勒先生说,"不过我真弄不懂你是怎么样打通你后娘这一关的,你真得把这里面的诀窍传给我呢,知道吗?"

"轻一点!"萨姆说,"她在家呢,老爷子。"

"她听不见的,"维勒先生回答,"她喝过茶以后总要下楼去,在那里发上一两个钟头的火,所以我们还是在这里给自己身上先泼点儿水吧,萨姆。"

说了这话过后,维勒先生调了两杯搀水的烈酒,又拿出两根烟斗来;父子俩面对面坐下,两个人像模像样地享受起来。

"有人来过没有,萨姆?"沉默了好一阵子之后,老维勒先生冷冷地问。

萨姆意味深长地点了点头。

"是红鼻子那家伙吧?"维勒先生问。

萨姆又点了点头。

"是个讨人喜欢的人呀,萨姆,"维勒先生说,狠狠地抽了口烟。

"好像是吧,"萨姆回答。

"算起账来门槛精得很哪,"维勒先生说。

"真的吗?"萨姆说。

"星期一来借十八便士,星期二再借一个先令,总共半个克朗;星期三来再借半个克朗,这就凑成五个先令,就这样借下去,每回翻一番,不多久就成为一张五英镑的钞票,萨姆。"

萨姆点点头,表示他想起了父亲提到的问题。

"那么您是不想认捐绒背心的了?"萨姆在抽了一会儿烟之后又问。

"当然不,"维勒先生回答,"捐绒背心给外国那些小黑人有什么用处呀? 萨姆,"维勒先生说,身子在火炉上方探了过来。

"把手帕送给一些不懂得怎样使用的人,自然是一桩稀奇古怪的事儿,"萨姆说。

"他们老是在这样胡闹,萨姆,"他父亲回答,"有个星期天,我在路上走,看到一个女人站在小教堂门口,手上托着一个蓝色的盘子,你知道那是谁么,就是你后娘。我相信那盘子里面足足有两个英镑的钱,全是些半便士的子儿。从教堂出来的人劈里啪啦地往盘子里面扔钱,你知道这些钱是做什么用的吗?"

"大概是为了再开次茶会吧,"萨姆说。

"完全不对,"他父亲回答,"是给牧师付水费的呀,萨姆。"

"给牧师付水费!"萨姆说。

"哎,"维勒先生回答,"已经欠了三个季度的钱,牧师一个子儿都没有付,水就给切断了。牧师立刻跑到小教堂里讲道,像是个受到迫害的圣人似的,说是他希望断他水的那个管理员能够缓和下来,改邪归正,不过他倒是以为这笔账已经给他记上了。女士们听说这件事以后,便开了个会,唱了赞美诗,推选你后娘作主席,提出在下个星期天进行募捐,把钱给牧师。他肯定从她们手里弄到一大笔钱,足够他一辈子不会让自来水公司找他的麻烦了,萨姆,"最后,维勒先生说,"要不是这样,那我就不是人,你也不是人,事情就是这样。"

维勒先生默不作声地抽了一会儿烟,然后又说了下去:

"孩子啊,这些牧师最糟的地方是,他们经常给这里的那些年轻女人灌迷魂汤。上帝保佑她们那些小脑袋吧,她们以为事情应该是这样,哪里知道好歹,其实她们是上了那些胡说八道的当呀,萨姆,她们是上了那些胡说八道的当呀。"

"我看也是,"萨姆说。

"就是这样,"维勒先生说,严肃地摇摇头,"叫我气不过的,萨姆呀,是看着她们浪费那么多的时间和劳力,给紫铜色皮肤的人做衣裳,那些人又不要这些衣服。萨姆呀,要是依我的性子,我要把几个懒鬼牧师竖在重重的手推车后面,整天沿着一块木板上上下下地推,那一来总可以把他们那些鬼花头颠出来了。"

维勒先生加强了语气,又是点头又是挤眼睛,把这个温文尔雅的方子说了出来,然后一口气喝掉了杯子里的酒,以与生俱来的派头,把烟斗里的烟灰敲出来。

他正在这样忙着的时候,过道里传来一个尖利的声音。

"萨姆,你的好长辈来了,"维勒先生说,维勒太太匆匆走了进来。

"啊,你回来啦,是吗!"维勒太太说。

"是啊,亲爱的,"维勒先生回答,又往烟斗里装烟丝。

"斯提金斯先生有没有回来?"维勒太太问。

"没有啊,亲爱的,"维勒先生回答,一面用火钳从身边火炉里夹起一块通红的煤炭,点起了烟斗,"再说呢,亲爱的,要是他根本就不回来的话,我也照样能想法子过下去。"

"哎呀,你这混账东西,"维勒太太说。

"谢谢你,亲爱的,"维勒先生说。

"哎,哎,爸爸,"萨姆说,"生人面前别说这种贴心话呀。那位牧师不是过来啦。"

一听见这话,维勒太太赶紧擦掉她刚刚挤出来的泪水;维勒先生呢,沉着脸把椅子拉到火炉角落里。

不用费多大劲来劝说,斯提金斯先生便又喝下一杯搀水菠萝甜酒,接着又喝了第二第三杯,然后呢就吃了一点儿晚饭提提神,接下去一切又从头再来一遍。他和老维勒坐在同一侧,那位先生呢,每当妻子看不见时,就举起拳头在助理牧师头上摇晃,以此来向儿子表示他心中的愤激之情,有趣的是斯提金斯对此毫无知觉,只是顾自静静地品尝滚热的搀水菠萝甜酒。

谈话主要是在维勒太太和助理牧师之间进行的,喋喋不休地拉扯的内容呢,有牧师如何德高望重,他手下那帮信徒又是如何乐善好施,还有除此以外的所有的人又是如何罪孽深重——老维勒先生偶尔瓮声瓮气地插上一两句嘴。

最后,斯提金斯已经喝下足够多的菠萝甜酒,再喝的话就吃不消了,于是他拿起帽子告辞。萨姆呢,也立刻被父亲带去睡觉。这位可敬的老先生激动地绞着两只手,像是有话要同儿子说,不过看到维勒太太走过来,他像是改变了主意,匆匆地同他道别走掉了。

第二天一早萨姆就起床了,吃过早餐后,准备回伦敦。他刚跨出店门,就被父亲挡住了。

"要走啦,萨姆?"维勒先生问。

"马上就走,"萨姆回答。

"我真是巴不得你能蒙住那个斯提金斯的脑袋,把他随身带走呢,"维勒先生说。

"真替您害臊呀,老爷子,"萨姆责怪他说,"您干吗让他把他那个红鼻子伸到酒店里面来呢?"

老维勒先生一本正经地看了他儿子一眼,回答道:"因为我是个成了家的人呀,塞缪尔,因为我是个成了家的人呀。许多这当儿你弄不明白的事情,塞缪尔,等到你成了家,你就会明白了。不过吃了这么大苦头,才学到这么一点儿东西,究竟值不值得,就像慈善学校里小孩学完了字母表以后说的那样,各人的看法就不同了。照我看是不值得的。"

"嗯,"萨姆说,"再见啦!"

"再会,萨姆,"他父亲回答。

"我只有一句话要说,"萨姆突然停住脚,说道,"我要是这里的老板,要是那个斯提金斯老跑到我的酒吧里面烤面包的话,我会——"

"怎样啦?"维勒先生极其急切地问,"怎样啦?"

"——在他的搀水甜酒里面下点毒药,"萨姆说。

"真的!"维勒先生说,握着儿子的手起劲摇着,"你真的会吗,萨姆,真的会吗?"

"我会的,"萨姆说,"一开始我不会对他太厉害,我只是把他扔进水桶里面,再把盖子盖上就算了。要是结果他对这一点还不领情的话,我会想点别的法子来劝劝他。"

老维勒先生以一种无法描述的深切的赞叹之情望着儿子,又握了握他的手,然后慢慢走开了,儿子这番话在他心里勾起了种种想法,他在考虑着。

萨姆望着他的背影,直到他拐过弯不见了,随后他就步行回伦敦去。他首先想了想他的那番话可能产生的后果,接着又考虑了一下他父亲是不是会照他的主意去做。不过,他后来还是干脆不去想这些东西了,他自我排解说到时候一切自然是会见分晓的。

二十二

十二月二十二日上午,匹克威克先生带了牡蛎和鳕鱼等美味,和三个朋友以及萨姆·维勒一起坐车去丁格莱谷。

当天下午他们就到了目的地,受到了华德尔先生一家人的热烈欢迎。第二天举行了伊莎贝拉和特伦德尔的婚礼。婚礼仪式既热烈又隆重,匹克威克先生向一对新人表示了最热情的祝福。他和大家一样,又是喝酒又是跳舞,一直闹到深夜才尽欢而散。

由于睡得迟了,匹克威克先生次日很晚才起床。这天是圣诞前夜,全家人聚集在大厨房里,用过丰盛的圣诞晚宴后,大家又是做游戏又是喝酒,一起等候午夜的钟声。匹克威克先生成为人人欢迎的角色,老华德尔唱起了圣诞欢歌,并且讲了一个古老而有趣的故事,赢得了满座喝彩声,气氛热烈得不得了。

与此同时,在不知不觉中,温克尔和斯诺格拉斯两人的感情生活也在暗中有了进展。斯诺格拉斯原本就同华德尔先生的小女儿艾米丽有情,这会儿两人更加觉得情投意合了。温克尔呢,爱上了一位年轻的来宾,黑眼睛的阿拉贝拉·艾伦小姐。

第二天是圣诞节,天寒地冻,两个新客赶来了。他们是学医的学生,其中一位是阿拉贝拉·艾伦小姐的哥哥本杰明·艾伦,另一位是他的特别要好的朋友,叫鲍勃·索耶。这两个年轻人嘻嘻哈哈的,又是抽烟又是喝酒,不住地吹牛讲笑话。

在大家尽情享用了一顿丰盛的午餐,喝了一通精美的浓啤酒和樱桃白兰地之后,老华德尔提议到冰上去玩个把小时。

大家立刻热烈地响应了。萨姆·维勒和鲍勃·索耶等人在冰上大显身手,温克尔硬着头皮上场,结果把别人撞得东倒西歪,大出洋相。热烈的气氛也感染了匹克威克先生,他也忍不住参加进去,滑了一次又一次,正在兴高采烈之时,一不小心却跌到了冰水里去。幸好水不深,大家手忙脚乱地将他救上来,立刻送回家到床上去。匹克威克先生急忙上床睡好了。萨姆·维勒在房间里生起了火,把火拨得旺旺的,然后把他的饭端了上来;饭后又端来一大碗潘趣酒,为庆贺他平安脱险而痛痛快快地干了几杯。老华德尔绝对不肯让他起身,因此大家就推匹克威克先生坐在床上主持一切。又吩咐仆人送上来第二第三碗酒;等到匹克威克先生第二天一早醒来时,根本没有风湿病的征象;鲍勃·索耶先生说得不错,那就是在这种情况下,任何东西都比不上热潘趣酒有用;假如潘趣酒没有起到预防作用的话,那么只是因为病人喝得不够,那种错误倒是屡见不鲜的。

参加这一欢乐的聚会的人第二天早上就分手了。客人都各自回家去;匹克威克先生和他的伙伴又坐到了玛格尔顿驿车顶部;阿拉贝拉·艾伦由她哥哥本杰明以及他最要好的朋友鲍勃·索耶先生护送,回到她要去的那不知什么地方——我们敢说温克尔先生是知道的,不过我们承认我们不能这样说。

不过,在他们分手前,鲍勃·索耶先生和本杰明·艾伦先生有点带着几分神秘的样子将匹克威克先生拉到一边,鲍勃用食指捅捅匹克威克先生的肋骨之间,这个动作既表明他的幽默诙谐,又说明他精通人体解剖,问道:

"哎,老兄,住在哪儿呀?"

匹克威克先生回答说他目下暂时住在乔治和兀鹰旅社。

"希望你来看我呀，"鲍勃·索耶说。

"我真是乐意之至，"匹克威克先生回答。

"这是我的住址，"鲍勃·索耶先生拿出一张名片说，"波洛区兰特街；在盖伊医院附近，嗯，对我是很方便的。走过圣乔治教堂以后就不远了——从大街上往右拐弯。"

"我会找到的，"匹克威克先生说。

"两个星期之后的星期四来，把那几位老兄一起带来，"鲍勃·索耶先生说，"那天夜里我要约几个学医的朋友来。"

匹克威克先生说他很乐意会会学医的朋友；鲍勃·索耶先生又说他会安排得舒舒服服的，他的朋友本·艾伦也会来，随后，他们便握手告别了。

那么，在他们交谈的这短短一段时间里，温克尔先生有没有同阿拉贝拉·艾伦说什么悄悄话；要是说了，那么究竟说了些什么；还有，斯诺格拉斯先生有没有私下去同艾米丽·华德尔说话，要是说了，那么究竟说的是什么。对这一点，我们的回答是，无论他们是否同那两位女士说了什么，反正车子行驶了二十八英里，他们一句话也没有同匹克威克先生或者特普曼先生讲，他们又常常唉声叹气，连啤酒和白兰地都不肯喝，样子显得很沮丧。

在匹克威克先生回到伦敦之后十天或者半个月之后的一天晚上，道孙和福格事务所的杰克逊先生，走进了乔治和兀鹰旅社，询问可有一位名叫匹克威克的先生住在这里。

"汤姆，叫匹克威克先生的跟班来，"旅社酒吧间的女侍说道。

"不用麻烦了，"杰克逊说，"只要请你告诉我匹克威克先生的房间，我自己会进去。"

"请问贵姓，先生？"侍者说。

"杰克逊，"那个职员说。

侍者上楼去通报，但杰克逊先生紧紧跟在他身后，在他还没有来得及张口说话时，就一脚跨进房里，省掉了他通报的麻烦。

190

那天匹克威克先生恰好请了他的三个朋友来吃饭；在杰克逊走进房来的时候，他们正围坐在火炉边，品着葡萄酒。

"先生，你好啊，"杰克逊先生冲匹克威克先生点了点头说。

那位先生欠了欠身子，脸上显得有点儿惊讶，因为他已经完全想不起杰克逊的相貌了。

"我是从道孙和福格事务所来的，"杰克逊先生解释说。

一听到这个名字，匹克威克先生就光火了。"你去找我的代理人，先生，格雷学院的佩克律师，"他说，"侍者，带这位先生出去。"

"对不起，匹克威克先生，"杰克逊先生说，不慌不忙地把帽子放在地板上，从口袋里掏出羊皮纸，"但是，匹克威克先生，要知道，在这类案件中，由职员或者代理人上门走访，——在所有的法律形式上，是得慎重对待的呀。"

说到这里，杰克逊先生的目光落到了羊皮纸上；他双手放在桌子上，动人地、富有说服力地微微笑着，朝大家看了看，说道："哎，算了；不要让我们为了这一点儿小事说不上话。哪位先生姓斯诺格拉斯呀？"

听到这话，斯诺格拉斯先生露出了毫不掩饰的明显的惊诧之情，因此也就没有必要再开口回答了。

"啊！我想也是，"杰克逊先生说，显得越发客气了，"先生，我有桩小事要麻烦你一下。"

"要我！"斯诺格拉斯先生嚷道。

"只不过是张传票，请你在巴德尔诉匹克威克的案子中作原告方的证人，"杰克逊回答，挑出那张纸，再从背心口袋里掏出一个先令来，"开庭期一到就审理；大概是二月十四日吧；这是个特别陪审团案件，陪审员只有十个。这是给你的，斯诺格拉斯先生。"杰克逊说着，把羊皮纸文件放到斯诺格拉斯先生眼前让他看了看，接着把传票和先令塞到他手里。①

---

① 在十九世纪时，传唤证人时象征性地付一先令，以保证他出庭。

特普曼先生默不作声地惊讶地看着这一切,想不到杰克逊突然朝他转过脸来问:

"你就姓特普曼,我想我没有说错,对吧?"

特普曼先生望望匹克威克先生;只见他眼睛睁得大大的,看不出有什么叫他否认的意思,于是他回答说:

"不错,我姓特普曼,先生。"

"那么,另一位我想就是温克尔先生了?"杰克逊说。

温克尔先生结结巴巴地作了肯定的答复;手脚麻利的杰克逊先生立刻就把传票和一先令分别塞到他们两位手里。

"嗯,"杰克逊说,"恐怕各位会嫌我麻烦了,不过要是没有什么不便的话,我还要找个人。匹克威克先生,这里有塞缪尔·维勒的名字。"

"茶房,叫我的跟班来,"匹克威克先生说。侍者很有些惊讶地走出去了,匹克威克先生做了个手势,请杰克逊坐下来。

接下来是一阵令人难堪的沉默,最后还是那位无辜的被告先开了口。

"先生,我想,"匹克威克先生一开口,火气就禁不住往上升,"先生,我想,你的东家是想要我的朋友出庭作证来定我的罪吧。"

杰克逊先生用食指在鼻子左侧敲了几下,表明他不是来泄漏秘密的,接着开玩笑地说:

"不知道,说不准啊。"

"如果不是为了这个原因,"匹克威克先生追问下去,"发这些传票,还有其他什么原因呢,先生?"

"匹克威克先生,你很会套人说话呀,"杰克逊回答,慢慢地摇着头,"可是这行不通。试试是可以的,不过你休想从我嘴里套出什么话来。"

说到这里杰克逊先生又朝大家笑了笑,接着把左手的大拇指按在鼻尖上,右手绕着圈儿。

"不行啊,不行,匹克威克先生,"杰克逊先生最后总结说,"佩克手底下的一定猜得出我们发这些传票是干什么用的。要是他们猜不出，他们就得等开庭，到那时候自然就清楚了。"

匹克威克先生以极其厌恶的目光朝他这位不受欢迎的客人望了望，要不是这时萨姆恰好进门的话，他很可能要大发雷霆，将道孙和福格两位先生骂个狗血喷头的。

"是塞缪尔·维勒吧？"杰克逊先生问。

"在多少年来你说的话当中，这一句可算是一点不假了，"萨姆回答，显得极其镇静。

"维勒先生，这里有张传票给你，"杰克逊先生说。

"这玩意儿平常叫什么呀？"萨姆问。

"这是原件，"杰克逊先生说，对他的问题不作解释。

"什么？"萨姆问。

"这个，"杰克逊先生说，晃晃手上的羊皮纸。

"喔，是原件，是吗？"萨姆说，"嗯，我很高兴能够看到原件啊，因为这种事情很让人满足，叫人完全放心了啊。"

"这一先令，"杰克逊说，"是道孙和福格事务所给的。"

"道孙和福格真是大方得很呀，他们又不认识我，还给我送礼，"萨姆说，"我觉得这真是客气得很呀，先生；这对他们也是很体面的事，因为他们知道得了别人好处以后该怎样回报。此外，这还很叫人动心呀。"

维勒先生说了这话，便仿照家庭悲剧的演员最打动人心的动作，用外套的袖口轻轻擦了擦他的右眼眼皮。

杰克逊先生对萨姆的言行似乎有点不知所措；不过，既然他已经把传票都送到了，也就没有别的话要说，于是他就回事务所汇报去了。

那天夜里匹克威克先生睡得很不好；他不住地想起巴德尔太太同他打官司的事情，心里觉得非常不快。第二天一早他按时吃了早饭，然后叫萨姆陪他一同去格雷律师学院广场。

主仆两人来到了佩克的事务所。娄顿带路走到他上司的办公室，通报匹克威克先生来访。

"啊,我亲爱的先生,"小个子佩克先生说,连忙从椅子上站起身来,"嗯,我亲爱的先生,你的事情有什么新闻没有,嗯?我们在弗利曼巷的那两位朋友有什么新消息吗?他们并没有睡觉啊,我是知道的。啊,这可是两个非常精明的家伙呀,真的,非常精明。"

小个子说了这话,便吸了一大撮鼻烟,似乎是以此来向精明的道孙和福格先生表示敬意。

"那是两个大坏蛋,"匹克威克先生说。

"哎,哎,"小个子说,"各人有各人的看法,嗯,我们不要在字眼上争论了;因为我们当然不能指望您用专业的眼光来看这些事情。嗯,我们该做的都做了。我已经聘好了高级律师斯纳宾。"

"他是个好人吗?"匹克威克先生问。

"好人!"佩克回答,"上帝保佑你的心灵和灵魂,斯纳宾大律师是他这一行里面的顶尖角色。他一个人接的案子抵三个人——每件案子都有他的份。这话你对外人不必提,但我们——我们这一行的人——都说斯纳宾大律师牵着法庭的鼻子走。"

小个子说过这番话以后又吸了一撮鼻烟,并且朝匹克威克先生故弄玄虚地点点头。

"他们给我三个朋友送了传票,"匹克威克先生说。

"啊!他们当然会这样做的,"佩克说,"重要证人嘛,亲眼目睹了你那微妙的处境。"

"但那是她自己晕过去的呀,"匹克威克先生说,"她倒在我的怀里。"

"很有可能,我亲爱的先生,"佩克说,"很有可能,也十分自然。我亲爱的先生,再清楚不过的了。可是,有谁来证明这一点呢?"

"他们也给我的跟班送了传票,"匹克威克先生说,他没有正面回答佩克的话,因为那个问题很使他有些不知所措。

"是萨姆吗?"佩克问。

匹克威克先生回答说是他。

"当然,我亲爱的先生:当然。我知道他们会的。我其实一个月之前就可以把这事告诉您了。要知道,我亲爱的先生,如果您在将案子委托给律师经办之后,又想要自作主张,那么您就得承担由此引起的后果了。"说到这里,佩克先生挺了挺身子。

"他们想要他证明什么呢?"沉默了两三分钟以后,匹克威克先生问。

"我猜,大概是你派他去原告那里讲和吧,"佩克说,"不过那也没有什么要紧;我想那些律师从他嘴里也套不出多少东西来。"

"我想也是,"匹克威克先生说,尽管他心里很烦,但想到萨姆出庭作证的情景,他笑了起来,"我们怎样对付呢?"

"只有一个办法,我亲爱的先生,"佩克回答,"对证人进行反诘问;相信斯纳宾大律师的辩才;转移法官的视线,我们呢听凭陪审团发落。"

"要是判我败诉,那怎么办?"匹克威克先生说。

佩克先生笑了,又吸了长长一口鼻烟,他拨了拨火,耸耸肩膀,意味深长地不做声。

"你的意思是那一来我非得付赔偿金不成?"匹克威克先生开口问,以非常严厉的表情观望着对方一切尽在不言中的神色。

佩克又毫无必要地用拨火棒拨了拨火,说道:"恐怕是的。"

"那么对不起,我得向您宣布我不可动摇的决定,那就是我决不会付赔偿金,"匹克威克先生以不容含糊的口吻说。"一个子儿也不付。佩克,我决不会让我一镑、一便士的钱落进道孙和福格的口袋里去。我这个决定是深思熟虑后作出来的,决计不会改变。"匹克威克先生重重地一拳捶在面前的桌子上,以表示自己一言既出,决不反悔。

"很好,我亲爱的先生,很好,"佩克说,"当然,您最清楚。"

"当然,"匹克威克先生连忙回答,"斯纳宾大律师住在哪里?"

"在林肯律师学院老广场,"佩克回答。

"我想去见见他,"匹克威克先生说。

"去见斯纳宾大律师!我亲爱的先生!"佩克不胜惊讶地说,"咄,唪,我亲爱的先生,不可能。去见斯纳宾大律师!上帝保佑您,我亲爱的先生,您事先没有付咨询费,又没有约定时间,这种事真是闻所未闻。那办不到,我亲爱的先生,办不到。"

不过,匹克威克先生下了决心,那就是这件事不仅可以办得到,而且应该办得到;结果呢,就在佩克同他说这绝无可能之后十分钟,他便在自己律师的带领下来到了伟大的斯纳宾高级律师事务所的外间。

"大律师在家吗,马拉德先生?"佩克问,毕恭毕敬地送上鼻烟盒。

"他在家,"对方回答,"不过忙得很。瞧,这么多案子该如何处理,都还没有时间签意见;这些受理费都已经付过了。"办事员微笑着说,痛痛快快地吸了一撮鼻烟。

"这样的业务真不简单呀,"佩克说。

"是啊,"大律师的办事员说,一边拿出自己的鼻烟盒,十分热情地递过来,"这里面最妙的是,只有我一个人能够看得懂大律师写的字,所以在他签过意见之后,还要等我抄写出来才行,大家只好等我抄,哈——哈——哈!"

"这一来我们就可以知道,除了大律师之外,还有谁要让当事人多掏出几个子儿来了,嗯?"佩克说。"哈,哈,哈!"听了这话,大律师的抄写员又笑了起来。

"你还没有把我该付多少费用开出来,是吗?"佩克问。

"是的,还没有,"抄写员回答。

"还是开出来吧,"佩克说,"账单交给我之后,我就送支票来。不过,看来你现钱还来不及收呢,挂账的也就顾不上了,嗯?哈,哈,哈!"这句俏皮话似乎触到了抄写员的痒处,他又默不出声地独自暗笑起来。

"可是,马拉德先生,我亲爱的朋友,"佩克突然恢复了庄重的神情,拉着这位大人物手下的大人物的衣领,把他拉到屋角,"你一定得劝大律师见一见我,还有我的这位当事人。"

"喂,喂,"抄写员说,"这倒不坏呀。要见见大律师!喂,这太荒唐了。"不过,尽管这个说法很荒唐,办事员还是让自己被轻轻拉到匹克威克先生没法听见的地方;凑到耳朵上低声商量了短短一会儿以后,他轻手轻脚地走进一条又小又暗的过道里,去了那位法律界泰斗的私人办公室;过不多久,他又踮着脚尖走了出来,告诉佩克先生和匹克威克先生说,他总算劝得大律师同意,打破惯例马上接见他们。

斯纳宾大律师先生瘦长脸儿,面色灰黄,大约四十五岁,或者是五十岁。他的眼睛黯淡无神,头发稀疏无力,衣物邋邋遢遢的。他的桌子上乱摊着法律方面的书籍、一堆堆的卷宗,还有拆开了的信。

当事人进去时,大律师正在写东西;匹克威克先生的代理人为他作了介绍,大律师只是心不在焉地欠了欠身子;接着做个手势请他们坐下,仔仔细细地把笔插到墨水台上,然后抱住左腿,等他们开口。

"斯纳宾大律师,匹克威克先生是巴德尔诉匹克威克一案中的被告,"佩克说。

"已经聘我为那案子辩护了,是吗?"大律师问。

"是的,先生,"佩克回答。

大律师点点头,等对方讲下去。

"斯纳宾大律师,匹克威克先生急着要拜访您,"佩克说,"是为了在您接这个案子之前向您说明一下,他坚定地认为对他的指控荒唐无稽,毫无根据;他决不搞什么私下交易,并且在良心上深信他拒不接受原告的要求是完全正确的,否则,他不会出庭。您的意思我没有讲错吧,我亲爱的先生?"小个子问匹克威克先生。

"一点不错,"那位先生回答。

斯纳宾大律师先生打开眼镜,把它举到眼睛前,十分好奇地对匹克威克先生看了几秒钟,然后掉过头来,微微笑着对佩克先生说:

"匹克威克先生很有把握打赢这场官司吗?"

代理人耸耸肩膀。

"你们准不准备找证人呢?"

"不。"

大律师脸上的笑容变得更加显而易见了;他的腿摇晃得更厉害;

随后,他身子往安乐椅上一仰,颇为怀疑地咳了一声。

尽管大律师对案子前景的看法的表现十分细微,但却逃不过匹克威克先生的眼睛。他用力把眼镜在鼻子上按了按(他一直透过眼镜密切注视着律师自觉不自觉流露出来的感情),完全不管佩克先生对他又是眨眼又是皱眉头地让他谨慎些,全力以赴地说:

"先生,您在这种事情上一定见多识广,我来拜访您的目的是这样,您一定会觉得有点异乎寻常吧。"

大律师尽力板着面孔去看炉火,可是笑容又回到了脸上。

"先生,干您这一行的人,"匹克威克先生继续说,"见到的是人性最恶的一面。人性当中所有的不和、所有的恶意和仇恨都在你们面前暴露无遗。从你们和陪审团打交道的经验中,你们知道(我决不是存心要诋毁你们或者陪审团),人们为了取得某种效果,可以如何不择手段。你们往往认为别人会为了欺骗或者自私自利的目的,想要使用某些手段,其实这些手段你们自己经常在使用,因此完全明白它们的性质和作用,当然,你们纯粹是出于诚实高尚的目的,而且是出于维护当事人的权益这一可敬的动机。我确实相信,正是出于这个原因,人们通常才会对你们这一类人有个不很光彩的看法,认为你们多疑、不相信别人、过分谨慎。先生,我完全明白,在我目前的处境中对你们说这番话是没有好处的,但我还是来了,因为我希望您明白无误地了解,对我的指控纯粹是凭空捏造,正像我的朋友佩克先生方才所说的那样。先生,尽管我知道您对我的帮助具有不可估量的价值,但是我还是得说明一句,要是您不能真心相信我的话,那么我宁可失去您的才华横溢的帮助,而不愿意沾这方面的便宜。"

早在他说完之前,大律师就陷入到一种心不在焉的状态之中。不过,几分钟之后——这期间他已经重新拿起了笔——他像是记起了当事人还在眼前,于是从卷宗上抬起头来,有点没好气地问:

"是谁协助我办理这个案子?"

"芬奇先生,斯纳宾大律师,"代理人回答。

"芬奇,"大律师说,"从来没有听说过这个名字呀。马拉德先生,去请——,嗯——"

"芬奇,他的事务所在格雷律师学院霍尔本巷里,"佩克插嘴说,"是芬奇,请告诉他,请他马上来一趟。"

马拉德先生出去找人了,斯纳宾大律师又陷入到心不在焉的状态中,直到通报芬奇先生来了才回过神来。

"芬奇先生,我们这还是有幸初会呀,"斯纳宾大律师傲慢地说,口气中有居高临下的味道。

芬奇先生鞠了一躬。他是有幸见过大律师的,并且十分眼红他。

"听说这件案子由你来同我一起办,是吧?"大律师说。

他只是涨红了脸,鞠了个躬。

"这些卷宗你看过了吗,芬奇先生?"大律师问。

他的脸色更红了,又鞠了一躬。

"这位是匹克威克先生,"大律师说,用笔向他站的地方一挥。

芬奇先生向匹克威克先生鞠了一躬,律师对他的第一个当事人肯定会是这样毕恭毕敬的;接着他又在上司面前低下了头。

"你是不是带匹克威克先生到你那里去,"大律师说,"嗯——嗯——匹克威克先生也许还有话要说。当然,我们会定个时间商量的。"这话的言下之意是他已经给打扰得够久的了,渐渐变得越来越心不在焉的斯纳宾大律师随后戴起眼镜,朝大家稍稍哈了哈腰,又一头钻进了他面前的案件里去。

走出大门时芬奇非要让匹克威克先生和佩克走在前面,否则死也不肯迈步,因此他们花了好些时间才来到南广场他的办公室;到了那里他们踱过来踱过去,商量了好久,最后得出结论说判决的输赢如何目前还很难说;没人可以预测审判的结果;幸运的是他们没有让对方请到斯纳宾大律师;另外还说了一些表示怀疑和安慰的话,在这类事件中,这是很平常的。

两个星期之后的星期四,匹克威克先生一行如约来到鲍勃·索耶先生位于兰特街的住所做客。在那里他们遇见了本·艾伦先生和其他几位学医的学生。本·艾伦先生由于喝了酒,再加上心神不宁,显得十分沮丧,把温克尔先生作为可以无话不谈的朋友,向他透露了一个秘密,那就是除了鲍勃·索耶先生之外,如果有人竟然胆敢追求他妹妹阿拉贝拉的话,无论那人是谁,他准定会抹了那小子的脖子。

二十三

二月十三日是巴德尔太太的案子开审的前一天,那天上午塞缪尔·维勒先生忙得不可开交,从上午九点一直到下午两点钟这连头带尾的五个小时里,他不住地在乔治和兀鹰旅社和佩克先生的事务所之间跑来跑去。倒不是还有什么事情要办,因为事情已经商量好了,要采取的步骤也已经最后拍板了;但由于匹克威克先生正处在一种极为激动的状态之中,他不停地写小条子送给他的代理律师,其内容不过是:"亲爱的佩克,一切都顺利吗?"对此呢佩克先生总是给予这样的答复:"亲爱的匹克威克,没法更顺利了。"事实上呢,我们方才已经提到了,案子还没有开审,根本无所谓顺利不顺利,一切要到第二天早上开庭再说。

不过无论是自愿还是被迫,第一次上法庭的人总会在一时间感到十分焦虑不安,这是可以理解的。萨姆呢,对人性上的一些弱点相当体谅,总是兴致勃勃、泰然自若地去执行东家的命令,这正是他性格上最讨人喜欢的地方之一。

午餐之后,老维勒先生派人来把儿子找了去。由于明天是情人节,萨姆顺路买了信纸信封,给纳普金斯市长家漂亮的女仆玛丽写了封信,表达自己的爱慕之情。接着,他就问父亲有什么事情。

"第一件事是关于你东家的,萨姆,"维勒先生说,"他明天要上法庭了,对吗?"

"案子是要审了,"萨姆回答。

"嗯,"维勒先生说,"我想他会要几个证人来证明他的为人,或者证明他当时并不在现场。我心里一直在盘算这件事,叫他别担心,萨姆。我有几个朋友,这两件事都可以替他作证,不过我的看法是这样的——别在为人怎样的问题上费心,一口咬定当时不在场就行了。说当时不在现场是最灵的,萨姆,别的说法都比不上它。"维勒先生对法律问题发表了上述意见之后,脸上露出十分深沉的样子;随即把鼻子埋到大酒杯里,从杯子上头朝他大为吃惊的儿子眨眨眼睛。

"嘿,你这是什么意思啊?"萨姆说,"你以为他要到老贝利①去受审,是不是?"

"这同我刚才说的没有关系,萨姆,"维勒先生回答,"无论上哪个法庭,孩子,证明案发时不在场总能让他脱身的。我们证明汤姆·怀尔德斯巴克不在场,就使他没有被判杀人罪,而所有那些大人物都一致认为他是没救的了。我的意见是,萨姆,要是你东家不用这个法子,那么他就要倒霉了,事情就是这样。"

由于老维勒先生坚定不移地相信老贝利是全国的最高法院,那里的诉讼程序和章程是其他所有法庭必须参照执行的,因此,在他儿子竭力说明"不在现场"的证词并不适用时,他根本不肯理睬;他只是强烈地抗议说匹克威克先生"上了当"。萨姆发现这个问题再争论下去也是无用,于是便换了个话题,他问父亲叫他来商量的第二件事情是什么。

"那完全是家政了,萨姆,"维勒先生说,"那个斯提金斯先生——"

"是那个红鼻子吧?"萨姆问。

"就是他,"维勒先生回答,"那个红鼻子,萨姆,老是上门来看你后娘,从来没有看到别人像他那么殷勤的。他成了家里这样的朋友,萨姆,要是不在我们家他就会难受,非要想法子找上门来。"

"我要是你的话,准会治一治他,让他十年八年也忘不了,"萨姆插嘴说。

---

① 老贝利,伦敦中央刑事法院的俗称。

"等一下，"维勒先生说，"我正要告诉你，他现在每回来的时候都带上一个一品脱半的瓶子，走的时候灌满了菠萝糖蜜酒。"

"我想，等他下回再来又是个空瓶子，"萨姆说。

"一滴不剩！"维勒先生说，"除了瓶塞子和酒香，什么也没留下；这是不会错的，萨姆。是这样，这些家伙今晚要开会，是'戒酒联合同志会'布力克巷分会的月会。你后娘今晚不去，萨姆，她得了风湿病，没法出门；萨姆，送给她的两张票就在我这里。"维勒先生得意洋洋地告诉了儿子这个秘密，随后不住地眨眼睛。

"怎么呢？"年轻的先生说。

"嗯，"他的前辈朝四周极其谨慎地看了一眼，说道，"你同我去，准时到那里。助理牧师不会去，萨姆，助理牧师不会。"说到这里维勒先生突然禁不住格格地笑了起来，低声说："我两个在牛津路上赶车的朋友，什么玩意儿都在行，助理牧师已经在他们手掌心里了，萨姆。等到他来参加戒酒会时（他是肯定要出席的，因为他们会把他送到门口，有必要的话还会把他推进会场），他会灌了一肚子的糖蜜酒，就像他在格兰比侯爵酒店一样，或许会更厉害一点呢。"说到这里，维勒先生又放声大笑起来。

精心策划来揭露红鼻子的真实脾气和品格，这事最配萨姆·维勒的胃口不过了；由于开会的时间快要到了，父子俩立刻动身去布力克巷。

一切就同老维勒安排的那样，在那里，当着许多信徒的面，喝得烂醉的斯提金斯牧师丑态百出，大出洋相，老维勒先生利用这个机会把他好好教训了一顿。

第二天一早，匹克威克先生拉铃雇车，车子来了后，匹克威克社的四位社员和佩克先生上车坐好了，车子便向市政厅驶去；萨姆·维勒、娄顿在后面一辆小马车里跟着。

"娄顿，"在他们到达法院外厅时，佩克说，"把匹克威克先生的朋友带到法学学生席去；匹克威克先生本人最好坐在我身边。我亲爱的先生，这边走。"小个子拉着匹克威克先生的衣袖，把他带到王室法律顾问那几张桌子底下的矮座位上。

"我想,那是证人席吧?"匹克威克先生指着他左边一个装着黄铜栏杆的地方问。

"那就是证人席,我亲爱的先生,"佩克回答,娄顿刚把蓝色公事皮包放在他脚边,他从里面拿出一叠文件来。

"那边,"匹克威克先生指着他右边两排围起来的座位,问道,"是陪审团坐的地方吧,对不对?"

"正是那地方,我亲爱的先生,"佩克回答,拍拍他鼻烟盒的盖子。

匹克威克先生心烦意乱地站起身,把法庭里上上下下看了一眼。旁听席上东一处西一处已经坐了好一些人,在律师席上也坐了一大批戴着假发的先生,这些人分成了好几个小圈子,大家以一种完全若无其事的态度谈论着当天的新闻,——就像根本没有开庭这回事一样。

芬奇先生走了进来,朝匹克威克先生微微鞠了个躬,走到王室法律顾问那排座位后面坐下了;他刚刚还礼,就看到高级律师斯纳宾进来了,马拉德先生拿着一个很大的红色公事皮包跟在他身后,他把公事皮包放在桌子上,几乎把高级律师的面孔遮掉一半。随后他过来和佩克握了握手,然后便退下了。接着又走进来两三个高级律师,其中有一位脸色很红,身子很胖,他友好地朝斯纳宾大律师点点头,开口说今天早上天气真是很不错。

"那个跟我们的顾问点头说早上天气很好的红面孔是什么人呀?"匹克威克先生低声问。

"那是高级律师布兹弗兹,"佩克回答说,"他是我们的对立面,是原告方请的首席律师。他身后的那个人是他的副手,斯金平先生。"

匹克威克先生对这人的冷酷和厚颜无耻极为讨厌,他正打算开口问,既然布兹弗兹大律师替对方辩护,他怎么还有脸同为自己辩护的斯纳宾大律师打招呼说天气好,突然法庭的官吏大喊了一声:"肃静!"律师们都站起身来,他只好算了。他掉头望去,发现原来是法官进来了。

斯泰莱法官的个子非常矮,又胖得要命。他迈动两条小罗圈腿,摇摇晃晃地走了进来,一本正经地朝律师们点头致意,律师们也一本正经地朝他点头致意,然后他就把两条小腿放到桌子底下,把小三角帽放到桌子上面;在法官坐好之后,你所能看到的只剩下两只古怪的小眼睛,一张粉红色的大面孔和半个又大又很滑稽的假发。

法官刚一入座,厅里的官吏就以命令的口吻喊:"肃静!"话音刚落,旁听席的另一位官吏也气鼓鼓地喊了声:"肃静!"这边话音刚落,三四个庭警以怒气冲冲的警告口吻喊:"肃静!"在这之后,坐在法官下面的一个身穿黑衣服的先生便挨个儿点起陪审员的名字来,在乱哄哄叫了一阵之后,发现出庭的特别陪审员只有十名。布兹弗兹大律师便要求从现场将缺额补足;于是黑衣服的先生便着手选两位普通陪审员加入到这一特别陪审团中去;结果立刻就选中了一个卖蔬菜水果的和一名药剂师。

"先生们,我要点一点名,让你们宣誓,"黑衣服说,"理查德·厄普维奇。"

"到,"卖蔬菜水果的商人说。

"托马斯·格罗芬。"

"到,"药剂师回答。

"拿起《圣经》来,先生们。你应该诚心诚意努力——"

"请原谅,"药剂师脸色黄黄的,又高又瘦,"我希望法庭批准我不参加这次审判。"

"有什么理由吗,先生?"斯泰莱法官先生问。

"我没有帮工,大人,"药剂师说。

"那我管不着,先生,"斯泰莱法官先生回答说,"你应该雇一个呀。"

"我雇不起,大人,"药剂师回答。

"那么,你是应该雇得起的,先生,"法官说,脸涨红了;因为斯泰莱法官先生天生很容易发火,不容别人违拗他。

"我知道我应该,但是我生活得不行啊,大人,"药剂师说。

"叫他宣誓,"法官不由得他分说下去。

那位官吏刚说到"你应该诚心诚意努力",又被药剂师打断了。

"要我宣誓,是吗,大人?"药剂师问。

"当然啦,先生,"不耐烦的矮法官说。

"很好,大人,"药剂师顺从地说,"那么在这次闭庭之前,就会出人命的;就是这话。你要我宣誓,我就宣誓好了,先生,"法官还没有来得及开口,药剂师就立即宣了誓。

"大人,我只是想告诉您,"药剂师不慌不忙地在座位上坐下,"我的店里没有别人,只有一个跑腿的孩子。大人,这个孩子很不错,但是他对药剂一窍不通;我知道他心里以为泻盐就是草酸;番泻叶糖浆就是鸦片酊。就是这话,大人。"说了这话以后,药剂师平静下来,坐得舒舒服服的,脸上也是一副快乐的表情,仿佛是已经作好了最坏的打算。

匹克威克先生以极其恐怖的心情望着药剂师,正在这时,法庭里的人中间起了一阵小小的骚动;原来,巴德尔太太由克勒平斯太太搀着,被引了进来,她一副精疲力竭的样子,被安排在匹克威克先生坐的长凳的另一头坐下来。接着道孙先生递过来一把特大号雨伞,福格先生递过来一双木底鞋,两人脸上都装出一副极其同情和忧伤的神色。随后山德斯太太也带着巴德尔少爷来了。看到儿子,巴德尔太太吃了一惊;但马上就镇定下来,狂热地吻着他;接着这位好太太便浑身发软,陷入到一种歇斯底里的糊涂状态,连声问这究竟是什么地方。对这个问题克勒平斯太太和山德斯太太没有做声,只是掉过头去抹眼泪,道孙和福格先生连忙请原告不要过分激动。布兹弗兹大律师掏出一块很大的白手帕用力擦了擦眼睛,以恳求的眼色朝陪审团看去,法官显然深受感动,有几个目睹了这情况的人咳嗽了几声,试图以此来掩饰自己的感情。

"这个主意真是高明呀,的的确确,"佩克对匹克威克先生说,"道孙和福格这两个家伙真行;好主意,效果真妙,我亲爱的先生,妙得很。"

在佩克说话的当儿,巴德尔太太慢慢地恢复过来了,克勒平斯太太在把巴德尔少爷的衣服上的扣子以及有几个没有扣上的扣子孔认真观察了一番之后,便叫他坐在他母亲面前的地板上——这是一个引人注目的位置,在这个地方他肯定会引得法官和陪审团极大的怜悯和同情。

"巴德尔诉匹克威克案,"穿黑衣服的先生喊道,宣布审理开始,这是第一件案子。

"我是原告的辩护人,大人,"布兹弗兹大律师说。

"谁是你的助手,布兹弗兹兄?"法官问。斯金平先生鞠了个躬,表示就是他。

"我是被告的辩护人,大人,"斯纳宾大律师说。

"你的助手呢,斯纳宾兄?"法官问。

"是芬奇先生,大人,"斯纳宾大律师回答。

"原告辩护人高级律师布兹弗兹和斯金平先生,"法官边说边在他的本子上记,"被告辩护人高级律师斯纳宾和闷气先生。"

"对不起,大人,是芬奇先生。"

"噢,很好,"法官说,"我还是有幸第一回听到这位先生的名字。"听到这话芬奇先生微笑着鞠了个躬,法官也微笑着鞠躬。

"继续下去,"法官说。

庭警又大声命令肃静,斯金平先生便着手"叙述案情";在叙述中他并不曾提供多少详情,因为他并不曾提供多少详情,三分钟过后他便坐下了,各位陪审员听了之后还是和原来一样不得要领。

接着布兹弗兹大律师威风凛凛地站起身来,他这种风度与审判的严肃性质完全吻合,他先同道孙耳语了几句,义和福格稍稍商量了一下,便将肩上长袍拉好,又整理了一下假发,开始对陪审团发表演说。

布兹弗兹大律师首先说,在他的职业生涯中——自从他学习法律并且执业的第一个瞬间以来——他从来没有遇到过这样令他感动的案子,他更体会到自己肩头责任的重大——这一责任,他要声明,他本来是无力担负的，但是一种坚强的信念给了他勇气，这种信念强烈得使他几乎能肯定真理和正义在原告一方，换句话说，他几乎能够肯定他面前陪审席上十二位品德高尚、明察秋毫的先生一定会同情和支持他的这位饱受伤害和欺凌的当事人。

辩护律师往往是这样开场的，因为这会使陪审员立刻对他产生好感，使他们觉得自己真是精明的角色。这番话的效果是显而易见的，有几位陪审员已经认真地做起长篇大论的笔记来。

"先生们，各位已经听我这位精通法律的朋友说了，"布兹弗兹大律师说，他心中完全明白各位陪审员根本没有从他所谓的那位精通法律的朋友嘴里听到什么东西——"先生们，各位已经听我这位精通法律的朋友说了，这是件毁弃婚约的案子，索赔一千五百英镑。但是我这位精通法律的朋友没有说明这个案件的来龙去脉，因为这不在他的职权范围之内。先生们，这一切的前因后果我会详细给诸位介绍，并且由诸位面前原告席上那位完全靠得住的女性加以证明。"

布兹弗兹大律师在说到"原告席"几个字的时候特别加重了语气，并且砰的一声拍了一下桌子，接着他朝道孙和福格看了看，那两位点着头对大律师赞叹不已，并且表示了对被告义愤填膺的不屑神气。

"先生们，"布兹弗兹大律师接着用温柔而悲哀的口气说道，"原告是个寡妇；先生们，是个寡妇。巴德尔先生生前担任王家税收的守护人，多年来一直受到国王的信任和尊重，他几乎悄无声息地离开了这个世界，到另外一个地方去寻找海关无法向他提供的平静和安宁。"

在用这样悲悲切切的词句对巴德尔先生的去世（他其实是在酒店地下室里被人用酒壶砸在脑袋上砸死的）之后，精通法律的高级律师的声音哽咽了，接着他又情绪激动地讲了下去：

"在他去世之前，他在一个小孩子身上留下了他的模样。巴德尔太太带着去世的税务员所留下的惟一骨肉，远离喧嚣的尘世，住在高斯威尔街的寓所里，希望能够不受干扰得到安宁；她在前厅的窗户上贴了一张条子,上面写着——'现有供单身男士的带家具的套房出租,有意者请进内洽看'。"说到这里布兹弗兹大律师停住了,有几位陪审员正在把这个文件记下来。

"先生,条子上有具体日期吗?"一位陪审员问。

"没有日期,先生,"布兹弗兹大律师回答,"但是原告告知我,贴招租条的事恰好是在三年之前。我要提请陪审团注意这一文件的措辞。'现有供单身男士的带家具的套房出租'!先生们,巴德尔太太在同已故的丈夫长期生活之后,对他可贵的品格有所了解,她对异性的看法就是这样形成的。她既不惧怕,也不多心,也不怀疑,她只是满腔的信任。'巴德尔先生,'这位寡妇说,'巴德尔先生是个正派人,巴德尔先生说话是算数的,巴德尔先生从来不会骗人,巴德尔先生本人从前也是单身男士;从单身男士那里我可以得到保护,得到帮助,得到理解,得到安慰;在单身男士身上,我总可以看到一些使我回想起巴德尔先生的东西,使我回想起我年轻时他是如何赢得我的第一次爱情的;因此,我要找个单身男士做房客。'出于这种美好动人的冲动(先生们,这也完全可以算作我们并不完美的天性之中最出色的冲动之一呀),这位孤单可怜的寡妇擦干了眼泪,将二楼布置好,把她天真无邪的孩子抱在怀里,在前厅窗户上贴出了这个条子。条子贴在那里的时间长不长呢?不长。毒蛇早就守候在一边了,导火线已经埋好,地雷正在安装,工兵们正在挖坑道呢。条子贴在窗子上还不到三天——仅仅三天,先生们——就有一个站直了用两条腿走路的动物,外表看起来完全像是个人,不像是妖怪,敲了巴德尔太太的门。他进来洽看了;他租下了房子;第二天就搬了进来。这个人就是匹克威克——被告匹克威克。"

布兹弗兹大律师口若悬河地讲着,满脸涨得通红,这时候停下来换一口气。这阵寂静把斯泰莱法官先生惊醒了,他立刻拿起没有墨水的笔来写了几个字,显得无比深沉,让各位陪审员相信他眼睛闭着的时候考虑问题最深刻。布兹弗兹大律师继续说下去:

"有关这个名叫匹克威克的人,我不想多说;这个题目引不起我多大的兴趣；先生们，我，跟诸位一样，先生们，对于那种令人憎厌的残忍行为，对于那种精心策划的卑鄙手段，是不愿意多费时间去推敲的。"

匹克威克先生默不作声地忍受着这一切已经好一会儿了，听到这话，他猛然一动，仿佛是心中隐隐起了个念头，要在庄严的法庭里当着大家的面，跳起来将布兹弗兹大律师揍一顿。佩克看到了连忙向他做手势，警告他千万不能轻举妄动，他才克制住自己，继续满面怒容地听那位精通法律的先生讲下去，他的表情和克勒平斯太太以及山德斯太太一脸钦佩的神色恰成鲜明的对照。

"先生们，我说到精心策划的卑鄙手段，"布兹弗兹大律师说，眼光像是要拆穿匹克威克先生的把戏，直接跟他说道，"当我说到精心策划的卑鄙手段时，我要当面告诉被告匹克威克的是，如果他这会儿也在场的话（据悉他的确在场），他还是躲到一边去的好，那倒会更加得体、更加合适、更加明智、更加妥当。先生们，我要告诉他，他要是企图对本法庭提出异议或者表示非难，那在各位面前都会是枉费心机；诸位一定会对这种种企图做出恰如其分的评价；先生们，我还要正告他，正如法官大人会告诉诸位的那样，一位律师，在为他的当事人尽责时，是既不怕威胁恫吓，也是压制不了的；任何进行这类活动的企图，无论是第一种还是最后一种，要阴谋的人都只会是搬起石头砸了自己的脚，无论他是原告还是被告，无论他名字是不是叫匹克威克。"

这几句话稍稍离开了本题，其目的当然是要把在场人的眼光都引到匹克威克先生身上，这个目的果然达到了。布兹弗兹大律师越来越起劲地使自己达到维护道德伦理的顶峰，在稍稍平静了一会儿以后，继续说道：

"先生们，我要说的是，两年以来匹克威克一直住在巴德尔太太家中，从来没有间断过。我要说的是，在这一期间，巴德尔太太伺候他，照应他，替他煮饭，内衣脏了拿出去找洗衣妇洗，洗好回来还要给他晾晒缝补，让他随时好换，总而言之，她得到了他完全的信任。我要说的是，他经常会给她的小孩子半个便士，有时候会给六便士；我要让一位是我这位精通法律的朋友无法削弱或者反驳的证人作证，有一回他拍拍孩子的脑袋，问他最近有没有赢到雪花石大弹子或者普通弹子（我知道这两种都是城里小孩子非常喜欢的玻璃弹子），接着便问了这句值得注意的话：'你愿不愿意再有个父亲呀？'先生们，我要向各位进一步证明，大约一年前，匹克威克突然常常长时间不在家了，仿佛是要跟我的当事人渐渐断绝来往似的；不过我还要告诉各位的是，他那时候的决心还不够大，或者说他良心发现了——假如他还有良心的话，或者就因为我的当事人温柔可爱多才多艺，使他下不了那卑鄙的决心；我要证明的是，有一回，他从外地回来后曾经明白无误地向她求婚，不过，他事前特别留心不让别人看到这一庄严的场面；我可以向各位证明，有他的三位朋友的证词——先生们，这三个人是极不愿意出庭作证的——非常不愿意——那天上午他们亲眼看见他把原告抱在怀里，温温存存地爱抚她安慰她，让她不要激动。"

　　精通法律的大律师的这番话显而易见地打动了听众。他掏出两个小纸条，接着说道：

　　"现在，先生们，我只有一句话要说了。原告与被告之间曾经通过两封信，这两封信已被确认是被告的亲笔，它们确实可以大大地说明问题。这两封信也表明了这个人的品格。它们并不是直截了当、热情洋溢、滔滔不绝地只顾谈情说爱的书信。它们遮遮掩掩、偷偷摸摸，采用了十分隐晦的方式，但幸运的是，它们的含义却比最热情的语言最诗意的描述更能说明问题——我们在解读时必须极其认真地多个心眼——当时匹克威克这样写，显然是为了在万一落到别人手里时足以迷惑误导那个人。我先来念一下第一封信：——'加拉维咖啡店，十二时。亲爱的巴太太，羊排与番茄酱。你的匹克威克。'先生们，这是什么意思呢？羊排与番茄酱。你的匹克威克！羊排！老天哪！还有番茄酱！先生们，难道可以对一个感情细腻轻信的女性的幸福用这样浅薄的手段进行戏弄吗？第二封信连日期都没有，这本身就值得怀疑。'亲爱的巴太太，我要明天才回来。慢车。'接下来有了这句特别值得注意的话。'别为暖床的炭炉子操心了。'暖床的炭炉子！喂,先生们,有哪个会去为了暖床的炭炉子操心呀?暖床的炭炉子本身就是一件无害的,有用的,先生们,我还要加上一句,是令人感到舒适的家庭用具,什么时候一个男人或者女人会被它扰得心境不宁呢?干吗这样急切地请巴德尔太太不要为了这个暖床的炭炉子操心呢? 这一点就不是我能解释的了。答案只能是(对此毫无疑问)它只是用来掩盖内心的火焰——只是用来代替某个情意绵绵的词语或者承诺,按照双方事前早就约定好的通信方式写的,这正是匹克威克的狡猾之处,他早就预谋将来要遗弃对方。那么慢车这个说法是指什么呢? 就我所知,它很可能就是指匹克威克本人,毫无疑问,他在从事这一罪恶勾当时,确实是辆慢车,但这个速度现在将要出乎他意外地加快了,先生们,你们很快就要给他的车轮子上油,他会发现这是要他付出代价的!"

布兹弗兹大律师说到这里停下来,看看陪审团对他这句笑话有没有笑;但是大家都无动于衷,只有那位蔬菜水果商笑了笑,他对这句话分外敏感,很可能是因为这天早上他刚刚给一辆小马车上了油,精通法律的高级律师觉得,最好还是在结束前,再稍稍抒发一下忧郁之情。

"不用多说了,先生们,"布兹弗兹大律师说,"带着一颗痛苦的心是很难笑得出来的;在我们最深切的同情心被唤起时说笑话是不妥当的。我的当事人的希望和前途毁于一旦,我们说她的职业确实给毁了,这决不是危言耸听。招租条子不贴了——但是并没有房客。合适的单身男士一个个经过门口——但是并没有请他们进内或者就在外面洽谈。那所房子里寂静无声,弥漫着忧伤之情;连小孩子说话都不敢出声。他母亲一哭,他也想不到去玩他那些游戏了;他的'雪花石大弹子'和'普通弹子'都丢到了一边;他早就会玩'指节贴地打弹子'和棒击木片还有猜单双的游戏,如今都已经忘记,他的手荒疏了。但是匹克威克,先生们,匹克威克,这个残忍地毁掉了高斯威尔街上那个像沙漠中的绿洲一样的家的人,这个堵住了泉眼在草地上撒灰的人

——匹克威克,他今天还带着他的没心没肺的番茄酱和暖床的炭炉子来到了你们面前——这个匹克威克,他仍然厚颜无耻地昂着头,眼看着他毁坏的一切,连气都不叹一声。先生们,诸位能够加在他身上的惩罚就是损害赔偿,——重重地罚他赔偿一笔;这也是诸位对我的当事人所能进行的惟一补偿。她现在向她的文明的同胞所组成的这个明察秋毫、品格高尚、刚正不阿、勤劳尽责、客观冷静、思想深邃而富有同情心的陪审团呼吁,要求得到这样的赔偿。"在发表了这番优美动听的结束语后,布兹弗兹大律师坐下身来,斯泰莱法官也醒了。

"传伊丽莎白·克勒平斯,"过了一分钟,布兹弗兹大律师又精神十足地站起来说。

靠得最近的法警便传唤伊丽莎白·图平斯;另一个稍稍远一点的传唤伊丽莎白·朱普金斯;第三个法警上气不接下气地冲到国王大街上大喊伊丽莎白·穆芬斯,喊得嗓子都哑了。

这时候呢,克勒平斯太太由巴德尔太太、山德斯太太、道孙先生和福格先生一起搀扶着,走上了证人席。

"克勒平斯太太,"布兹弗兹大律师说,"请不要再伤心了,太太。"当然,克勒平斯太太一听说请她别再伤心,便立刻哭得更起劲了,并且出现了种种令人不安的征兆,表明她马上就会昏厥过去,或者正如她事后所说的,表明她激动得实在控制不住自己了。

"克勒平斯太太,你还记得吗?"在问了几个并不重要的问题之后,布兹弗兹大律师说,"在七月份有天早晨,巴德尔太太在给匹克威克的房间掸尘时,你在她家二楼的后一间?"

"是的,大人,我记得,"克勒平斯太太回答。

"我想,匹克威克先生的客厅是在二楼,对吗?"

"是的,是在二楼,先生,"克勒平斯太太回答。

"你那时候在后面房间里做什么,太太?"小个子法官问。

"大人,陪审团,"克勒平斯太太说,那烦恼不安的神情很是有趣,"我不想骗你们。"

"你最好还是不要骗,太太,"小个子法官说。

"我在那里，"克勒平斯太太接着说，"巴德尔太太并不知道；我拿了个小篮子出门，先生们，是要去买三磅红皮马铃薯，三磅卖两个半便士，我看见巴德尔太太家大门开了个缝。"

"开了什么？"小个子法官嚷道。

"半开着，大人，"斯纳宾大律师说。

"她说是开了个缝，"小个子法官说，神情有些滑头。

"那是一样意思，大人，"斯纳宾大律师说。小个子法官显出怀疑的样子，说是他要把这点记下来。克勒平斯太太继续说：

"我走了进去，先生们，只是想问个好，就像平常那样上了楼，走进后面那个房间。先生们，前面房间里传来了说话的声音——"

"我相信，你就注意倾听了，克勒平斯太太？"布兹弗兹大律师说。

"对不起，先生，"克勒平斯太太正气凛然地回答，"我才不会干那种事呢。说话的声音太大，先生，硬是钻进我的耳朵里来。"

"嗯，克勒平斯太太，你并不想要听，可是声音还是传了过来。其中有一个是匹克威克先生的声音，对吗？"

"是的，先生。"

于是克勒平斯太太清清楚楚地说是匹克威克先生在向巴德尔太太说什么，然后，在许多问题的提示之下，她慢慢地把我们读者已经熟悉的那番话重复了一遍。

陪审员都显出狐疑的神色，布兹弗兹大律师笑了一笑坐下来。斯纳宾大律师站起来说他不打算对证人进行反诘问，因为匹克威克先生希望清清楚楚地声明，她那样说没有什么不妥，因为她说的基本上是事实，听到这话，陪审员和布兹弗兹大律师都显得很有些不知所措。

既然已经开了头，克勒平斯太太觉得机会难得，满可以把她自己家里的情况简单介绍一番；这样，她便立刻告诉法庭她目下已是八个孩子的母亲，她有充分的信心，大概再过半年，就要给克勒平斯先生再添一个孩子。正说到这一有趣之处时，小个子法官怒气冲冲地打断了她。结果呢，没有多费口舌，这位好太太和山德斯太太便被客客气气地请出了法庭。

"纳撒尼尔·温克尔!"斯金平先生喊道。

"到!"一个声音怯生生地回答。温克尔先生走上了证人席,在按规矩宣誓之后,恭恭敬敬地朝法官鞠了个躬。

"请不要看我,先生,"法官没有还礼,反而严厉地说,"看陪审团。"

温克尔先生立刻服从了,朝他以为最有可能是陪审团坐的地方看过去;因为在他当时早已晕头转向,根本看不清面前的东西。

接着便由斯金平先生对温克尔先生进行诘问,斯金平先生是一位前途无量的四十二三岁的年轻人,他当然急于要尽其所能,把这个人人知道偏向于对方一边的证人整得狼狈不堪。

"哎,先生,"斯金平先生说,"请告诉法官大人和陪审团你叫什么名字,好吗?"斯金平先生以极其警觉的神情歪着头倾听他如何回答,同时还朝陪审团那边瞥了一眼,似乎暗示说因为温克尔先生天生具有作伪证的倾向,他很有可能会用一个假名字来搪塞。

"温克尔,"证人回答。

"你的教名是什么,先生?"小个子法官气鼓鼓地问。

"纳撒尼尔,先生。"

"但尼尔,——还有别的名字吗?"

"我说的是纳撒尼尔,大人。"

"是纳撒尼尔·但尼尔呢,还是但尼尔·纳撒尼尔?"

"不是,大人,只有纳撒尼尔,根本没有但尼尔。"

"那你干吗要跟我说但尼尔呢,先生?"法官问。

"我没有说呀,大人,"温克尔先生回答。

"你说了,先生,"法官回答,严肃地皱起眉头,"你要是不说,我怎么会在本子上记下了但尼尔这个名字呢,先生?"

这一论断当然是没法反驳的。

"温克尔先生的记性不是很好,大人,"斯金平先生插嘴说,又朝陪审员那边望了一眼,"我相信,我们得设法帮助他恢复一点记性,才好同他说下去呢。"

"你最好还是小心一点，先生，"小个子法官说，不怀好意地朝证人看了一眼。

可怜的温克尔先生鞠了个躬，努力想要装得很从容，但在他当时那种慌乱的状态中，他看上去倒有点像是个仓皇失措的扒手。

"哎，温克尔先生，"斯金平先生说，"请注意听着，先生；为了你好，我请你记住法官大人方才的训话。我相信你是被告匹克威克先生一位特别要好的朋友，是吗？"

"就我现在能够记起的，我认识匹克威克先生已经有——"

"对不起，温克尔先生，请正面回答我的问题。你是不是被告的好朋友，是还是不是？"

"我刚刚要说——"

"先生，你究竟是愿意，还是不愿意回答我的问题呢？"

"要是你不回答问题的话，我就要把你拘押起来，先生，"小个子法官说，从他的笔记本上方看过来。

"快点啊，先生，"斯金平先生说，"请回答，是或者不是。"

"是的，我是，"温克尔先生回答。

"是的，你是。你干吗不立刻就回答呢？你或许也认识原告吧？嗯，温克尔先生？"

"我不认识她，我见过她。"

"噢，你不认识她，但你见过她？那么，请你费心跟陪审团诸位先生说一说这句话到底是什么意思，温克尔先生。"

"我的意思是我跟她并不熟悉，但我在去高斯威尔街看望匹克威克先生时见到过她。"

"你见到过她多少次，先生？"

"多少次？"

"是啊，温克尔先生，多少次？要是你需要的话，先生，我可以把这个问题反复问上十几次。"这位精通法律的先生始终紧紧皱着眉头，又带着怀疑的神情朝陪审团笑了笑。

这个问题引起了一阵又逼又吓哄人开口的询问，这在类似情况下经常可以见到。一开始，温克尔先生说他根本没法说得出他到底见过巴德尔太太多少次。接着对方就问有没有二十次，对此他回答："当然有，——还不止呢。"接着对方又问有没有一百次——他能不能发誓说他见过她不止五十次——他究竟是不是至少见过她七十五次——等等等等；最后所能得出的令人满意的结论就是他最好还是小心一点，注意他究竟想要干什么。用这样的办法弄得证人狼狈不堪，无所适从，询问就这样继续下去：

"请问，温克尔先生，你记得在七月份的某一天上午，去高斯威尔街上原告的住宅里去看过被告匹克威克先生吗？"

"不错，我记得。"

"那天跟你一起去的，还有两位朋友，一位名叫特普曼，一位叫斯诺格拉斯，是吗？"

"是的。"

"他们来了吗？"

"来了，"温克尔先生回答，十分急切地朝他的朋友坐的地方望去。

"请注意听我说，温克尔先生，不要去管你的朋友，"斯金平先生说，又意味深长地朝陪审员们看了看。"他们必须在未曾事前同你商量的情况下提供证词，希望你们事前还没有商量过（又朝陪审团那边看了看）。那么，先生，请把你那天上午走进被告房间时目睹的一切告诉陪审团吧。喂，说出来呀，先生；我们迟早都会知道的。"

"被告，匹克威克先生正抱住原告，两只胳膊搂住了她的腰，"温克尔先生回答，自然有些犹豫，"原告好像是晕过去了。"

"你有没有听到被告说什么呀？"

"我听见他称巴德尔太太是好人儿，我听见他请她不要激动，因为要是有人来看见了，这样子怎么行，或者诸如此类的话。"

"好，温克尔先生，我只剩下一个问题要问了，请你不要忘记法官大人的警告。你愿不愿意发誓说，被告匹克威克当时没有说，'我亲爱的巴德尔太太,你是个好人儿;别激动成这个样子,因为你一定是会这样子的'或者诸如此类的话?"

"我——我并不是这样理解的,当然,"温克尔先生说,对自己方才说的几个词儿竟然被这样巧妙地重新组合起来大为吃惊。"我在楼梯上,没法听清楚;我心中的印象是——"

"陪审团的诸位先生并不需要了解你心中的印象,那对诚实正派的人是没有多大用处的,"斯金平先生打断了他的话,"你在楼梯上,没有听清楚;但是你不能宣誓说匹克威克先生没有使用我方才引用的词语吧? 我这样说,没有什么不妥吧?"

"是的,我不能,"温克尔先生说;斯金平先生满脸得意地一屁股坐了下去。

截至目前为止,匹克威克先生的案子还没有进行到足够顺当的地步,以致可以对其提出新的疑问来。但至少可以从一个比较有利的角度来对它进行辩护,因此芬奇先生站了起来,一心想通过反诘从温克尔先生那里得到一些重要的证据。至于他究竟有没有问出什么重要的事情来呢,我们马上就可以知道了。

"温克尔先生,我相信,"芬奇先生说,"匹克威克先生年纪不小了?"

"噢,不小了,"温克尔先生回答,"他的年纪足可以做我的父亲啦。"

"你告诉我精通法律的朋友说你认识匹克威克先生已经很久了。你是不是有任何理由设想或者相信他打算要结婚呢?"

"噢,没有;当然没有,"温克尔先生忙不迭地回答,他这样积极,芬奇先生本该立刻设法打发他离开证人席的。律师们认为有两种证人是最糟糕的,一类是不肯回答问题的,另一类是太积极回答问题的;温克尔先生却注定这两类角色都要扮演。

"我还要再问几个问题,温克尔先生,"芬奇先生以一种极其平和而殷勤的态度说,"在匹克威克先生平时对待异性的态度和行为当中,你有没有发现什么征象,使你觉得他曾经考虑过要在晚年时结婚?"

"噢,没有,当然没有,"温克尔先生说。

"他对女性的行为举止,完全符合一个上了年纪、对自己的事业和爱好心满意足的老先生的身份,也就是说像父亲对待女儿般地对待她们,你说是不是?"

"那是一点也不成问题的,"温克尔先生全心全意地回答,"那是——哎——对啦——千真万确的。"

"你从来没有看到他在同巴德尔太太或者任何其他女性打交道时,有什么令人怀疑的地方吧?"芬奇先生说,准备坐下来了,因为斯纳宾大律师在对他眨眼睛。

"没——没——没有,"温克尔先生回答,"只有一件小事,不过,我肯定那是很容易解释清楚的。"

是这样,要是斯纳宾大律师在眨眼睛时倒霉的芬奇先生已经坐了下来,或者要是布兹弗兹大律师一开始就挡住这场不正常的反诘(他才不会这样呢,看到温克尔先生忐忑不安的样子,他早就有数很可能从他嘴里掏出一些对他有用的东西来),下面这一段糟糕的供词就不会弄出来了。温克尔先生的话刚一出口,芬奇先生刚刚坐下,斯纳宾大律师就连忙说他可以离开证人席了,温克尔先生求之不得正要走,布兹弗兹大律师拦住了他。

"等一等,温克尔先生,等一等!"布兹弗兹大律师说,"既然这个年纪可以做他父亲的先生在对待女性的问题上有一件事情令人怀疑,能不能请法官大人问一问他,那究竟是怎么一回事?"

"你听见这位精通法律的大律师的话了吧,先生,"法官掉头对痛苦万分的可怜的温克尔先生说,"把你刚刚提到的那件事说一下吧。"

"大人,"温克尔先生说,急得浑身发抖,"我——我不想说。"

"也许是吧,"小个子法官说,"但你非说不可。"

整个法庭鸦雀无声,温克尔先生结结巴巴地说到了那件令人怀疑的不值一提的小事,那就是有一天半夜时分匹克威克先生不知怎么跑到一位女士的卧室里;结果呢,他相信,使那位女士将要达成的婚约随之破裂，而且，就他所知，使他们几个人都被带到伊普斯威奇市长和治安法官乔治·纳普金斯那里！

"你可以离开证人席了，先生，"斯纳宾大律师说。温克尔先生终于离开了证人席，像是发疯似的急忙跑回到乔治和兀鹰旅社里去，几个小时以后侍者发现他头埋在沙发的软垫里面，痛苦地大声哼哼着。

特雷西·特普曼和奥格斯特·斯诺格拉斯也分别被召到证人席上，两人都证实他们那位不幸的朋友的证词确有其事，两人都被反复盘问，弄得焦头烂额。

接着又传苏珊娜·山德斯太太，先是布兹弗兹大律师向她提问，接着又由斯纳宾大律师反诘。她总是说并且也相信匹克威克先生会同巴德尔太太结婚；知道在七月份晕过去之后，左邻右舍目下纷纷谈论说巴德尔太太已经同匹克威克先生订了婚；她是听轧布机铺子里穆布雷太太和给衣服上浆的本金太太说的，但在法庭上没有见到穆布雷太太和本金太太这两个人。听匹克威克先生问过那小孩他愿不愿意再有个父亲。并不知道那时候巴德尔太太和面包店老板很要好，但她知道那时候面包店老板是单身，现在结婚了。不能宣誓说巴德尔太太并不喜欢面包店老板，但她认为面包店老板并不十分喜欢巴德尔太太，否则的话他就不会同别人结婚。认为七月份那天上午巴德尔太太晕倒是因为匹克威克先生要她定下日子来；知道在山德斯先生要她定下日子的时候她（证人）就晕得人事不知，相信凡是任何一位自称是有教养的女士遇到类似情况时都会作出相同的反应。听到匹克威克先生问起小孩有关弹子的事，但她发誓弄不懂雪花石弹子和普通弹子有什么不同。

附带陈述。——在她和山德斯先生处朋友期间，她也同其他女士一样收到过情书。在情书中山德斯先生常常称她为"鸭子"，但从没有称她为"羊排"或者"番茄酱"。他特别喜欢吃鸭子。也许，要是他喜欢羊排和番茄酱的话，那么他很可能用那两样东西作为对她的爱称了。

这会儿布兹弗兹大律师的神色显得比在这之前更加庄重不凡

（假如这是可能的话），他站起身来喝道："传塞缪尔·维勒。"

其实完全没有必要去传塞缪尔·维勒；因为他一听到叫自己的名字，便立刻跨到证人席上去了；他把帽子放在地板上，胳膊撑着栏杆，以引人注目的活泼轻松的神情，居高临下地将律师席看了一眼，并且对法官席也上上下下打量了一番。

"先生，你叫什么名字？"法官问。

"萨姆·维勒，大人，"这位先生回答。

"名字的第一个字母是'V'呢还是'W'？"法官问。

"那就要看写字的人高兴了，大人，"萨姆回答，"我这辈子也就有机会拼写过一两次，我总是写'V'字。"

旁听席上传来了一个大嗓门的声音："对啦，塞缪尔，对啦。记下来，是'V'字，大人，是'V'字。"

"那是谁呀，竟然胆敢在法庭上大声喧哗？"小个子法官抬起头来说，"庭警。"

"是，大人。"

"把那个人马上带过来。"

"是，大人。"

但是庭警没有找到那个人，也就没法把他带过来；在法庭里乱哄哄地闹了一阵之后，站起来瞧瞧究竟是谁胆敢闹事的人都坐下了。小个子法官大为震怒，等到怒气稍稍平息下去能够开口时，他掉转头问证人说：

"你知道那个人是谁吗，先生？"

"我猜是我父亲，大人，"萨姆回答。

"你看见他今天来了吗？"法官问。

"没有，大人，"萨姆回答，眼睛朝上看着法庭屋顶上的灯。

"要是你把他指出来的话，我就要立刻叫人把他扣起来，"法官说。

萨姆鞠了个躬表示知道了，他兴致一点也没有减少，高高兴兴地朝布兹弗兹大律师掉转头来。

"嗯,维勒先生,"布兹弗兹大律师说。

"嗯,先生,"萨姆回答。

"据我所知,你在本案被告匹克威克先生手下做事。大声说话吧,维勒先生。"

"我会大声说的,先生,"萨姆回答,"我在这位先生手下当差,很好的差使呀。"

"大概是干得少,赚得多,是吧?"布兹弗兹大律师开玩笑说。

"哦,赚得是很够的了,先生,就像长官命令抽那当兵的三百五十皮鞭的时候他说的那样,"萨姆说。

"你不要跟我们说当兵的或者其他任何人说了些什么,"法官插嘴说,"那不是证据。"

"好的,大人,"萨姆回答。

"你还记得在被告开始雇佣你的那一天上午出了什么特别的事情吗,嗯,维勒先生?"布兹弗兹大律师问。

"我记得,先生,"萨姆回答。

"请告诉陪审团那是怎么一回事吧。"

"那天上午我得到了一套全新的衣服,陪审团的先生们,"萨姆说,"在那时候,对于我来说是一件很特别很不寻常的事情。"

话音刚落,响起了一片笑声;小个子法官满面怒容从桌子上看下来,说道:"你最好还是小心些,先生。"

"那时候匹克威克先生说的也同样是这句话,大人,"萨姆回答,"我对那套衣服一直很小心,真的小心得很啊,大人。"

法官铁板着脸把萨姆看了足足有两分钟,但萨姆脸上纹丝不动,神情泰然自若,法官没有做声,只是示意叫布兹弗兹大律师继续问下去。

"你的意思是不是说,维勒先生,"布兹弗兹大律师引人注目地双臂交叉,朝陪审团半转过脸,像是不出声地告诉他们他马上就要证人好看了,"你的意思是不是,维勒先生,方才几位证人说的原告晕倒在被告怀里这件事,你并没有看到,对吗?"

"当然没有，"萨姆说，"我在过道里，等他们叫我上去时，老太太已经不在那儿了。"

"那么，请注意，维勒先生，"布兹弗兹大律师说，把一枝很大的笔在面前的墨水缸里蘸了一蘸，为的是要做出作笔录的样子来吓唬一下萨姆，"你是在过道里，但是却没有看见面前的事情。你有眼睛没有，维勒先生？"

"有啊，我有两只眼睛，"萨姆回答，"毛病就出在这里。假使它们是两只放大二百万倍的气体显微镜的话，或许我就能够透过楼梯和松木门看过去了；但是，您瞧，那只是两只眼睛，我的视力很有限啊。"

回这话的人显得一点儿都不生气，态度十分纯朴平静，听众们吃吃地笑了起来，小个子法官也微微笑了，布兹弗兹大律师显得特别蠢。这位精通法律的高级律师在和道孙和福格稍稍商量了一会儿以后，费劲地企图掩盖住自己的恼火心情，又转身问萨姆说："那么，维勒先生，要是你愿意的话，我要问你另一个问题。"

"要是你愿意的话，先生，"萨姆回话说，兴致高得要命。

"你记不记得去年十一月有天夜里你到巴德尔太太家去过？"

"记得，记得很清楚。"

"喔，你确实记得这事，维勒先生，"布兹弗兹大律师说，劲道又上来了，"我想我们终于可以问出点东西来了。"

"我也是这样想的，先生，"萨姆回答。听了这话，旁听的人又吃吃地笑了起来。

"嗯，我想你是去谈这次开庭的事情的，对吗，维勒先生？"布兹弗兹大律师说，心照不宣地朝陪审团望了望。

"我是去付房钱的。不过我们的确谈到了这次审判的事，"萨姆回答。

"噢，你们的确谈到了开庭的事，"布兹弗兹大律师说，一心以为会有什么重大的发现而活跃起来，"那么，有关开庭说了些什么呢？能不能请你费心跟我们讲一讲，维勒先生？"

"再乐意也没有了，先生，"萨姆回答，"先是刚才在这里被询问的两位品德高尚的女士说了些无关紧要的话儿,接着三位太太就起劲地夸起道孙和福格先生的可敬的行为来——也就是这会儿坐在你身边的两位先生。"这当然将大家的注意力引到了道孙和福格身上,这两位极力显出一副正人君子的样子来。

"那是原告的代理人,"布兹弗兹大律师说,"嗯!她们起劲地夸赞道孙和福格先生,也就是原告的代理人的可敬的行为,对吗?"

"是的,"萨姆说,"她们说这两位真是慷慨,接手这个纯属投机的案子,一个子儿也不受,钱都要从匹克威克先生身上榨出来。"

听到这一出乎意外的回答,旁听的人又吃吃笑了起来,道孙和福格满面涨得通红,朝布兹弗兹大律师俯下身子,急忙凑到他耳朵上讲什么。

"你说得完全不错,"布兹弗兹大律师装出一副镇静的样子大声说,"大人,从这个愚不可及的证人身上是根本不可能获得什么证据的。我不想再问他什么问题来麻烦法庭了。请退下去,先生。"

"还有别的先生要问我什么话吗?"萨姆问,他拿起帽子,更加从容不迫地东张西望。

"我不想问,维勒先生,谢谢你,"斯纳宾大律师笑着说。

"你可以下去了,先生,"布兹弗兹大律师不耐烦地挥挥手。萨姆照办了,他尽其所能,狠狠地给了道孙和福格一下子,有关匹克威克先生的话呢尽量少说,他一直是打算这样做的。

"我想我们可以认定,"斯纳宾大律师说,"匹克威克先生已经退休,而且拥有一笔可观的个人财产,这一点应该可以不用询问别的证人了。"

"很好,"布兹弗兹大律师说,递上那两封信供法庭阅读,"我没有意见,大人。"

接着斯纳宾大律师便代表被告向陪审团陈述;这是一篇又长又很有力的发言,在发言中他对匹克威克先生的行为和为人极尽赞美之能事。他企图证明,方才展示的两封信说的只不过是匹克威克先生的饭菜,或者是请房东在他出外旅行回来之前在他房间里收拾一下而已。反正这样说也就够了，那就是按照一般的说法，他已经尽了最大的努力为匹克威克先生辩护了；大家都知道，所谓最大的努力，这句老话最可靠的意思就是，也就只能如此了。

斯泰莱法官先生于是按照古已有之的最为适当的形式进行总结。他尽可能把随手能够辨认得出来的自己的记录念给陪审团听，在念的同时又对证据进行即兴的评论。如果巴德尔太太是对的，那么匹克威克先生显然是错了，如果他们觉得克勒平斯太太的证词可以采信，那么他们可以相信她的话，如果他们觉得不可以，那么他们就不必相信她。如果他们认为毁弃婚约的罪名成立，那么应该让原告得到一笔他们认为恰当的赔偿金；另一方面，如果他们认为案子里并不存在婚约的问题，那么就可以判定被告根本不用赔偿。然后陪审团退席，走到专供他们使用的房间里进行讨论，法官也退席走到他专用的房间里去，来一块羊排和一杯雪梨酒提神。

令人焦急不安的一刻钟过去了；陪审团走了出来；立刻派人去请法官。匹克威克先生戴上眼镜，满脸焦躁不安地望着陪审团团长，心扑通扑通地跳得很快。

"先生们，"身穿黑袍的那个人说，"你们的裁定达成一致了吗？"

"达成了，"陪审团团长回答。

"先生们，是原告胜诉呢还是被告胜诉？"

"原告胜诉。"

"赔偿金呢，先生们？"

"七百五十英镑。"

匹克威克先生脱下眼镜，小心翼翼地擦了擦镜片，然后折起来放进盒子，再放回到口袋里；接着他极其认真地戴好手套，这当儿他始终紧紧盯着陪审团团长，随后他机械地跟随佩克先生和那只蓝色公事皮包走出法庭。

他们在边上的一个房间那里停了下来，等佩克付诉讼费，匹克威克先生的几个朋友也过来了。在这儿，他遇到了道孙和福格，他们擦着双手，显出万分得意的样子。

"喂,先生们,"匹克威克先生说。

"喂,先生,"道孙代表他们两个作答。

"你们认为一定可以挣到钱了,对吗,先生们?"匹克威克先生说。

福格说他们觉得那很有可能。道孙微笑了,他说他会尽量争取的。

"你们可以争取,争取再争取。道孙和福格先生,"匹克威克先生激动地说,"但是别想从我这里弄到一个子儿的赔偿费,即使我这后半辈子都要在债务监狱度过我也不给。"

"哈,哈!道孙笑道,"下个开庭期前,你会把这事好好想一下的,匹克威克先生。"

"嘻,嘻,嘻! 我们很快就会把这事理清楚的,匹克威克先生,"福格龇牙咧嘴地笑着。

匹克威克先生气得说不出话来,他听任律师和朋友把自己拉到门口,又被扶上了一辆出租马车,那是时刻留心的萨姆·维勒叫来等在那儿的。

萨姆收起踏板,正准备跳到车夫座旁边,忽然觉得有人轻轻碰了碰他的肩膀;他掉头一看,原来是他的父亲。老先生的脸上一副伤心的神色,他一边一本正经地摇着头,一边以警告的口吻说:

"我早就知道这样办事结果就会是这样。噢,萨姆,干吗不弄个人不在现场的证明呢?"

二十四

"可是,我亲爱的先生,肯定的是,"在开庭之后那天上午,小个子佩克站在匹克威克先生的房间里说,"刚才那些气话不算,现在认认真真地说,你肯定并不当真是说你不想付赔偿金和其他费用吧?"

"半个子儿也不给,"匹克威克先生坚定地说,"半个子儿也不给。"

"原则万岁,就像放债的人不肯让人延期还债时说的一样,"维勒先生说,他正在收拾早餐桌子。

"萨姆,"匹克威克先生说,"请你还是下楼去吧。"

"好的,先生,"维勒先生回答,在匹克威克先生这一婉转的要求之下,萨姆走掉了。

"不付,佩克,"匹克威克先生说,样子非常认真,"我这儿几位朋友也一直劝我不要这样较真,但是没用。我要一如既往,该干什么就干什么,让对方申请对我实行强制执行好了;要是他们真卑鄙到如此地步,叫人来逮捕我,我会满心情愿地高高兴兴跟他们走。他们什么时候能够这样做呢?"

"亲爱的先生,他们可以在下个开庭期发出强制执行的命令,要求付清赔偿金和核定的诉讼费,"佩克回答,"就是在两个月之后,我亲爱的先生。"

"很好,"匹克威克先生说,"那么,在这两个月里面,老兄,那件事就不要再提了。现在,"匹克威克先生兴致勃勃地微笑着,挨个儿望他几位朋友,眼睛里闪现着快乐的光芒,那是眼镜片遮掩不了的,"剩下的问题就是,我们接下来到哪儿去?"

他的大无畏精神使特普曼先生和斯诺格拉斯先生大为感动,他们一时连话都说不出来了。而温克尔先生呢,还没有从他出庭作证的那段经历中完全恢复过来,因此也没法对任何事情发表意见,这样匹克威克先生等了一会儿,还是没人做声。

"那么,"这位先生说,"要是你们让我来作决定的话,我建议去巴斯。我想我们当中还没有谁去过那里吧。"

没有人去过;佩克对这个建议也热情地加以支持,因为他心想要是匹克威克先生能换个环境出去散散心的话,说不定他会重新好好考虑一下自己的决定,不再坚持宁可进债务监狱;这样建议得到了一致通过。于是立刻打发萨姆去订五张明天早上七点半的车票。

第二天早晨闷热而潮湿,还下着毛毛雨,对出门不很相宜。匹克威克先生在等车时,遇见了一位面孔凶巴巴的先生,他将与他们同车去巴斯。他姓道勒,以前在陆军里面干过,现在呢是个有自己事业的上等人,他靠利息生活,同他一起出门的还有他的夫人道勒太太。

"她是个出色的女人,"道勒说,"我为她骄傲。我这不是无缘无故的。"

"很希望能有幸见识一下啊,"匹克威克先生笑着说。

"你会的,"道勒说,"她会认识你。她会尊重你。我是在很特别的情况下向她求婚的。我随便发了个誓,赢得了她。是这样。我看见了她;我爱上了她;我向她求婚;她没有答应。——'你心上有别人了?'——'亏你问得出来。'——'我认识他。'——'是的。'——'好的;要是他在眼前的话,我要把他的皮扒掉。'"

"天哪!"匹克威克先生不由自主地叫了一声。

"你真把那个人的皮扒掉了吗,先生?"温克尔先生问,脸色吓得发白。

"我写了个条子给他。我说这是件很痛苦的事情。确实很痛苦。"

"一点不错,"温克尔先生插嘴说。

"我说我是个体面人,说要扒他的皮就要扒。我的人格在此一举了。我别无出路。作为国王陛下的一名军官,我非要扒他的皮不可。对这事我很遗憾,但我非这样不可。他是很愿意服理的。他看得出来,军队的规矩是没法争的。他跑了。我便娶了她。马车来了。那是她的头。"

道勒指着方才驶进来的马车,结束了方才那番话,马车窗子开着,里面有个相当漂亮的面孔,头戴鲜艳的蓝色女帽,正在朝人行道那里张望,看样子就是在找这个脾气急躁的人。道勒先生结了账,拿起旅行帽、大衣和斗篷,赶紧出去了;匹克威克先生一行也随着出去找座位。

特普曼先生和斯诺格拉斯先生坐到马车后面的座位上;温克尔先生坐进车厢;匹克威克先生也上了车。

旅途中没有什么特别值得一提的事情。道勒先生谈起了各种各样的趣闻,全都表明自己如何英勇无畏,奋不顾身,不时请道勒太太证明他说的都是有凭有据的真事;而道勒太太呢,总是在他说完之后加上几句话,提出一些非同小可的事情或者场合,这些道勒先生不是忘了呢,就是因为出于谦虚故意不提;因为每次加上的这几句话都表明道勒先生这人其实要比他自己说的更加出色。匹克威克先生和温克尔先生听得极其钦佩,有时候也跟道勒太太谈上几句,这位太太为人很是不错。这样,道勒先生说着故事,道勒太太风度又很迷人,匹克威克先生兴致很高,再加上温克尔先生又是个很专心的听众,一路上车子里面几位旅客都过得十分愉快。

下午七点钟时,匹克威克先生和他的朋友们以及道勒夫妇分别到达自己在白鹿旅社里各自的起坐间里面了,旅馆在巴斯矿泉水供应大厅对面。

第二天,匹克威克先生和朋友们在大会堂里见到了各式各样的出色人物,又出席了晚上的舞会,匹克威克先生发现在牌桌上自己完全不是一些太太小姐的对手。尽管如此,大家异口同声地说这个夜晚过得真是再快活也没有了,一起回到白鹿旅社。匹克威克先生喝了点热的东西让自己定下神来,随后便上床,一上床他几乎立刻就睡着了。

由于匹克威克先生打算在巴斯至少住上两个月,他觉得他和他的朋友们还是租一个住所比较合算一些;机会很好,恰好在王家新月大街上有一幢房子楼上要出租,他们便用相当公道的价格租了下来,不过房子还是太大,于是道勒先生和太太便提出他们分租一间卧室和一个起坐间。这个建议立刻就被接受了,三天过后,他们都搬到新居里来,匹克威克先生极其认真地饮起矿泉水来。匹克威克先生喝水是很有条理的。他在早餐前喝四分之一品脱,接着就爬到一个小丘上去;早餐后再喝四分之一品脱,然后走下一个小丘;匹克威克先生每喝一次水,总要以极其庄重及有力的词句宣布自己觉得好多了;他的朋友听了这话当然很高兴,不过他们本来就不觉得他有什么毛病。

每天早上,包括匹克威克先生在内的喝水的常客便在矿泉水供应厅碰头,喝了四分之一品脱之后,大家便作健身散步。到下午散步时,各色各样的贵族勋爵、贵妇小姐和别的大人物,以及早上喝水的常客,都聚集在一起。在这之后,他们就出去散步,或者坐车出去,或者坐在浴椅上被人推出去,又重新见面。在这以后,先生们便去阅览室。在这之后,大家便回家。如果晚上有戏看,他们可能在剧场里见面;如果晚上有集会,他们便在会场上见面;如果什么都没有,他们便在第二天见面。天天如此,很令人愉快,也许就是稍许单调一些。

一天,就这样过去之后,匹克威克先生独自一人坐着记日记,几位朋友已经上床睡了,这时房门上轻轻响了响,有人在敲门。

"对不起,先生,"房东克拉道克太太朝房间里探进头来,"您还需要什么吗,先生?"

"不要了,太太,"匹克威克先生回答。

"我的小女儿睡了,先生,"克拉道克太太说,"道勒先生很客气,他说他会待着,等道勒太太回来,估计晚会结束会很迟;因此,要是您不再需要什么的话,匹克威克先生,我打算去睡了。"

"请便吧,太太,"匹克威克先生说。

"祝您晚安,先生,"克拉道克太太说。

"晚安,太太,"匹克威克先生回答。

克拉道克太太带上了门,匹克威克先生又重新写起来。

半个小时以后日记记好了。匹克威克先生小心地用吸墨纸将最后一页吸干,合上日记本,用上衣的下摆里子将笔擦干,打开墨水台的抽屉小心地将笔放进去。在上楼去睡的时候,像往常那样在道勒先生房间门口停了停,敲门道晚安。

"啊!"道勒说,他在自己房间里等出席晚会的道勒太太回来,"去睡了吗? 我也巴不得早点睡呢。夜色很阴沉,风也很大,对吗?"

"一点不错,"匹克威克先生说,"晚安。"

"晚安。"

匹克威克先生走进自己卧室,道勒先生又坐到炉火前的座位上,他一时冲动答应要等他妻子回家的,只好继续等下去。

很少有什么事情比夜里坐着等人更令人难受的,特别在那个人去参加晚会时更加如此。你禁不住会想到时间对他们来说过得有多快,而对你来说又是这么难挨;越是想到这一点,你就会越发觉得他们不大可能早点回来。当你独自一人坐着的时候,时钟的滴答声大得要命,你觉得身上仿佛贴肉穿着一层蜘蛛网。一开始是你右膝盖痒痒,接着左膝盖也痒了起来。你刚刚换个姿势,结果胳膊又发起痒来;等到你扭来扭去坐成一副怪模样时,你的鼻子又出了毛病,你只好拼命地揉——只要可能,你肯定会这样做。眼睛呢,也成了只会给你添麻烦的东西;你为一根蜡烛剪烛芯,而另一根的烛芯只剩下一英寸半了。这些事情,再加上其他各种各样的令人心神不定的小麻烦,使你在别人上床之后独自坐着等人变成一件极其难熬的事情。

道勒先生就是带着这种看法,他坐在炉火前,对所有那些使他没法去睡觉的没人性的人感到极其愤慨。傍晚时他正是觉得有点头痛所以才没有一起去,想到这事,他更是觉得没好气。他打了好几次瞌睡,头往火炉铁栅那边冲去,总算及时缩回来没有把面孔烫伤,在这之后,道勒先生决定还是躺到后房的床上去考虑一下——当然不是去睡觉。

"我睡觉很死,"道勒先生往床上一躺,想道,"我不能睡着。我想在这里是可以听见敲门的声音的。是的。我想是这样。我能够听见守夜的人。他过来了。现在声音比较小了。又更小了一点。他拐过弯去了。啊!"道勒先生想到这里,他也拐过了那个一直犹豫着没走的弯,沉沉地睡着了。

三点钟刚刚敲过,一顶轿子给吹到了新月大街上,轿子里坐着的就是道勒太太,一高一矮两个轿夫放下轿子,随后便用力敲了两下大门。他们等了一会儿,没有人来开门。

"请再敲一次,好吗,"轿子里的道勒太太叫道,"请你们再敲两三次。"

矮个子巴不得早点把这事办好,于是他站到台阶上,以令人吃惊的声音敲了四五次,每次两下,这样一起就敲了八到十下;高个子走到路当中,抬头看窗户里面有没有灯光。

没有人来。还是一片黑暗,一片死寂。

"天哪!"道勒太太说,"能不能请再敲一下。"

"太太,有门铃吗?"矮个子轿夫问。

"有门铃,"照路人插嘴说,"我一直在拉着呢。"

"只剩下柄了,"道勒太太说,"绳子断掉了。"

"真恨不得把那些用人的脖子掐断呢,"高个子狠狠地说。

"劳驾只好再请你们敲一下了,"道勒太太极其客气地说。

矮个子又敲了几次,还是一点用处也没有。高个子不耐烦了,过来替他敲,他不住手地接连乒乒乒乒地两下一敲,声音大得要命,就像是个发了疯的邮差似的。

终于温克尔先生梦见他在一个会社里,会员们一点都不遵守秩序,主席只好拼命用木锤敲桌子要大家安静些;接着,他又恍恍惚惚地觉得置身于一个拍卖会上,可是没有人竞买,于是拍卖的人只好把样样东西都买下来,最后,他渐渐意识到会不会可能是有人在敲大门。不过,为了弄清楚这声音,他又在床上躺了十分钟,认真听着;等到他数到了三十二三下敲门声时,他觉得没有疑问了,他对自己睡觉时警觉性这么高很是得意。

"乒乒——乒乒——乒乒——乒,乒,乒,乒,乒乒!"敲门的人继续在敲着。

温克尔先生不知是怎么回事,他从床上跳起来,匆匆穿上长统袜子和拖鞋,把晨衣往身上一裹,借着火炉里一点余烬点了根蜡烛插在扁烛台上,急忙跑下楼去。

"总算有人来了,太太,"矮个子轿夫说。

"我真恨不得用锥子戳他的屁股,"高个子低声说。

"是谁呀?"温克尔先生叫道,一边将链子解开。

"不要停下来问什么啦,你这个木头脑瓜,"高个子满心厌烦地回答,以为问话的一定是个用人,"快开门吧。"

"快,开呀,你眼皮是木头做的吗?"另一个也在鼓劲。

半醒半睡的温克尔先生机械地照办了,他把门开了个缝朝外张望。他眼睛首先看见的便是照路人火把红红的火光。他吓了一跳,以为房子失火了,于是连忙把门开得大大的,把蜡烛举在头顶上,慌张地朝前张望,不知道眼前是轿子呢还是救火车。就在这时,一阵大风刮来,把蜡烛吹熄了;温克尔先生觉得自己身不由主地给风刮到台阶上,大门也砰的一声关上了。

"嘿,年轻人,瞧你干的什么呀!"矮个子轿夫说。

温克尔先生见到轿子窗户里有一张女人的脸,连忙转过身,拼命扣动门环,并且发疯似的叫轿夫快把轿子抬走。

"把它抬走,把它抬走,"温克尔先生嚷嚷道,"别的房子里有人出来了;让我到轿子里去。让我藏起来! 帮我个忙!"

这段时间他冻得直发抖;每当他举起手去扣门环时,风就把他的晨衣吹得不像样子。

"有人从新月大街那边过来了。其中还有女士;给我件衣服披一披,站到我前面来!"温克尔先生大吼道。但是两个轿夫笑得前仰后合,一点儿忙都帮不上,女士们越来越近了。

温克尔先生又绝望地再扣动了一下门环;女士们只隔几家大门远了。他把一直举在头上的早已熄灭的蜡烛一扔,一头钻进道勒太太的轿子里去了。

这会儿,克拉道克太太终于听到了敲门声和吵吵嚷嚷的声音,为了找到比睡帽像样一些的东西戴好,她又耽搁了一会儿,在这之后她赶到前客厅里去看看是不是房客回来了。她拉起窗户,恰好见到温克尔先生钻进轿子,一看到下面发生的情况,她立刻凄厉地高声尖叫起来,并且请道勒先生赶快起来,因为他太太要和另一位先生出逃了。

一听这话,道勒先生噔的一声就像皮球一样从床上跳了起来,冲到前厅一扇窗户跟前,正在这时,匹克威克先生也把另一扇窗户推开了。他们两人看见的第一件事,就是温克尔先生钻到了轿子里面。

"守夜的,"道勒怒不可遏地叫道,"抓住他——别让他跑了——抓紧他——让他关在里面,我马上就下来。我要抹掉他的脖子——给我一把刀——我要抹断他脖子,克拉道克太太——我非得这样不可!"暴跳如雷的丈夫拿着一把小餐刀,从尖叫的房东太太和匹克威克先生那里跳开,冲到街上去了。

不过温克尔先生没有等他过来。他一听见勇猛无畏的道勒发出那个可怕的叫喊,便立刻从轿子里跳了出来,其速度同他方才钻进去一样快,他把拖鞋扔在大街上,飞快地在新月大街上兜圈子狂奔起来,道勒和守夜人跟在后面紧追不舍。他跑在前面,等到他第二圈经过时,门恰好打开了;于是他一头钻了进去,砰的一声将道勒关在门外,随后他跑上楼到自己房间里,闩上房门,还用洗脸架子、五斗柜和桌子将门顶住,再收拾了一些必需品,准备天一亮就逃走。

道勒也上楼来到了他房门口,凑在钥匙孔上赌神发咒说他第二天非要把温克尔先生的脖子抹了不可;客厅里面乱成了一片,只有匹克威克先生的声音清晰可闻,他极力劝解着,随后大家各自回房去了,房子里又安静下来。

二十五

第二天一早,匹克威克先生起身比平时早得多,他穿戴好了走下楼,拉铃叫人。

"萨姆,"维勒先生应声前来了,匹克威克先生说,"把门关上。"

维勒先生照办了。

"昨天晚上这里出了件很不幸的事,萨姆,"匹克威克先生说,"使得温克尔先生怀疑道勒先生会动武。"

"我也听楼下老太太说了,"萨姆说。

"萨姆,糟糕的是,"匹克威克先生说,"温克尔先生因为害怕动武,已经走掉了。"

"走掉了!"萨姆说。

"一大早就离开了，走前根本没有告诉我，"匹克威克先生说，"不知道去哪儿了。一定得找到他，萨姆。把他找回来。"

"好的，先生。"

说了这句话以后，维勒先生就走出房间。两个小时以后他回来了，他得到的消息是，有个在各方面都跟温克尔先生非常相似的人早上去了布里斯托尔。

"萨姆，"匹克威克先生握住他的手说，"你真是个顶呱呱的家伙，真是太出色了。你得去追他，萨姆。"

"当然啦，先生，"维勒先生说。

"你看你能够找到他吗，萨姆？"匹克威克先生问，急切地望着他的脸。

"噢，不管他跑到哪里，我都会把他找到的，"萨姆信心十足地回答。

"很好，"匹克威克先生说，"那么你出发吧，越快越好。"

说了这些话以后，匹克威克先生把一笔钱交给了他这位忠心耿耿的仆人，叫他马上赶到布里斯托尔去，追踪那个逃掉的朋友。

那天夜里温克尔先生极其惊惶不安地熬过了一夜，第二天一早趁朋友们还没起床时离开了这所房子，漫无目的地跑掉了。他轻手轻脚地爬下楼梯，又尽量轻声地带上那扇可恶的大门走掉了。他信步朝王家旅社走去，恰好有一辆马车要去布里斯托尔，于是他爬上车，听凭拉车的两匹马把他拉到了目的地。

他在布什旅社住下了，决定暂时不同匹克威克先生联系，等道勒先生怒气多少平息下去以后再写信给他；他于是到城里转上一圈，这个城市的街道不是很直很好走；东弯西拐把温克尔先生头都弄昏了，他四下张望，看看能不能找到一个比较像样的铺子，可以进去打听一下。

他的目光落到了一幢新油漆的住房上，大门上扇形窗的上方有一盏红灯突出在外面，说明这是医师的住所，窗户上方护墙板上还镶嵌有"外科"两个金字。温克尔先生觉得在这里问路也许不错，于是便迈进那个小店里去,里面没有人,于是他用半克朗的硬币在柜台上敲了敲。

他才敲了第一下,原先清晰可闻的仿佛有人在用火钳和火棒在练击剑的声音就戛然而止了;敲了第二下之后,一个戴着绿色眼镜的像是非常好学的年轻人悄无声息地来到了店堂里,他手上抱着一本大书站到柜台后面,问客人有何贵干。

"先生,很抱歉麻烦您了,"温克尔先生说,"能不能请费心告诉我……"

"哈!哈!哈!"好学的年轻人大笑起来,将大书扔到空中,就在它要把柜台上所有那些瓶子砸成粉末的一刹那间极其熟练地将它接住。"真是想不到!"

确实是叫人想不到;温克尔先生对这位医学界的先生的古怪行为大为吃惊,下意识地往门口直退,对这番奇怪的遭遇显得一脸的慌乱。

"怎么,你不认识我了吗?"这位医学界的先生说。

温克尔先生嘟哝说他还没有这个缘分。

"啊,那么,"这位医学界的先生说,"我就有指望了;要是运气好的话,布里斯托尔一半的老太太也许会请我看病呢。滚蛋,你这烦人的老混蛋,滚吧!"这两句命令是对那本大书发出的,说着这位医学界的先生就身手矫健地将那本书踢到了店堂里老远的地方,随后他摘下绿色的眼镜,朝来客笑了笑。原来不是别人,正是以前在盖伊医院学医、家住兰特街的鲍勃·索耶先生。

"你不会生我的气吧!"鲍勃·索耶先生一边热烈地同温克尔先生握手,一边说。

"我发誓绝对不会,"温克尔先生说,同样热烈地握住他的手。

"进来吧,进来!"鲍勃·索耶先生一边这样扯着,一边将温克尔先生推进后房,里面坐着一个人,正在用烧得通红的拨火棒在壁炉台上钻小圆洞消遣,此人不是别人,就是本杰明·艾伦先生。

"啊!"温克尔先生说,"真正想不到在这里遇见你们。你们这儿可真不错呀!"

"还不错,还不错,"鲍勃·索耶回答,"在那次很是难得的聚会之后不久,我就过关了,我的几个朋友带着必要的东西来开业;这样我就穿上一套黑衣服,戴起眼镜来,在这里尽量装出一副一本正经的样子来。"

"你这里生意一定是很不坏的了?"温克尔先生把握十足地问。

"很好,"鲍勃·索耶回答,"好得没法说,几年以后你可以把赚到的钱放到一只酒杯里面,再用一张醋栗的叶子就可以把钱盖起来。"

"你这不是在说笑话吧?"温克尔先生说,"这些药品本身——"

"装样子的,老兄,"鲍勃说,"一半的抽屉空空如也,另外一半根本就打不开来。"

"哪有这事!"温克尔先生说。

"真的——以人格担保,"鲍勃·索耶说,走进店堂里,用力把那些装样子的抽屉的镀金小球形把手拉了又拉,以证明他方才讲的话不假。"店里除了蚂蟥之外没有什么真的东西,就连蚂蟥还是旧货。"

"真正想不到!"温克尔先生大为吃惊地叫道。

"但愿如此,"鲍勃·索耶回答,"要不然门面还有什么用处呢,嗯?哎,你要喝点什么?就喝我们喝的?很好,本,老兄,你手伸到碗柜里,把专用的消化剂拿出来吧。"

本·艾伦先生微笑着答应了,从手肘旁的碗柜里拿出一个黑瓶子,里面还有半瓶白兰地。

"你不要搀水,对吗?"鲍勃·索耶问。

"谢谢你,"温克尔先生说,"时间还太早了些。我倒想要冲淡一些,请你别在意。"

"一点也不,只要你称心就好了,"鲍勃·索耶说,说话时一仰头又喝掉一杯酒,显得其乐无穷的样子。

水开了,温克尔先生兑到白兰地里面;大家随便闲聊起来。

鲍勃·索耶先生同本·艾伦向温克尔先生揭露了医疗界的某些秘密,仰在他们的椅子上,哈哈大笑起来。在他们尽情地笑过一阵之后,话题转到了温克尔先生更为关心的题目上。

"我亲爱的朋友,"半醒半醉的本·艾伦先生趁鲍勃·索耶先生走出去的当儿(他到店堂里去按药方分发二手货蚂蟥去了),开口说,"我亲爱的朋友,我很难过呀。"

温克尔先生听说之后立刻对此深表同情,并且问有没有需要他效力之处。

"没有,老兄,没有,"本说,"温克尔,你还记得阿拉贝拉吗?我妹妹阿拉贝拉,那个长着一双黑眼睛的小姑娘,温克尔,你在华德尔家时见到过。我不知道你是不是注意到了那个漂亮的小姑娘,温克尔。你看到我的脸,也许会回忆起她的模样来吧?"

温克尔先生并不需要什么帮助来回想起可爱的阿拉贝拉的模样来;幸而他不需要,因为这位小姐的哥哥本杰明的尊容无疑不会有助于他回想她的相貌来。他尽力压制住内心的激动,回答说他完全记得他提到的这位小姐,并且相信她身体健康。

"我们的朋友鲍勃是个讨人喜欢的小伙子呀,温克尔,"本·艾伦只回答了这样一句话。

"很讨人喜欢,"温克尔先生说;听到他把这两个名字紧紧连在一起,心里不大痛快。

"我早就想要给他们配成对儿;他们是天生的一对,再好也没有,真是天造地设,温克尔,"本·艾伦先生说,用力把酒杯往桌子上一放,"这是命中注定的,我亲爱的先生;他们两人年纪只相差五岁,两个人生日都在八月份。"

本·艾伦先生在洒下一两滴眼泪之后继续说道,尽管他对自己这位朋友怀着很大的敬意,阿拉贝拉却毫无理由地对这个人坚决表示反感,一点也不尊重兄长的意见。

"我想,"本·艾伦先生最后说,"我想她心中一定是另外有人了。"

"你知不知道那个人会是谁呢?"温克尔先生战战兢兢地问。

本·艾伦先生抓起拨火棒,像是准备打仗似的在头上舞了舞,朝想象中的敌人脑袋上狠狠砸下去,最后以一种表情丰富的态度说道,他要是能猜到那家伙是什么人,那才求之不得呢。

"我要让他看看我的颜色,"本·艾伦先生说。拨火棒又挥了一下,比方才更加凶猛了。

所有这些话当然使得温克尔先生极感安慰,他有好几分钟没有做声。但最后还是鼓起勇气问艾伦小姐是不是在肯特。

"不,不,"本·艾伦先生说,把拨火棒放了下来,显得十分滑头的样子,"我觉得华德尔家对那个倔强的女孩子来说并不适合;因为我父母不在了,我就自然而然是她的保护者和监护人,我把她带到这一带一位老姑妈家里来啦,那地方很不错,但相当闭塞。老兄,我想这对医治她的毛病有好处。要是再治不好的话,我准备把她带到国外去一段时间,然后再想办法。"

"哦,姑妈家在布里斯托尔,对吗?"温克尔先生结结巴巴地问。

"不,不,不在布里斯托尔,"本·艾伦先生说,竖起大拇指朝右肩上方往后指了指,"在那边,那边过去。喂,别响,鲍勃来了,一个字也不要提,我亲爱的朋友,绝口不提。"

尽管这番交谈费时很短,它却使温克尔先生感到极度地兴奋和焦虑。想到她很可能另有所爱这件事他心里就难受。她爱的会不会就是他呢?美丽的阿拉贝拉是为了他的缘故才看不上为人活泼的鲍勃·索耶呢,还是另外有一位成功的情敌?他决心要不惜任何代价去见她;但这里有一个难以逾越的障碍,那就是他完全猜不出来,本·艾伦先生所谓的"在那边"和"那边过去"究竟是离这儿三英里呢,还是三十英里,或者是三百英里远。

用过饭后,又喝了些酒,大家喝得极其开心,彼此感情也越来越浓。一会儿,温克尔先生告辞出来,回到布什旅社去。

他心烦意乱,阿拉贝拉使他浮想联翩。在酒吧里喝了一杯搀苏打水的白兰地之后,他便走到咖啡间里去,这天晚上的聚会非但没有让他精神焕发,反而使他更加沮丧起来。

咖啡间里只有一名顾客,这是一个身穿大衣的高个子男子,背对他坐在炉火前面。在这个季节里，这天晚上算是比较冷的，那位先生将椅子往边上拉了拉，好让新进来的人看见炉火。他在这样做的时候，温克尔先生突然发现，在他面前的不是别人，正是那位渴望复仇的嗜血成性的道勒，这时他会有怎么样的想法啊！

温克尔先生的第一个冲动就是立刻拼命去拉附近的铃铛，但糟糕的是铃铛把手就在道勒先生的脑袋后面。他朝前跨上一步，又立刻停住脚。就在这时，道勒先生慌忙往后缩了缩。

"温克尔先生，请冷静。先生。别打我，我受不了。千万别打！"道勒先生说，温克尔先生没有想到这么凶狠的人竟然会如此温顺。

"打吗，先生？"温克尔先生结结巴巴地说。

"别打，先生，"道勒回答，"请镇定一下。请坐。我有话要说。"

"先生，"温克尔先生说，浑身上下索索发抖，"要我同意在没有侍者在场的情况下，坐在你旁边或者对面，我必须进一步把事情搞清楚。你昨晚对我用了威胁的词语，先生，非常可怕的威胁，先生。"说到这里，温克尔先生脸色确实变得雪白，他突然住口不往下说了。

"我确实用了，"道勒说，脸色变得和温克尔先生一样苍白，"当时的情况很可怀疑。但已经得到了澄清。我尊重您的勇气。您的感情是正直的，完全问心无愧。来，我们握握手吧。"

"真的，先生，"温克尔先生说，他犹豫着要不要伸出手去，几乎有点担心对方这样做是不是想要占他的便宜，"说真的，先生，我——"

"我明白您的意思，"道勒打断了他的话说，"您觉得受到了委屈。这很自然。换了我也会如此。我错了。请您原谅。请别生气。原谅我吧。"道勒一边说着，一边差不多硬是抓住温克尔先生的手，极其热情地摇动，又说他为人极为勇敢，他对他比以前更加尊敬了。

"哎，"道勒说，"请坐。把一切说一说。您是怎么找到我的？您是什么时候来追我的？请实事求是地告诉我。"

"这完全是出于偶然，"温克尔先生回答，对这次会面的出乎意外的奇怪性质很有些茫然失措，"十分偶然。"

"这就好了，"道勒说，"我今天早上醒来。把我说的狠话完全忘记了。我对那件事情觉得很好笑。我满心希望同别人友好相处。"

"对谁说的?"温克尔先生问。

"对道勒太太。'你发了誓,'她说。'我是发了,'我说。'你那个誓很鲁莽呀,'她说。'是的,'我说。'我要道歉。他在哪儿?'"

"谁呀?"温克尔先生问。

"您呀,"道勒回答,"我走下楼。找不到您。匹克威克阴沉着脸。不住地摇头。希望不要有动武的事。我都看见了。您觉得受了侮辱。出去了,也许是去找朋友。也可能是去弄手枪。'真是很勇敢呀,'我说,'我佩服他。'"

温克尔先生咳了一声,他有点看出事情的就里来了,于是便摆出凛然的神气来。

"我给您留了个条子,"道勒又说,"我说我很抱歉。我确实很抱歉。我有急事赶到这里来了。您还觉得不满意,便追了上来。您要我亲口作出解释来。您完全正确。现在一切都解决了。我这里也没事了。我明天回去。我们一起走吧。"

在道勒进行解释时,温克尔先生的面孔变成越来越显得凛然不可犯的样子来。他们这次交谈一开始那么奇怪,现在总算可以弄清楚了;原来道勒先生同他一样害怕决斗;简而言之,这位气势汹汹的可怕人物其实是当今世界上最出奇地胆小的家伙之一,他按照自己恐惧的心理来解释温克尔先生不在家的原因,因此也采取了同他一样的步骤,小心翼翼地溜之大吉,等事情平息下去再回去。

随着温克尔先生猜出了事情的真相,他的表情显得十分可怕,他说他对此完全感到满意;在说话的同时,他那副神气使道勒先生不能不觉得,要是他对此不满意的话,一定会发生某种极其可怕的破坏性很大的事件。道勒先生对温克尔先生的大度和宽容,显得十分钦佩;于是这两位好斗的人儿彼此声明,今后永远要做好朋友,在这样说了许多话之后,各自回房去了。

大概在十二点半左右,房门上的敲门声突然把温克尔先生惊醒了,他吃了一惊,连忙问敲门的是谁,有什么事情。

"先生,对不起,有位年轻人说是非得马上见你不可,"这是女侍者的声音。

"年轻人!"温克尔先生嚷道。

"一点不错,先生,"另一个声音从钥匙孔中传来。

"是萨姆吧?"温克尔先生问,他从床上跳了起来。

"先生,没有看见人,就要一点不差地认出来人是谁,那是不大可能的呀,"那个声音回答,很有几分固执己见。

温克尔先生对年轻人是谁并没有多少怀疑,便打开了房门;他一开门,塞缪尔·维勒先生就赶紧钻了进来,他小心翼翼地从里面把门锁上,又细心地将钥匙放到自己背心口袋里,接着,他把温克尔先生从头到脚打量了一番,说道:

"你这位年轻的先生很会开玩笑呀,先生!"

"你这样做是什么意思,萨姆?"温克尔先生怒气冲冲地问,"出去,先生,马上就走。你这是什么意思,先生?"

"先生,你什么时候出去,我也什么时候出去,"萨姆回答,他的态度很是强硬,郑重其事地坐了下来,"要是弄得我非要把你背出去的话,那么我自然会比你早走出房间一步;不过我希望您不至于逼我采取极端的措施。"这番话对他说是异乎寻常地长,说完之后,维勒先生双手放在膝盖上,直直地对着温克尔先生的面孔看,脸上的神情表明他绝对不是在开玩笑。

"您是个性格和善的年轻人,先生,"维勒先生又说,一副责之以大义的口气,"我想您不应该给我们可爱的老先生添上各种各样的麻烦事儿!"维勒先生说到最后,双手用力拍了一下膝盖,抒发自己的感情,接着又带着极度愤慨的神情抱起胳膊,身子往椅子上一仰,仿佛是等着这位罪人为自己辩护。

"好朋友,"温克尔先生伸出手来说道;他说话时牙齿格格直打战,因为在维勒先生对他进行说教时他一直穿着睡衣站在那里;"好朋友,我很尊敬你对我们出色的朋友的一片忠心,我很抱歉,又给他添了不少麻烦。握手吧,萨姆,握握手!"

"嗯，"萨姆说，还有点气鼓鼓的，但还是恭恭敬敬地握了一握对方伸出来的手，"嗯，你本来就应该这样的。我很高兴在这里找到了您。"

"当然，萨姆，"温克尔先生说，"好了。去睡吧，萨姆，我们明天一早再谈吧。"

"对不起，"萨姆说，"我不睡。"

"不睡！"温克尔先生重复说。

"不，"萨姆摇头说，"那是不成的。"

"你是不是说今天晚上要赶回去呢，萨姆？"温克尔先生大为惊诧地问道。

"不，除非您想要回去，"萨姆回答，"我非得待在这儿不可，老先生下了死命令。"

"胡说，萨姆，"温克尔先生说，"我还得在这儿待两三天；还有，萨姆，你也得留着，帮我设法和一位小姐见见面——是艾伦小姐，萨姆；你记得她吧——在我离开布里斯托尔之前我必须同她见上一面。"

但对所有这些设想，萨姆一概坚决摇头拒绝，而且加重语气回答说，"不行。"

温克尔先生为此努力争辩解释了一番，并且将他在这儿见到道勒的事情详详细细地说了出来，在这之后，萨姆才松了口；最后两人达成了协议，其要点如下：

萨姆离开房间，让温克尔先生好好地休息，条件是他可以在外边加锁，并且将钥匙随身带走。如果万一出现火警或者其他危险情况，门应该立即打开。第二天一早就得给匹克威克先生写信，请道勒转交，请他允许萨姆和温克尔先生待在布里斯托尔，其目的上面已经谈及，并请他复信交下一班驿车带来；要是回信中同意的话，他们就留下来，要是不同意，他们一收到信就立即回巴斯。最后，温克尔先生应该记住，他已清楚无误地发誓在这段时间内绝不借助窗户、火炉或者其他什么秘密方式逃掉。这些条件谈妥之后，萨姆锁上房门走掉了。

二十六

第二天一整天,萨姆紧紧地看住了温克尔先生,眼光一刻也不离开他。晚上八点钟时,匹克威克先生本人走进了布什旅社的咖啡间里,微笑着告诉萨姆说他干得完全正确,现在不需要再严加看守了,萨姆心中一块石头这才落了地。

"我想还是亲自来一趟好,"在萨姆为匹克威克先生脱下大衣、解开围巾时,他对温克尔先生说,"我得确定你对这位小姐确实出于一片真情,这样才能同意让萨姆替你在这件事情上出力。"

"从我心底里,从我灵魂中——完全一片真情!"温克尔先生热烈地回答。

"别忘了,"匹克威克先生眼睛里荡漾着笑意,说道,"我们是在我们那位热情好客的出色的朋友家里遇见她的,温克尔。要是对这位小姐的感情采取轻率的、不负责任的态度,那我们也对不起朋友。我决不允许发生这样的事情,先生,绝对不许。"

"我真的没有这样的想法,"温克尔先生热烈地嚷了起来,"我已经将这件事考虑很长一段时间了,我觉得我的幸福就系在她身上。"

温克尔先生然后把本·艾伦先生同他谈的有关阿拉贝拉的那番话说了一遍;他说他的目的就是想同那位小姐见上一面,正式向她表达自己的爱情;他深信她现在是被关了起来,地点一定是在唐斯附近一带。

线索少得可怜,他们决定让维勒先生第二天一早就出发去搜寻。

因此,第二天一早,萨姆就出发去寻找了,尽管前景十分渺茫,但他一点也不灰心;他走了一条又一条的街道,遇到了好些在马路上遛马的马车夫和在小巷里带着孩子散步的保姆,同他们一一交谈,但仍然毫无进展。

风大了起来,萨姆顶着风费力地穿过唐斯,来到了一个树木成阴的偏僻地方,那里散布着几幢外表显得宁静而冷僻的小别墅。萨姆坐在大石条上,考虑下一步该怎么办,就在踏破铁鞋无觅处之时,突然发生了一件事,使他得到了在这儿坐上一年恐怕也找不到的东西。

　　在他坐的那条小巷里,有三四家的花园门敞开着,门开了,一个女仆走到巷子里,抖动床边地毯上的灰尘。

　　萨姆只顾自己想心事,他只是抬起头来,见到地毯像是非常沉重,女仆又没有人来帮忙,便急忙从大石条上站起身来,朝她走过去。

　　"亲爱的,"萨姆说,以极其尊重的态度轻轻走上前去,"要是你独个儿抖动这块地毯的话,准会把你标致的身材糟蹋掉的。我来帮你一把吧。"

　　那位年轻女士转过身来,还没开口,便吃惊地往后退了一步,刚要发出的尖叫声又憋了回去。萨姆也是同样大吃一惊,因为这位身材标致的女仆不是别人,正是他的心上人,纳普金斯先生家漂亮的女佣。

　　"嘿,玛丽,我亲爱的!"萨姆说。

　　"啊呀,维勒先生,"玛丽说,"你把我吓了一跳!"

　　萨姆对这句埋怨没有用语言回答,他只是走上前去吻了她。

　　"哎,你是怎么到这里来的呢?"玛丽问道。

　　"亲爱的,当然是来找你的呀,"维勒先生回答,在激动中,这一次他不顾事实真相了。

　　"你怎么会知道我在这儿呢?"玛丽问,"有谁会告诉你我在伊普斯威奇换了个人家,这家人后来又搬到这儿来了呢?是谁告诉你的呢,维勒先生?"

　　"啊,真的,"萨姆说,露出了滑头的样子,"那真叫人奇怪。有谁会告诉我呢?不过,玛丽,亲爱的,我手头有桩急事要办。是我东家的一个朋友,温克尔先生,你还记得吧。"

　　"穿绿色衣服的那位吧?"玛丽说,"喔,不错,我记得。"

　　"嗯,"萨姆说,"他爱上了某个人,魂都丢掉了;整天糊里糊涂,真要完蛋了。"

"天哪!"玛丽插嘴说。

"是啊,"萨姆说,"不过要是我们能找到那位小姐就没事了,一个名叫阿拉贝拉·艾伦的小姐。"

"哪个小姐?"玛丽大为诧异地问。

"阿拉贝拉·艾伦小姐,"萨姆说。

"老天哪!"玛丽说,指着边上一个花园门,"瞧,就在这幢房子里呀;她到这里已经六个星期了。"

"什么,就在你待的这家隔壁?"萨姆说。

"就是隔壁那家,"玛丽回答。

听到这个消息,维勒先生无法抑制内心的激动,他非得搂住这位给他提供情报的漂亮女仆才不至于瘫倒在地;两人之间以种种方式缠绵了一阵,他才打起精神回到这件事上来。

"嘿,"萨姆终于说,"就在隔壁那一家!嘿,我有封信要送给她,整天都在找她呢。"

"啊,"玛丽说,"不过现在不行,因为她只有在傍晚才到花园里来散步,而且时间很短;她出门时身边还总跟着一个老太太。"

萨姆考虑了一会儿,最后决定傍晚时他再回来,偷偷爬上墙,把信送给她,如果可能的话,还代替温克尔先生安排一下第二天会面。

在同玛丽温存了一番之后,维勒先生到最近的一家小酒店里去坐到傍晚,适当地喝了一点酒,然后就回到那条死胡同里面。玛丽让他走进园子里,他爬到梨树上,等阿拉贝拉出来。

他等了好久,终于看到阿拉贝拉心事重重地走了过来。一等她走到树下面,萨姆就发出种种怪里怪气的声音来。

这一来,那位小姐急忙朝这些难听的声音的出处望去;她原先就很有些奇怪,这会儿看到有个男子藏在树上,更是吓得一下就坐到了恰好位于她身边的凳子上。

她抬起头问:"你是谁,想要干什么呀?"

"别做声,"萨姆说,荡到了墙顶上,尽可能缩成一团,"是我,小姐,是我呀。"

"匹克威克先生的跟班!"阿拉贝拉急切地说。

"可不是,小姐,"萨姆说,"温克尔先生可真像没头的苍蝇,急得快没命啦,小姐。"

"啊!"阿拉贝拉说,向墙边走来。

"千真万确啊,"萨姆说,"我们昨晚直想用紧身背心把他套起来,一整天他都疯疯癫癫的;他要是明天夜里过去之前见不到您,他要不投水自杀的话就不算个汉子了。"

"噢,那怎么行,那怎么行,维勒先生,"阿拉贝拉两只手紧紧抱在一起,说道。

"这里头的原因是怀疑先有别人插足进来,"萨姆说,"你最好还是见见他,小姐。"

"可是怎样见? —— 在哪里见呢?"阿拉贝拉嚷道,"我不敢独自离开这幢屋子。我哥哥心太狠,又这么不讲理!维勒先生,我知道你一定会觉得我的话很怪,但我真是非常非常难受——"说到这里,可怜的阿拉贝拉伤心地痛哭起来。

萨姆求她同温克尔先生见一面,但有好一阵子她就是不肯答应;最后,直到那讨嫌的第三方快要出现,他们的谈话很快就要到此为止的时候,她才在满口称谢的同时,匆匆提及她有可能会在第二天傍晚比今天晚一小时的时候到花园里来。萨姆对此完全心领神会;于是阿拉贝拉朝他甜蜜地一笑,优雅地快步走掉了。

维勒先生平安地从墙上爬下来之后,并没有忘记花上几分钟时间来料理一下他自己同样性质的事情,然后便尽快赶回布什旅社,他出去了这么久,已经使得他主人和他的朋友猜不准是怎么回事,很有点着急了。

"我们一定得小心,"匹克威克先生在认真听取了萨姆的汇报之后说道,"这倒不是为了我们自己,而是为了那位小姐。我们得千万小心。"

"我们!"温克尔先生说,显而易见地加重了语气。

匹克威克先生对这话的口气有点生气,但随即就恢复了他固有的慈爱神色,他回答说:

"是我们,先生!我要陪你一起去。"

"您!"温克尔先生说。

"我,"匹克威克先生和颜悦色地回答,"这位小姐同意跟你会面,她作出了一个也许是自然的,但仍然是很不谨慎的决定。要是像我这样一个双方的朋友,年纪跟你们父亲相仿的人在场,将来就不会有人可以对她说什么闲话。萨姆,把我的大衣和围巾准备好,明天傍晚叫一辆车在门口等,稍微早一些,免得去迟了误事。"

萨姆行了个礼,以表示他保证执行命令,然后出去为这次旅行进行种种必要的准备了。

马车按照预定的时间到达了;维勒先生在将匹克威克先生和温克尔先生扶上车坐好以后,便坐到车夫边上。他们按照事前的约定,在离会面地点还有四分之一英里的地方下了车,叫车夫待在原地等候他们回来,然后便迈步走去。

"这边走,先生,"萨姆说,"我来带路,就这条巷子,先生。"

他们拐到巷子里去,那里面够暗的,最后来到了那个大石条前面。萨姆请他东家和温克尔先生先坐一坐,他去看一下玛丽是不是在等候着。

过了五分或者十分钟,萨姆回来了,他说门开了,四周很静。匹克威克先生和温克尔先生跟在他后面蹑手蹑脚地走进到花园里面。

"艾伦小姐有没有到花园里来呢,玛丽?"温克尔先生心烦意乱地问。

"我不知道,先生,"那位漂亮的侍女说,"最好的办法呢,先生,就是让维勒先生把您托到树上去,能不能劳驾请匹克威克先生看着巷子那头不要有人过来,我来照看花园这头。"

萨姆说:"那位小姐的脚步声传过来了。喂,温克尔先生,上去吧。"

"等一等,等一等!"匹克威克先生说,"我得先跟她谈一谈。扶我上去,萨姆。"

"轻一点儿,"萨姆说,头顶在墙上,把背放平,"先站到那只花盆上面,先生。好,现在上来吧。"

"我怕把你踩坏了,萨姆,"匹克威克先生说。

"别管我,先生,"萨姆回答,"温克尔先生,扶他一把,先生。稳住了,先生,稳住! 这就对了!"

在萨姆说话时,匹克威克先生以一种对他这样年纪和体重的先生来说几乎是超常的努力,设法爬到了萨姆的背上。萨姆轻轻地站起身来,匹克威克先生用力抓住墙头,而温克尔先生紧紧抱住他的两条腿,就这样他们勉强使他的眼镜超出在墙顶上方。

"亲爱的,"匹克威克先生从墙上看去,见到了另一面的阿拉贝拉,他说道,"别害怕,亲爱的,是我。"

"噢,请走开吧,匹克威克先生,"阿拉贝拉说,"告诉他们全走吧。我吓坏了。亲爱的,亲爱的匹克威克先生,不要待在这儿了。您会跌下来摔死的,我知道会这样。"

"哎,请别紧张,亲爱的,"匹克威克先生安慰她说,"一点也不用害怕,我向你保证。站稳啊,萨姆,"匹克威克先生朝下看了看,说道。

"好的,先生,"维勒先生回答,"不过请不要太久,先生。您分量真重。"

"再一会儿就行,萨姆,"匹克威克先生回答说,"亲爱的,我只是想让你知道,要不是你现在的处境使我的年轻的朋友别无选择的话,我本来是不会让他以这种偷偷摸摸的方式来见你的;为了防止这不很妥当的方式使你感到不安,我才来了,亲爱的,你知道我也在场,就可以放心了。就是这样,亲爱的。"

"真的,匹克威克先生,对您的一片好意和体贴之情,我十分感激,"阿拉贝拉用手帕擦了擦泪水说道。她还要说下去时,匹克威克先生的脑袋突然一下不见了,因为他在萨姆肩膀上一脚踩空,摔到了地上。不过,他立即就爬了起来,吩咐温克尔先生抓紧时间使会面早点结束,随即便跑到巷子里望风去了。温克尔先生受到此情此景的鼓舞,立刻便上了墙,只是停下来关照了萨姆一声,吩咐他照应好自己的主人。

"我会当心的,先生,"萨姆回答,"他那边有我呢。"

温克尔先生一下便翻过了墙;跪倒在阿拉贝拉脚边;向她尽情倾诉自己忠贞不渝的爱情。

过不多久,匹克威克先生沿着小巷尽快跑了过来,说是有人从那边来了;他一路上时时用灯照路,免得跌到沟里去。警报一发,温克尔先生立刻从墙上爬了过来,阿拉贝拉也跑回屋子去了;花园门关上了,这三位探险家飞快地沿着巷子奔去,维勒先生把匹克威克先生背到身上,跟在温克尔先生后面沿着巷子跑去,考虑到他身上的分量,他的速度着实令人吃惊。

"您气喘过来了吧,先生,"在到达巷子尽头时萨姆问道。

"好了,现在好了,"匹克威克先生回答。

"那么走吧,"萨姆把他放下来,说道,"您在我们当中走,先生。再跑不到半英里就到啦。就当作是夺奖杯比赛吧,先生。现在,跑吧。"

马车在等候,马匹精神饱满,路很好,车夫又很来劲。匹克威克先生的呼吸还没有完全平静下来,大家已经平安回到了布什旅社。

"请您马上进去吧,先生,"萨姆扶他东家下了车。"在这样运动了一阵之后,在街上一秒钟都不要待啦。对不起,先生,"在温克尔先生下车时萨姆手触了触帽檐,说道,"希望没有人先来插一脚吧。"

温克尔先生紧紧握住了他这位身份卑微的朋友的手,凑在他耳边说道:"没问题,萨姆,一点问题都没有。"听了这话,维勒先生明白无误地敲了三下鼻子,表示心中有数了,他笑了笑,眨眨眼睛,转身去把车踏板收上去,脸上是一副生动的满意表情。

二十七

匹克威克先生在巴斯逗留的余下的日子过得平平静静,没有什么要紧的事情发生。开庭期到了。在第一个星期结束时,匹克威克先生回到了伦敦乔治和兀鹰旅社他的老住处。

在他们回来后的第三天早晨九点钟,一辆新近油漆过的模样古怪的车子驶了过来,一个模样很怪身穿粗呢大衣的先生身手敏捷地从车子里跳下来,他把手上的缰绳扔给了坐在他身旁的胖子,下了车,径直往吧台走去。

"早上好呀,亲爱的,匹克威克先生的房间在哪儿呀?"

"带他上去,"吧台里的女侍对一个侍者说。

侍者带路上楼,身穿粗呢大衣的人跟着,萨姆又跟在他身后。

匹克威克先生在床上睡得正香,他们走进来的声音把他吵醒了。

"萨姆,打些刮脸的水来,"匹克威克先生在帐子里面说。

"马上就刮,匹克威克先生,"来客说,一面把床头的帐子拉了起来。"我是来强制执行巴德尔一案的。——这是拘票。——民事诉讼法庭发出的。——这是我的名片。我想你还是跟我到我家里去吧。"司法长官属下的官员(他就是这种身份)友好地在匹克威克先生肩上拍了拍,把名片丢在他床单上,然后从背心口袋里掏出一根金色的牙签来。

"姓纳姆比,"在匹克威克先生从枕头底下掏出眼镜戴起来看名片时,司法长官的代表说,"纳姆比,住在科尔曼街贝尔巷。"

他立即就叫了助手斯毛奇上来,告诉他说人已经抓到,吩咐他待在这儿等犯人穿好衣服,接着便又昂首阔步地走出去,乘车走了。斯毛奇沉着脸叫匹克威克先生"快一点儿,因为他们事情很忙",随手拉了张椅子坐到门口,等匹克威克先生梳洗穿戴。然后派萨姆去叫了一辆出租马车,三个人便坐车去科尔曼街。

马车拐进了一条很窄很暗的街道,在一幢所有窗户上都装了铁栅的房子前停了下来;房子的门柱上写着"伦敦司法长官属下官员纳姆比",接着匹克威克先生被带进"咖啡室"里。

这间咖啡室是前厅;里面新铺了沙子,并且充满了陈旧的烟草气味。匹克威克先生走进去时朝坐在里面的三个人微微欠了欠身子;接着派萨姆去找佩克,然后坐到一个暗角落里,有些好奇地打量他的这几位新伙伴。

其中一位只是个十九二十岁的小青年,尽管这时刚刚十点钟,但他却在喝搀水杜松子酒抽雪茄;根据他红肿的面孔来看,近一两年来他一定常常沉湎于这两种乐趣之中。坐在他对面的人在用右脚的靴子尖拨火,那是个三十岁左右的粗俗的青年,他脸色灰黄、嗓音粗哑,显然老于世故,而且带有迷人的不拘小节的风度,这些都是从酒店和低级的台球台上获得的。这个套房里的第三位房客是个中年人,穿着一套很旧的黑衣服,脸色苍白憔悴,他不住地在房间里走来走去;又不时停住脚步焦急地朝窗外张望,仿佛是在等人,接着又走动起来。

匹克威克先生拉了拉铃,跟来人提出要求,于是被带进一个单人房间里,里面有地毯、桌椅、餐具柜和沙发,还有一面镜子和几幅陈旧的印制图画。在这里他可以听见纳姆比太太正在楼上演奏长方形钢琴,这时早餐也快好了;等早餐送来时,佩克先生也来了。

"啊哈,我亲爱的先生,"小个子说,"终于给逮住了,嗯?喂,喂,不过我对这事倒不伤心,因为现在您总算可以看到这种做法是多么荒唐了。我已经把法院签发的拒捕令上列出的诉讼费和赔偿金总额记下来了,我们最好还是马上去付掉吧。我想,纳姆比这当儿就要回来了。您看怎样,亲爱的先生?是我来开支票呢还是您开?"小个子说话时装出一副快活的样子搓着双手,但是看到匹克威克先生的脸色,他禁不住朝萨姆投过去一道失望的眼光。

"佩克,"匹克威克先生说,"这话请你不要再提了。我觉得待在这儿没有什么好处,因此今晚我要进监狱去。"

"怀特克洛斯大街您是不能去的,我亲爱的先生,"佩克说,"太糟了!一间牢房里睡六十个人;二十四小时里面有十六个小时都闩上了门。"

"要是可能,我宁愿到别的监狱里去,"匹克威克先生说,"要是不可能的话,我也只能尽力将就了。"

"亲爱的先生,您要是非去不可的话,那还是去弗利特吧,"佩克说。

"行,"匹克威克先生说,"等我吃完早饭马上就去。"

"别忙,别忙,我亲爱的先生;那种地方大多数人出来都还来不及呢,完全没有必要这样急着想要进去,"好脾气的小个子律师说,"我们得有人身保护令①。要到下午四点法官才会到法官专用室里来,您得等到那时候才行。"

"很好,"匹克威克先生说,态度平静而有耐心,"那么我们两点钟在这里吃顿饭吧。萨姆,去预备一下,叫他们准时开饭。"

尽管佩克不断地劝说争论,匹克威克先生还是不为所动,饭送上来后吃掉了;接着等了纳姆比先生大约半个钟头,他跟一些重要人物一起吃午饭,不能随便打扰,随后匹克威克先生又被塞进一辆出租马车往钱塞里巷驶去。

在高级律师院有两位法官——一位是王座法庭的,另一位是民事诉讼庭的,只见律师所的职员夹着一包包文件急急忙忙地走出走进,人数之多足以证明法官手头的事情忙得要命。在他们走近律师院进口低矮的拱门时,佩克耽搁了一会儿同车夫争论车费和找头;匹克威克先生走到路边,免得挡住进进出出的川流不息的人群,他带着几分好奇向四处张望。

纳姆比呢,紧紧跟在匹克威克先生身旁,这时正在吮吸他戴在小拇指上的一只大金戒指,匹克威克先生正打算向他问这件事时,佩克

---

① 人身保护令,传讯当事人出庭的令状,当事人得以请法庭裁决其受拘禁是否符合法律程序。

急急忙忙赶来了,他说再也不能耽搁了,马上就领他们走进律师院里。

这是一个显得特别脏的房间,天花板很低,护墙板很旧;采光十分糟糕,尽管外面是大白天,但里面办公桌上都得点上很大的蜡烛照明。房间的一头有扇门,通往法官的专用房间,在门边上聚集着一群律师和办事员,他们按照预先约定的次序被叫到里面去。每当开门放人出来时,下一批就赶紧冲进门去;除了等着要见法官的人七嘴八舌地交谈以外,见过法官的人也大多在争论不休,在这么一个有限的空间里面,其嘈杂的程度真是无以复加了。

"嗯,萨姆,"匹克威克先生说,"我想他们把人身保护令准备好了吧。"

"是的,"萨姆说,"但愿他们把这个人身宝物灵拿出来。叫我们在这里等真不是滋味。换了我的话,到这时候,五六个人身宝物灵都弄好了,收拾得整整齐齐的。"

萨姆·维勒把人身保护令到底当成了什么不好对付的麻烦的机器呢,就不清楚了;因为就在这时佩克走过来,把匹克威克先生带走了。

正常的手续办好之后,塞缪尔·匹克威克先生的人身立即交付给法警看管,法警然后再把他押到弗利特监狱去拘禁起来,等他付清巴德尔一案的赔偿金和诉讼费以后才能恢复自由。

"那样的话,"匹克威克先生笑着说,"时间就会很长了。萨姆,再叫一辆出租马车来。佩克,我亲爱的朋友,再见。"

"我陪您去,等你在那里安顿好了再走,"佩克说。

"说真的,"匹克威克先生回答,"我倒希望别人不用去了,只要萨姆陪我就行。等我安顿下来,会写信告诉你,我会立刻请你过去。再见吧。"

匹克威克先生说了这话,就上了方才刚到的马车,法警跟在后面。萨姆坐到了车夫旁边,马车辘辘驶走了。

出租马车颠颠簸簸地在街上行驶,终于停了下来,匹克威克先生在弗利特的门口下了车。

法警回过头，看看他押送的人是否就在身后，随后把匹克威克先生带进监狱，进门后向左拐，他们穿过一扇打开的门走进厅里，正对他们走进来的那扇门有一扇沉重的大门，一名拿着钥匙的胖看守在门口守卫；这扇门便通往监狱内部。

走到这里他们停了下来，法警将文件交付给看守；在这里匹克威克先生被告知说他要待下来办手续，原来这叫"坐着让人画像"。

"坐着让人画我的像！"匹克威克先生说。

"画您的像，先生，"胖看守说，"我们这里画像的高明得很。一会儿就画好，又很像。进来吧，先生，就把这里当家一样吧。"

匹克威克先生接受邀请，坐了下来；站在椅子后面的维勒先生低声对他说，坐着让人画像，其实就是让各个看守把犯人认真观看一番，免得把犯人同来访者混淆起来。

"嗯，萨姆，"匹克威克先生说，"那么我倒希望画像的快来，这地方进出的人很多。"

"我肯定不会等多久的，"萨姆回答，"有一台荷兰大钟呢，先生。"

就在这时，匹克威克先生意识到"画像"已经开始了。有人替了胖看守的岗位，这样他便坐下来，漫不经心地时时朝他看一眼，在他之后的是个瘦高个，他倒背双手放在外衣下摆底下，站在对面看了他很久。第三个先生沉着脸，他显然是正在喝茶时被人叫来的，因为他进来时还在咀嚼嘴里剩下的面包和奶油，他紧靠匹克威克先生站着，双手放在臀部，仔细地瞧着他；另外还有两个人夹在他们中间，以极其认真关注的神情观察他的面孔。在这一过程之中，匹克威克先生眉头皱了好多次，坐在椅子上显得很不安；但从头到尾他并没有跟任何人讲话，连对萨姆也没开口，萨姆呢，倚在椅背上，一边在为东家的处境想心事，一边在想，要是法律准许，不会引起麻烦，他能把聚在这里的看守挨个儿修理一通的话，那该有多开心。

最后，像总算画好了，看守告诉匹克威克先生，他可以进监狱了。

"我今夜睡在哪里呢？"匹克威克先生问。

"今夜的事我也不清楚，"胖看守说，"明天会把你安排到哪个人的房间里去的，那一来你就可以舒舒服服的了。第一夜一般都定不下来，不过明天一切都会好好的了。"

商量了一会儿以后，发现有个看守有一张床可以在今夜租给匹克威克先生。他高高兴兴地接受了。

"我马上带您去，"那人说，"床是不大，但睡觉是呱呱叫的。这边走，先生。"

他们走进里面那扇门，走下一道短短的台阶。门在他们进去后便锁上了；匹克威克先生平生第一次发觉自己已经置身于债务人监狱的高墙里面了。

二十八

汤姆·罗克，就是带匹克威克先生走进监狱的那位先生，在走下那道短短的台阶后便向右拐，领他穿过一扇敞开着的铁门，又走上一段短短的台阶，来到一道又窄又长的走廊里，走廊很脏很低，铺着石头，只有在两头才有一扇窗，相隔很远，照进来的光线很暗。

"就在这里，"那位先生手插在口袋里，掉过头来漫不经心地看了匹克威克先生一眼，说道，"这是厅里的楼梯。"

"哦，"匹克威克先生回答，低头看到一道又暗又脏的楼梯，看来那是通到一排潮湿阴暗的石头地窖里去的，"我想，那是让犯人储藏一点儿煤炭的地方吧。走下去很不好受，不过我看倒是挺方便的。"

"是啊，要说方便，这话倒是不错，"那位先生答道，"因为就有几个人舒舒服服地住在里头呢。那是市场，在那边。"

"我的朋友，"匹克威克先生说，"你这话可当真？难道真的有人住在下边阴暗的地窖里面？"

"不当真？"罗克先生回答，显得既愤慨又惊奇，"我干吗不说真话呢?"

"居住! 生活在下面那地方!"匹克威克先生嚷道。

"生活在下面那地方! 不错,还常常会死在那里呢!"罗克先生回答,"那有什么? 有谁会对这不赞成呢? 生活在下面那地方! 是啊,住在那里,不是很好吗?"

罗克对匹克威克先生说这话时一脸凶相,接着又爬上了另一道楼梯,也跟通往他们方才谈论的地方的那道楼梯一样脏,匹克威克先生和萨姆跟在他身后爬了上去。

"好了,"罗克先生说,停下来喘口气,他们来到的这条走廊跟下面的差不多大小,"这是通往咖啡室的楼梯;再上面是第三层,再往上是顶楼;你今晚睡的是看守的房间,从这边走——来吧。"罗克先生一口气说完了,便爬上另一道楼梯,匹克威克先生和萨姆·维勒紧紧跟在他后面。

在离地面不很高的地方有好些窗户,把这几道楼梯照亮了,窗外是铺着沙砾的空地,空地四周围着高高的砖墙,墙头装着尖铁防人翻越。照罗克先生的说法,那块空地是墙球场。最后他们来到另一条走廊,看守领路走到尽头的一条小过道里,打开了门,那里面是个有八九张铁床的房间。

"到了,"罗克先生手放在门把上让它开着,得意扬扬地掉头望着匹克威克先生说,"就是这一间。"

一见住所原来是这副样子,匹克威克先生的脸上简直高兴不起来,罗克先生于是朝一直不卑不亢地沉默着的塞缪尔·维勒望去,希望从他那里能够得到一些赞许。

"就是这间房,年轻人,"罗克先生说。

"看见了,"萨姆回答,平和地点了点头。

"你就是在法灵顿旅社里也找不到这样的房间啊,对吗?"罗克先生说,沾沾自喜地笑了笑。

对这句话维勒先生没有做声,而是自然而然地随便把一只眼睛闭了闭;这之后,他又张开眼睛,开口问罗克先生他先前满口夸赞的那个睡起来呱呱叫的单人床究竟在哪里。

"就在那边,"罗克先生指着角落里一张满是铁锈的床说,"无论是谁在那张床上准能睡着,不管你想不想睡。"

"依我看,"萨姆说,以一种极其厌恶的神色望了望那张床,"罂粟根本没法同它比①。"

匹克威克先生听了这话毫不畏惧,他笑眯眯地宣布决心要在晚上来试一试这张具有催眠作用的床是怎么回事;罗克告诉他说他高兴什么时候睡就睡,在这之后,没有说别的话,也没办什么手续,他就转身走了,只剩下匹克威克先生和萨姆两人站在走廊里。

天渐渐黑了下来,在这个本来就不亮的地方几盏煤气灯点了起来。由于天气比较热,住在走廊两侧无数个小房间里的房客中,有些人把房门半开着。匹克威克先生走过时极为好奇地朝里面望望。有一间房里有四五个身躯粗大的汉子在吞云吐雾,透过烟雾可以勉强看见他们边喝啤酒边吵吵嚷嚷地谈论着,他们面前的啤酒罐子已经喝掉了一半,还用一副满是油腻的纸牌打牌。在隔壁房间里,可以看见一个人孤零零地坐在暗淡的烛光前面,对着一卷污损破烂的文件发呆,那些文件黄黄的全是灰尘,由于年代久远已经散开来了。这些东西是要呈献给某个大人物看的,已经写过上百次了,翻来覆去叙说的无非是他自己遭受的冤屈,但它不是从来没有送到大人物的面前,就是根本打动不了他的心。在另一个房间里住着一对夫妻,还带着一大群小孩,可以看见他们在地上或者用几张椅子搭了简单的床铺,好让孩子过夜。在第四、第五、第六和第七个房间里,也一样是吵闹、喝啤酒、抽烟和打牌。

有许多人待在这几条走廊里,尤其是在楼梯上,有些人跑出来是因为他们房间里太空太冷清,有些人是因为房间里人太多太热;大多数人待在外面,是因为他们坐立不安,心神不定,不知道自己该怎么办才好。这里有各个阶层的人,有穿着混纺粗布上衣的干体力活的,

---

① 萨姆这样说是因为罂粟(鸦片)是很好的催眠剂。

257

也有穿着披巾样的晨衣(当然露出了手肘子)的破了产的挥霍无度的家伙;但所有人身上的神气都差不多——人人百无聊赖、漫不经心,带着犯人所特有的神气活现的样子,摆出一副天不怕地不怕的无赖架势。

匹克威克先生慢慢地转身沿原路走下楼梯。天黑了,他心事重重地来回走了几圈之后,同萨姆说他该去睡觉了;他要他到附近的酒店里找个床位,明天一早过来,到旅社去把他的衣物拿来。对这番话,塞缪尔·维勒先生尽量装出高高兴兴的样子答应了,但是他心中显然老大不情愿。他甚至拐弯抹角地说他觉得在沙砾地上过夜倒也不错,不过还是没用;匹克威克先生固执得很,对这种话听都不愿意听,他只好出去了。

毋庸讳言,匹克威克先生的心情非常消沉,很不痛快;这倒不是因为寂寞,因为监狱里关满了人,只要买瓶酒请一请客,立即就可以让几位出色的汉子同你推心置腹,根本不需要什么繁文缛节进行介绍;不过,在这样一些粗俗的人群中,他觉得十分孤独,想到自己身陷囹圄,根本没有获释的希望,他心中嗒然若丧。至于是否向心狠手辣的道孙和福格屈服以换得自由,这种可能他根本不予考虑。

在这种心情中,他回到咖啡室的走廊上,慢慢地来回踱步。那地方脏得令人难以忍受,抽烟的气味呛得人透不过气来。人们出出进进的,所以门老是乒乒乓乓地响着;说话声、吵闹声和脚步声不断地在过道里面回荡。一个手上抱小孩子的年轻妇女在过道里走来走去,一边同她丈夫说话,那孩子瘦得可怜,看上去还不会爬,她丈夫呢,也没法带她到房间里去。他们经过匹克威克先生身边时,他听见那女人在抽泣;有一次,她痛苦得控制不住了,只好倚在墙上痛哭,她丈夫把孩子接过来,极力想要安慰她。

匹克威克先生本来就有心事,他再也看不下去,于是便上楼睡觉去了。

相比之下,尽管看守那间房很不舒服(无论是在装修还是在设施的哪个方面,比起郡监狱里的普通病房都要差好几百倍),但眼下有个好处,那就是除了匹克威克先生没有别人。因此,他在他那张小铁床脚头坐了下来,心里在想不知那个看守一年从这个龌龊的房间里有多少进账。他算了一下,发现这个房间一年带来的收入足足抵得上伦敦郊外一条小街上的不动产的租金。接着他发现他裤子上爬着一只苍蝇,心中不由得纳闷外面有那么多透气的去处,它干吗偏偏要钻到这个又挤又闷的监牢里来。之后,他有点犯困了,便从口袋里掏出睡帽(他有先见之明,早上就把它塞在袋子里),不慌不忙地脱掉衣服上床,随即便睡着了。

"好啊! 踮起脚尖来——跳曳步舞——放松点儿! 你这身段完全是歌剧院的派头。再来一个! 好啊!"有人震耳欲聋地嚷嚷着,接下来又哈哈大笑,把睡得正熟的匹克威克先生吵醒了,他其实睡了才半个钟头,但仿佛觉得就像有三个礼拜或者整个月似的。

声音刚刚落下去,房间就剧烈地震动起来,窗户也在窗框里面格格直响,床也直是抖动。匹克威克先生吃惊地坐起身来,看到眼前的这副景象,他呆住了,有好几分钟说不出话来。

在房间地板上,有个身穿宽下摆绿色上衣、灯芯绒紧身齐膝裤和灰色棉长统袜的男子正在表演角笛舞最流行的舞步,他以粗俗而滑稽的方式装出一副优雅轻快的样子,再加上他那身夸张得恰到好处的服装,看起来真是荒唐得无法形容。另外一个人显然喝醉了酒,看来是给同伴扔到床上去的,他坐在被窝里,捏紧喉咙用颤音唱着,他情绪激动,一脸伤感的样子,一心想要记起一首滑稽歌曲来。第三个人是个络腮胡子,坐在床上,为上面两个人鼓掌,拼命为他们加油打气,把匹克威克先生从梦中惊醒的就是他那热情奔放的喝彩声。

这几个人闹了一通,又从匹克威克先生那里讨了半镑钱去买酒喝。在这之后,络腮胡子讲起故事来。匹克威克先生一直昏昏欲睡,后来模模糊糊地觉得那个醉汉又突然唱起滑稽歌曲来。接着匹克威克先生又睡着了,他在迷迷糊糊的状态中感到络腮胡子那个长故事还没有讲完,其要点仿佛是他在某一特定场合,既"清了"一笔款子,又同一个先生"算了账"。

第二天一早匹克威克先生睁开眼睛,他首先看到的就是塞缪尔·维勒,他坐在一个黑色的小手提箱上。

"萨姆,"匹克威克先生说。

"嗯,先生,"那位先生回答。

"昨夜以后有什么新的事情呀?"

"没有什么大不了的事,先生,"萨姆回答。

"我要起来了,"匹克威克先生说,"给我几件干净衣服。"

络腮胡子的注意力立即转向打开的手提箱里;箱子里的东西似乎使他不仅对匹克威克先生,而且还对萨姆都产生了很大的好感,他连忙抓住机会放大嗓门,以便让那个古怪的人物也能听见,说萨姆这人的见解十分独特有趣,非常合他的胃口。至于匹克威克先生呢,他对他的感情更是深厚得说不完道不尽的了。

"我亲爱的先生,有什么事情需要我帮忙吗?"他问。

"谢谢你,我想没有什么事,"匹克威克先生回答。

"没有内衣要送给洗衣妇去洗吗?我认识外面一个很不错的洗衣妇,她每周来两次拿我的衣服;噢,天哪!真是运气得不得了!今儿她就会来。要不要把你那几件小衣服同我的放在一起?不用客气啊。见他妈的鬼!要是一个上等人碰到困难时,还不肯稍微出点力帮助处于同样境地的另一位上等人,那还算是人吗?"

络腮胡子一边说着,一边尽量往手提箱那边移过去,笑容满面,一副准备无私地提供帮助的热烈友好的表情。

"有没有什么东西要拿出去叫人刷一刷呀,亲爱的朋友?"他又说。

"没有,我的好伙计,"萨姆接过口来答道,"也许还是不要麻烦那个人,由我们当中的一个人去刷,这样对大家都有好处,就像那个小少爷不肯挨管家鞭子,校长说的那样。"

"没有什么要放在我的小箱子里送给洗衣妇的吗?"他不去理会萨姆,转身问匹克威克先生,样子显得有些不安。

"一样也没有,先生,"萨姆说,"我想你自己的衣服把你那个小箱子塞得够满的了。"

他一边说着,一边意味深长地望着络腮胡子身上衣服的特定部位,根据那里的模样可以想见那个洗衣妇为先生们清洗内衣的本领了。络腮胡子不得不断了念头,没法再打匹克威克先生的钱包和衣物的主意了,只好气鼓鼓地到墙球球场去了,在那里享用了一顿有益健康的小小的早餐,把昨夜买来的雪茄抽掉了两根。

匹克威克先生在与咖啡室相连的一个小间里吃了早餐,那个小间还用上了"雅座"这么一个堂而皇之的名字;在这个小间里吃饭的人因为另外付了点钱,便享有一种不便明说的好处,那就是可以听到咖啡室里所有人说的话;匹克威克先生先派维勒先生出去处理一些要紧的事,自己便到看守室那里,问罗克先生他今后住宿在什么地方。

"住宿的地方,嗯?"那位先生查了查一个大本子,说道,"房间多的是,匹克威克先生。你的同室票是四楼二十七号。"

"噢。"匹克威克先生说,"请问您说的是什么?"

"你的同室票,"罗克先生回答,"明白了吗?"

"还是不大明白,"匹克威克先生笑了笑说。

"嗨,"罗克先生说,"这不同大白天那样清清楚楚。你的同室票是四楼二十七号房间,房里别的人就是跟你同室的。"

"同室的人多不多?"匹克威克先生问,有点不放心。

"三个,"罗克先生回答。

匹克威克先生咳了一声。

"有一个是牧师,"罗克先生说,一边说一边在一张小纸条上填了几个字,"另外一个人是个屠夫①。"

"什么?"匹克威克先生嚷道。

"屠夫,"罗克先生又说了一遍,笔尖在桌子上轻轻敲了敲,因为它老是写不出字来。"那真是个十十足足的厉害角色呀! 奈迪,你还

---

① 当时的拳击好手常常是屠夫。

记得汤姆·马丁吧?"罗克先生对看守室里另一个人说,那人正在用一把二十五刃的小刀子① 刮鞋子上的烂泥。

"我想是记得的,"被问的那个人回答说,在"我"字上加重了语气。

"真是了不得呀!"罗克先生说道,慢慢地摇着脑袋,茫然地往装了铁栅的窗子外面看出去,像是在恋恋不舍地回忆他年轻时某个平静的时光,"他在码头旁的山下狐狸酒馆里把那个运煤的痛打了一顿,这就像是昨天的事一样。我仿佛现在还能瞧见两个守街的挟持着他在斯特兰德街上走,打肿了脸使他酒醒了一些,右边眼皮上涂了醋,贴了牛皮纸,一条可爱的巴儿狗跟在他后面,就是后来咬住那个小孩子不放的。时间这东西真是怪,对吗,奈迪?"

听他说话的那位先生似乎天性好静,喜欢思索,他只是回应了一声;罗克先生从自己方才不知不觉中流露出来的满含诗意的感伤情绪中摆脱出来,又着手处理起日常事务来,他又拿起了笔。

"你知道第三位先生是怎样的人吗?"匹克威克先生问,对他将来的室友的那番描述并不觉得十分高兴。

"辛普森怎样,奈迪?"罗克先生问他的伙伴。

"哪个辛普森?"奈迪问。

"就是四楼二十七号的那个,这位先生要同他们合住呀。"

"噢,是他!"奈迪回答,"他根本算不上什么。他从前专门在贩马时候蒙人,现在还是个骗子。"

"啊,我记起来了,"罗克先生说,合上本子,递给匹克威克先生一张小纸条。"这就是票,先生。"

这么几句话就把他给打发了,匹克威克先生很有些莫名其妙,他回到牢房里,一路上盘算着该怎么办才好。不过,他最后决定,在采取任何措施之前,还是亲眼看一看看守安排将要和他同房间的三位先生,同他们谈上几句以后再说,因此他就尽快往四楼走去。

---

① 类似现代的"瑞士军刀",说成二十五刃,作者很可能是夸大其词了。

走廊里光线很暗,他摸索了一会儿,想要看清门上的号码,最后,他还是问了一个酒店里跑堂的,他恰好一早来这里收拾酒杯酒壶什么的。

　　"请问二十七号在哪里呀?"匹克威克先生说。

　　"再过去五个门,"跑堂的说,"门上用粉笔画了个人吊在绞架上,嘴里还衔着烟斗。"

　　有了这个指示,匹克威克先生慢慢地沿着走廊往前走去,果然见到了上面说到的画像,他便用食指的关节在这个人的脸上敲了起来——起初是轻轻地敲,后来声音大了些。敲了好几次,还是没人应声,于是他只好推开门朝里面看去。

　　房间里面只有一个人,他身子拼命从窗口向外探,几乎要跌出去,原来他坚持不懈地想要朝楼下场地上散步的一个朋友的帽子顶上吐唾沫。看来无论是说话、咳嗽、打喷嚏、敲门或者其他通常采用的唤起别人注意的方式都没法使这个人觉察有人来,既然如此,匹克威克先生在稍微犹豫一下之后,便走到窗子跟前,轻轻拉了拉他衣服的下摆。那个人飞快地把头和肩膀都缩了回来,把匹克威克先生从头到脚打量了一番,气鼓鼓地问他有什么——在这里加上一个"鸟"字——事。

　　"请问,"匹克威克先生看了看自己的票,说道,"请问这里是四楼二十七号吧?"

　　"怎么啦?"那人说。

　　"是这张纸条上写了叫我来的,"匹克威克先生回答。

　　"让我瞧瞧,"那人说。

　　匹克威克先生递了过去。

　　"我想罗克本来应该把你塞到别处去的,"辛普森先生(他就是那个骗子)很不高兴地停了停,然后说道。

　　匹克威克先生对此也有同感;但是,无论怎样,他觉得最好的办法还是不要则声。

　　接着,辛普森先生默默地考虑了一会儿,然后把头探到窗子外面,尖声吹了个口哨,又大声嚷了个词儿,叫了好几遍。至于那究竟是什么词儿,匹克威克先生听不清楚;不过他推想那一定是马丁先生的某个诨名,因为底下场地上一大群人立刻就同声大叫"屠夫"!

几秒钟过后,一个按照他年龄说不该那么肥胖的先生气喘吁吁地进来了,他穿着专业人士的那种蓝色斜纹布上装,脚登圆头的高统靴,身后紧跟着另一位先生,身穿破旧的黑衣服,头戴一顶海豹皮帽子,他长着一个粗粗的红脸,那模样像是一个喝醉酒的牧师,事实上他的确是牧师。

这两位先生轮番把匹克威克先生的票看了一遍,一位说这简直是"胡闹",另一位深信这真是"糟糕"。在以这种明白易懂的字眼表达了他们的感情之后,他们尴尬地一声不响,先看看匹克威克先生,接着又互相打量了一下。

"这真叫人恼火,我们原本都有舒舒服服的床位,"牧师说,看了看三条脏脏的褥子,各自卷了起来用毯子裹着,白天,这几样东西便占据了房间的一角,形成了一块平板样的东西,上面放着一个裂缝的旧脸盆、水罐和肥皂盒,都是普通的黄色陶器,上面画了些兰花,"真叫人恼火。"

马丁先生表示了同样的意思,不过用的字眼更重;辛普森先生用了一大串形容词咒骂了社会一番(但是没有指名道姓),接着便卷起袖子,开始洗绿叶菜做饭了。

这一切在进行中时,匹克威克先生趁机把房间看了一遍。这个房间脏得要命,空气闷得叫人难以忍受,地毯、窗帘或者百叶窗是根本谈不上的,连柜子也没有一个。毫无疑问,即使有柜子的话,也没有什么东西好放;不过,在这三个一天到晚无所事事的人起坐睡觉的小房间的地板上,还是可以见到面包头子、小块的奶酪、湿毛巾、颈背肉、衣物、残缺不全的陶器,以及没有喷嘴的皮老虎,和没有尖子的烤面包叉,尽管就这几样东西,其数量少得可怜,但它们乱七八糟地摊在地板上,看起来很是刺眼。

"我想还是有法子的,"屠夫在沉默了好一阵之后开口说道,"你要多少才肯出去？"

"对不起，"匹克威克先生回答，"你说什么？我听不大懂。"

"你要多少钱才肯出去？"屠夫说，"正常的同室费是两先令六个便士。给你三个先令怎样？"

"再加上一个六便士的子儿，"那位牧师说。

"嗯，那我倒是无所谓；只不过每人多两便士罢了，"马丁先生说。

"你看怎样？我们每星期付你三先令六便士，你另找地方去，好吗？"

"再请你喝一加仑的啤酒，"辛普森先生附和说，"来啊！"

"就在这里喝下去，"牧师说，"来吧！"

"我真的对这里的规矩一无所知，"匹克威克先生回答说，"你们讲的话我还是不大明白。我能够住到别的地方去吗？我还以为是不能的呢。"

马丁先生听了这话，脸上露出了极其惊讶的神色，他朝两个朋友看看。

"你能！"马丁先生重复说，怜悯地笑了起来。

"哎呀，要是我这样对人情世故一窍不通的话，我宁肯把帽子吃掉，把扣子吞下肚去，"牧师说。

"我也一样，"喜爱运动的那位也严肃地说。

在这样开了个头之后，三个同室的朋友就一口气告诉匹克威克先生说，钱在弗利特监狱跟在外边一样法力无边；只要有钱，你想要什么几乎立刻就可以办到；如果他有钱，而且也愿意花钱，只要他说一声他单独要一间住房，不出半个小时，他就可以有一间房，里面家具什么的一应俱全。

说了这话，双方都很满意地分手了；匹克威克先生又一次往门房走去；那三个朋友呢，便去咖啡室，方才牧师先生实在想得周到，他很有先见之明地从匹克威克先生那里借了五先令的钱，这会儿便可以去把它花掉。

"我早就料到的！"罗克先生见到匹克威克先生回来，听了他的要求之后,格格笑着说道,"我不是说过了吗,奈迪?"

手上拿着万能小刀神清气爽的那一位哼了一声,作出了肯定的回答。

"天哪,我早就料到你会自己单独要个房间的!"罗克先生说,"等一下。你还要几件家具。我看,你要从我这里租,是吧?都是这样子的。"

"再好也没有了,"匹克威克先生回答。

"在咖啡室那层有个顶呱呱的房间,是属于大法官法庭一个犯人的,"罗克先生说,"租给你用,一星期一镑钱。我想你不会在意吧?"

"一点也不,"匹克威克先生说。

"那么跟我来,"罗克先生说,飞快地拿起了帽子,"不出五分钟事情就可以办好。天哪,你干吗不早说你愿意爽爽快快地出钱呢?"

就像看守说的,事情很快就办妥了。大法官法庭的那个犯人在牢里关了太久,朋友啊,财产啊,家啊,幸福啊都没有了,就获得了独享一个房间的权利。由于他常常要为弄一口面包而伤透脑筋,因此听到匹克威克先生想要租他的房子便很起劲,并且很快就立下字据,同意以每星期二十先令的租金让出那个房间给匹克威克先生单独使用;从这笔钱里面他就可以去付钱住到别的房间里去了。

就在他们谈妥之后,匹克威克先生以一种痛苦的好奇心观察对方。他瘦高个子,脸色憔悴,穿着一件旧大衣,脚上趿着一双拖鞋,双颊下陷,眼光游离不定。嘴唇没有血色,瘦骨嶙峋的。上帝保佑他!他身陷囹圄,又穷又苦,这种生活已经将他慢慢折磨了二十年了。

"那么,你去哪儿住呢,先生?"匹克威克先生把预付的第一个星期的租金放在那张摇摇晃晃的桌子上,同时问道。

那人伸出颤巍巍的手,把钱收起来,回答说他还不知道;他得去找个地方挤一张床进去。

"先生,看起来,"匹克威克先生满怀同情地把手轻轻放在他的胳膊上,说道,"看来你只好找个嘈杂的地方挤一挤了。这样,如果你想要安静一些,或者有朋友来看你的时候,就随时到这里来吧。"

"朋友!"那人说,尖厉的声音在喉咙里面格格直响,"即使我死在世界上最深的矿井底下,躺在螺丝旋得紧紧并且焊死了的棺材里,或者在这所监狱的地基下面污泥流淌的又暗又脏的阴沟里腐烂掉,那也不会比在这地方更加没人理睬被人遗忘了。我是个死人,对社会来说已经死掉了,人们就是对接受最后审判的灵魂也会有同情之心,但对我却没有。有朋友来看我!上帝哟!我进这个地方时还年富力强,如今已经成了个老头子,等到我病死在床时,没有人会举起手来说,'谢谢上帝,他解脱了!'"

他说话时一阵激动,使他脸上很难得地有了一些光彩,但这在说完后很快就不见了;他心烦意乱地将两只皮包骨的手匆匆合了一合,拖着脚步走出去了。

"很是倔强啊,"罗克先生笑了笑说,"啊!他们就像那些大象。常常会想到这事,发作起来。"

罗克先生在深为同情地发了这通议论之后,便迅速布置房间,很快房里就有了一块地毯、六张椅子、一张桌子、一张沙发床、一把茶壶和其他一些小用品,租金很公道,每星期二十七先令六便士。

"得,还有什么事情需要办的吗?"罗克先生问道,他得意扬扬地朝四周望着,高高兴兴地将第一个星期的租金攥在手心里,丁丁当当地直响。

"是这样,"匹克威克先生认真思索了一会儿后,说道,"可不可以找到人帮助跑腿呢?"

"你是说到外面去?"罗克先生问。

"是啊,我是说能够到外面去的,不是犯人。"

"有啊,"罗克先生说,"有个倒霉的家伙,他有个朋友在穷人部;他是愿意干这类事情的。这两个月来,他一直在打零工。要去叫他来吗?"

"好的,"匹克威克先生回答,"等一等,不用了。你是说穷人部,是吗? 我倒想去看一看。我自己去找他吧。"

债务人监狱的穷人部名副其实,就是关最贫困最落泊的债务人的地方。关到穷人部里的犯人不用付房租，也不用付床位钱。从进来到出去，他的费用逐渐递减，他可以得到一份少少的食物，它来源于有时候某些行善的人在遗嘱中捐出的一点儿财产。就在几年之前，弗利特监狱墙里面还有一些铁笼子，里面关了个面带饥色的人，一边摇动讨钱的盒子，一边悲悲切切地喊："行行好吧，别忘掉那些没钱的欠债的呀；行行好吧，别忘掉那些没钱的欠债的呀。"在盒子里投的钱（即使有的话）便在穷犯人当中平分；穷人部的人轮流来干这个有辱脸面的差使。

尽管这一习惯的做法已经废除了，笼子现在也用木板封了起来，但这些可怜的人却依然处在一种悲惨的赤贫境遇中，如今不再让他们站到监狱门口向行人可怜巴巴地乞讨，请他们发发善心，但是，为了在后代的人面前维持这一正义而完美的法律的尊严，硬是不肯对它作出相应的修改，仍然让监牢里身强力壮的重犯有吃有穿，同时却听凭分文不名的欠债人缺衣少食，冻饿而死。这并不是虚构。要不是靠难友接济的话，每一个星期，在每一座债务人监狱里面，都无可避免地会有人在饥寒交迫中痛苦地慢慢死去。

匹克威克先生一边爬上那段狭窄的楼梯（罗克先生在领他到楼梯脚下后就走掉了），一边想着这些事情，他心情越来越激动，渐渐达到了忘乎所以的程度；他一心想着这个问题，以至忘记了自己置身何处以及来到此地的目的，一头冲进罗克告诉他的那个房间里。

房间里的景象立刻使他清醒过来；但是，在他眼光刚刚落到弯着腰俯身在积满灰尘的火炉边的一个人身上时，他手上的帽子便掉到了地上，他吃惊得呆呆站在那里，一动也不动。

不错，坐在那里的那个衣衫褴褛、没穿外套的人正是阿尔弗雷德·金格尔先生；他的白布衬衫已经发了黄，破破烂烂的；头发遮在脸上；他的面容因为受苦而变了样，又因为饥饿而憔悴不堪；他的手托住下巴，眼睛死死盯着炉火，现出痛苦而沮丧的神色。

在他身边，有个身体强壮的乡下人没精打采地靠在墙上，用一根猎鞭轻轻拍打他右脚穿的高统靴，他的左脚趿着一只旧拖鞋。

房间另一边有个老头子坐在一只小木箱上,他双眼死死盯着地面,脸上是一副完全绝望的痛苦表情。有个小女孩——他的小孙女——在他身边转,以各种各样小孩子的方式想要吸引他的注意;但是老头不看她也不听她说话。原先对他说来像音乐那么美妙动听的声音,像阳光那么明亮的眼睛如今他都毫无知觉。他的四肢由于患病而颤抖着,他的心灵麻木了。

房间里面还有两三个男子,他们聚在一起吵吵闹闹地谈着什么。还有一个憔悴瘦削的女人——犯人的妻子——正满心关切地给一棵枯萎的植物浇水,那棵植物显然不会再冒出新芽来了;——这恐怕也是个很恰当的象征,说明她来此地也是没有什么作用的了。

匹克威克先生站在房间里满心惊诧地朝四面张望时,看到的就是这个场面。这时又响起了一阵脚步声,有人蹒跚地快步走了进来。匹克威克先生朝门口望去,见到了来人;尽管这人身上又脏又破,但他还是立刻认出了一张熟悉的面孔,原来是乔布·特洛特先生。

"匹克威克先生!"乔布嚷了起来。

"呃?"金格尔说,从座位上跳了起来。"先生——一点不错——怪地方——怪事情——我是活该——真的。"金格尔把手插到原先是裤袋的地方,下巴垂到胸口,又倒在椅子上。

匹克威克先生心中一阵感动,这两个人的模样真是太可怜了。金格尔朝乔布端在手上的一小块羊里脊肉不由自主投过去一道锐利的目光,这要比两个小时的话都更能说明他们的悲惨处境。匹克威克先生温和地望着金格尔,说道:

"我想跟你私下谈一谈。你跟我出去一会儿,好吗?"

"当然,"金格尔说,连忙站起身来,"不能走远——在这里没有走路过多的危险——监牢里的场地——很是浪漫,但是不够大——大家随意参观——家里人总是在城里——管家的小心得不得了——真的。"

"你外衣忘记穿了,"匹克威克先生说,他们朝楼梯口走去,随手带上了门。

"没有了,我亲爱的先生——最后一件上衣——没办法。靠一双靴子为生——整整两个礼拜。绸子伞——象牙柄的——一个礼拜——真的——名誉担保——问乔布——他知道。"

"三个礼拜就靠一双靴子和一把象牙柄绸伞为生!"匹克威克先生嚷道,他只是听说在海上遇难时有这种事,或者在书上读到过。

"真的,"金格尔点点头说,"当票在这里——小数目——简直算不了什么——全是浑蛋。"

"哦,"匹克威克先生说,"我明白了。你把衣服都当掉了。"

"全部的东西——乔布的也是——所有的衬衫都没了——没关系——还省得去洗呢。很快就完结——躺在床上——挨饿——死掉——验尸——小停尸间——可怜的犯人——普通必需品——不要声张——陪审团的先生们——看守找的工人——弄得服服帖帖——正常死亡——验尸官签发命令——贫民院里下葬——他是活该——一切都完了——就此闭幕。"

金格尔以他通常所有的那种流畅口气对他的前景作了一番奇怪的总结,虽然强作笑容,但脸上还是禁不住抽搐了好几次。匹克威克先生很容易就看出他那种不以为意的神态是假装出来的,他带着几分同情,正视对方的面孔,看到他的眼睛上挂着眼泪。

"好人啊,"金格尔说,握住他的手,脸别了过去,"忘恩负义的畜生——流眼泪太孩子气——忍不住了——发高烧——虚弱——生病——饥饿。活该遭这些罪——不过很痛苦呀——真的。"他再也没法硬撑下去,也许方才他死命忍着只是更加糟糕,这个陷入绝境的走江湖的朝楼梯上一坐,双手掩着脸像小孩一样哭了起来。

"好啦,好啦,"匹克威克先生说,心中很是感动,"等我把事情弄明白了,看看能不能有什么办法。喂,乔布呢,这家伙到哪里去了?"

"在这儿呢,先生,"乔布说,从楼梯上冒了出来。顺便说一句,在他最得意的时候,我们曾经说过他的眼睛深深陷了下去。如今,他又饿又穷,那两只眼睛似乎完全不见了。

"在这儿呢,先生,"乔布喊道。

"过来，先生，"匹克威克先生说，想要显出严厉的神情来，但却有四滴大大的泪珠从他背心上流了下来，"给你这个，先生。"

给他什么呢？按照常人的想法，应该是给他一拳。照一般人的看法，应该好好地给他一顿教训才是；因为匹克威克先生曾经吃足了这个为社会所不齿的家伙的苦头，受他的骗上他的当，这会儿呢，这小子完全落到了他的手里。我们是不是得把真相披露出来呢？那东西是从匹克威克先生背心口袋掏出来的，在递到乔布手里时丁丁当当地响着，在给了他后，不知怎么的，我们这位老朋友眼中闪闪发亮，心中觉得一阵快意，赶紧抽身走掉了。

匹克威克先生回到自己房里时，萨姆已经先到了，他正在查看便利生活的各种布置，虽然满意，但却很有些不痛快，那模样显得很是有趣。维勒先生坚决反对自己东家到这个地方来，因此觉得他有责任对所做、所说、所提议的一切都不显出有多快乐的样子来。

"怎么样，萨姆？"匹克威克先生说。

"怎么样，先生？"维勒先生说。

"这样一来很舒服了，是吗，萨姆？"

"马马虎虎，先生，"萨姆回答，以满脸不屑的神气朝四周看了看。

"很好，萨姆，"匹克威克先生迟疑了一下，说道，"我有几句话要跟你说呀，萨姆。"

"好啊，先生，"维勒先生回答，"请说吧，先生。"

"萨姆，我一到这里就觉得，"匹克威克先生相当严肃地说，"这地方不该叫年轻人来。"

"也不该叫老年人来呀，先生，"维勒先生说。

"你说得一点不错，萨姆，"匹克威克先生说道，"不过，老年人很可能是因为自己不小心，或者太天真，结果到这里来了，而年轻人也可能因为他们的东家太自私而给带了进来。无论从哪方面看，年轻人最好还是不要待在这个地方。你明白我的意思吗，萨姆？"

"不，先生，我不明白，"维勒先生毫不妥协。

"萨姆，"匹克威克先生说，"我觉得在将来几年当中你不应该老是在这样一个地方闲逛,除此之外,弗利特监狱里的债务人竟然还要跟班伺候,我想那未免太荒唐了,萨姆,"匹克威克先生说,"你得离开我一段时间。"

"噢,一段时间,对吗,先生?"维勒先生说,带着讽刺的口气。

"是啊,在我关在这里的这段时间里,"匹克威克先生说,"你的工资我照样付。即使是出于对我的敬重,我三个朋友随便哪个都会愿意用你。要是我将来能够出去,萨姆,"匹克威克先生说,装出一副快活的样子,"要是能够,我向你保证你立刻就可以回到我的身边来。"

"现在您得听我讲一句话,先生,"维勒先生以极其严肃的口气说道,"这种事情根本办不到,因此请不要再提了。"

"我是认真的,也下了决心了,萨姆,"匹克威克先生说。

"您很认真,对吗,先生?"维勒先生坚定地问,"很好,先生。不过,我也是认真的。"

说过这话以后,维勒先生一丝不差地将帽子朝头上一扣,突然走了出去。

二十九

第二天,萨姆恰好在法庭那边遇到了他父亲老维勒先生,他尽可能简明扼要地把他同匹克威克先生之间最后一次令人难忘的谈话复述了一遍。

"一个人待在那地方,可怜可怜!"老维勒先生嚷道,"没有人照应他! 不行,塞缪尔,那是不行的。"

"当然不行,"萨姆肯定地说,"我来之前就知道了。"

"瞧吧,他们会把他活生生给吃掉的,萨姆,"维勒先生叫道。

萨姆对此点头表示同意。

"不该那样,塞缪尔,"维勒先生严肃地说。

"那样绝对不行，"萨姆说。

"当然不行，"维勒先生说。

"一点办法都没有吗?"萨姆问。

"没有，"维勒先生说，"除非是——"他的脸上一亮来了主意，压低嗓门嘴巴凑在儿子耳朵边上说，"除非把他藏在翻过来朝上的床架里面，趁看守不知道把他弄出来，萨姆，要不就把他化装成为一个老太婆，给他戴上一块绿色面纱。"

出乎意料的是，对这两个办法萨姆都嗤之以鼻，他要他再想想办法。

"不，"老先生说，"要是不让你待在里面，我想一点办法也没有。萨姆，此路不通。"

"好吧，你听听我的吧，"萨姆说，"我得麻烦你先借二十五镑钱给我。"

"那有什么用啊?"维勒先生问。

"你别管，"萨姆回答，"你也许会在五分钟以后就会向我讨还;也许我会说我不还，还要大吵大闹一顿。你总不会为了几个钱把你儿子抓起来，送他进弗利特监狱吧，你会吗，你这没有人性的坏蛋?"

听了萨姆这番话，父子两人互相点头做手势，交换了一整套的密码，在这之后老维勒先生在石头台阶上一坐，哈哈大笑，笑得脸都发了紫。

他费力地从皮夹子里掏出一卷钞票，抽出萨姆要借的那个数，递给了他。

"好啦，萨姆，"老先生把皮夹子重新放到口袋底层。

按照儿子在这个问题上的意见，维勒先生立刻找来了律师所罗门·佩尔，请他签发一张传票，将一个名叫塞缪尔·维勒的人立刻拘捕起来，要他偿还二十五镑钱，再加上诉讼费用。

辩护律师立刻带老维勒先生到法院里，宣誓债务属实。

这时候呢，萨姆作为贝尔·萨维奇的维勒先生的儿子，已经正式被介绍给他父亲的那几位车夫朋友，他立即受到了热烈的欢迎，大家邀请他一起痛饮一杯,来纪念这一时刻。

等到警官来的时候,萨姆已经变成了这里的大红人,结果全体在场的决定一起送他进监狱去。于是大家便出发了;原告和被告手挽手地走着,警官在前面开道;八位身强力壮的马车夫殿后。在经过咖啡室时,大家停下来喝了点东西,在办好种种法律手续之后,队伍又前进了。

在侧面行走的八位先生坚持要四个人并排走,他们嘻嘻哈哈地在弗利特街上还引起了一点小小的骚动。在这一大群人抵达弗利特监狱门口时,他们请原告稍候片刻,大家为被告大声喝彩三次,然后一一握手道别。

萨姆就这样正式交到了看守手中,使罗克大吃一惊,就连生性冷漠的奈迪也显然受到了感动,他一进监狱,便立刻径直走到他东家的牢房门口,敲起门来。

"进来,"匹克威克先生说。

萨姆走进去了,他脱下帽子微笑着。

"啊,萨姆,好小子!"匹克威克先生说,又见到他这个仆人兼朋友,显然十分高兴,"我昨天说的那话,并没有想要伤害你的感情,好孩子。把帽子放下来,萨姆,听我把我的本意说说明白,说详细一点儿。"

"现在不要说了,好吧,先生?"萨姆问。

"当然可以,"匹克威克先生说,"可是干吗不要现在说呢?"

"我想还是不要现在说,先生,"萨姆回答。

"为什么呢?"匹克威克先生问。

"因为——"萨姆有几分犹豫。

"因为什么呀?"匹克威克先生问,对他的跟班的样子有些吃惊,"说出来呀,萨姆。"

"因为,"萨姆说,"我有点小事要去办一下。"

"什么事呀?"匹克威克先生问,萨姆那局促不安的样子使他觉得奇怪。

"没有什么了不得的,先生,"萨姆回答。

"噢,要是没有什么了不得,"匹克威克先生笑着说,"那么你可以先同我讲一讲。"

"我想还是立刻去办一下的好,"萨姆说,仍然有些犹豫。

匹克威克先生显得很诧异,但是没有则声。

"是这样,"萨姆说,但又突然住口了。

"嗯,"匹克威克先生说,"说下去呀,萨姆。"

"得啦,是这样一回事,"萨姆以不顾一切的神气说,"也许我得先去找好床位。"

"你找床位!"匹克威克先生大惊失色地嚷道。

"是啊,先生,找我的床位,"萨姆说,"我现在也是犯人啦。就在今天下午,我欠债被捕了。"

"你欠债被捕了!"匹克威克先生嚷道,猛地坐到了一张椅子上。

"是啊,欠了债,先生,"萨姆回答,"在你出去之前,那个把我送进来的人是决不会让我出去的。"

出于对东家的一片忠心,萨姆自愿来到弗利特监狱做犯人,无限期地待下去,对这种无私的举动匹克威克先生感动得说不出话来,以至没法对他这一贸然的决定有什么不满或气愤的表示。他只是坚持要问送萨姆进监狱的债权人的名字,但维勒先生就是不肯说出来。

"我做出这个决定是有原则的,先生,"萨姆说道,"您做的决定也有您的原则。"说到这里维勒先生停了下来,很滑稽地用眼角瞟了他东家一眼。

尽管萨姆不肯让步,使匹克威克先生心里很不安,但他终于渐渐露出笑容来。

就这样,由于匹克威克先生发现好言相劝对他全然无用,他只好勉强同意他按周计算在一个秃头的皮匠租住的地方住下来,那是楼上的一个屋顶倾斜的小房间。维勒先生从罗克先生那里租了垫子和被褥,搬到那个很差劲的房间里;晚上他躺下来,觉得十分自在,仿佛他从小就在监狱里长大,他全家人已经在那里面过了三代似的。

"你上床以后总要抽烟吗,老兄?"在两个人都上床以后,维勒先生问他的房东说。

"是啊,我总要抽,小伙子,"皮匠回答。

"你能不能告诉我,你干吗要把床铺在那张松木板桌子底下呢?"萨姆说。

"因为我来这里前总是睡有四个床柱的床,我觉得桌子的四条腿看起来也是这个样子,"皮匠回答。

"你很有个性啊,先生,"萨姆说。

"我身上根本没有一点儿个性,"皮匠摇头回答说,"假如你想要找一个有个性的人的话,恐怕在这个户籍登记处很难找到一个配你胃口的了。"

在进行上述这段短短的交谈时,维勒先生躺在房间一头他的垫子上,而皮匠的垫子是在另一头;房间里只点着一枝灯芯草蜡烛,皮匠的烟斗在桌子底下一闪一闪的,就像烧得通红的煤块。尽管他们才谈了短短几句,但却使维勒先生对房东产生了好感。

"你到这里很久了吧?"在沉寂了一段时间以后萨姆开口问道。

"十二年了,"皮匠回答,说话时仍然衔着烟斗。

"蔑视法庭罪吗?"萨姆问。

皮匠点点头。

"那么,"萨姆有些不客气地说,"你干吗要这样顽固,在这个放大了的狗栏里浪费宝贵的生命呢?你干吗不去认个错,同大法官说你因为自己蔑视了法庭而非常抱歉,今后一定要痛改前非呢?"

皮匠把烟斗衔在嘴角笑了一笑,然后烟斗又回到了原来的地方;但是没有开口说话。

"你干吗不呢?"萨姆更加严厉地追问道。

"啊,"皮匠说,"你不大懂这些事情。你猜猜看,是什么事情把我毁了的呢?"

"嘿,"萨姆剪了剪烛芯,说道,"我想一开始是你欠了别人钱,对吗?"

"从来没有欠过别人一个子儿，"皮匠说，"再猜猜。"

"那么或许是，"萨姆说，"你买了房子，换个委婉的说法就是发了疯；或者你想要盖房子，用医生的话来说就是不可救药。"

皮匠摇摇头说："再猜猜看。"

"你没有去打官司吧?"萨姆怀疑地说。

"这辈子从来没有，"皮匠回答，"事情是这样的，我得了笔遗产，这就把我给毁了。"

"慢着，慢着，"萨姆说，"哪有这样的事。我倒巴不得有哪个来这样治一治我呢。"

"噢，我知道你是不会相信的，"皮匠说，静静地抽着烟斗，"换了我也不会相信；但这却是千真万确的。"

"怎么会有这种事?"萨姆问，从皮匠脸上的表情中他已经有点半信半疑了。

"是这样，"皮匠回答，"在乡下有位老先生，我替他干活儿，又娶了他的一个穷亲戚——她已经死了，愿上帝保佑她，谢谢上帝！——他突然生了场病，走了。"

"去哪儿了?"萨姆问，这天出了那么多的事，他都很困了。

"我怎么知道他去哪儿了?"皮匠说，他烟斗抽得正高兴，声音便由鼻子里发了出来，"他死掉了。"

"噢，是这样，"萨姆说，"接下来呢?"

"嗯，"皮匠说，"他留下了五千英镑的遗产。"

"他这样真是很大方呀，"萨姆说。

"他留给我一份，"皮匠继续说，"因为我妻子是他的亲戚，是吧。"

"很好，"萨姆低声咕噜。

"他有一大堆的侄儿侄女，都吵着闹着要得他的钱，因此他要我做遗嘱执行人，把余下的钱都委托我保管，根据遗嘱分给他们。"

"委托你保管是什么意思?"萨姆问，清醒了一点儿，"假如不是现钱，那有什么用?"

"这是个法律名词，就是这样，"皮匠说。

"我看算不上，"萨姆摇头说，"那个铺子叫人信不过。不过，讲下去吧。"

"是这样，"皮匠说，"那几个侄子侄女因为没有得到所有的钱气得要命，等我要拿出遗嘱文本的时候，他们递交了一个中止诉讼程序的申请。"

"那是什么呀？"萨姆问。

"一种法律手段，就等于说，不行，"皮匠回答。

"我明白了，"萨姆说，"是那种妹夫和保护自己身子的事情啦。"

"但是，"皮匠继续说，"这几个人的意见又没法取得一致，结果呢就没法正式要求撤销遗嘱，因此他们撤回了申请，诉讼费用都由我出。我刚付完钱不久，一个侄子就申诉遗嘱无效。几个月后，由保罗教堂院子附近一个后房里一个耳朵背的老先生审理；有四个律师每天去一个同他啰唆，他考虑了一两个星期，读了六大本的证明材料，然后判决说立遗嘱的人脑子有毛病，我得把所有的钱还掉，还得承担所有的费用。我上诉了；审案子的是三四个老是打瞌睡的先生，他们在别的法庭上已经听这个案子了，在那个法庭上他们是没工作的律师；唯一的不同是，在那里大家称他们是民事律师，在别的地方便称为代表，这你明白了吧？他们很负责任地判定下边那位老先生的判决准确无误。在那以后，我们就告到大法官法庭，现在还在里面，而且永远出不来了。我的一千镑钱早就付给我的律师了，又要付遗产，这是他们这样叫的，又要付诉讼费，我欠了一万镑钱了，只好待在这里补鞋子，一直到死。有几位先生谈起告到国会去的事，我本来是想去的，不过他们没空来，我呢没有权力去找他们，他们对我写的长信也看厌了，不想多管这事了。这是千真万确的事实，一字不多也不少，在这个地方或者在外面，总有五十个人知道。"

皮匠停下来看看萨姆听了这话有何反应；不过却发现他已经睡着了，他把烟斗里的烟灰磕掉，叹了口气，放下烟斗，把床单拉起来蒙住头也睡着了。

第二天早上，匹克威克先生独个儿正在吃早饭（萨姆在皮匠的房间里忙着擦东家的靴子和黑色绑腿），房门上传来敲门声，匹克威克先生还没有来得及叫"请进"，第一夜跟他同住一室的络腮胡子就进来了，原来是匹克威克先生有客人，他把他们领了过来，在向匹克威克先生借了些钱之后，络腮胡子走掉了。

"亲爱的朋友，"来人正是特普曼先生、温克尔先生和斯诺格拉斯先生，匹克威克先生同大家挨个儿握了手，说道，"见到你们真高兴。"

这三位也大为感动。特普曼先生悲悲切切地摇着头；斯诺格拉斯先生毫不掩饰自己的激动心情，从口袋里掏出了手帕；温克尔先生走到窗口，大声地擤鼻子。

"早上好，先生们，"就在这时萨姆拿着靴子和绑腿进来了，"让伤心见鬼去吧，就像那个小孩在他的女教师死掉以后说的那样。欢迎到这所牢房大学来呀，先生们。"

"这个傻小子，"在萨姆跪下来给他扣绑腿时，匹克威克先生轻轻拍着他的脑袋说，"这个傻小子为了不离开我，也让自己给抓了进来。"

"什么!"三位朋友叫道。

"不错，先生们，"萨姆说，"我是——先生，对不起，请站稳了——我也是个犯人呀，先生们，在吃官司呀。"

"犯人!"温克尔先生嚷道，那份急切有些令人费解。

"是啊，先生!"萨姆抬起头来回答说，"什么事啊，先生？"

"我本来还希望，萨姆，——噢，没什么，没什么，"温克尔先生连忙说。

温克尔先生的态度中很有些突如其来的心神不定的成分，匹克威克先生不由自主地望着另外两位朋友，希望弄清是怎么回事。

"我们也不知道，"对这无声的询问，特普曼先生大声地回答说，"前两天他一直非常兴奋，一举一动跟平时完全不同。我们都担心会有什么事情，但他就是不承认。"

"没事，没事，"温克尔先生说，在匹克威克先生的目光下脸发红了，"真的没有什么事。亲爱的先生，我向你保证没事。我只是要离开伦敦几天,去处理一些私人事务,我原打算请你答应让萨姆陪我去的呢。"

匹克威克先生的神情显得越发惊讶了。

"我想,"温克尔先生结结巴巴地说,"萨姆是一定会同意的;不过,现在他成了这里的犯人,当然他就没法出去。我只好一个人去了。"

在温克尔先生说这些话的时候,匹克威克先生有些惊奇地觉得萨姆在帮他扣绑腿的手指有点儿发抖,仿佛他很有些吃惊或者紧张似的。在温克尔先生说完之后,萨姆也抬头望望他;尽管两人的眼光只是接触了一下,但他们彼此似乎都明白是怎么回事了。

"萨姆,你对这事一点也不知道吗?"匹克威克先生毫不含糊地问。

"不,我不知道,先生,"维勒先生回答,分外起劲地扣扣子。

"这话当真吗,萨姆?"匹克威克先生问。

"嗨,先生,"维勒先生回答,"一点不假,以前我根本没有听说过这件事。要是我猜呢,"萨姆看着温克尔先生说,"我也没有权把它说出来,生怕会猜错。"

"我无权进一步打听朋友的私事,无论是多么亲密的好友,"在沉默了一会儿以后,匹克威克先生开口说,"眼下我能说的只是,对此我完全莫名其妙。好了。这事我们就到此为止吧。"

说了这番话以后,匹克威克先生便谈起了别的事情,温克尔先生渐渐显得越来越自在了,不过还谈不上完全放心。他们要谈的事情太多,一上午很快就过去了;到了三点钟的时候,维勒先生在那张小饭桌上摆好了一只烤羊腿和一个其大无比的肉馅饼,此外还加上几碟各式各样的蔬菜和几壶黑啤酒,肉是附近监狱的厨房买的,馅饼也是在那里做出来的。

用过饭以后便来了一两瓶上好的葡萄酒,这是匹克威克先生派人去民事律师公会的号角咖啡馆里去买的。说是一两瓶,更确切地说应该是五六瓶,因为饮过酒、喝过茶之后,铃就响了起来,通知访客该出去了。

可是,温克尔这会儿的行动却更加不可思议了,他在同朋友告别时的举动庄重得令人吃惊。特普曼先生和斯诺格拉斯先生已经出去了,他还是磨磨蹭蹭地不走,接着他一把抓住了匹克威克先生的手,由于做出了什么非同小可的决定,脸色显得沉重阴郁,看上去很有些可怕。

"晚安,我亲爱的先生!"温克尔先生咬紧牙关说。

"祝你万事如意,亲爱的伙伴!"匹克威克先生说,他也紧紧握住这位年轻朋友的手。

温克尔先生说:"晚安!"

"晚安!"匹克威克先生说。

接下来又道了一声晚安,再道了一次,随后接连道了五六次,温克尔先生仍然紧紧握住朋友的手,以那种奇异的表情望着他的面孔。

"出了什么事啦?"匹克威克先生的手被握得很酸了,他终于问道。

"没事,"温克尔先生说。

"好的,那么晚安了,"匹克威克先生说,想要把手挣脱出来。

"我的朋友,我的恩人,我的尊敬的伙伴,"温克尔先生抓住他的手腕低声说,"不要过分责备我;在您听说我被无法克服的障碍逼得采取极端行动的时候,不要过分责备我,我——"

"快点,"特普曼先生回到门口叫,"你再不走,我们就要给关在里头啦?"

"来啦,来啦,"温克尔先生回答。他痛下决心猛然走掉了。

匹克威克先生满心惊讶地望着他们走出过道,没有做声,这时萨姆·维勒赶到了楼梯口,在温克尔先生耳边讲了几句话。

"那当然,全在我身上,"那位先生大声说。

"谢谢,先生,你不会忘记吧?"萨姆说。

"当然不会,"温克尔先生回答。

"祝你走运,先生,"萨姆说,举手敬了个礼,"我是很想跟您一起去的,先生;不过,东家自然是最最要紧的呀。"

"你留在这儿完全对,值得表扬,"温克尔先生说。说了这话后,他们走下了楼梯。

"真是非常奇怪呀,"匹克威克先生边说边走回到自己房间,在桌子边上坐下沉思起来,"这个年轻人想要干什么呢?"

他坐在那里想了一会儿,忽然听见看守罗克在问他是不是可以进来。

"请进,"匹克威克先生说。

"先生,我给您拿来了一个软一些的枕头,"罗克说,"你昨夜临时用的太硬。"

"谢谢,"匹克威克先生说,"喝一杯酒,好吗?"

"您真客气,先生,"罗克先生回答,接过送上来的酒杯,"祝你健康,先生。"

"谢谢,"匹克威克先生说。

"很抱歉,您的房东夜里很不好呀,先生,"罗克放下酒杯说道。

"什么!是那位大法官法庭的犯人吗?"匹克威克先生嚷道。

"他当犯人的日子没有多久了,先生,"罗克回答。

"你真使我毛骨悚然了,"匹克威克先生说,"你这话是什么意思?"

"他生痨病已经很久了,"罗克先生说,"夜里他呼吸很困难。大夫半年前说过,只有换个环境,否则就没治了。"

"天哪!"匹克威克先生叫道,"这么说半年来是法律将这个人慢慢地折磨死了!"

"这我不知道,"罗克回答,双手抓住帽檐捣动着,"我想无论在哪里都是一样。他今天早上去病房了;大夫说要尽量让他有点力气;看守给他送去了酒和肉汤,都是从自己家里拿去的。先生,您是知道的,这怪不得看守呀。"

"那当然,"匹克威克先生连忙说。

"不过,"罗克摇头说,"恐怕他是不行的了。谢谢您,先生,晚安。"

"请等一等，"匹克威克先生急切地说，"请问病房在哪里？"

"就在您睡过的地方那边，先生，"罗克回答，"您要是想去，我给您带路。"匹克威克先生一把抓起帽子，没有做声，立刻跟他去了。

看守默默在前领路；他轻轻地拉起门闩，做手势叫匹克威克先生进去。房间很大，没有什么家具，显得很凄凉，只有几张铁床架子；在其中的一张上直挺挺地躺着一个消瘦得不像样子的人，他苍白憔悴，面如死灰，呼吸声又粗又重，每呼吸一次都痛苦地呻吟着。床边上坐着一个围着皮匠围裙的小个子老头，他戴着一副角质眼镜，正在大声地朗读《圣经》。他就是那位有幸得到一笔遗产的人。

病人手搭到陪伴者的胳膊上，示意叫他停一停。后者合上了书，将它放到床上。

"把窗户打开，"病人说。

他照办了。街上马车大车隆隆驶过，车辆辘辘响着，大人小孩又喊又叫，健壮有力的人们忙忙碌碌地生活工作，所有这些声音混合在一起，形成了一个深沉的噪音，传到房间里来。在这粗哑、喧闹的嗡嗡声中，有时会响起一阵狂笑；或者轻浮的人群中某个人会高声唱出一两句歌词，这些声音直接传进耳朵里，接着又被人们的喧嚷和脚步声湮没了；外面生命的海洋永不平息，巨浪奔腾，滚滚向前。一个人侧耳倾听时，都会有种悲凉的意味；而一个守在临终者病床旁边的人听来，更显得无限地悲凉了！

"这里没有空气，"病人有气无力地说，"这地方把空气都污染了。多年前，我在那里走的时候，空气都很新鲜；但经过这几道墙以后，空气变得又热又闷。我没法呼吸了。"

"这种空气我们在一起呼吸了很久了，"老头说，"算了，算了。"

又沉默了一会儿，这当儿两个新来的人走到床边。病人把他的老难友的手拉到自己跟前，两只手深情地将它握住，再不放开。

"我希望，"过了一会儿，他气喘吁吁地说起话来；但声音太微弱，他们只好俯下身子，耳朵凑上去才能听见那全无血色的嘴唇里吐出来的若有若无的声音，"我希望仁慈的上帝能够记住我在人间所受到的重罚。二十年了，我的朋友，在这个可恶的坟墓里面整整二十年了！我儿子死去时我的心都碎了，他躺在小棺材里，我都没法去吻一吻。自此之后，在这一片纷扰和喧闹中，我只觉得孤独可怕。愿上帝饶恕我！他已经看到我缠绵在病榻上，孤零零地死去。"

他双手合十，低声讲了几句别人听不清的话，就此睡去了——不过只是一开始时睡了，因为他们看见他微微笑了。

他们低声商量了一会儿，看守俯身到枕头上，又很快缩了回来。"上帝已经使他得到解脱了！"那人说。

他是得到解脱了。但是他生前的模样就跟死人相去不远，因此他们都不知道他究竟是什么时候断气的。

三十

在塞缪尔·维勒先生入狱几天之后的一个上午，他尽可能仔细地为东家把房间整理好，让他舒舒服服地坐下来看书写作，然后他便出去好好休息一两个小时。这个上午天气很好，萨姆突然想，与其去找其他什么小小的开心事，还不如在室外喝上一品脱的黑啤酒，那样消磨十几分钟一定是很惬意的。

他就来到酒吧间，买了啤酒，又拿到一张不过是昨天之前一天的报纸，便来到撞柱游戏场，在一张长凳上坐下，以一种安详而有条不紊的方式享受起来。

他刚刚静下心来进入到那种必要的全神贯注的状态中，忽然觉得像是有人在远处走廊里叫喊他的名字。他并没有听错，因为很快人们便一个接着一个地叫唤这个名字，几秒钟的时间到处都响起了"维勒！"的叫声。

"在这里呢！"萨姆用极其洪亮的声音吼道，"什么事呀？有谁找我？是不是派人来告诉我他的乡间别墅失火啦？"

"厅里有人要找你，"有个站在旁边的人说。

萨姆快步穿过场子，爬上台阶来到厅里。首先映入他眼帘的便是他亲爱的父亲，他手上拿着帽子，坐在最下一级楼梯上，每隔半分钟，就使劲大叫一声："维勒！"

"你在吼什么呀？"萨姆没好气地说，老先生刚刚又吼了一声，"吼得浑身发烫，就像是吹玻璃的发脾气一样。什么事呀？"

"萨姆，"维勒先生擦擦额头说，"我只怕这几天里我会笑得中风，孩子。"

"哎，为的什么事呀？"萨姆问，"你有什么话要说呀？"

"你猜猜看，谁同我一起来了，塞缪尔？"维勒先生退后两步，撅着嘴唇，扬起眉毛。

"佩尔吧？"萨姆说。

维勒先生摇摇头。

"那么会是谁呢？"萨姆问。

"是你后妈，"维勒先生说，他幸而说了出来，要不他的面颊准会因极度膨胀而裂开的。

"你的后妈，萨姆，"维勒先生说，"还有那个红鼻子，孩子，那个红鼻子，哈！哈！哈！"

"他们在哪里？"萨姆说，也朝满面笑容的老先生笑着。

"在酒吧间里呢，"维勒先生回答，"到没酒的地方找那个红鼻子可找不到；他是不去的，塞缪尔，不去的。我们早上从侯爵酒店那里来，一路上很愉快呀，萨姆。"

他们边说边走，来到了酒吧间的门口，萨姆停下来，回头对他那位仍在后面吃吃笑着的可敬的父亲滑头地瞟了一眼，随后便先走了进去。

"后妈，"萨姆彬彬有礼地向那位太太问好，"谢谢您到这儿来。牧师，你好吗？"

"噢，塞缪尔！"维勒太太说，"这真是可怕。"

"太太，一点也不，"萨姆回答，"对吗，牧师？"

285

斯提金斯先生举起手,眼睛朝上翻,翻得只看见眼白——不如说眼黄更准确一些,但是没有回答。

"这位先生是不是身上不舒服呀?"萨姆问他的后妈道。

"这位好人看到你在这儿,伤心得很,塞缪尔,"维勒太太回答。

"年轻人,"斯提金斯先生装模作样地说,"恐怕坐牢并没有使你软下来吧。"

"对不起,先生,"萨姆回答,"您先生想说的是什么呀?"

"我担心的是,年轻人,这种惩罚并没有使你脾气温柔一些呀,"斯提金斯先生大声说。

"先生,"萨姆回答,"你说这话真是太客气了。我希望我的脾气不温柔呀,先生。谢谢你的夸奖,先生。"

斯提金斯先生哼了几声。

"喂!这位不幸的先生的毛病又犯了,"萨姆说,朝大家看了一遍,"你觉得哪里不舒服呀,先生?"

"还是老地方,年轻人,"斯提金斯先生回答,"还是老地方。"

"那是在什么地方呀?"萨姆问,外表显得十分懵懂的样子。

"在心口,年轻人,"斯提金斯先生回答,把雨伞按在背心上面。

听到这句令人感动的回答,维勒太太再也抑制不住自己的感情,大声抽泣起来,并且说她相信红鼻子是位圣人。

"太太,"萨姆说,"这位先生歪着面孔,我恐怕他看着眼前这副悲惨的景象,会觉得口渴了。是这样吗,太太?"

那位好太太望望斯提金斯先生,看他怎么说;那位先生眼球不断地翻动,右手卡在喉咙口,做出吞咽的样子来,表明他确实很渴。

"塞缪尔,恐怕他确实过分难受,得喝点儿什么了,"维勒太太悲哀地说。

"先生,你平时喝什么东西呢?"萨姆说。

"噢,我亲爱的年轻朋友,"斯提金斯先生回答,"所有喝的都没有意思呀。"

"太对了,真是太对了,"维勒太太说,低声哼了一下,晃动脑袋表示赞成。

"嗯，"萨姆说，"我想那些东西很可能没意思，先生；不过，你觉得最没意思的是哪一种。你最喜欢哪一种没意思的东西的味道呢，先生？"

"噢，我亲爱的年轻朋友，"斯提金斯先生回答，"对这些东西我统统看不上眼。不过，"斯提金斯先生说，"要是有什么东西比较不叫人讨厌一点的话，那就是叫做糖蜜酒的东西。热热的，我亲爱的年轻朋友，再在大杯子里面加上三块糖。"

"说起来真是对不住，先生，"萨姆说，"这地方他们不让卖这种特别没意思的东西。"

"噢，这些顽固不化的人心多狠啊！"斯提金斯先生忍不住叫了出来，"噢，这些人真不人道，这么狠毒地迫害人，真是该死啊！"

斯提金斯先生说了这几句话，眼珠又翻了上去，他用雨伞拍着胸脯；平心而论，这位牧师先生的愤懑之情显得非常真实，一点不像是假装出来的。

维勒太太和那位红鼻子先生以非常激烈的态度对这一不人道的做法进行了抨击，并且以虔诚而神圣的语句对想出这种做法的人痛骂了一通，在这之后，红鼻子就提议来一瓶葡萄酒，掺点儿水、香料和糖，再热一热，这样既不伤胃，又不像别的东西那样没有意思。于是就叫人去准备。就在等候的当儿，红鼻子和维勒太太望着老维勒先生，哼哼起来。

"喂，萨姆，"那位先生说，"我希望这次轻松的会面能使你精神上来啊。这次谈话非常令人愉快，很有教益啊，是吗，萨姆？"

"你是个堕落的人，"萨姆回答，"我希望你不要再对我说这种不像样的话。"

这番很得体的话对老维勒先生全无效果，他反而咧开嘴巴嘻嘻笑了起来；这一无动于衷的表现气得那位太太和斯提金斯先生闭上了眼睛，心烦意乱地在椅子里面摇来摇去，他进一步做出几个手势来，仿佛要去揍斯提金斯先生，把他的鼻子揪下来。这种表演看来使他大为开心。有一回,老先生险些被对方发觉;因为尼格斯酒送来的时候,他突然一动,头刚好撞到老维勒先生捏紧的拳头上,由于方才几分钟以来,他手一直举在离他耳朵两英寸远的地方,做出焰火在空中爆炸的样子。

"你干吗这么粗鲁地伸手拿酒杯呀?"萨姆连忙说,"没看见你打到这位先生了吗?"

"我不是有意的呀,萨姆,"维勒先生说,这一意想不到的事情使他有些不好意思。

"来点儿内服的东西吧,先生,"萨姆说,红鼻子先生正苦着脸揉自己脑袋,"来点儿滚热的没意思的东西怎么样,先生?"

斯提金斯先生没有开口回答,但他的态度却意味深长。他举起萨姆放在他手里的杯子尝了一口;在把雨伞放在地板上后,又尝了一口,接着平静地揉了两三下肚子;随后一口气把杯子里的东西喝了下去,接着咂咂嘴唇,伸出杯子要再来一杯。

维勒太太在品尝这种混合饮料方面也不落人后。这位好太太先说她是滴酒不沾的——接着尝了一小滴——随后又是一大滴——接着又喝了好多滴;她的感情是属于很容易受到酒精影响的那一种,因此每饮一滴尼格斯酒,她就要掉一滴眼泪,这样下去,她越来越伤心,最后终于恰如其分地进入到痛苦不堪的状态,达到了悲伤的高潮。

老维勒先生望着这些举动,满脸嫌恶之情;接着又叫来了一壶同样的东西,斯提金斯先生在喝过后悲伤地叹息起来;老维勒先生对这一切显得十分不以为然,他嘀嘀咕咕讲了好些话,前言不搭后语的听不很清楚,惟一可以听清楚的就是他反复说了好几遍"装腔"这两个字。

这时斯提金斯先生踉踉跄跄地站了起来,开始对在场的人发表演说进行开导,这尤其是针对塞缪尔先生的,他以动人的词句告诫他说,如今他已经身陷这一罪恶的渊薮中,必须特别当心;必须将心中的虚伪和骄傲统统去除;在所有的事情上都要一丝不苟地学习他(斯提金斯)的榜样,这样,他才迟早有望取得令人欣慰的结局,也就是,像他一样,成为一个受人尊敬的无可指责的人物,而他的所有朋友和熟人都是些不可救药的无耻而放荡的坏蛋。他说,想到这一点,只会使他感到极大的满足。

接着,他又告诫说,尤其要紧的是千万不可犯下醉酒的罪恶,他将醉酒比做是猪猡的恶习,又说那些喝在嘴里有毒的害人的毒品,会在不知不觉中损坏人的记忆。说到这里,这位可敬的红鼻子先生很异乎寻常地变得前言不搭后语了,滔滔不绝的演说使他激动起来,他摇摇晃晃地站立不稳,只好抓住椅背挺直身子。

斯提金斯先生并没有要听他演讲的人小心提防那些假先知和混账的歪曲宗教的骗子,这些人既不能解释宗教的基本教义,又不肯感受宗教的基本原则,他们在社会上要比一般的罪犯更加危险;他们必然会欺骗那些最软弱见识最最有限的人,对本应是最神圣的东西轻蔑地加以玩弄,并使好多优秀的教派中许多品德高尚行为端正的人的名誉受到一定程度的损害。但是他倚在椅子背上站了好久,闭起一只眼睛,另一只眼睛又眨个不停,我们可以设想这一切他那当儿都考虑到了,只是没有说出来罢了。

每当演讲者换一口气,维勒太太就哼哼唧唧地呜咽起来;萨姆呢,跨坐在一张椅子上,双手搁在椅背上方,以一种极其文雅的态度温和地看着演讲的人;偶尔又心照不宣地朝老先生望一眼,老先生呢,一开始大为开心,但说到一半时却睡着了。

牧师先生和维勒太太要走了。萨姆把他们送到看门人那边,恭恭敬敬地向他们道别。

"噢,那么再见啦,"老先生说。

"噢,"萨姆说,"再见!"

"萨姆,"维勒先生小心翼翼地朝四周望了望,低声说道,"替我向你东家问好啊,告诉他要是他把这里的事情想好了,就通知我。我和一个做家具的木工想出来一个弄他出去的法子。塞缪尔,弄架钢琴!"维勒先生说,用手背拍拍儿子的胸膛,接着往后退了一两步。

"你是什么意思啊?"萨姆问。

"弄架钢琴,塞缪尔,"维勒先生回答,态度越发神秘了,"他可以租一架来;一架没法弹的,萨姆。"

"那又有什么用啊?"萨姆说。

"让他叫我的朋友家具木工把钢琴搬回去,萨姆,"维勒先生说,"这下你明白了吗?"

"不明白,"萨姆回答。

"里面没有机芯,"父亲低声说,"他很容易躲进去,帽子鞋子都不用脱,钢琴腿是空心的,他可以呼吸。再买好一张去美国的船票。美国政府看到他有钱花,是不会不要他的,萨姆。让你东家待在那里,等巴德尔太太死掉,或者道孙跟福格先生给送上绞架(我想这是最有可能发生在前的,萨姆),然后让他回来。"

维勒先生非常起劲地低声把他的计划的大概匆匆作了介绍;接着,照车夫的习惯打了个招呼便走掉了。可敬的长辈的这一秘密设想使萨姆大惊失色,等到他面容恢复了平静,恰好匹克威克先生叫他了。

"萨姆,"那位先生说。

"哎,先生,"维勒先生回答。

"我想要在监狱里面走一走,你跟我一起去吧。我看见一个我们认识的犯人过来了,萨姆,"匹克威克先生笑着说。

"哪一个,先生?"维勒先生问,"是头发很多的那个呢,还是穿长统袜的那个?"

"都不是,"匹克威克先生回答,"他是你的老朋友啊,萨姆。"

"我的朋友,先生?"维勒先生嚷道。

"萨姆,我敢说,那位先生你一定不会忘记,"匹克威克先生说,"要不然你对老相识就太不放在心上了,我想是不会的。注意,别做声,萨姆;一个字也不要说。他来了。"

匹克威克先生说话的当儿,金格尔走了过来。他身穿一身半旧的衣服,那是他用匹克威克先生的钱从当铺里赎出来的,因此模样不像原来那么可怜了。他还穿了件干净衬衫,头发也理过了。不过他苍白消瘦;拄着手杖慢腾腾地挨了过来,显然受了不少罪,贫病交加,现在仍然十分虚弱。见到匹克威克先生向他打招呼,他脱下了帽子,看到萨姆·维勒,显出十分恭顺和羞愧的样子。

紧紧跟在他身后的是乔布·特洛特先生,他虽然五毒俱全,但至少对他这位同伴却是忠心耿耿,一往情深。他身上仍然又脏又破,但面孔不像几天前匹克威克先生首次见到他时那样憔悴了。他脱下帽子向我们这位心地善良的老朋友致敬时,嘴里低声断断续续地表示谢意,喃喃说亏得他的救助才使他们没有饿死。

"好啦,好啦,"匹克威克先生不耐烦地打断了他的话,说道,"你和萨姆跟在后面吧。金格尔,我有话同你说。不用他扶你能够走路吗?"

"当然,先生——完全可以——不要太快——腿发抖——头晕——一圈一圈地打转——就有点像地震——非常像。"

"来,伸出胳膊来,扶住我吧,"匹克威克先生说。

"不,不,"金格尔说,"真的不可以——还是不要吧。"

"胡说,"匹克威克先生说,"靠在我身上,听我的,先生。"

匹克威克先生见到对方慌乱窘迫、不知所措的样子,便不由分说地一把挽住了这个病恹恹的走江湖的艺人的胳膊,扶着他往前走去。

这一段时间里,塞缪尔·维勒先生在一旁看得瞠目结舌,脸上那种惊讶骇怪的表情简直叫人想像不出来。他一声不出,眼光先从乔布转到金格尔身上,接着又从金格尔回到乔布身上,一边轻轻地咕哝:"嗨,真是见鬼了!"这句话他至少反复说了二十遍;在这以后,他似乎丧失了说话的能力,又大惑不解地望望这个,望望那个,一声也不吭。

"走吧,萨姆!"匹克威克先生掉过头来说。

"来啦,先生,"维勒先生回答,机械地跟在主人后面;他眼睛仍然盯在乔布·特洛特先生身上,后一位呢,默默地跟在他身边走。

乔布眼睛盯在地上看了一会儿。萨姆只顾盯着乔布的脸,接连撞到好几个人,还绊在小孩身上,又给阶梯和栏杆绊得踉踉跄跄的,但他对这一切似乎全无知觉,直到后来乔布偷偷地抬起头来说话时才作罢。

"您好吗,维勒先生?"

"就是他!"萨姆嚷道;在确定了他认得一点不差之后,他拍了拍大腿,长长地吹了一声尖厉的口哨,用来发泄自己的感情。

"我的情况已经大不相同了呀,先生,"乔布说。

"我看也是,"维勒先生嚷道,以毫不掩饰的惊奇之情看着对方的破衣服,"看来是大不如前了呀,特洛特先生,就像那个先生说的那样,他用了一个好好的半克朗换来了两个靠不住的先令和六便士的吉利钱。①"

"确实是呀,"乔布摇着头说,"现在不会再骗人了,维勒先生。眼泪,"乔布说,脸上闪过一刹那的滑头神情,"并不是只有眼泪才能证明人的痛苦的,何况那也算不上是最好的证明呀。"

"对,确实不是,"萨姆意味深长地说。

"那很可能是假装出来的,维勒先生,"乔布说。

"我一清二楚,"萨姆说,"确实有人把眼泪事先准备好了,一高兴塞子一拔眼泪就哗哗往外流。"

"对啊,"乔布回答,"可是那种事情也不是很容易就装得出来的,维勒先生,挤出眼泪来,这个过程也是很痛苦的呀。"他边说边指着自己深深陷下去的灰黄色面颊,又捋起衣袖,只见他的胳膊瘦得真是皮包骨头,仿佛一碰就会折断。

"你这是怎么搞的呀?"萨姆说,吓得往后一缩。

"没怎么呀,"乔布说。

"没怎么!"萨姆重复道。

"好几个礼拜了,我什么也没有搞,"乔布说,"连吃喝也少得可怜呀。"

萨姆把特洛特先生的瘦脸和那身破衣服前后左右地看了一遍;然后抓住他的胳膊,用力把他拉出去。

---

① 吉利钱,指随身带在衣袋里作护身符的钱,通常为古钱币。

"维勒先生,你到哪里去呀?"乔布叫道,他从前的敌人强有力地抓着他,尽管他挣扎,还是不得脱身。

"过来,"萨姆说,"过来!"萨姆不耐烦多说,只是把他拉到酒吧间里,叫了一杯黑啤酒,酒很快就端上来了。

"喂,"萨姆说,"把它喝下去,一滴也不剩,然后把杯子底朝天,让我瞧瞧你把这种药喝下去了。"

"不过,我亲爱的维勒先生,"乔布推让着。

"喝下去!"萨姆不由他分说。

在萨姆的命令下,特洛特先生把杯子举到嘴唇边上,接着几乎难以觉察地轻轻地将杯子一点点地在空中倾斜过来。他停了一停,为的是长长吸一口气,但脸仍然没有从杯子上方抬起来,过了一会儿,他伸直胳膊,杯底朝天。除了一点儿泡沫慢慢淌到杯子边沿、懒洋洋地滴到地上之外,没有别的东西流下来。

"干得好!"萨姆说,"这一来你觉得怎么样了?"

"好些了,先生。我觉得好些了,"乔布回答。

"那当然啦,"萨姆论证说,"这就同往气球里面打气一样。我眼睁睁地看着你胀大了起来。要不要再来一下子?"

"还是不要吧,谢谢您,先生,"乔布回答,"真的不用了。"

"好吧,那么来点吃的怎么样?"萨姆问。

"多谢您那位好东家,先生,"特洛特先生说,"我们在两点三刻时已经吃了半只羊腿了,是烤的,底下还配着马铃薯,省得煮了。"

"什么!他在养你们吗?"萨姆加重了语气问。

"是啊,先生,"乔布回答,"还有别的呢,维勒先生。我的东家病得很厉害,他掏腰包给我们弄了个房间——本来我们住的地方简直像个狗窝;在夜里没人知道的时候,过来看我们。维勒先生,"乔布说,眼睛里面难得这样含着真正的泪水。

这时候,匹克威克先生和金格尔在一起,正在十分认真地谈心,对墙球场那边的人看都不看一眼。

"好吧,"萨姆和他的同伴走近时听见匹克威克先生说,"你得看看身体怎么样,同时再好好考虑一下。要是你觉得自己可以胜任的话,就正式通知我,我考虑过后再同你好好商量。现在回房间去吧。你累了,在外面还不能待得太久呢。"

阿尔弗雷德·金格尔先生往昔的那种轻松活泼的劲头一点都没有了——就连匹克威克先生第一回意外地碰见他,发现他处在这种悲惨境地时他装出来的那种心酸的快活样儿也无影无踪了,他深深鞠了一躬,一句话也没有说,做了个手势叫乔布不必跟着他,就拖着步子慢腾腾地走掉了。

"真是想不到呀,是吗,萨姆?"匹克威克先生说,心情愉快地掉过头来。

"完全想不到,先生,"萨姆回答,"真有说不完的怪事,"萨姆又自言自语地说,"我敢打保票,那个金格尔刚刚肯定像个洒水车那样。"

匹克威克先生站的地方被弗利特监狱的围墙隔开,宽度恰好可以用来做一个墙球球场;一边自然是墙本身,另外一边便是监狱正对圣保罗大教堂的那些房子。许多负债人都懒洋洋地在里面闲荡或者坐着,其中大多数人都在等候上破产法庭听候宣告"破产"的日子;也有些人关押了长短不同的期限,他们只是尽其所能地在打发时光。有的人穿得又破又烂,有的人衣着还很光鲜,许多人很脏,也有几个干净的;但他们都在那里东荡西晃,就像动物园里的动物那样垂头丧气毫无目的地溜达着。

总有人懒洋洋地倚在那些俯瞰空地的窗户前,有的人大声地在和下面的熟人讲话,有的人同下面一些胆大的投球手扔球玩儿,还有人在看打墙球的人,或者看小孩子嚷嚷地叫比分。衣着邋遢的女人走过来走过去,到院子一个角落的厨房里去;小孩子在另一个角落里高叫着、打斗着、玩着;撞柱游戏的木柱翻倒了,打球的人高声呼喊,这些声音总是同成百上千种别的声音混在一起;一片喧闹和混乱——只有几码远开外一个破烂的小棚子里面静得可怕,这里面停放着昨天夜里死去的大法官法庭的犯人的尸体,因为还要对它装模作样地进行验尸。尸体!这一律师的用语,称呼的就是这个构成活人的永不休止片刻不停地活动的身子,它包含了多少关怀、焦虑、情爱、希望和悲愁啊。如今尸体归法律所有;它躺在那里,裹着尸布,这也令人不寒而栗地证明了法律的慈悲了。

匹克威克先生从这个地方出发,把所有的走廊都走了个遍,还爬上了所有的楼梯,并且又到院子里各处转了一圈。监狱里每个角落,都同样邋遢,同样混乱和嘈杂,完全具有同样的特点;无论是在好的方面还是在坏的方面完全一样。整个地方似乎乱哄哄的,没有一刻的停息;人们挤来挤去,一会儿到这儿,一会儿又出现在那儿,就像不安宁的睡梦中的阴影一样。

"我看够了,"匹克威克先生回到自己小房间里,倒在椅子上说道,"这些场面让我头痛,也使我心痛。从现在起,我要关在自己房里当囚犯了。"

匹克威克先生说到做到。三个月里,他整天都闭门不出;只有在夜里,等到大多数犯人都上床睡觉或者回到自己房里去喝酒时,他才偷偷出来吸口空气。由于长期关在房间里,他的健康受到了影响,但尽管佩克和他的朋友不断地请求,塞缪尔·维勒先生更是时时好说歹说地加以规劝,都丝毫无法改变他的坚定不移的决心。

由于匹克威克先生坚决不肯付一个子儿的赔偿金,道孙和福格便想出了最阴险刻毒的一招,也就是以巴德尔太太未付诉讼费为由,将她送进监狱。七月份最后一个礼拜,他们派了手下人杰克逊找到了巴德尔太太,哄她上了车,马车辘辘地行驶了。

"诉讼费是很麻烦的事,是吗,"等到马车上巴德尔太太的两个朋友都睡着以后,杰克逊说,"我是说您欠的诉讼费。"

"很抱歉他们没有拿到,"巴德尔太太回答,"不过既然你们吃法律饭的干这些事情是投机,那总难免有时会有些损失呀,对吗?"

"据说在案子审理之后,您给了他们一张诉讼费的认债书,是吗?"杰克逊说。

"是的,只不过走走形式而已,"巴德尔太太回答。

"那当然,"杰克逊冷冰冰地回答,"完全是形式而已,一点不错。"

马车继续往前,巴德尔太太睡着了。过了一会儿马车停下,她才醒来。

"天哪!"这位太太说,"这是弗利曼法庭吗?"

"还没有那样远,"杰克逊回答,"请下车吧。"

巴德尔太太还不十分清醒,便稀里糊涂地下来了。这是个很奇怪的地方:一堵高墙,门在中间,里面点着煤气灯。

"女士们,"手拿白蜡木棍的驾车人嚷道,"出来吧!"巴德尔太太和朋友一起下了车,她由杰克逊扶着,一只手搀着汤米走进门去。大家也跟进去了。

他们走进去的那个房间看起来比门厅更加怪。那么多的男人站在那里! 大家又都瞪大眼睛看得起劲。

"这是什么地方呀?"巴德尔太太停下来问。

"只是我们一个公共机构,"杰克逊回答,催她快点走进一道门里去,他掉转头看看其他女士有没有跟上来,"小心啊,伊萨克!"

"放心没事,"拿白蜡木棍的人说。他们一走进去,门就重重地关上了,他们走下一道小小的阶梯。

"总算到了。一切顺当,巴德尔太太!"杰克逊说,高兴地往四周看着。

"你这是什么意思啊?"巴德尔太太忐忑不安地问。

"是这样,"杰克逊回答,把她拉到一边去,"别害怕,巴德尔太太。没有什么人比道孙更加体贴人了,太太,没有什么人比福格更加好心的了。但是他们有责任公事公办,把你扣押起来要你还诉讼费;不过他们尽量不想伤害你的感情。你想想看,这事办得这样不露痕迹,对你该是多大的安慰呀! 这是弗利特监狱,太太。祝您晚安,巴德尔太太! 晚安,汤米!"

杰克逊和手持白蜡木棍的人一起匆匆走掉了,一直在边上看的一个手上拿钥匙的男人将这个不知所措的女士带到通往另一个门道的一小段阶梯前。巴德尔太太尖声大叫起来;汤米扯直了嗓门哭喊着;巴德尔太太的两个朋友拔腿就走。因为,就在那里站着蒙冤负屈的匹克威克先生,他刚好利用晚上的时间出来透透气;在他身边是塞缪尔·维勒,他见到巴德尔太太,便装出问好的样子脱下帽子,而他的东家则气鼓鼓地掉头就走。

"不要去打扰这个女人,"看守对维勒说,"她刚刚来。"

"犯人!"萨姆说,很快又戴上帽子,"谁是原告?为了什么事?说啊,老兄。"

"是道孙和福格,"那人回答,"为了强制执行认债书上写明欠下的诉讼费。"

"喂,乔布,乔布!"萨姆冲到走廊里,大声喊道,"快到佩克先生那里去,乔布。我马上要见他。我看这事有门道。这可是个机会呀。好哇!东家到哪里去了?"

但是没有人回答,因为乔布一听到吩咐,马上就猛然冲了出去,而巴德尔太太呢,一点不假地晕倒在地了。

三十一

乔布全速冲出去,不顾有什么障碍,一刻也不停,一直跑到了格雷律师学院门口。不过,尽管他竭尽全力地赶,他到那里时大门已经关上整整半个小时了;等他把娄顿先生从喜鹊与树桩旅店的某个后厅找出来,将萨姆·维勒的话通知他时,时钟刚刚敲了十下。

"算啦,"娄顿说,"现在太迟啦。你今夜也进不去了;你只好在大街上过夜啦。"

"不要管我,"乔布说,"我什么地方睡都行。我们今晚是不是最好去找一找佩克先生,这样明天一早就可以到那里去了?"

"嗯,"娄顿稍稍想了一会儿后回答说,"要是为别人的案子,佩克见到我去他家里找他是会不高兴的;不过这是匹克威克先生的事,我想我可以做主去找他。"

那天佩克先生正请人吃饭,客厅的窗户里面灯火通明。有人在小个子佩克先生耳边告诉他说他的文书求见,他便离开了上述的客人,来到餐厅里。

"喂,娄顿,"佩克先生带上门说道,"什么事啊?是不是有什么重要信件啊?"

"不是,先生,"娄顿回答,"这人是从匹克威克先生那里来找您的,先生。"

"从匹克威克那里来,嗯?"小个子说,立刻朝乔布转过身去,"哎,什么事呀?"

"道孙和福格把巴德尔太太送进监狱了,要她付诉讼费,先生,"乔布说。

"真有这事?"佩克双手插进口袋,倚在碗橱上说。

"真的,"乔布说,"好像是他们庭审一结束,就从她手里弄到了认债书,说是欠下他们的诉讼费。"

"天哪!"佩克抽出双手,把右手指关节在左手巴掌心里直敲,断然说道,"我还从来没有遇到过这样精明的泼皮呀!"

"从来没有见过这样厉害的律师,先生,"娄顿说。

"厉害!"佩克重复道,"真不明白他们还会有什么花招。"

"千真万确,先生,真不明白,"娄顿回答;接着师徒两个考虑了几秒钟,脸上百感交集。等到他们稍稍平静下来以后,乔布把萨姆交代他的其他事情也一一说了出来。佩克若有所思地点点头,把表掏了出来。

"准十点钟我去那里,"小个子说,"萨姆做得很对,跟他讲这是我说的。"

律师回客厅去了,办事员回到喜鹊与树桩旅店,乔布去市场找了一只蔬菜篓子过夜。

第二天早上,心情愉快的小个子律师如约准时来敲匹克威克先生的门,萨姆·维勒身手敏捷地把门打开了。

"先生,是佩克先生,"萨姆向匹克威克先生通报说,他正一脸沉思地坐在窗前,"您能随便过来看看很好啊,先生。我想我东家有话要跟您说呢。"

佩克心照不宣地朝萨姆看了看,表示他心中有数,不会说出是他找人请他过来的,他招手叫他过去,俯在他耳朵边轻轻讲了一两句话。

"您这话当真吗,先生?"萨姆说,极其惊讶地倒退了一步。

佩克微笑着点点头。

萨姆望着小个子律师,接着又望望匹克威克先生,接着又望望天花板,接着再望望佩克;先是咧咧嘴,然后哈哈大笑起来,最后他从地毯上捡起帽子,也没有再说什么话就跑掉了。

"这是怎么回事呀?"匹克威克先生诧异地问道,"萨姆怎么变得这样莫名其妙的呀?"

"噢,没什么,没什么,"佩克回答,"来,我亲爱的先生,把椅子拉到桌子边上来。我有好些话要跟您说呢。"

"这是些什么文件呀?"见到小个子把一小卷文件放在桌上,匹克威克先生问道。

"是巴德尔诉匹克威克一案的卷宗,"佩克一边用牙齿将结解开来,一边回答。

匹克威克先生把椅子腿在地面上拉得吱吱嘎嘎直响,然后噗地朝上面一坐,他十指交叉握起双手,面孔铁板——如果说匹克威克先生真会铁板着脸的话——望着他这位吃法律饭的朋友。

"您是不喜欢听人提到这个案子吧?"小个子说,仍然忙着解开那个结。

"不喜欢,的确不喜欢,"匹克威克先生回答。

"很对不起,"佩克接着说,"因为我们今天要谈的就是这件事。"

"我倒巴不得我们再也不要提到这件事呢,佩克,"匹克威克先生连忙插嘴说。

"呸,呸,我亲爱的先生,"小个子说,把卷宗打开,一边用眼角急切地朝匹克威克先生瞄了过去,"这事非提不可。我是特地来的。好啦,我亲爱的先生,您准备好听我要说的话了没有?不着忙,要是您还没有准备好,我可以等。我这里有今天早上的报纸。我不在乎。好啦!"说着小个子跷起二郎腿,不慌不忙地,做出准备认真看报的样子来。

"算啦,算啦,"匹克威克先生叹了口气说道,同时也软了下来,露出了笑容,"有什么事你就说;我想还是老一套吧?"

"有一点不同啦,我亲爱的先生,有一点不同啦,"佩克说,他慢慢地把报纸折起来,放回到自己口袋里,"巴德尔太太,也就是本案的原告,也给关进来啦,先生。"

"我知道了,"匹克威克先生回答。

"很好,"佩克回话说,"我想您是知道她是怎么进来的吧;我意思是说是什么罪名,是谁告她的?"

"知道,至少萨姆把这事告诉了我,"匹克威克先生装出一副漫不经心的样子说。

"我敢说,萨姆对这件事说的话,"佩克回答,"一点儿都不错。那么,我亲爱的先生,我现在首先要问的是,是不是要让这个女人关在里面?"

"关在里面!"匹克威克先生重复说。

"关在里面,亲爱的先生,"佩克说,身子往椅子上一靠,目不转睛地望着他的委托人。

"这事你怎么问我呢?"那位先生说,"那在道孙和福格手上啊,你是完全明白这点的。"

"我一点也不明白,"佩克毫不让步,"这事并不在道孙和福格手里;我亲爱的先生,您同我一样,知道那两个人。这事完完全全,而且只是在您的手里。"

"在我手里!"匹克威克先生脱口而出,他冲动地站起身来,随即又坐了下去。

小个子在他的鼻烟盒盖子上敲了两下,然后打开盒子,拿出一大撮鼻烟,又说了一遍:"在您的手里。"

"我说,我亲爱的先生,"小个子又说,似乎鼻烟使他更有信心了,

"我说，究竟是让她尽快得到释放呢，还是永远让她关在这里，这全在您的手里，而且只有您能决定。劳驾，请您听我把话说完，我亲爱的先生，不要这样激动。我说，"佩克说，每说一点就扳一个手指头，"除了您，再没有旁人能够把她从这个晦气地方救出去；您要做到这一点并不难，只要把这次诉讼的费用——原告和被告双方的——付给那两个浑蛋就行了。哎，请安静，匹克威克先生。"

在听这番话时，匹克威克先生的脸色的变化实在令人吃惊，他显然马上就会大发脾气，但还是尽力将怒气按捺下去。佩克又吸了一撮鼻烟给自己打气，继续说下去。

"我今天早上已经见到了那个女人。您付清诉讼费以后，可以完全免于付赔偿金；此外——我知道这一点更值得您多加考虑，我亲爱的先生——她还将给我写封亲笔信，在信中自愿声明这个案子打从一开始，就是道孙和福格这两个家伙策划、鼓动并且付诸实施的；她心中深深懊悔成为别人手上的工具，给您造成了麻烦和伤害；她请求我向您说情，求您能够宽恕她。"

"假如我替她付诉讼费，"匹克威克先生怒气冲冲地说，"这真是价值连城的文件呀！"

"这件事当中没有什么'假如'不'假如'的，我亲爱的先生，"佩克得意扬扬地说，"我说的那封信就在这里。这是早上九点钟的时候另一个女人送到我办公室来的，那时候我还没有到这里来，也根本没有同巴德尔太太有过什么接触。"小个子律师从那扎文件中把信找了出来，放到匹克威克先生手肘底下，接着又吸了两分钟的鼻烟，连眼睛都没有眨一眨。

"你要说的话就是这些吗？"匹克威克先生温和地问。

"还不止呢，"佩克回答，"我现在还没法说定，那份认债书的措词、公开的约因性质以及我们在这场官司过程中所能搜集到的所有证据，是否足以说明这是一场有预谋的诬告。我亲爱的先生，我想大概很难；那两个家伙精明得很，恐怕不会留下什么破绽。不过，把这事情前前后后连起来看，便足以在所有通情达理的人心目中证明您是无辜的。现在,我亲爱的先生,就请您拿主意了。这一百五十镑上下的钱对您说算不了什么。陪审团作出了不利于您的判决;不错,他们的判决是错误的,但他们还是按照自己的想法作出决定的啊,判决您败诉。您现在有机会,轻而易举地就可以使您处在一种优越的地位,那要比留在此地强多了;你留在这里,不了解您的人只会认为你顽固不化、思想糊涂、固执得不近人情,仅此而已,我亲爱的先生,相信我的话。现在有了机会,您干吗还犹豫不决呢?它可以使您回到朋友身边,从事您原来的事业,享受健康的生活和各种娱乐;还可以使您忠心耿耿的仆人从此得到解放,免得使他陪您在牢中给您送终;更重要的是,它还可以使您以最大度的方式以德报怨——我知道,亲爱的先生,这是最合您的心意的——把这个女人从最悲惨的境地中解救出来;叫我说的话,就连男子也不应该受这种罪,如今竟然加到女人身上,这就更野蛮可怕了。现在,我亲爱的先生,我不仅仅作为您的律师,而是要以朋友的身份,来问您一句话,您如今只要花上区区几镑钱,就可以达到以上这些目的,还做了好事,您愿意让这个机会溜走吗?不错,这些钱会到那两个坏蛋口袋里,但对他们来说并不会有多大区别,他们捞得越多,也就越贪婪,这只会使他们更加肆无忌惮,总有一天会弄得身败名裂。亲爱的先生,我说的这些话既无力,又不周全,但还是请您好好考虑一下。您愿意考虑多久都可以,我在这里耐心等待您的答复。"

佩克先生在发表了这番异乎寻常的长篇大论之后,匹克威克先生还没有来得及开口说话,门外传来了低低的说话声,接着有人犹豫地在门上敲了一下。

"唉,唉,"显然已被触动的匹克威克先生嚷道,"这门真是烦人!是谁呀?"

"是我,先生,"萨姆·维勒头探进来说。

"我现在没法同你说话,萨姆,"匹克威克先生说,"我有事情呢,萨姆。"

"对不起,先生,"萨姆回答说,"但这里有位女士,先生,说是有要紧的事跟您讲。"

"我哪个女士都不能见，"匹克威克先生回答，他心中浮现的全是巴德尔太太的形象。

"恐怕不行呢，先生，"维勒先生摇着头说，"要是您知道来人是谁的话，先生，我想您就不会说这话了。"

"是谁呀？"匹克威克先生问。

"您见不见她，先生？"维勒先生问，他手拉着门，似乎门外边有什么稀罕的动物一样。

"看来是非见不可了，"匹克威克先生望了望佩克说。

"好，那么开始吧！"维勒先生叫道，"敲起锣来，把幕拉开，两个搞阴谋的上场。"

萨姆·维勒边说边将门开得笔直，温克尔先生猛地冲了进来，跟在他身后，拉着他的手的是一位女士，这位女士不是别人，正是黑眼睛的阿拉贝拉，她这会儿满脸娇羞，显得楚楚动人，比以前更美丽了。

"阿拉贝拉·艾伦小姐！"匹克威克先生站起身来喊道。

"不，"温克尔先生回答，跪下身来，"现在是温克尔太太了。亲爱的朋友，请原谅！"

"噢，匹克威克先生！"阿拉贝拉低声说，似乎是被这阵沉默吓坏了，"您能原谅我这么轻率吗？"

对这句话匹克威克先生没有开口回答；他只是连忙脱下眼镜，抓住那位年轻女士的双手，吻了她好多遍。接着，他跟温克尔先生说他真是个胆大包天的家伙，吩咐他站起来。

"喂，我亲爱的姑娘，"匹克威克先生说，"这一切是怎么回事啊？来，坐下来，给我讲一讲。"

律师和温克尔都哈哈大笑，不过笑声还是不如塞缪尔·维勒先生来得响。他方才躲在碗柜门后面，吻了吻那位漂亮女仆，心里痛快得不得了。

"我真是太感谢你了，萨姆，一点不错，"阿拉贝拉脸上带着最甜美的笑容说，"你在那个花园里做的事我永远忘不了。"

匹克威克先生打断了这些道喜的话。"现在告诉我,你结婚多久啦,嗯?"

阿拉贝拉红着脸看看丈夫,他回答说:"才三天。"

"噢,事情是这样,"温克尔先生望着他满面娇羞的妻子说,"有好长一段时间,我没法劝阿拉贝拉跑出来。最后她被我说动了心,又等了好久才有机会。此外,玛丽得提前一个月通知隔壁那家人辞去差使,这事没有她的帮助是办不成的。"

"说真的,"匹克威克先生大声说,这时候他已经把眼镜重新戴好了,他的目光从阿拉贝拉移向温克尔,接着又从温克尔移向阿拉贝拉,胸中满腔的热情和慈爱,都化成了一脸欣慰的笑容,"说真的! 你们准备这件事的时候像是计划得很周详啊。亲爱的,你哥哥知道了吗?"

"噢,不,不知道,"阿拉贝拉回答,脸微微发白了,"亲爱的匹克威克先生,这事只有请您给他讲才行——只有您亲口告诉他。他脾气暴躁,又有成见,又是极力——想要替他朋友索耶先生撮合,"阿拉贝拉低下头接着说,"想到这一后果我真是害怕得很。"

"啊,一点不错,"佩克一本正经地说,"我亲爱的先生,这事您一定得给他们办。这些年轻人别人的话都不听,就是尊重您。您得出面,免得发生麻烦,我亲爱的先生。脾气火暴,脾气火暴。"小个子又吸了一撮鼻烟以示警告,同时怀疑地摇摇头。

"亲爱的,你忘记了,"匹克威克先生温和地说,"我在吃官司呢。"

"不,我真的没有忘记,我亲爱的先生,"阿拉贝拉说,"我根本就没有忘记。我一直在想您待在这个可怕的地方,吃了多少的苦。但我希望,为了我们的幸福,您肯做出一些为了自己决不肯做的事情。要是我哥哥从您口中听说这件事的话,我敢断定我们会和好如初。匹克威克先生,我在世上就只有他一个亲人,要是您不肯替我说话,我恐怕就连他也要失去了。我错了,我知道,完完全全错了。"说到这里阿拉贝拉用手帕掩住脸痛哭起来。

这些眼泪使匹克威克先生的心灵受到了极大的震动;但等到温

克尔太太擦干眼泪,甜言蜜语连哄带骗地一再向他求情时,他变得特别烦躁不安,显然拿不定主意该怎么办才好了。他紧张得一会儿擦擦眼镜、一会儿摸摸鼻子、一会儿抚摩紧身裤、一会儿摸摸脑袋和绑腿。

一看到他这样犹豫不决,佩克先生决定趁热打铁(看起来年轻夫妇一早曾经到他那里去过),便从法律的观点精明地说道,到现在老温克尔先生还蒙在鼓里,不知道儿子已经在人生的道路上迈出了如此重要的一步;而该儿子将来的幸福完全在于上述的老温克尔能不能一如既往,对他仍然关爱有加,要是这桩大事老是瞒着他的话,那看来是很不可能的;因此在匹克威克先生到布里斯托尔去看艾伦先生后,基于同样的理由也应该去伯明翰看老温克尔先生;最后要说的是,上述的老温克尔先生完全有充分的权利将匹克威克先生多多少少看做是他儿子的监护人和指导者,因此这位先生也就有责任,同时出于他的天性,他都应该亲口向上述的老温克尔把此事的前因后果讲清楚,同时也告诉他自己在这件事当中起了什么作用。

话说到这里时,特普曼先生和斯诺格拉斯先生恰好也来了,大家按照自己的看法对各个方面尽量发表了一通意见。最后呢,在这些争论和规劝之下,匹克威克先生所有的决心都土崩瓦解了,他说他心中绝对不愿意做出什么有碍于年轻人幸福的事,他们要他怎样他就照办好了。

一听到东家松了口,萨姆做的第一件事就是立即派乔布去佩尔先生那里,请他交给来人一张正式的开释书,他细心的父亲做事很有远见,早就把那东西放在那位先生手里,以备不时之需;接下来他就把所有的现钱都拿出来,买了二十五加仑淡啤酒;他亲自在墙球场上分发给愿意来一杯的人;在这之后,他便在这座房子里各个地方大呼小喊地庆祝一番,直到喊哑嗓子才罢休,随后他安静下来,进入到他通常所有的那种泰然自若的达观状态之中。

下午三点钟,匹克威克先生看了他那个小房间最后一眼,竭力从拥上前来要同他握手的债务人当中挤出去,最后总算来到门房的台阶上。他在这里转过身子,朝四周看了看,在他这样做的时候,他的眼睛闪闪发亮。所有那些苍白憔悴的面孔都露出了快乐的神色,大家都因为他心肠仁厚而感激他。

"佩克,"匹克威克先生招呼一个走向前来的年轻人说,"这就是金格尔先生,我以前跟你说起过。"

"很好,我亲爱的先生,"佩克紧紧盯着金格尔看着,"年轻人,我会来看你的,明天。我希望你永远会记住明天我要告诉你的消息,并且深为感动,先生。"

金格尔恭恭敬敬鞠了一躬,在他握住匹克威克先生朝他伸出的手来时,身子剧烈地抖动起来,随后他走掉了。

"我想,你是知道乔布的吧?"匹克威克先生说,又为那位先生作介绍。

"我认识这个坏蛋,"佩克兴致勃勃地说,"照应好你的朋友,明天一点钟来吧。听见了吗?哎,还有什么事情吗?"

"没有了,"匹克威克先生回答,"萨姆,我给你的那个小包裹送给你的老房东了吧?"

"送了,先生,"萨姆回答,"他哇的一声哭了出来,说您真慷慨周到,跟他在这里住了多年的老朋友死了,他再也找不到伴儿了。"

"可怜的人,可怜的人!"匹克威克先生说,"上帝保佑诸位,朋友们。"

就在匹克威克先生道别时,人群中高声呼喊起来。许多人拥上前争着要同他握手,等他挽住佩克的胳膊,急忙离开监狱时,一时间他的心情比刚入狱时远为沉重而悲伤。天哪!他是出去了,但还有多少痛苦不幸的人得待在里面呀!

那天晚上,对聚在乔治和兀鹰旅社里的那几个人,至少是十分快乐的;第二天一早,两个人带着轻松快乐的心情从旅馆大门里走出来。一位是匹克威克先生,另一位是萨姆·维勒,前者立刻坐进一辆很是舒服的驿车里,后者身手敏捷地爬到了车后的小尾座上。

"先生,"维勒先生大声招呼他东家说。

"什么事啊,萨姆,"匹克威克先生把头从车窗里探出来问。

"要是这些马也在弗利特监狱里关上三个多月就好了,先生。"

"为什么呢,萨姆?"匹克威克先生问。

"嗨,先生,"维勒先生搓着巴掌,大声说,"要是它们也关过的话,那么跑起来该会多欢呀!"

三十二

本·艾伦先生和鲍勃·索耶先生一起坐在店堂后面的小手术室里,为业务发愁。本提出,鲍勃应该立刻向他妹妹求婚,以便把她的年金拿到手。正在这时,本的姑妈来了,她告诉他,阿拉贝拉已经在三天之前跑掉,并且来了封信,说是她结婚了。

两个青年为此气得发疯,乱吵乱嚷。这时,店门打开了,进来了两位不速之客,原来是匹克威克先生和塞缪尔·维勒先生。

"艾伦先生,"匹克威克先生说,"什么事呀,先生?"

"不要紧,先生!"艾伦先生回答,旁若无人的挑衅样子。

"怎么回事呀?"匹克威克先生望着鲍勃·索耶问,"他发病了吗?"

鲍勃还没有来得及开口,本·艾伦先生抓住了匹克威克先生的手,用悲悲切切的口气低声说:"我的妹妹,我亲爱的先生,我妹妹。"

"噢,是这件事吗!"匹克威克先生说,"我希望我们很快能够把这事安排停当。你妹妹很好,一点事都没有,亲爱的先生,我来就是为了——"

"对不起,"往玻璃门里张了一会儿的萨姆插嘴说,"那里有个老太太躺在地板上呢。"

"我忘记了,"本·艾伦先生大叫,"那是我姑妈。"

"天哪!"匹克威克先生说,"可怜的老太太!轻一点,萨姆,轻一点。"

老太太被萨姆扶起身,醒过来了。

"亲爱的先生,"匹克威克先生对本杰明·艾伦说,"你妹妹在伦敦,人好好的,也很幸福。"

"她的幸福不是我的目标,先生,"本杰明·艾伦先生挥了挥手说。

"她丈夫才是我的目标呢,先生,"鲍勃·索耶说,"他会成为离我有十二步远的目标,先生,我会把他当成一个很好的目标的,先生——这个卑鄙的浑蛋!"这句话就其本身来说,是个很得体的警告,而且还很宽宏大量;但鲍勃·索耶先生最后又加上了几句话,提到敲他的脑袋、抠出他的眼珠之类的话,反而削弱了它的效果,因为与前面的话相比,这两句话未免太没有新意了。

"等一下,先生,"匹克威克先生说,"在你把这些话用到那位先生身上之前,请平心静气地想一想他究竟犯了多大的过错,尤其要紧的是,请记住他是我的一位朋友。"

"什么!"鲍勃说。

"他叫什么名字!"本·艾伦嚷道,"叫什么名字!"

"纳撒尼尔·温克尔先生,"匹克威克先生坚定地说。

本杰明·艾伦先生慢慢地用靴子后跟将他的眼镜踩碎,并且把碎片捡起来,分别放到三只口袋里,接着,他交叉起手臂,咬紧嘴唇,凶巴巴地看着匹克威克先生那温和的面孔。

"那么,是您,先生,是您鼓动并且促成这桩婚事的了?"本·艾伦先生嚷道,"匹克威克先生,您怎么敢让你手下的家伙去干引诱我妹妹的勾当?请您给我说说清楚,先生。"

"说呀,先生!"鲍勃·索耶气势汹汹地喊道。

"这是个阴谋,"本·艾伦说。

"不折不扣的骗局,"鲍勃·索耶先生加上一句。

"无耻的欺骗,"老太太说。

"请听我说,"匹克威克先生开口道,这时本·艾伦先生倒在一张病人放血时坐的椅子上,用手帕掩住了脸,"这件事我并不曾帮过忙,只有一次两个年轻人相会时我在场,他们会面我拦不住,因此我想还是同去的好,因为这可以使他们的会面不致有什么不妥之处;在他们的交往中我参加的就是这件事,我一点也没有想到他们会这么快就结婚。不过,请听着,"匹克威克先生连忙加上一句话,不至引起误解,"请注意,我并不是说假如我事先知道这回事的话,我会出面阻拦。"

"你们听见了吧,大家都听见了吧?"本杰明·艾伦先生说。

"我希望大家都听清楚,"匹克威克先生朝在场的看了一遍,"还有呢,"他又接着说,脸也渐渐红了起来,"我希望大家也听一听下面的话,先生。就我所听到的,我认为您试图把自己的意愿强加到妹妹身上,这是完全没有道理的,她从小就失去了父母的关爱,您本应该以最大的爱心和宽容代替父母来关心她。至于我那位年轻的朋友呢,我得说明一下,在物质条件的各个方面,他即使不比您强得多的话,也跟您不相上下,除非大家能够平心静气地对这件事商量商量,否则我绝不想再谈这个问题。"

"在这位可敬的先生痛痛快快地讲了这番话之后,我也想加上一两句,"维勒先生走上前来说道,"我只想提一提这件事。也许那位先生认为有人抢了他的先;但是并没有那回事,因为那位小姐在一开始谈恋爱时,就说过她受不了他。没有人把他挤掉,即使那位小姐从来没有见到温克尔先生,对他也是一样。我希望这会使那位先生心里想开一点。"

在维勒先生这番表示安慰的话之后沉默了一会儿,接着本·艾伦先生从椅子上站起身,说是他再也不想见到阿拉贝拉;而鲍勃·索耶先生呢,尽管萨姆讲了那番表示恭维的话,他还是赌神发咒要让那位幸福的新郎知道他的厉害。

但就在事情闹得不可开交、并且有持续下去的危险的时候,匹克威克先生发现那位老太太成了有力的助手,他方才替她侄女的说词显然使她大为感动,于是企图劝一劝本杰明·艾伦先生,让他怒气平息下来,她说话的要点是,归根到底,事情还不算太坏;少说一些,裂痕也就会早点消除,老实说她也不觉得这事真正非常糟糕;如今生米已经煮成熟饭,既然无法挽回就只好忍受下去,还有其他一些给人鼓劲的话。对这些话,本杰明·艾伦先生回答说他并不是存心要顶撞姑妈或者其他任何人,但如果他们不打算勉强他,让他保留自己的看法的话,那么他这辈子都不会原谅他妹妹,而且到死都忘不了。

最后,在他把这一决定反复说了四五十次之后,老太太突然昂起头来,显出威严的样子来,她问对方,她年纪这么大了,又是长辈,她究竟有什么错,使得别人一点都不尊重她,她自己的亲侄儿,二十五年前她看他出生,后来又看他嘴里长出第一颗牙齿来,想不到如今倒要她来苦苦向他求情?更不用说她看他第一次剃头,从小到大,她不知在各种事情上照料他多少次,她觉得自己完全有权利要求永远得到他的尊重、孝顺和理解。

就在这位好太太对本·艾伦先生痛加训斥时,鲍勃和匹克威克先生到里面房间里悄悄谈了起来,只见索耶先生把一个黑瓶子凑到嘴上好几次,在这一物件的作用下,他的脸色渐渐舒展开来,甚至出现了快乐的笑容。最后,他拿着瓶子,从里间跑了出来,说是他很抱歉,方才的表现真是不成体统,他现在要祝温克尔先生和太太新婚幸福,身体健康,他对这门亲事一点都不妒忌,他要第一个对他们道喜。本·艾伦先生听了这话以后,突然从椅子站起来,一把夺过黑瓶子,痛痛快快地喝了一大口表示祝贺,酒很凶,他又喝得猛,结果面孔变得几乎同瓶子一样黑了。最后,黑瓶子在大家手里传来传去,直到喝空为止,大家又是握手又是互相道喜。

"现在,"鲍勃·索耶先生搓着手说,"我们晚上可以快快活活地玩一玩了。"

"对不起,"匹克威克先生说,"我得回旅馆去。我近来对劳累已经不大适应,这一路上把我给累坏了。"

由于匹克威克先生无论如何都不肯留下来,于是便按照他的建议,立刻安排好本杰明·艾伦先生第二天陪他一起到老温克尔先生家去,马车九点钟来门口接。接着他便告辞出来,带着塞缪尔·维勒一起去旅社。

第二天早上九点差一刻时,马准时套到车上,匹克威克先生和萨姆·维勒都上车坐好了,一个在车厢里面,一个在外面,关照车夫首先去鲍勃·索耶先生那里接本杰明·艾伦先生。

　　车子驶到挂着红灯、并有"索耶医师"几个字的门前,匹克威克先生把头伸出窗外,只见那个身穿灰色制服的伙计正忙着把百叶窗上起来,这使他大为吃惊。因为一大早就把百叶窗上起来,这是很异乎寻常很不符合职业规矩的,他立刻想到了两种可能。一是鲍勃·索耶先生的某个好友或者病人死掉了;二是鲍勃·索耶先生自己破产倒闭了。

　　"什么事啊?"匹克威克先生问那个伙计。

　　"没什么事,先生,"那伙计回答,嘴巴咧得大大的。

　　"好啦,好啦!"鲍勃·索耶突然出现在门口,一只手上拎着一个又脏又旧的皮背包,一只胳膊上搭着一件粗呢的上衣和围巾,"老兄,我也去。"

　　"你也去!"匹克威克先生嚷道。

　　"是啊,"鲍勃·索耶回答,"我们好好地作一次旅行啊。拿着,萨姆!小心!"这样简单地叫维勒先生注意之后,鲍勃·索耶先生便把皮背包扔到车子尾座那里,萨姆以极其佩服的样子望着他的举动,立刻将包塞到了座位底下。在这之后,鲍勃·索耶先生在伙计的帮助下,硬是把那件尺码小了几号的粗呢上衣套到身上,然后走到车窗前,探进脑袋,大声狂笑起来。

　　"这样动身真妙,对吗?"鲍勃嚷道,一边用粗呢上衣的一只袖口擦去泪水。

　　"亲爱的先生,"匹克威克先生有几分尴尬地说,"我不知道你也要跟我们一起去呀。"

　　"对,就要这样,"鲍勃抓住了匹克威克先生上衣的翻领,说道,"这才妙呢。"

　　"啊,这才妙?"匹克威克先生说。

　　"那当然啦,"鲍勃回答,"妙就妙在这里,要知道——既然这门生意像是打定主意不管我了,我就让它自管自去吧。"在这样解释了为什么要上百叶窗之后,鲍勃·索耶先生指着店面,又忘形地狂笑起来。

"天哪,你真是疯了,这不是把病人丢下不管了吗?"匹克威克先生非常严肃地指出。

"干吗不呢?"鲍勃回答,"要知道,我这样是救人。他们没有哪个是付钱的,除此以外,"鲍勃压低了声音推心置腹地说,"这一来对他们反而更好;因为我的药差不多用光了,现在又没有钱进货,我只好全给他们服甘汞了,这对有些人来说肯定是不好的。因此我这样反而更好。"

这一回答富含哲理,又很有说服力,对此匹克威克先生倒是没有想到。他过了几秒钟才开口,但口气不如方才坚决了:

"朋友,可是这辆马车只好坐两个人;我已经同艾伦先生说好了呀。"

"别担心,"鲍勃回答,"我早有安排,萨姆同我合坐在尾座。本来了,喂,上车吧!"

鲍勃·索耶先生匆匆地说了这番话后,把车夫往边上一推,将他的朋友推上车,砰地一下关上门,收起踏板,把字条贴在大门上,锁上门,把钥匙放进口袋,接着跳上尾座,吩咐出发,这一切都以极快的速度完成了,匹克威克先生还没有来得及想清楚鲍勃·索耶先生到底是不是应该一起去,他早已稳稳当当地坐在马车上,跟着大伙儿一起出发了。

车子一驶到郊外,他便将绿色眼镜以及稳重的举止一起抛开,玩出了各种各样的把戏,其目的就是为了引起过路人的注意,使得看到这辆马车和车子里乘客的人大为惊奇;在这些表演中,最最不引人注目的便是呜啦呜啦地模仿有键号角的吹奏,并且在一根手杖上系起一块大红手帕,不停地以各种姿势在空中挥舞,表现出不可一世的挑战神气来。

匹克威克先生恰好在那时朝窗外看了一眼,发现路上行人的表情中既没有什么敬意也谈不上惊讶,他们似乎只是同车厢外面某些人在眉飞色舞地交流信息。他立即想到,这一切很可能在某种程度上同鲍勃·索耶先生的幽默举止有一点儿关系。

"我希望,"匹克威克先生说,"我们那位活泼的朋友不要做出什么出格的事情来呀。"

"噢,不会的,"本·艾伦回答,"鲍勃要是没喝酒,可以算是世界上最冷静的人了。"

这时响起了长长一阵模仿号角吹奏的声音,接着是大声的欢呼和叫喊,所有这些声音显然来自世界上最冷静的人的喉咙和肺部,明说了吧,那都来自鲍勃·索耶先生本人。

匹克威克先生和本·艾伦先生意味深长地互相看了一眼,前者脱下帽子,把身子探了出去,直到整件背心几乎都探出车窗,总算瞥见了那位滑稽朋友一眼。

鲍勃·索耶先生是坐着,但不是在尾座,而是坐在车顶上,他的双腿岔得开开的,头上歪戴着塞缪尔·维勒先生的帽子,一只手上拿着一份硕大无比的三明治,另一只手上握着一只大号的带套子的酒瓶,他兴高采烈地享用着这两样东西;时时吼一声,或者同路边的陌生人逗上几句乐一乐,免得过分单调。红旗仔细地竖绑在尾座栏杆上;塞缪尔·维勒先生呢,头戴鲍勃·索耶的帽子,坐在位置中央,眉飞色舞地在品尝手上的一份双倍大的三明治,从他脸上的表情可以看出来,他对这样的安排是完全赞许的。

马车在柏克莱野地的贝尔旅馆前停下换马了。

"听着!我们在这里吃饭,对吗?"鲍勃从车窗往里面张望说。

"吃饭!"匹克威克先生说,"怎么,我们才走了十九英里的路,还有八十七英里半呢。"

"正是为了这个原因,我们得吃点东西,才扛得住一路上的疲劳呀,"鲍勃分辩说。

"噢,在十一点半就用正餐,这是完全不行的,"匹克威克先生望望表说。

"对啦,"鲍勃回答,"只要用些便餐就成。喂,先生!三个人的便餐,马上送来。告诉他们把所有的冷菜都送上来,还有瓶装啤酒,我们要尝尝最好的马德拉白葡萄酒。"鲍勃在神气活现地发出这些命令之后,立刻走到里面去指挥上菜,不到五分钟,他回来说东西呱呱叫。

便餐的质量充分证明鲍勃的称赞所言非虚,尽情享用的不仅是那位先生,还有本·艾伦和匹克威克先生。瓶装啤酒和马德拉白葡萄酒很快就喝完;马又套好了,大家回到了座位上。

在杜克斯伯里的霍普·珀尔饭店他们停下来用正餐,饮了更多的瓶装啤酒、更多的马德拉白葡萄酒和一些波尔多红葡萄酒,在这里带套子的瓶子第四次给灌满。在酒的作用下,匹克威克先生和本沉沉地睡了三十英里路,而鲍勃和萨姆则在尾座上表演二重唱。

等到匹克威克先生清醒过来,往窗外瞧去时,他发现天已经很黑了。路边零零落落有些茅屋,空气中烟雾弥漫,小路是煤渣和砖灰铺的,远处熔铁炉炉火烧得通红,高耸的烟囱里喷出大团的浓烟,将周围的一切弄得乌黑;远处灯光闪烁,装载着铁条和其他货物的笨重货车在路上摇摇晃晃地行驶——所有这一切都说明他们马上就要抵达伯明翰这个大工业城市了。

马车辘辘地驶过通往乱糟糟的市中心的狭窄道路时,他们更是看到了繁忙的劳动景象,听到了喧闹的声音。街上挤满了工人。从每幢房子里传出了开工的嗡嗡声,顶楼的玻璃窗里灯光闪烁,轮子转动,机器轰鸣,震得墙壁也在摇动。好几英里之外就能看见城里一些大工厂车间里炉火熊熊燃烧,发出暗红色的光辉。铁锤丁当响、蒸气咝咝叫,引擎轰隆轰隆转,四面八方都可以听见这些刺耳的声音。

车子驶到开阔的大街上,经过了市郊和老王家旅社之间那些考究的灯火通明的商店,直到这时匹克威克先生才思考起他这回所负的使命来,他意识到事情难度很大,非常棘手。

这件事情本身相当棘手,很难以令人满意的方式处理好,鲍勃·索耶先生自告奋勇陪着一起来,决不会于事有什么帮助。说真的,匹克威克先生觉得,尽管鲍勃·索耶先生是出于好意和关心,硬要一起出面,但对此他决不会感到什么快慰;其实,他倒是巴不得有人能把鲍勃·索耶先生立刻弄到五十英里开外的地方去,为此叫他付一大笔钱他也心甘情愿。

匹克威克先生从来没有同老温克尔先生会过面,只是同他通过一两次的信,对他有关他儿子品德和操行的问题作了满意的答复;他很有些紧张不安地想到,第一次上门拜访时身后就跟着鲍勃和本这两个有点醉醺醺的年轻人,未免有些孟浪,因为这很难给对方留下好的印象。

"不过,"匹克威克先生尽量安慰自己说,"我必须尽力去做。我必须在今晚去看他,因为我真心说好了要去的。要是他们非要跟我去,那我就尽量使这次会面短一些,只希望他们不要出洋相,这是为他们好。"

就在他这样想着让自己宽心时,马车在老王家旅社前停了下来。本·艾伦从沉睡中蒙蒙胧胧地醒过来,被维勒先生揪着衣领从车子里拖出来,这样匹克威克先生才好下车。侍者将他们领进一个舒服的套间里,匹克威克先生立刻向侍者打听温克尔先生的住所在什么地方。

"很近,先生,"侍者说,"不超过五百码,先生。温克尔先生是运河那边的码头老板,先生。他的住所不到——对啦,先生,不到五百码远,先生。"

匹克威克先生和两位同伴把浑身上下收拾了一下,然后,三个人便朝温克尔先生家走去;鲍勃·索耶一边走一边吸烟,把大团的烟雾向空中喷去。

大约四分之一英里以外,在一条看来住户大都很殷实的安静的街道上,有一幢旧红砖房子,门口有三级台阶,门上钉着一块黄铜牌子,上面写着"温克尔寓"几个字。台阶很白,砖头很红,房子很干净;匹克威克先生、本和鲍勃准十点来到了这里。

敲门之后,一个漂亮的女仆出来开门,见到三个陌生人,吓了一跳。

"亲爱的,温克尔先生在家吗?"匹克威克先生问。

"他刚要吃晚饭,先生,"女仆回答。

"请你把这张名片交给他,"匹克威克先生说,"告诉他我很抱歉,这么晚还来打扰他;不过我有要紧事要在今晚见他,我刚到此地。"

女仆有些怯生生地望着鲍勃·索耶先生,他正做着各种各样的鬼脸,以表示他对她的长相十分倾倒;她朝挂在走廊里的帽子和大衣望了一眼,叫来了另一个女仆管门,便上楼通报去了。不过这个看门的立刻就撤掉了,因为那个女仆很快就回转来,打招呼说很抱歉把各位先生留在门外等候,并且将大家带到铺着代用地毯的后厅里,这间房既用作办公室又作更衣室,里面最主要的实用并起装饰作用的家具是一张写字台、一个带刮脸镜子的脸盆架、一个带有脱靴器的靴子架、一张高凳子、四张椅子、一张桌子和一个走八天的老式钟。在壁炉架上方有个铁保险箱的凹进去的门,墙上有两个悬空的架子,上面放着书、一本年鉴以及几卷积满灰尘的文件。

"先生,很抱歉让您在门口久等了,"女仆点亮了灯,带着迷人的微笑对匹克威克先生说,"因为我一点儿也不认识您;这一带小偷很多,他们老是跑来想要偷东西,真是——"

"亲爱的,你根本用不着打招呼,"匹克威克先生和颜悦色地说。

"完全用不着,亲爱的,"鲍勃·索耶说,开玩笑似的伸出两条胳膊,蹦来蹦去的,仿佛是要拦住这个年轻女士,不让她走出去。

那位年轻女士的态度一点也没有因为这种种诱惑而有所软化,因为她立刻开口说鲍勃·索耶先生是个"讨厌的家伙";随着他殷勤献得越来越热烈,她在他脸上留下了好几个漂亮的手指印,随后嘴里说了好些表示讨厌和轻蔑的话,登地从房间里跳了出去。

一旁没了那位年轻女士,鲍勃·索耶先生便想出其他消遣的办法来,他偷眼朝写字台里面张望,把桌子的所有的抽屉都翻了一遍,还做出要撬铁保险箱的样子,又把年鉴的封面朝墙壁翻过去,还想在自己鞋子外面套上老温克尔先生的靴子,并且在其他的家具上进行各种各样滑稽的试验,所有这一切使匹克威克先生感到说不出的烦恼和恐惧,但却使鲍勃·索耶先生觉得说不出的快乐。

最后门开了,一位矮个子的老先生走了进来,他身穿黄褐色的衣服,脑袋和面孔同小温克尔先生简直一模一样,他一手拿着匹克威克先生的名片,一手端着一个银烛台。

"匹克威克先生,您好啊!"老温克尔先生说道,他放下烛台,伸出手来,"先生,希望您健康。见到您很高兴。请坐,匹克威克先生,请坐,先生。这位先生是——"

"我的朋友索耶先生,"匹克威克先生插嘴说,"也是令郎的朋友。"

"噢,"老温克尔先生说,面色有些严峻地望着鲍勃,"希望你好啊,先生。"

"好得没说的,先生,"鲍勃·索耶回答。

"这另一位先生,"匹克威克先生叫道,"等您读了我受人之托带来的信后,就会知道是您儿子的一个很近的亲戚,或者说一个非常特殊的朋友。他姓艾伦。"

"那位先生?"温克尔先生问,用名片指着本·艾伦,他早就沉沉地睡着了,那姿势使人只能看到他的背脊和衣领。

匹克威克先生刚想要回答这个问题,将本杰明·艾伦先生的姓名、头衔等等一一详细说明,但生气勃勃的鲍勃·索耶先生为了使朋友醒过来,便在他胳膊上用劲拧了一拧,痛得他大叫一声跳了起来。本·艾伦先生突然意识到自己面前有个陌生人,他立刻走上前去热情地握住了温克尔先生的两只手足足有五分钟之久,同时嘴里低声嘀咕着一些断断续续的句子,叫人听不清楚,说是见到他非常高兴,并且客客气气地问他在散步之后要不要喝点什么,或者还是等到"用餐"时再说;说过以后,他一屁股坐下来,瞪着眼睛直是发愣,仿佛根本不清楚他身在何处,而他确实对此不甚了然。

这一切使匹克威克先生觉得十分难堪,尤其是老温克尔先生显然对他两个同伴这种怪异的——且不说是反常的——行为大为吃惊。为了尽快言归正传,他从口袋里掏出信来,将它递给老温克尔先生，说道：

"先生，这封信是您儿子写的。从其中可以看出，他未来的幸福生活完全取决于您能以慈父的感情，对信里的所说的事情采取积极的态度。能不能劳驾请您静下心来将它看一看，然后再同我谈一谈？对这类问题恐怕也只应该以理解的口气和精神来谈论了。我事先未作任何通知，就在这么晚的时刻来打扰您，而且，"匹克威克先生瞥了一眼，加上一句道，"还是在这样不尽如人意的情况之下，由此您可以看出您的决定对您儿子是多么重要，他对这一问题是多么焦急不安了。"

匹克威克先生说了这番开场白之后，便把密密麻麻地写在四张高级纸张上的悔过书交到大为吃惊的老温克尔先生手里。接着他坐下身来，观察对方的神情和态度：很有些焦急，这一点不假，但神情十分坦然，因为他觉得自己并没有参与什么需要原谅或者不可告人的事情。

年纪不小的码头老板将信翻来覆去地看了一遍；看看它的正面、反面和两边；又仔仔细细地审视封印上的胖小孩子；又抬起眼睛望望匹克威克先生的脸；然后坐到高凳子上，把灯拉到自己面前，拆开封蜡，展开信笺，把它举到灯前，准备阅读。

正在此时，闲了好几分钟的鲍勃·索耶先生又玩起新花样来，他双手放在膝上，做起小丑的鬼脸来。鲍勃·索耶先生原以为老温克尔先生会认真看信，想不到这时他恰恰从信笺上方看过去，而且看到的不是别人，恰好就是鲍勃·索耶先生；他理所当然地认为这个鬼脸是做出来嘲弄他的，于是板起面孔瞪着鲍勃看，这一来鲍勃的面孔逐渐软化成为一副恭顺而慌乱的美妙神情。

"先生，你说什么来着？"在一阵难堪的沉默之后，老温克尔先生问。

"我没说什么，先生，"鲍勃回答，脸上小丑的表情全无踪影了，只是面颊涨得通红。

"你真的没有说什么吗，先生？"老温克尔先生问。

"噢,真的没有,先生,根本没有,"鲍勃回答。

"我以为你说了呢,先生,"老先生说,气鼓鼓地加重语气说,"先生,也许您在朝我看吧?"

"噢,没有!先生,根本没有,"鲍勃极其礼貌地回答。

"听到这话我很高兴,先生,"老温克尔先生回答。这位老先生极其庄重地朝面有愧色的鲍勃皱了皱眉,接着又把信笺凑到灯前,开始认真阅读起来。

匹克威克先生紧张地瞧着他读完第一页最后一行,翻到第二页,读了第二页之后又翻到第三页,接着又从第三页翻到第四页;但他脸上纹丝不动,一点也瞧不出他得悉儿子结婚的喜讯之后有什么反应,匹克威克先生知道,这件事在信的前五六行就提到了。

他把信从头到尾一字不漏地看完;接着就像一个生意人那样,小心翼翼一丝不苟地将信折好;匹克威克先生还以为他会激动地表达自己的感情的呢,想不到他只是把钢笔在墨水瓶里蘸了蘸,心平气和地开了口,说话的口吻仿佛这只是账房里一件再平常不过的事情:

"匹克威克先生,纳撒尼尔的地址在哪里?"

"眼下在乔治和兀鹰旅店,"那位先生回答。

"在伦敦城吗?"

"是的,在伦巴第街乔治大院。"

老先生有条不紊地将地址写在信的反面;然后将它放进写字台抽屉里,上了锁,把钥匙放进口袋,并且从凳子上站起身来说:

"匹克威克先生,没有别的事情要办了吧?"

"没有,我亲爱的先生!"这位热心的先生既吃惊又气愤,"没有别的事了!您对我们年轻的朋友一生之中如此重要的事情难道什么也不想说吗?不想由我向他表示您会一如既往地以慈爱之情保护他吗?不想对他、对那个从他那里寻求安慰和依靠的焦急不安的女子说几句话,表示鼓励和支持吗?我亲爱的先生,请再考虑一下吧。"

"我会考虑的,"老先生回答,"我现在没有什么好说的。我是个生意人,匹克威克先生。对任何事情我从来不仓促地作出决定,根据我目前所见,我对此事绝对谈不上喜欢。一千镑算不了什么大数目,匹克威克先生。"

"先生,您说得一点也不错,"本·艾伦插嘴说,他刚刚清醒得足以明白,他没费一点劲便把自己的一千镑给花掉了,"您是个明白人。鲍勃,这个人可真是清楚得很呀。"

"承蒙你这样夸奖,我很高兴,先生,"老温克尔先生满脸不屑地望着正在意味深长地摇头的本·艾伦说,"是怎么一回事,匹克威克先生,我准许我儿子用一年的时间在外游历,为的是多懂一些人情世故(那是在您的指引之下),免得在他踏入社会之时,还是一个人人可以欺骗的寄宿学校出来的无用的家伙,我从来没有料到会有这样的事。他完全明白,要是我为了这事而从此不再支持他,他是没有理由大惊小怪的。我会回信给他的,匹克威克先生。晚安了,先生,玛格丽特,开门去。"

这段时间里,鲍勃·索耶一直用手肘在推本·艾伦先生,要他说几句恰到好处的话;这样,本便突如其来地开了口,说出一小段情绪激烈的话来。

"先生,"本·艾伦先生说,他那双混浊而呆滞的眼睛瞪着老先生,同时还猛然上下挥动右臂,"您——您该为自己害臊。"

"作为那位女士的哥哥,你当然在这个问题上最有发言权,"老温克尔先生反唇相讥说,"够了,就这样;别再说什么了,匹克威克先生。晚安,先生们!"

老先生一边说,一边端起烛台,打开房门,彬彬有礼地指着走廊。

"先生,您会为此后悔的,"匹克威克先生咬紧牙齿,免得自己的怒气爆发出来;他觉得自己的克制对他那位年轻的朋友会多么重要。

"目前我的看法完全不同,"老温克尔平静地回答,"先生们,我再一次祝你们晚安。"

匹克威克先生怒气冲冲地大踏步走到街上。鲍勃·索耶先生呢,完全被老先生断然的样子震慑住了,他也同样走了出来。本·艾伦先生的帽子立即滚下台阶,本·艾伦先生的身体也随即跟了下来。三个人晚饭也没有吃,默默地上了床;就在匹克威克先生入睡之前,他想要是他早知道老温克尔先生是这样一个生意人的话,他极有可能是不会肩负这一使命去上他的门的。

三十三

第二天早上匹克威克先生醒来时,眼前的景象根本不能振作他的精神,或者减少他心中的不快,他真没有料到这回为朋友出面说项会有这样的结果。天空阴沉沉的,空气潮湿而阴冷,街心又湿又滑。街上能见到的只是雨伞,能听到的只是木底鞋噼啪噼啪和雨点滴答滴答的声音。到中午时分,天气还没有转好的征象,匹克威克先生终于果断地拉铃叫人备好车子上路。

道路泥泞,蒙蒙细雨下得比先前更加厉害了,泥浆和雨水溅到马车敞开的窗子里来,使得坐在车厢里的两个人同坐在车厢外面的两个人几乎同样不舒服。

车子在考文垂停下来换马的时候,只见马身上冒着的团团热气像是浓雾一样。接着来到了邓丘奇,在那地方换了个干干的马夫和所有的马匹;下一站是达文垂,再下一站是托斯特;在每一段旅程的终点雨下得总比起点那里更大。最后,大家觉得只好在这儿过夜了。

找好了旅馆,蜡烛拿来了,火也拨旺了,又丢了一大块木柴进去。十分钟之后,一个侍者来铺桌布准备开饭,窗帘放了下来,炉火熊熊地燃烧,一切安排得好好的。

匹克威克先生在旁边一张桌子旁坐了下来,匆匆写了个字条给温克尔先生,只是告诉他因为天气不好耽误了旅程,但第二天一定会回伦敦;到那时他会把事情的经过一一告诉他。这张字条立刻封好,并且由塞缪尔·维勒先生送到吧台那里去了。

萨姆把信交给了老板娘,在厨房里炉火跟前烘干衣服后,正要回来替东家把靴子脱掉,他漫不经心地朝半掩着的门里看了一眼,一位浅棕色头发的人吸引了他的注意,这个人面前桌子上放着一大堆报纸,正满脸不屑地在阅读一份报纸的头版,他鼻子和脸上其他部分都皱在一起,显出一副不可一世的轻蔑神气。

"哈!"萨姆说,"这颗脑袋和面孔,还有这副眼镜和宽边帽子,我该认识呀! 是伊坦斯维尔来的,肯定错不了。"

萨姆为了引起那位先生的注意,立刻拖长声音咳嗽起来;听到这声音,那位先生吃了一惊,抬起了头和眼镜,露出来的正是《伊坦斯维尔时事报》的波特先生那张面孔。

"对不起,先生,"萨姆走上前,鞠躬说,"波特先生,我东家在这里呢。"

"别响,别响!"波特叫道,一把将萨姆拉进房,随手带上了门,一脸恐惧的样子,叫人摸不着头脑。

"什么事啊,先生?"萨姆问,茫然地朝四处望去。

"我的名字绝对提不得,"波特回答,"这一带是米色党的天下。要是那些容易激动起哄的居民知道我在这里的话,他们是会把我撕得粉碎的。"

"真有这样的事,是吗,先生?"萨姆问。

"他们会拿我来出气,"波特说,"喂,年轻人,你东家可好啊?"

"他回伦敦去,在这儿过夜,还有两个朋友,"萨姆回答。

波特先生便问匹克威克先生的两位朋友是不是"蓝色党"? 萨姆对此其实同波特本人一样不明就里,但却给了他一个完全肯定的答复,这样他便同意跟萨姆一起去到匹克威克先生的房间去,在那里受到了热烈的欢迎。大家立刻决定一起用饭。

"伊坦斯维尔情况怎样?"在波特坐到炉火边,大家都脱掉了湿靴子、换上干拖鞋之后,匹克威克先生开口问,"《独立报》还在发行吗?"

"《独立报》呢,先生,"波特回答,"仍然还半死不活地挨着。就连很少几个知道这份该死的无耻的报纸的人也讨厌它,瞧不起它;它到处造谣惑众,如今要被自己的谣言给闷死了;它不断地散发黏液,如今要被这些黏液弄得又聋又瞎了;这份下流的东西幸而不知道自己堕落到何种地步,正在迅速地陷入到欺诈的泥污之中去,这表面上像是由卑贱的下层社会阶级给它提供了一个坚实的基础,但是实际上它正要淹到这张报纸可憎的头上,并且很快就会把它永远吞没在其中。”

这位主编以激烈的口气发表了这一宣言(这也是他上周写的社论的一部分),随后停下来喘了口气,威严地瞧着鲍勃·索耶。

“先生,您很年轻呀,”波特说。

鲍勃·索耶先生点点头。

“您也很年轻,先生,”波特转身对本·艾伦先生说。

本对这一温和的指责也接受了下来。

“只要我在世一天,我都要向这些王国的人民宣誓效忠于蓝色的原则,你们二位也深受蓝色原则的影响吧?”波特问。

“嗯,我对那个倒是不大清楚,”鲍勃说,“我是——”

“不是米色的吧,匹克威克先生,”波特打断他的话,把椅子往后一拉,“先生,您的朋友不是米色党吧?”

“不,不,”鲍勃回答,“我目前是彩格子呢;包括了各种各样的颜色。”

“是动摇分子,”波特一本正经地说,“是动摇分子。我想请您看一看在《伊坦斯维尔时事报》上连载的八篇社论,先生。我想我可以大胆地预言,您读了以后很快就会在坚实稳定的蓝色基础之上构筑您的观点了。”

“我敢肯定不用读完我早就变得蓝湛湛的了,”鲍勃回答。

波特先生很有些怀疑地对鲍勃·索耶看了几秒钟,然后转身对匹克威克先生说:

“前三个月里在《伊坦斯维尔时事报》上陆续发表了一些文学评论,这些文章引起了普遍——不妨说是举世的——关注和赞扬,您一定看到了吧?”

“噢,”匹克威克先生回答说,这个问题使他有些尴尬,“事实是这样,我一直忙于应付别的事情,因此还没有机会读到它们呢。"

"您应该读一读,先生,"波特板起面孔说道。

"我会读的,"匹克威克先生说。

"这些文章对一本有关中国玄学的书籍作了广泛的评论,先生,"波特说。

"啊,"匹克威克先生说,"大概出自您的手笔吧?"

"出自我的评论家的手笔,先生,"波特凛然地说。

"我想这个题材一定很深奥啊,"匹克威克先生说。

"十分深奥,先生,"波特回答,显得足智多谋的样子,"用一句专门的但却生动的术语来说,是临时抱佛脚抱出来的;他按照我的要求,到《大英百科全书》里找到了这个题材。"

"真的吗!"匹克威克先生说,"我还不知道那本巨作中包含有中国玄学的内容呢。"

"先生,"波特手放到匹克威克先生的膝盖上,带着超常智力的优越感微笑着朝四周看了看,"他在 M 部中读了玄学这一条,然后在 C 部中读了中国这一条,然后把两方面的材料结合起来,就这样,先生。"

波特先生在回忆这一重要的学术成果所表现的力量和深度时,脸上更显得气派非凡,吓得匹克威克先生好几分钟都不敢开口;后来随着主编面孔松动下来,脸上又像平常一样显得道德文章高人一等的样子,他才大着胆子问:

"能不能劳驾告诉我,是出于什么崇高的目的使您离家老远来到此地的呢?"

"先生,在我所有巨大的劳动中激励鼓舞我的,"波特安详地一笑,"是国家的利益。"

"我想是为了公务吧,"匹克威克先生说。

"是的,先生,"波特说,"完全正确。"说到这里,他朝匹克威克先生俯过身子,用深沉而空洞的声音说,"明天夜里,米色党要在伯明翰举行舞会。"

"天哪!"匹克威克先生叫道。

"是的,先生,还有晚宴,"波特又说。

"你这话可当真!"匹克威克先生忍不住叫道。

波特自负地点点头。

匹克威克先生在听到这一秘密时,尽管装出大吃一惊的样子,但他对地方政治所知实在有限,因此,根本无法充分理解上面提到的这一阴谋到底有多要紧;波特先生见到这点以后,便抽出了最近一期的《伊坦斯维尔时事报》,照着上面念出了下面一段话:

鬼鬼祟祟的米色党

当代有条爬虫最近喷出黑色的毒液,徒劳无功地妄图给我们高贵的出色的代表,尊敬的斯伦基阁下的英名抹黑——这位斯伦基先生,早在他获得当今高贵显赫的地位之前很久,我们就预言他总有一天会成为他家乡最光荣的代表,和它最引以为荣的人物,同时成为它的勇敢的捍卫者和它真正的骄傲,这一切在今天都已成为现实——而当代那条爬虫呢,我们知道,正在为一只精工雕花的煤斗的事而极尽冷嘲热讽之能事,这个煤斗是这位出色人物的大喜过望的选民赠送给他的,这个我们无须指名道姓的卑劣的家伙话中有话地攻击说,斯伦基阁下通过他管家的一个心腹朋友,自己出了购办这件东西所需款项的四分之三还不止。这个小爬虫难道认识不到,即使确有其事,尊敬的斯伦基阁下的形象不是只会显得更加高大更加可敬吗?他是那么鲁莽无礼,难道认识不到,这一为了实行选民的意愿的亲切感人的做法,一定会更使他的家乡人对他更加全心拥戴吗?对此无动于衷的人只能是一些猪狗不如的家伙;换句话说,只是跟这位当代的小爬虫同样卑劣的角色。但这就是鬼鬼祟祟的米色党所玩的那套卑鄙无耻的把戏!他们的把戏还不止于此,其中嗅得出卖国的味道。我们大胆地宣布——既然环境逼得我们非进行揭发不可,我们要求得到国家和警察的保护,我们大胆地宣布,目前米色党正在秘密准备举行一场舞会;舞会将在米色党居民区的中心,一个米色党的市镇里举行;将由米色党司仪主持,四个米色党极端派国会议员将会出席,入场者需持有米色党的门票!我们当代的那个魔鬼畏缩了吗?让他怀着满腔恶意,无能为力地痛苦吧,我们要写出这一句话来:我们也会到场。

"嗯,先生,"波特精疲力竭地折起报纸,说道,"情况就是这样!"

这时恰好老板和侍者送饭进来,波特先生手指放在嘴唇上,表示他认为自己的生命完全在匹克威克先生手里,他一定要严守秘密。在他读《伊坦斯维尔时事报》上这篇文章以及随后的谈话期间,鲍勃·索耶先生和本·艾伦先生都睡着了,但是"开饭"这两个字却像有魔力似的,轻声一说他们就醒了过来;于是开始用饭,他们身子健康得很,胃口呱呱叫,消化力又强,一位侍者在一旁侍候。

在用饭时以及饭后一段时间里,波特先生总算屈尊谈了几分钟的家常事,他告诉匹克威克先生说伊坦斯维尔的空气不适合他太太的身体,因此她去眼下流行的几处温泉胜地旅行,以恢复她的体力和精神;这只是个微妙的托词,其实波特太太将她屡屡提出的分居的威胁付诸实施了,由她兄弟,一个中尉出面交涉,同波特先生谈妥了条件,规定将《伊坦斯维尔时事报》主编和发行年收入的一半交给她,就这样她带着自己忠实的护卫永远离开了。

伟大的波特先生谈这谈那,时不时地从他自己精心撰写的文章中引用几段,使他的谈话生色不少。就在这时,旅馆门口停了一辆路过的驿车卸行李,一个脸色铁板的陌生人从车窗里面问,有没有空房间,他打算停下来在这里过夜。

"没问题,先生,"老板回答。

"有房间,是吗?"陌生人又问,他的外貌和举止似乎老是心存怀疑。

"请放心,先生,"老板回答。

"很好,"陌生人说,"车夫,我就在这里下车了。管车人,替我拿一下旅行包!"

这个陌生人在不是很客气地同其他旅客道别后,便下了车。他个头不高,硬硬的黑头发直直地竖在头顶;他的样子神气活现,凶巴巴的;态度很横;他的目光锐利而游离不定;说明这个人不可一世,别的人都完全不在他的眼皮底下。

这位先生被带到了原先给爱国的波特先生住的房间里;接下来的场面同一个小时之前竟然如此相仿,侍者惊讶得说不出话来,原来一点上蜡烛之后,这位先生便把手伸到帽子里面,掏出一张报纸阅读起来,脸上那种愤慨的不屑之情,就同波特一模一样,一个小时之前出现在波特那张庄严的面孔上那种鄙夷之情把他气得几乎麻木了。侍者还注意到,使波特先生嗤之以鼻的报纸题头是《伊坦斯维尔独立报》,而这位先生极为不齿的报纸叫《伊坦斯维尔时事报》。

"叫老板来,"陌生人说。

"是,先生,"侍者说。

老板立即给叫来了。

"你是老板吗?"那位先生问。

"是啊,先生,"老板回答。

"你认不认识我?"那位先生问。

"我还没有这个荣幸,先生,"老板说。

"我姓斯勒克,"那位先生说。

老板微微鞠了一躬。

"斯勒克,先生,"那位先生盛气凌人地说,"你听说了吗,伙计?"

老板搔搔头,抬头看看天花板,然后再看看陌生人,勉强挤出一丝笑容来。

"你听说过我吗,伙计?"陌生人气鼓鼓地问。

老板用了浑身的劲,终于说:"嗯,先生,我没有听说过。"

"老天哪!"陌生人捏紧拳头捶着桌子说,"想不到名气就是这么回事!"

老板朝房门迈了一两步;陌生人眼睛死命盯住了他,又说了下去。

"哼,"陌生人说,"我多年来为群众工作和研究,想不到社会竟然会这样忘恩负义。我湿漉漉地下了车,累得要命;可是没有热情的人群来迎接他们的捍卫者;教堂里也没有敲钟;就连名字在他们迟钝的心灵中也没有激起反应。算了,"万分激动的斯勒克先生边说边来回踱步,"这足以使墨水在你的笔里凝固起来,使你从此搁笔了吧。"

"您是说要搀水白兰地吗,先生?"老板大着胆子暗示说。

"要糖蜜酒,"斯勒克先生说,朝他凶巴巴地转过身来,"你这里哪儿有火炉呀?"

"马上就生一个起来,先生,"老板说。

"那要等到上床时候才会热,"斯勒克先生打断了他的话,"厨房里面有人吗?"

一个人也没有。里面炉子烧得旺旺的。里面的人都走了,为了过夜大门已经关上了。

"我到厨房里去,"斯勒克先生说,"在炉火旁边喝搀水糖蜜酒。"这样,他拿起帽子和报纸,庄严地跟在老板身后大踏步走进那间简陋的厨房里,他一屁股在火炉旁边一张高背长椅上坐下来,又显出一脸不屑的神气,派头十足地默默地边读报纸边饮酒。

这时候,恰好另外四位旅客各自端着酒杯,跟在领路的萨姆・维勒身后,来到了厨房里。

陌生人正在读报;他抬头一看,吓了一跳。波特先生也吓了一跳。

"怎么回事?"匹克威克先生低声问。

"那条爬虫!"波特说。

"什么爬虫?"匹克威克先生说,朝四周望了望,生怕自己踩到了特大的黑甲虫或者像是蜘蛛身上。

"那条爬虫,"波特低声说,他拉住匹克威克先生的胳膊,指着那个陌生人说,"那个名叫斯勒克的爬虫,《独立报》的。"

"我们还是走开吧,"匹克威克先生低声说。

"决不,先生,"波特说,他刚刚喝了酒,胆子特别壮,"决不。"说过以后，波特先生便在对面的高背椅子上坐下，从那小卷报纸中挑出一张，面对敌手阅读起来。

波特先生读的当然是《独立报》，而斯勒克先生读的当然是《时事报》；每位先生边读对方的大作，边清晰可闻地刻薄地冷笑，尖酸地嗤之以鼻，以表示其轻蔑之情；发展到后来，双方用起了一些越发明显的词汇，例如"荒唐无稽"、"可耻"、"庸俗不堪"、"无赖"、"流氓"、"龌龊"、"肮脏"、"臭不可闻"等诸如此类的字眼。

鲍勃和本两人一边使劲抽着雪茄，一边欣赏着眼前的一切，这种敌对仇恨的场面使他们觉得赏心悦目。一等双方的劲道小下去时，调皮的鲍勃便彬彬有礼地开口问斯勒克说：

"先生，等您手上的报纸看完了，能不能借给我看一看？"

"先生，在这份无耻的东西上面花时间，您是根本不值得的，"斯勒克回答，朝波特恶毒地看了一眼。

"这张您可以马上拿去，"波特抬起头来说，气得脸色发白，说话声音也在发抖，"哈！哈！这个家伙的厚颜无耻是会使您好笑的。"

两人在"东西"和"家伙"这两个词上都特别加重了语气；两位主编火气升了起来，面孔有点红了。

"这个可怜的汉子真是下流透顶，实在让人恶心，"波特装着是对鲍勃·索耶说话，却沉着脸对斯勒克看着。

一听这话，斯勒克先生开心地哈哈一笑，将报纸叠了叠，像是为了更方便阅读另一个专栏，接着说，这个傻瓜真让他觉得好笑。

"这个厚脸皮的家伙多么愚蠢无知呀，"波特的脸色由粉红变成通红。

"先生，您读过这人写的这些狗屁没有？"斯勒克问鲍勃·索耶。

"从来没有，"鲍勃回答，"写得很糟，是吗？"

"噢，糟透了！糟透了！"斯勒克回答。

"真的！天哪，这太不像话了！"这时波特嚷道，仍然假装在认真读报。

"要是您能够吃力地读上几句完全由恶意、卑鄙、虚伪、扯谎、背又和伪善构成的句子，"斯勒克一边把报纸递给鲍勃，一边说，"你也许会哈哈一笑，觉得总算有些收获，因为竟然会读到这些狗屁不通的胡说八道。"

"先生，您在说什么？"波特先生抬头问，气得浑身发抖。

"那跟您又有什么关系，先生，"斯勒克说。

"是狗屁不通的胡说八道，是吗，先生？"波特问。

"是啊，先生，就是这样，"斯勒克说，"要是你喜欢换个说法，也可以说是蓝色党的臭狗屎，哈，哈！"

波特先生不去理会这一侮辱性的大笑，而是不慌不忙地将他手上的《独立报》叠起来，小心地压平，然后放在靴子底下踩了几脚，再郑重其事地在它上面吐了几口唾沫，最后再把它扔进火炉里。

"就这样，先生，"波特从火炉边走回来，说道，"处置那条喷出这些毒液的蝮蛇呢，我巴不得采取这个办法，算他走运，受到这个国家法律的限制，我没法动手。"

"动手啊，先生！"斯勒克跳起来嚷道，"在这种情况下，他是决不求助于那些法律的，先生。动手啊，先生！"

"讲得好！讲得好！"鲍勃·索耶说。

"这是最公平不过的了，"本·艾伦先生说。

"动手啊，先生！"斯勒克又直着嗓子说。

波特先生又轻蔑地朝对方一看，那犀利的眼光就连铁锚也承受不住。

"动手啊，先生！"斯勒克又说，声音更加大了。

"我可不，先生，"波特回答。

"噢，你可不，你不，是吗，先生？"斯勒克先生以奚落的口气说，"先生们，你们听见啦！他不，并不是因为害怕，噢，不！他不想。哈，哈！"

"先生，我认为，"波特先生被这番话刺痛了，他说，"我认为你是条毒蛇。我把你看成是进行着寡廉鲜耻、可憎可厌的活动而不齿于人类的狗屎堆。先生，无论是在人格上或者政治上，我都把你看做是一条前所未有的十足的毒蛇。"

怒气冲冲的《独立报》主编并没有等这种人身攻击说完，便顺手抄起装满了衣物的旅行包，趁波特转过头去时朝他扔去，包在空中划了条弧线飞了过去，击中他脑袋的袋子角里恰好放了一把大发刷，只听整个厨房里砰的一声，波特立刻倒在地上。

"先生们，"波特跳起身来抄起了火铲，匹克威克先生叫道，"先生们！看在老天的面上，想一想吧——来人呀——萨姆——来——先生们——来人呀，把他们拉开。"

匹克威克先生一面上气不接下气地叫着，一面冲到两个怒不可遏的人中间，恰好身子一边让旅行包打了几下，另一边被火铲敲了几记。这两位伊坦斯维尔舆论界的代表人物究竟是由于气愤得看不清了呢，还是（因为两人都是精于推理的好手）觉得有个人夹在当中挨打对双方都大有好处呢，这就难说了，反正他们对匹克威克先生一点都不留情，只管气势汹汹地叫喊着，大无畏地挥动旅行包和火铲，使劲地打个不停。要不是维勒先生听见东家的呼唤，赶过来救援，匹克威克先生一定会因为他的人道主义干涉而大吃苦头了。萨姆抓起一个面粉袋，朝力大无比的波特一套，把他连头带肩膀都套牢，随后紧紧抓住他的肩膀，成功地止住了这场冲突。

"把另外那个疯子手里的袋子拿掉，"萨姆对本·艾伦和鲍勃·索耶说，后两位什么也没做，只是在一旁左闪右避，他们每人手里拿着一把玳瑁做的柳叶刀，准备随时给先被打昏的人放血。"放下那袋子，你这个该死的家伙，要不然我就把你闷死在里头。"

《独立报》主编一来是被这句话镇住了，二来自己也喘不过气来，于是便让人解除了武装；维勒先生把面粉袋从波特头上拿开，一边警告一边放他自由。

"你俩安安静静上床睡觉去，"萨姆说，"要不我把你俩全放到床上去，扎起你们嘴巴让你们打个痛快，就是有十几个人想玩这把戏的话，我也照样干。您呢，先生，请这边来吧。"

萨姆这样招呼了东家，搀着他走了，两位敌对的主编在鲍勃和本的监视之下,由老板分别带他们回到自己床上去;他们在离开之前,还气势汹汹地威胁对方,含含糊糊地说是第二天要拼个你死我活。不过,等到他们仔细思量一番之后,觉得还是笔战更加好一些,因此他们立刻就开始动作,咬牙切齿地干了起来;他们的冲天豪气——在纸上——响彻了整个伊坦斯维尔。

第二天一早,别的客人还没有起身,他们各自坐了一辆马车走掉了;由于天气已经放晴,小马车的几位伙伴又朝伦敦进发了。

三十四

匹克威克先生觉得,在新婚夫妇还没有充分的心理准备之前,将鲍勃·索耶或者本·艾伦带去见他们未免太冒失,他想尽可能保护阿拉贝拉的感情不受伤害,因此便提议他和萨姆在乔治和兀鹰旅社附近下车,两位年轻人暂时先到别处歇脚。对这一建议那两位高高兴兴地表示赞成,并且随即就照办了。

就在进门时,萨姆的心上人,漂亮的女仆玛丽交给他一封信。信是他父亲的,原来他的后妈去世了。于是,他立刻去找匹克威克先生请假。

"先生,我最多去一两天,"萨姆在把父亲那边的噩耗告诉了匹克威克先生以后说。

"随你多久都可以,萨姆,"匹克威克先生回答说,"我完全同意你留在家里。"

萨姆鞠了个躬。

"萨姆,同你父亲讲,要是他目下需要我做什么的话,只要我能够,我很愿意随时帮忙,"匹克威克先生说。

"谢谢您,先生,"萨姆回答,"我会同他说的,先生。"

在互相关照几句珍重道别之后,主仆两人就分手了。

塞缪尔·维勒从一辆路过多金的驿车的驾驶者座上下来,站在离格兰比侯爵酒店几百码远的地方时,刚好是七点钟。夜晚又冷又暗,小街看上去冷清而凄凉。

萨姆见到没有地方可以先问话,便轻轻走了进去。他朝四周一看,立刻看到父亲远远坐在里面,正在出神地想什么。尽管萨姆叫他名字叫了好几回,他脸上还是纹丝不动,照样静静地抽烟,最后儿子将巴掌放到他肩头,他这才惊醒过来。

"萨姆,"维勒先生说,"欢迎你来啊。"

"我叫了您五六次,"萨姆把帽子挂在帽钩上,说道,"可是你没有听见。"

"没有,萨姆,"维勒先生回答,又若有所思地望着炉火,"我在想心事呢,萨姆。"

他又紧紧盯着炉火沉思起来,他喷出一大口烟把自己身子都遮住了。

"萨姆,她说的那些话很有道理呀,"维勒先生在沉默了很长一段时间之后,挥手把烟雾驱开,说道。

"什么话呀?"萨姆问。

"在她病倒以后说的那些话,"老先生回答。

"说的是什么呀?"

"大致是这样。'维勒,'她说,'我对你恐怕没有好好尽到责任呀;你为人心肠很好,我本可以替你把家弄得更加舒服的。我现在明白,'她说,'可是已经太晚了,我明白要是一个成了家的女人要信教,那么她应该先在家里尽到责任,使得身边的人快乐幸福,还有她在适当的时间去教堂时,她该当心不要以此作为懒惰或者放纵自己的借口。我以前就是这样的,'她说,'我把时间和金钱都浪费在那些比我更加厉害的人身上,不过我希望等我去世后,维勒,你会想到我在认识那些人之前的样子,想想我的真实的为人。''苏珊,'我说,我不否认,我一点没有料到会有这番话,孩子,'苏珊,'我说,'总的说来,你是我的好老婆;不要再说那些话了;鼓起勇气来,亲爱的,你会活着看见我去敲那个斯提金斯的脑壳的。'听到这话,她笑了,塞缪尔,"老先生说,他用烟斗把叹息压了下去,"但她还是死了!"

"嗯,"接下来的三四分钟里,老先生只是慢慢地摇着头,一边还一本正经地抽烟斗,萨姆壮起胆子想要说几句话安慰一下父亲,"嗯,老人家,人迟早总会有这一天的。"

"对呀,萨姆,"老维勒先生说。

这一想头又引起更多的联想,老维勒把烟斗放在桌上,带着沉思的脸色拨起炉火来。

"孩子,要是我待在这里,我看不出这有什么好处,同时,我又不想同社会上那些有趣的人物完全分开,我决定还是去赶那个名叫'安全'的马车,重新住到贝尔·萨维奇旅馆去,我觉得那里天生配我的胃口,萨姆。"

"那么这里的生意怎么办呢?"萨姆问。

"生意呢,塞缪尔,"老先生回答说,"营业权、存货和装置,都盘给别人;你后娘临死前同我说过,从卖的钱里面拿出两百镑来给你去投资,让你去买——那东西叫什么来着?"

"什么东西呀?"萨姆问。

"在伦敦城里老是上上下下的。"

"是公共马车吗?"萨姆问。

"胡说,"维勒先生说,"那东西老是涨涨跌跌,跟政府债券、票据什么的有关系。"

"哦!是基金呀,"萨姆说。

"啊!"维勒先生回答,"是基金;塞缪尔,两百镑的钱给你投资在基金里面;年利四厘半的减息政府债券,萨姆。"

"老太太真好,还想到我,"萨姆说,"我对她万分感激。"

"其余的就用我的名义投资,"老维勒先生继续说,"等到我走完路,钱就完全归你,免得你会一下子把它花光,孩子,当心,别让哪个寡妇听到风声说你有钱,要不然你就完了。"

在提出这一警告以后,维勒先生又抽起了烟斗,他的脸色安详多了;把这些事情说出来以后,他的心情仿佛轻松多了。

"有人在敲门,"萨姆说。

"由他去敲吧,"他父亲凛然地说。

萨姆照办了。接着又敲了一声,然后是第三下。

没有去理睬敲门的人,过了一会儿,门外那个没有露面的人冒昧地打开门朝里面张望。门缝里塞进来的是斯提金斯先生那长长的黑色鬈发和红面孔。维勒先生的烟斗从手上掉了下来。

牧师以几乎无法觉察的程度把门推开,最后门缝大得足够让他精瘦的身体挤进来,他无声无息地溜进房间,顺手极其小心地轻轻把门在身后带上了。他朝萨姆转过脸去,举起双手眼睛朝上,从而对这家人所遭受的不幸表示说不出的悲痛,然后他把那张高背椅子搬到炉火旁边他常坐的角落里,屁股坐在椅子边上一点点的地方,掏出一条棕色的手帕,放到了他的眼睛上。

就在他这样做的时候,老维勒先生往椅子上一靠,双目圆睁,两只手放在膝盖上,整个面容显得特别专注和极其惊讶。萨姆默不作声地坐在对面,以急切的好奇心看这场戏如何收场。

斯提金斯先生把棕色手帕掩在眼睛上有好几分钟,同时又恰到好处地呜咽着,然后他竭力克制了自己的悲伤,把手帕放回袋子里,扣上扣子。在这以后,他拨了拨火;在这以后,他搓搓手,望着萨姆。

"噢,年轻的朋友,"斯提金斯先生以很低的声音打破了沉默,"真太让人伤心了呀!"

萨姆微微点了点头。

"对该遭天罚的人也一样!"斯提金斯先生接着说,"真叫人的心流血呀!"

儿子听见维勒先生在咕哝着要让人的鼻子流血的话,但是斯提金斯先生没有听见。

"年轻人,"斯提金斯先生把椅子拉到萨姆身边,低声问,"你知不知道她给伊曼纽尔留下什么了吗?"

"那人是谁呀?"萨姆问。

"是小教堂，"斯提金斯先生回答，"我们的小教堂；我们的羊栏，塞缪尔先生。"

"她什么也没有留给羊栏，也没有给牧人，"萨姆斩钉截铁地说，"也没有留给狗。"

斯提金斯先生偷眼看看萨姆，又朝老先生瞟了一眼，他双目紧闭，坐在那里像是睡着了；接着他把椅子拉得更近，说道：

"塞缪尔先生，没有留给我什么吗？"

萨姆摇摇头。

"我想总会有点东西吧，"斯提金斯先生说，那张红脸有点儿发白，"想想看，塞缪尔先生，没有一点小纪念品吗？"

"还不值你那把旧伞的价钱，"萨姆回答。

"也许，"斯提金斯先生认真思考了几分钟，接着犹豫地说，"也许她把我托付给那个遭天罚的人照应了吧，塞缪尔先生？"

"照他说的，我想那倒是很有可能，"萨姆回答，"他刚才还说起你呢。"

"真的吗？"斯提金斯叫道，面孔马上活络起来，"啊！他是变了，我敢肯定。我们现在可以舒舒服服地在一起过日子了，塞缪尔先生，嗯？等你走了以后，我可以替他掌管财产——瞧，管得好好的。"

斯提金斯先生长长地叹了口气，停下来等对方回答。萨姆点点头，老维勒先生发出一种异乎寻常的声音，它既不是呻吟，也不是嘟哝，既不是喘息，也不是咆哮，在某种程度上这四者兼而有之。

斯提金斯先生认为这种声音表示了他对以往万分追悔，胆子越发大了起来，他朝四周看了看，搓着双手，哭了哭，再笑起来，接着又哭了哭，然后熟门熟路地轻轻走到房间另一边角落里一个架子那里，拿下来一只大杯子，不慌不忙地放进四块方糖。在进行到这一步之后，他又朝四周望了望，悲悲切切地叹了口气，再轻轻走到吧台跟前，立刻倒了半杯菠萝糖蜜酒回来，然后走到正在火炉搁架上愉快地嗡嗡响的水壶前，把酒兑好，搅了搅，啜了一小口，坐下来，长长地喝了一大口搀水糖蜜酒，停下来换一口气。

老维勒先生继续做出各种各样笨拙奇怪的努力装成睡着的样子,在这段时间里他一句话都没有说;但等到斯提金斯停下来换气的当儿,他扑到他身上,一把夺过他手上的杯子,把里面剩下的搀水糖蜜酒泼到他脸上,把杯子扔到火炉里面。接着,他紧紧抓住牧师的衣领,使劲踢起他来。每当他的高统靴踢在斯提金斯先生身上,他嘴里还断断续续地对他的四肢、眼睛和身体发出一连串恶毒的咒骂。

"萨姆,"维勒先生说,"替我把帽子戴戴紧。"

萨姆孝顺地把父亲头上那个带着长长的黑帽带的帽子戴好,老先生更加身手矫健地重新踢了起来,他同斯提金斯先生一起跌跌撞撞地冲出了酒吧间,穿过走廊,冲出大门,来到街心,在这段时间里他一直在踢,每次高统靴抬起来时,那力量非但没有减退,反而还更加重了些。

眼看这个红鼻子在维勒先生的手底下扭来扭去,随着一脚又一脚踢在身上,他的身体痛得发抖,这一场面确实好看而来劲;更加有意思的是,维勒先生使出力气又推又搡地将斯提金斯先生的脑袋浸到了一个盛满水的马槽里面,他用力摁住它,直到他几乎呛死才放手。

"滚!"维勒先生最后让斯提金斯先生的脑袋从马槽里抬起来时,又使出浑身力气朝他以复杂的脚法踢了一脚,"再叫哪个懒惰的牧师来吧,我先要把他打成肉酱,然后再淹死他!萨姆,扶我进去,给我倒一小杯白兰地来,我气都要喘不过来了,孩子。"

三十五

匹克威克先生在把伯明翰之行那一令人失望的结果告知阿拉贝拉之前,先细心地作了一番铺垫,并且反复强调完全没有必要对此感到沮丧,尽管如此,她还是失声痛哭起来,她抽抽搭搭地责怪自己不好，说父子之间的不和全是因为她。

"亲爱的，"匹克威克先生说，"这事根本不能怪你。谁都想不到，那位老先生会这样不近人情，对吗？我深信，他一定不知道自己损失了多少美好的亲情。"

"噢，匹克威克先生，"阿拉贝拉说，"要是他一直生气，那我们怎么办呢？"

"哎，那就耐心等待好了，亲爱的，总有一天他会回心转意的，"匹克威克先生说。

"可是，亲爱的匹克威克先生，要是纳撒尼尔的父亲断了他的接济，那他怎么办呢？"

"亲爱的，要真是那样的话，"匹克威克先生回答说，"我敢大胆地预言，他一定会发现有某个朋友能毫不犹豫地伸出援手，帮助他在社会上立足的。"

匹克威克先生这一回答的内涵并没有掩饰得很好，阿拉贝拉完全明白了他的意思。因此她拢住了他的脖子，深情地亲吻他，抽泣的声音更大了。

"对这两个年轻人来说，这种尴尬的境地是很痛苦的，"第二天早上匹克威克先生起床穿衣时想，"我要到佩克那里去一趟，听听他对此有何看法。"

匹克威克先生又想到同那位好心的律师结账的事不应该再耽误下去了，他更加急于到格雷律师学院广场去，于是他匆匆用了早餐后马上就出发了，结果在十点钟之前他就到了那里。

在他走上楼梯时才九点五十分。办事员还没有来上班，他只好从楼梯窗口往外望，以此来消磨时间。

"您早啊，匹克威克先生，"有个声音在他背后说。

"啊，是娄顿先生，"那位先生掉转头来，看到了他的老相识。

"我很高兴，"娄顿说，"我们昨晚在树桩旅店玩得迟了点，我今天一早有点不大对劲。顺便说一句，佩克这两天正在为您的事情忙呢。"

"什么事情？"匹克威克先生问，"是巴德尔太太的诉讼费吗？"

"不，我说的不是那件事，"娄顿先生回答。"是为了你要弄出弗利特监狱的那个人，我们照您的意思替他每英镑付十先令给票据贴现商，您是知道的——把他弄到圭亚那去。"

"噢，是金格尔先生?"匹克威克先生连忙问，"对啦，事情怎样啦?"

"嗯，已经全安排好了，"娄顿先生一边修理鹅毛笔，一边说，"利物浦的那位经纪人说，当年您从商时帮过他不少的忙，有您的推荐，他很愿意接受他。"

"很好，"匹克威克先生说，"听到这话很叫人高兴。"

"还有呢，"娄顿说，一边削着笔头，准备再开条缝，"另外那个家伙多蠢呀!"

"另外哪个?"

"嘿，那个仆人，或者朋友，不管他是怎么回事，您认识的，特洛特呀。"

"啊?"匹克威克先生笑着说，"我一向以为他精得要命呢。"

"我也是呀，尽管我同他见面次数有限，"娄顿回答，"这只说明人是多么容易上当。他也要去圭亚那，您觉得如何?"

"什么! 他不想留在这里干活吗?"匹克威克先生嚷嚷道。

"佩克愿意一星期给他十八先令，要是表现好的话还会加钱，他把这个看得一文不值，"娄顿回答说，"他说他非得同另一个一块儿去，他们请佩克再写信去，结果在同一个庄园里谋了个位置;佩克说，那工作谈不上有什么好，要是有个犯人换了件新衣服出庭，给判流放到新南威尔士去，也会比他强。"

"这家伙真傻呀，"匹克威克先生说，眼睛里闪闪发光，"真傻呀。"

"噢，哪里只是傻，简直是不像话，对啦，"娄顿说，一边以鄙夷的神色削笔尖，"他说世上他就这么一个朋友，他离不开他，等等等等。友谊本身是好事，例如，我们在树桩旅店里都很友好舒服，大家一起喝酒，各付各的账，哪有人为了别人干损害自己的事情，对吗?每个男人只有两件事情离不开——一是自个儿，另一个便是女人;这就是我的看法——哈!哈!"娄顿先生大笑起来,这时楼梯上忽然传来了佩克的脚步声,他连忙住了口。

匹克威克先生同他的法律顾问互相热烈地打了招呼;他刚刚在律师的安乐椅里坐下来,就听见有人敲门,有个声音问佩克先生在不在。

"听着!"佩克说,"这就是金格尔本人,我亲爱的先生。您要不要见他?"

"你看呢?"匹克威克先生问,有点儿犹豫不决。

"我想还是见见吧。喂,先生,是哪位呀,进来吧。"

听到这句并不怎么客气的邀请,金格尔和乔布走进房来,一见到匹克威克先生在场,他们有点慌乱地停住了。

"哎,"佩克说,"你们难道不认识这位先生吗?"

"那还用说,"金格尔先生走上前来,说道,"匹克威克先生——感激不尽——救命恩人——使我重新做人——先生,我是不会辜负您的。"

"你这样说,我很高兴,"匹克威克先生说,"你气色好多了。"

"谢谢您,先生——改变太大了——国王陛下的弗利特——那地方不健康——很不健康啊,"金格尔摇头说。他衣着整齐干净,乔布也是一样,他笔直地站在后面,板着面孔望着匹克威克先生。

"他们什么时候去利物浦呀?"匹克威克先生半转过身子问佩克。

"今天晚上,先生,七点钟,"乔布说,也走上前一步,"从城里坐大马车去,先生。"

"车票买好了吗?"

"买好了,先生,"乔布回答。

"你决心要去吗?"

"是的,先生,"乔布回答。

"至于金格尔这身衣着的所有费用,"佩克大声对匹克威克先生说,"我已经做主安排了,就是从他每季度的薪水里扣一小笔钱,这样一年下来就可以还清了。亲爱的先生,我完全不赞成你再为他破费,他花的钱应当由他自己规规矩矩努力干活挣出来。"

"当然如此，"金格尔坚定地插嘴说，"头脑清楚——对世事一清二楚——完全正确——完完全全。"

"为了同他的债主达成协议，把他的衣服从当铺里面赎回来，让他出狱，再加上他的路费，"佩克对金格尔的话不予理睬，继续说道，"您已经损失掉五十多镑了。"

"不是损失掉，"金格尔连忙说，"都要还——好好做事——还钱——每个子儿都要还。害热病，也许——那就没办法了——否则——"说到这里金格尔先生停住了，他用力打了一下帽顶，手在眼睛上方擦了擦，坐了下来。

"他的意思是，"乔布往前走上几步，说道，"要是他没有害热病死掉的话，他是会把钱还掉的。只要他活着，他一定会还钱，匹克威克先生，我愿意对此负责。我知道他会做到的，先生，"乔布热烈地说，"我可以发誓。"

"好啦，好啦，"匹克威克先生说，就在佩克讲述他做的好事时，他朝他皱了一二十次眉头，但那位小个子律师固执地不予理睬，"金格尔先生，你得留心不要再不顾一切地去打板球，或者再去同什么爵爷重新来往啦，我相信你是能够保持健康的。"

金格尔先生听了这俏皮话，笑了一笑，不过显得有点儿不好意思。

佩克把刚刚写好的一封信封了起来，说道："你们到了利物浦，就把这封信交给经纪人，先生们，听我一句话，到了西印度群岛后，不要太滑头了。要是你们失掉这个机会，那么真该上绞架了，我真心以为那处罚对你们是一点不过分的。现在你们最好还是走吧，我这里和匹克威克先生还有其他事情要谈，时间很宝贵呀。"佩克一边说，一边望着门，显然希望这一告辞的场面快点结束。

金格尔先生动作倒是够快的。他匆匆说了几句话，对小个子律师如此迅速地进行帮助表示谢意，接着朝他的恩人转过脸来，站在那里犹豫了几秒钟，像是不知该说什么话或者做什么事才好。还是乔布·

特洛特帮他解脱了困境,他恭恭敬敬、满怀感激地朝匹克威克先生鞠了个躬,然后轻轻挽起朋友的胳膊,领他走掉了。

"这两个人可真不赖呀!"房门在他们身后关上后,佩克说。

"我希望他们能够真的这样,"匹克威克先生回答说,"你看呢?他们有没有机会从此改邪归正呢?"

佩克狐疑地耸耸肩膀,但看到了匹克威克先生脸上急切而失望的神色,他回答说:

"机会自然是有的。我希望眼下这个机会他们能够把握住。毫无疑问,他们现在是悔过了;但要知道,他们对最近吃的苦头记忆犹新。等到这种记忆消退后,他们会变得怎样,这个问题你我都没法回答了。不过,我亲爱的先生,"佩克手搭在匹克威克先生的肩上,继续说道,"无论结果怎样,您的动机同样值得大书特书。像如此周到体贴、如此富有远见卓识的好事,是很少有人做的了,因为弄不好容易上当受骗,这一来反而会伤害做事的人的自爱,这种事究竟是真正的善举呢,还是欺世盗名,对此我只能让比我更高明的人来判定了。不过,即使这两个家伙明天就偷盗抢劫,我认为您的这一举动也并不会因而减色。"

佩克说这番话的口气,比一个吃法律饭的人平常说话要生动诚挚得多,他把椅子拉到办公桌旁边,听匹克威克先生把老温克尔先生如何固执己见的事讲了一遍。

"再等他一个星期吧,"佩克说,先知先觉地点点头。

"你看他会回心转意吗?"匹克威克先生问。

"我看是会的,"佩克说,"要是还不行,我们就得让年轻的女士去试试了;除了您以外,换了别的人都会先把年轻的女士抬出去的。"

这时外面办公室里传来问讯的低语声,娄顿轻轻敲了下门。

"进来!"小个子叫道。

办事员进来了,随手带上了房门,现出一副极其神秘的神情。

"什么事呀?"佩克问。

"有人找您,先生。"

"谁找呀?"

娄顿看了一眼匹克威克先生,咳了一声。

"谁找我呀?怎么不说话啦,娄顿先生?"

"嗯,先生,"娄顿回答,"是道孙,还有福格也来了。"

"天哪!"小个子律师看看表,说道,"我约他们十一点半来把您的事情解决掉的,匹克威克。我答应给他们一笔钱,让他们撤诉您的案子;我亲爱的先生,这很有些尴尬;你怎么办呢?要不要到隔壁房间里去?"

隔壁房间就是道孙和福格待的那个房间,匹克威克先生回答说他还是宁可待在这里;尤其是因为道孙和福格先生是会不好意思正视他的面孔的,而他见到他们却没有什么难为情之处。他涨红了脸,气愤地要佩克先生注意他说的后面这句话。

"很好,亲爱的先生,很好,"佩克回答,"我要说的只是,要是你指望道孙或者福格在见到您或者其他任何人的时候,会表现出什么羞惭或者惶恐的样子来的话,那您未免太乐观了,这样乐观的人我还从来没有遇见过呢。带他们进来,娄顿先生。"

娄顿先生咧了咧嘴,走出门去,立即把那两位引了进来,其先后次序按照老规矩:道孙在前,福格在后。

"我相信,匹克威克先生你们见过吧?"佩克说,用笔朝那位先生坐的地方指了指。

"您好啊,匹克威克先生,"道孙大声说。

"啊呀呀,"福格嚷道,"您好吗,匹克威克先生?希望您很好,先生。我想我们是有过一面之缘的,"福格说,他拉过一张椅子,满面笑容地朝四周望了望。

匹克威克先生微微点了点头,算是回答了这些招呼,他看见福格从外套口袋里抽出一卷文件来,便站起身,走到窗口前。

"佩克先生,匹克威克先生完全没有必要走开呀,"福格一边解开扎在那卷文件上的红带子,一边说,笑得比先前更加甜蜜了,"匹克威克先生对这些手续是相当熟悉的。我想,我们之间没有什么要保密的。嘻！嘻！嘻！"

"没有多少，我想，"道孙说，"哈！哈！哈！"两个搭档接着一起大笑起来——兴高采烈地笑，凡是马上就有金钱进账的人常常都会这样。

"匹克威克先生要是偷看的话，我们会要他出钱的，"福格把文件展开，一边以一种很是自然的幽默感说，"费用经核定，总共是一百三十六镑六先令四便士，佩克先生。"

在这样报出了收益和损失之后，福格和佩克接着便进行核对比较，翻了一大通文件。这时候，道孙以亲切的态度对匹克威克先生说：

"匹克威克先生，同我上次有幸见过您时相比，您好像不如那时健康啦。"

"也许是吧，先生，"匹克威克先生回答，他望着那两个人，眼睛里像是要喷出火来，但这对那两个厉害的律师丝毫不起作用，"我相信是不如以前好，先生。最近由于流氓的迫害我受了罪，先生。"

佩克用力咳了一阵，问匹克威克先生要不要看晨报？对此匹克威克先生断然加以拒绝。

"不错，"道孙说，"我相信您一定在弗利特受罪了；那里有些很古怪的先生呀。您的房间在哪里，匹克威克先生？"

"我的一个房间，"这位深受其害的先生回答，"是在咖啡间那一层。"

"啊，真的吗！"道孙说，"我想那是那里面很不错的地方呀。"

"很不错，"匹克威克先生冷冷地回答。

所有这一切都是在冷静的情况下进行的，对一个生来容易激动的先生来说，在那种情况下，火气很容易爆发出来。匹克威克先生竭尽全力压制住自己的怒气；随后佩克按总数开了一张支票，福格全是粉刺的脸上带着胜利的微笑，将支票收在一个小小的皮夹子里，道孙那板着的面孔上也露出了笑容，这时候，匹克威克先生觉得血往上冲，双颊烫得发痛。

"好了，道孙先生，"福格说，把皮夹放好，戴上了手套，"你看如何呀？"

"很好，"道孙说，"我好了。"

"我很高兴，"福格说，收了支票，脾气越发好了起来，"有幸认识匹克威克先生。我们第一次见面时您对我们印象不佳，匹克威克先生，我希望您现在不要把我们想得那样糟糕。"

"我希望不会，"道孙说，说话的调门就像是德行崇高的人受了恶意中伤时那么响亮，"我相信，匹克威克先生如今对我们比较有所了解了。无论您对我们这一行的人有什么看法，我向您担保，对我的合伙人方才提到的，那天您在我们办公室里说的那番话，我们全无恶感，也决不想进行报复。"

"噢，不，我也不，"福格以一种既往不咎的最为宽容的态度说。

"先生，我们的行为，"道孙说，"本身会说明问题的，我希望能够证明这样做是完全有理的。我们执业已经有好些年了，一直有幸受到好些出色的当事人的信任。再见，先生。"

"再见，匹克威克先生，"福格说。他一边说，一边把雨伞夹在腋下，一边脱去右手的手套，朝那位怒不可遏的先生伸出手来表示和解，但那位先生手背着，放在外衣的下摆里面，以惊讶而鄙夷的神色望着那个律师。

"娄顿！"佩克这时叫道，"开门啊。"

"等一等，"匹克威克先生说，"佩克，我有话要说。"

"我亲爱的先生，算了，就到此为止吧。"小个子律师说，他在这场会面中一直处于一种紧张不安的状态，"匹克威克先生，听我的吧！"

"要叫我不说话是不行的，"匹克威克先生说，"道孙先生，你方才对我说了一番话。"

道孙转过身，温和地点点头，微微一笑。

"对我说了一番话，"匹克威克先生又说，几乎要喘不过气来，"你的搭档向我伸出手来，你俩都显出既往不咎的样子，姿态高得不得了，我没有想到，即使像你们这样的人，竟然还会做得出这样不要脸的事来。"

"什么,先生!"道孙嚷道。

"什么,先生!"福格跟着喊。

"你们难道不知道,是你们阴谋迫害了我?"匹克威克先生继续说,"你们难道不知道,是你们把我送进监狱,并且敲了我一笔钱?你们难道不知道自己是原告的代理律师?"

"先生,我们当然知道,"道孙答道。

"我们当然清楚,先生,"福格也说,也许在无意之中拍了拍口袋。

"我看你们回想起来得意得很呢,"匹克威克先生说,平生头一回想要冷笑一声,但显然没有能够做到这点,"尽管我早就想要明白无误地把我对你们的看法说出来,但出于对我的朋友佩克的尊重,我本来也想放过这个机会算了,想不到你们竟然会用这种混账的口气,摆出这种无耻的放肆样子来。我说是无耻的放肆样子,先生,"匹克威克先生说,他朝福格做了个激烈的手势,吓得那人赶紧往房门口退去。

"留心啊,先生,"道孙说,尽管在这几个人当中他最魁梧,但他还是谨慎地缩到了福格身后,他脸色苍白,从福格头部上方说道,"让他打吧,福格先生;千万不要还手。"

"不,不,我是不会还手的,"福格说,一边说一边更往后退;他的搭档显然更加松了一口气,因为这一来他已经渐渐退到了外间。

"你们,"匹克威克先生接着说下去,"你们是一对十分般配的流氓盗贼,卑鄙的讼棍。"

"嗯,"佩克插嘴说,"说好了吗?"

"全在这句话里了,"匹克威克先生回答,"他们是流氓盗贼,卑鄙的讼棍。"

"好啦!"佩克以息事宁人的口气说,"我亲爱的先生们,他的话说完了。请走吧。娄顿,门打开了吗?"

远处的娄顿先生格格一笑,说是早就开了。

"好了,好了——再见——再见——现在,亲爱的先生们,——娄顿先生,领他们出去!"小个子叫道,一边把道孙和福格推出办公室,这也正中那两位的下怀,"这边走,先生们——请不要耽搁了——天哪——娄顿先生——带路呀,先生——你干吗不来呀?"

"要是英国还有法律的话,"道孙说,他一边戴帽子,一边望着匹克威克先生说,"你是会自食其果的。"

"你们这对卑鄙的——"

"记住,先生,你是要付出高昂的代价的,"福格说。

"——流氓盗贼,讼棍!"匹克威克先生继续说,对那些威胁一点也不在乎。

"盗贼!"两位律师下楼了,匹克威克先生跑到楼梯口大叫。

"盗贼!"匹克威克先生挣脱了娄顿和佩克,头探到楼梯窗口外面大叫。

等到匹克威克先生把头再缩进来时,他已是面带笑容,十分平静了;他静静地走回办公室,宣称自己心头的一块大石头已经落了地,这会儿觉得十分快乐轻松了。

佩克只顾吸鼻烟,没有开口,盒子里的鼻烟吸完了,他叫娄顿先生出去再装上一盒,直到这时他才哈哈大笑起来,笑了足足有五分钟;笑完以后他说他想他本应该十分生气的,但目前还无法把这事认真考虑一番——等到他能够时,他是会生气的。

"嗯,那么,"匹克威克先生说,"我也该同你算账了。"

"像刚才一样吗?"佩克说,又哈哈大笑了。

"不大一样,"匹克威克先生回答,掏出皮夹来,握住了律师的手,"我只是指财务上的。你帮了我不少忙,这个账我永远无法结清,也不想结清,因为我还要继续请你帮忙呢。"

说了这番开场白以后,两位朋友埋头研究起一些极其复杂的账目和单据来,佩克认认真真地将那些东西列出审核,匹克威克先生随即付清了账目,同时不住口地表示友情和谢意。

他们刚刚做好这事,忽然听到门上传来一阵令人吃惊的极其猛烈的敲门声;这并不是平时那种连叩两下的方式,而是不停地连续一下一下打击,仿佛门环会自动地永远敲下去,要不就是外面那个人忘记放手了。

正在暗黑的厕所里洗手的娄顿先生匆匆赶到门口,转动了门把手,出现在大吃一惊的办事员面前的原来是个胖得出奇男孩,说是他东家来了。

奔上楼梯的正是老华德尔,他同娄顿打了个招呼,便立刻冲进佩克先生的办公室里。

"匹克威克!"老先生叫道,"老兄,握握手啊!怎么啦,我只是在前天才听说你让自己给关进监牢里去啦?佩克,你干吗让他这样做啊?"

"我是无能为力呀,我亲爱的先生,"佩克笑着回答,"你知道他多顽固呀。"

"我当然知道,我当然知道,"老先生回答,"不过,我还是很高兴见到他。我现在可得好好看住他了。"

华德尔说了这番话,又同匹克威克先生握手,接着又和佩克握手,然后便一屁股坐到椅子上,满面红光,喜气洋洋地笑着,一副健康的样子。

"嘿!"华德尔说,"现在花头真多——佩克,老兄,给我一撮鼻烟——从来没有现在这样子的,嗯?"

"你这话是什么意思?"匹克威克先生问。

"什么意思,"华德尔回答,"哎,我想那些女孩子都发疯了;你也许会说,这有什么稀奇的,嗯? 也许算不上稀奇吧,不过尽管如此,那可是千真万确的。"

"你别的地方不去,专门赶到伦敦来,难道就是为了跟我们说这件事的吗,我亲爱的先生?"佩克问。

华德尔回答:"阿拉贝拉前天来了封信,说是她已经在没有得到她公公同意的情况下偷偷地结了婚,说是你为了得到他的允许还亲自去了一趟,但他就是不同意,不过这也没有挡住他们办婚事,等等等等。我想这倒是个好机会,可以跟我那两个丫头好好谈一谈;于是我同她们说,儿女不得到父母的同意就结婚,这真是太糟糕了,还有一些诸如此类的话。谁知道,她们对我的话一点儿都不赞成。她们只是说结婚时候没有伴娘才糟糕呢。"

说到这里老先生停下来哈哈大笑,尽情笑过之后,他又开口说了。

　　"看来精彩的还在后头呢,谈情说爱和阴谋诡计一直在进行,远远不止这一点儿。这半年来,我们是在地雷阵上走啊,现在终于爆发出来了。"

　　"你这话是什么意思!"匹克威克先生嚷道,"难道又有什么秘密结婚了,是吗?"

　　"那天晚上,艾米丽在把阿拉贝拉信读给我听以后头疼,上床去睡了,我女儿贝拉陪我坐着,谈起这件婚事来。'哎,爸,'她说,'您觉得这件事怎样?''哎,我亲爱的,'我说,'我觉得不错,我希望将来会圆满。'我所以这样回答,是因为我当时正坐在火炉前面,若有所思地喝酒,我知道像这样时不时地插上一两句不置可否的话,是会引得她继续往下讲的。'那的确是出于爱情的结合呀,爸,'贝拉沉默了一会儿后说。'是啊,亲爱的,'我说,'但这样的婚姻将来并不一定会圆满呀。'贝拉说:'是这样,爸,我想同您谈谈艾米丽的事儿。'"

　　匹克威克先生吓了一跳。

　　"事情是这样的,贝拉终于鼓起勇气告诉我说艾米丽非常苦恼;她和你那位年轻的朋友斯诺格拉斯自从去年圣诞节以后就一直在通信;她已经信誓旦旦地下了决心,要学习她那位老朋友和同学的值得赞扬的做法,跟他一起私奔;但是对这桩事情呢他们良心上又觉得有些说不过去,因为我对他们俩一直相当好,他们觉得最好还是先来征求我的意见,看我会不会反对他们以正常的方式规规矩矩地结婚。"

　　"斯诺格拉斯!自从去年圣诞节以来!"一开始这位不知所措的先生嘴里只是断断续续地发出这几个字眼。

　　"自从去年圣诞节以来,"华德尔回答说,"这是一清二楚的,我们戴的眼镜一定太糟糕了,竟然没有看出来。"

　　"我真弄不懂了,"匹克威克先生一边寻思,一边说,"我真弄不懂了。"

　　"这没有什么难懂的,"那位急性子的老先生说,"你要是年轻一些的话,早就会知道这个秘密了;此外,"华德尔在犹豫了一会儿以后继续说道,"实情是,由于我一点都不知道这件事,因此在这四五个月里,一直劝艾米丽,要她接受邻近一位好人家出身的青年的求婚(当然要她自己同意,我是决不会把自己的意愿强加给女儿的)。毫无疑问,这一来她就像别的女孩子一样,把这事渲染得十分厉害,反而使她对自己的身份更加看重,也使斯诺格拉斯先生的热情更加高涨了,于是他们俩得出结论,自己不幸受到了可怕的迫害,要不偷偷地结婚,要不就只有吸煤气自杀一条路了。现在的问题是,怎么办才好?"

"你怎么办了呢?"匹克威克先生问。

"我!"

"我是说,在你那位结了婚的女儿把这事告诉你以后,你怎么了?"

"噢,我当然是出洋相了,"华德尔回答。

"就是啊,"佩克插嘴说,在上面这番对话中,他不住地扯动表链,狠狠地擦着鼻子,还做出其他一些不耐烦的表示来,"那是很自然的,不过是怎样一回事呀?"

"我大发脾气,把我母亲吓得晕了过去,"华德尔说。

"那是很高明的,"佩克是,"还有其他什么吗?"

"第二天我光火了一整天,弄得全家人不得安宁,"老先生说,"最后我觉得烦透了,这样自己既不痛快,又惹别人难受;于是我雇了一辆车,套上马,就说带艾米丽来看阿拉贝拉,到伦敦来了。"

"那么,华德尔小姐跟你来了?"匹克威克先生说。

"一点不错,"华德尔回答,"她现在在阿德尔菲的奥斯本旅社里。"

"那么,你们讲和了吗?"佩克问。

"一点没有,"华德尔回答,"她一直哭哭啼啼的,苦着脸,只有昨夜在喝茶后吃晚饭之前,她故意拿腔作势地在写信,我装作没有看见的样子。"

"看来,你们要我在这件事上提个意见吧?"佩克看看匹克威克先生若有所思的脸孔,又看看华德尔急切的面容,接连吸了好几口他爱好的鼻烟提神。

"我想是啊,"华德尔望着匹克威克先生说。

"当然啦,"那位先生回答。

"那么,"佩克站起身,把椅子推回原处,"我的意见是,你们俩一起步行,或者坐车,或者以其他什么法子走吧,因为我对你们烦透了,你俩好好把这事谈一谈,要是下次我见到你们时还没有解决好,我再告诉你们该怎么办。"

"这倒是够妙的呀,"华德尔说,不知道该笑呢还是该生气。

"呸,呸,我亲爱的先生,"佩克说,"我对你俩的了解比你们自己都清楚。实际上,你们这个问题已经解决好了。"

说了这话以后,小个子用鼻烟盒先捅捅匹克威克先生的胸部,接着又捅捅华德尔的背心,随后三人一起哈哈大笑起来。

"今天来同我一起吃饭呀,"佩克在送他们出去时,华德尔说。

"没法说定,亲爱的先生,没法说定,"佩克说,"反正我晚上会来看您的。"

"我五点钟等你,"华德尔说。两个朋友坐进华德尔的马车。

他们驱车到了乔治和兀鹰旅馆后,发现阿拉贝拉不在,原来她在收到艾米丽的短柬说是她已来伦敦以后,便带着侍女立即叫了一辆出租马车,径直去阿德尔菲了。由于华德尔在城里还有些生意上的事情,他们便打发胖孩子坐车先回旅馆去,要他回去说他和匹克威克先生会在五点钟回来吃饭。

五点钟,华德尔先生、匹克威克先生、纳撒尼尔·温克尔先生和本杰明·艾伦先生来了。

"茶房,把你们最好的酒拿来,"老华德尔搓着手吩咐说。

"一定送最好的酒来,先生,"侍者回答。

"告诉两位小姐,说我们回来了。"

"是,先生。"

"我们不等佩克了,"华德尔看了看表说,"他一向很准时。他要是能来,到时候肯定会来;要是他不来,等也没有用。哈!阿拉贝拉!"

"妹妹!"本·艾伦叫道,以最浪漫的样子把她搂在怀里。

"噢,本,亲爱的,你身上烟味怎么这么重呀,"阿拉贝拉说,被他的深情弄得很有些不知所措了。

"真的吗?"本杰明·艾伦先生说,"真的吗,阿拉贝拉?哎,也许是吧。不过我很高兴见到你,祝福你,阿拉贝拉!"

"来,"阿拉贝拉说,俯下脸来吻哥哥,"不要再搂我了,亲爱的本,你叫我站不稳了。"

在这一和解的时刻,刚刚还沉湎于酒烟中的本·艾伦先生便任由自己的感情尽情流露出来,他望着周围的人,眼睛里湿漉漉的。

"没有什么要对我说的吗?"华德尔张开手臂问。

"说的可多呢,"阿拉贝拉在接受老先生衷心的拥抱和祝贺时低声说道,"你这个老怪物心肠硬,没有感情,太狠了!"

"你这个小造反的,"华德尔用同样的口气回答,"恐怕我从此得禁止你上门了。像你这样不顾别人反对结婚的人,是不该随便放到社会上去的。不过吧!"老先生大声接着说,"开饭了,你坐在我身边!"

大家正开心地用餐时,席上忽然响起一片惊愕声;有个满脸通红的人,慌乱不堪地突然从卧室里走了出来,他向在座的人鞠了个躬。

"喂!"华德尔嚷道,"这是怎么回事?"

"先生,您回来到现在,我一直藏在隔壁房间里,"斯诺格拉斯先生解释说。

"艾米丽,我的孩子,"华德尔以责备的口气说,"我最讨厌以下作的手段进行欺骗,这样简直是太不成体统太没有道理了。艾米丽,你不该这样对待我的呀,真的!"

"亲爱的爸爸,"艾米丽说,"阿拉贝拉知道——这里人人都知道,他藏在里面同我一点关系都没有呀。奥格斯特,做做好事吧,把这事说说清楚!"

斯诺格拉斯先生就等有机会辩白,于是立刻把他如何陷入到这种尴尬境地的经过讲了出来。原来,这天他来看艾米丽她们,半个小时前,他告辞出门,却不料看见华德尔先生带着几个朋友上楼来了。他生怕引起父女间的不和,便在他们进来时避开了,他只是打算从另一扇门出去,想不到门上了锁,别无他法,他只好待在房里。处在这么一种境地是很痛苦的;但现在他对此一点也不后悔,因为这给他提供了一个机会,使他能够当着他们共同的朋友的面,宣布他深情地真挚地爱着华德尔先生的女儿;他并且骄傲地宣布她也爱他;即使他们之间隔着千山万水,隔着白浪滔天的大洋,他每时每刻都不会忘记那些幸福的日子,就是他们最初——等等等等。

在这样把话说明了之后,斯诺格拉斯先生又鞠了个躬,他看着手上的帽子,向门口走去。

"别走!"华德尔嚷道,"喂,凭着所有那些——"

"性子太急啦,"匹克威克先生以为要出毛病了,便温和地提醒他。

"嗯,性子是太急了,"华德尔用了这个字眼,"这一切你当初就不能同我先讲一讲吗?"

"或者同我商量一下?"匹克威克先生接口说。

"好啦,好啦,"阿拉贝拉出面帮忙了,她说,"现在再说这些又有什么用呢,特别是你这个老贪财鬼一心只想找个有钱的女婿,而且脾气又是那么坏那么不讲理,除了我之外,人人都怕你。看在老天爷的分上,同他握握手,给他叫一份饭来吧,他都饿得半死了;请你端起酒杯来,因为不把至少两瓶酒喝下肚,你是不得安生的。"

那位可敬的老先生拉拉阿拉贝拉的耳朵,毫不顾忌地吻了她,接着又十分深情地吻了自己的女儿,随后又同斯诺格拉斯先生热烈地握手。

"她至少说对了一桩事情,"老先生快乐地说,"拉铃叫茶房拿酒来!"

酒送上来了,佩克也同时上楼来了。斯诺格拉斯先生在旁边一张桌子上用了饭,等到吃好以后,他便把椅子拉到艾米丽身边,老先生一点儿也没有表示反对的意思。

这一晚过得妙不可言。小个子的佩克先生大出风头,他讲了好几个滑稽故事,唱了一首一本正经的歌,那几乎同那些故事一样好笑。阿拉贝拉极其迷人,华德尔先生极其开心,匹克威克先生配合得天衣无缝,本·艾伦先生声音大得要命,情人们极其安静,温克尔先生的话极多,所有的人都极其快活。

三十六

萨姆的后妈在遗嘱中把两百镑政府债券留给他,其余的则统统给他父亲老维勒。这天,父子俩去法院办好了手续,拿到了钱,老先生要儿子陪他去找匹克威克先生。

匹克威克先生独自坐着,仔细想着许多事情,在他所考虑的问题当中,有一件便是如何帮助温克尔夫妇,他们目前生活无着,这使他非常焦急不安,这时,玛丽轻轻地走进房来说:

"噢,先生,对不起,塞缪尔在楼下呢,他说他的父亲想要见您。"

"好啊,请他们马上来吧,"匹克威克先生说,玛丽赶紧去通知了。

匹克威克先生在房间里来回踱了两三圈,一边用左手揉着下巴,全神贯注地在想心事。

"嗯,嗯,"匹克威克先生终于用一种慈祥而多少有点感伤的口气说,"对他的一腔忠诚之情,我想不出更好的办法进行报答了;以老天的名义,就这样吧。一个孤老头子总不能把别人老留在他身边,别人应该会建立起新的关系来,这是天经地义的。我没有权利希望自己会是例外。不,不,"匹克威克先生开朗地说,"那未免太自私,太忘恩负义了。我应该为自己能有机会把他安排得这样妥帖而高兴。我很高兴,当然很高兴。"

匹克威克先生一心想着这些事,门上敲了三四下他才听见。他赶忙坐好了,摆出他常见的愉快神情,叫外面的人进来,进来的是萨姆·维勒,他父亲跟在后面。

"萨姆,很高兴见到你回来了,"匹克威克先生说,"你好吗,维勒先生?"

"好极啦,谢谢您,先生,"新近丧妻的维勒先生说,"希望您很好,先生。"

"很好,谢谢你,"匹克威克先生回答说。

"先生,我有点儿事要和您谈一谈,"维勒先生说,"只要五分钟就行,好吗,先生?"

"可以啊,"匹克威克先生回答,"萨姆,给你父亲端张椅子来。"

"谢谢,塞缪尔,我这里有椅子呢,"维勒先生说,一面把椅子拖到前面来,"这天气真是难得这样好啊,先生,"老先生说着,坐了下来,同时将帽子放在地板上。

"真是非常的好,"匹克威克先生回答,"恰恰合时令啊。"

老维勒又是咳嗽又是眨巴眼睛,磨磨蹭蹭的,显然有什么要紧的事情。

"是这样一回事情,先生,"萨姆微微鞠了个躬,说道,"老头子钱取到了。"

"萨姆,你还是坐下来说吧,"匹克威克先生说,他猜这次会面可能比预想的要长。

萨姆又鞠了一躬,坐了下来。他父亲朝左右看了看,他继续说道:
"先生,老头子得到了五百三十镑的钱。"

"是减息政府债券,"老维勒先生压低了嗓门插嘴说。

"那没有什么关系,"萨姆说,"总数是五百三十镑,对不对?"

"好吧,塞缪尔,"维勒先生回答。

"这笔钱,再加上房子和生意——"

"租约、营业权、存货和装置,"维勒先生插嘴说。

"所有的钱统统加在一起,"萨姆继续说,"总共有一千一百八十镑。"

"真的吗!"匹克威克先生说,"我很高兴。维勒先生,办得这样好,恭喜你呀。"

"等一等,先生,"维勒先生用不以为然的态度举起手,说道,"说下去,萨姆。"

"这笔钱呢,"萨姆有点儿犹豫地说,"他急着要找个他觉得靠得住的地方存放,我也很着急,因为要是放在他那里的话,他会去借给人家,或者去投资买马,或者把皮夹子丢掉。"

"很好,塞缪尔,"维勒先生说,他一脸得意非凡的模样,仿佛萨姆是在极口赞颂他小心谨慎富有远见一样,"很好。"

"为了这些原因,"萨姆接着说,有些不安地扯了扯帽子边,"为了这些原因,他今天拿了钱就跟我一起到这里来,无论如何要交给,或者换句话——"

"——这样说,"老维勒先生忍不住插了进来,"钱我没有用处。我还是照老规矩赶马车,钱没有地方放,要不就要出钱请管车人保管,或者放在马车的兜子里,这不是引诱坐在车子里面的人犯事吗?先生,能不能劳驾请您替我保管,我真的感激不尽。也许,"维勒先生走到匹克威克先生身边,凑在他耳朵上轻声说,"也许,这对那桩案子的花费会帮一点点的忙。钱放在您这里,我要用再从您这儿拿。"说了这话,维勒先生把皮夹往匹克威克先生手里一塞,抓起帽子,转身跑出房间,其动作之迅速,对他这样一个大块头来说,实在难得一见。

"萨姆,拦住他!"匹克威克先生急得大叫,"追上去,马上追他回来!维勒先生——喂——回来呀!"

萨姆没法违拗他东家的命令,便在他父亲下楼梯时抓住了他的胳膊,使劲把他拖了回来。

"我的好朋友,"匹克威克先生握住了老头的手说,"你这么一片真心地信任我,真让我感动得不知说什么好了。"

"我想没有必要这样啊,先生,"维勒顽固地坚持说。

"好朋友,我向你保证,我的钱够用,已经花不了啦;到了我这把年纪,这辈子根本用不完啦,"匹克威克先生说。

"没有人知道他要花多少钱,用起来才会知道,"维勒先生说。

· 356 ·

"也许是吧，"匹克威克先生回答，"但我不打算去试自己用得了用不了啦，我不大会缺钱用。维勒先生，我请你务必把这钱收回去。"

"很好，"维勒先生带着不满的神情说，"听好了，萨姆，我要把这笔钱乱来一气，乱来一气。"

"你最好还是别那样，"萨姆回答。

维勒先生稍稍想了想，接着非常坚决地扣好上衣的扣子，说道：

"我就要乱来一气。"

匹克威克先生的拒绝大大伤了维勒先生的心，他显然下定决心打算要这么做，匹克威克先生想了想，便开口说：

"好吧，好吧，维勒先生，我把钱收下。也许，我会比你管得更加好一些。"

"正是这话，"维勒先生转怒为喜了，"你当然能够管得好呀，先生。"

"这事就到此为止了，"匹克威克先生把皮夹子锁到写字台里，"好朋友，我真的非常感谢你。现在，请再坐一坐。我要你替我出个主意。"

由于这次来访的目的已经达到，他心中直想哈哈大笑一阵，在皮夹锁起来的当儿，不仅是维勒先生的面孔，就连他的胳膊、腿和身子都快乐得直发抖，但一听到这句话，他立刻显出了极其严肃的一本正经的神色来。

"萨姆，能不能请你出去等几分钟？"匹克威克先生说。

萨姆马上出去了。

在匹克威克先生开口说出下面的话时，维勒先生的神色显得极其英明而惊讶。

"维勒先生，我想，你是不大赞成婚姻大事的，是吧？"

维勒先生摇摇头，他一句话都说不出来了。

"你刚才同你儿子进门时有没有看见楼下一个年轻的姑娘？"匹克威克先生问。

"嗯，我看见一个年轻的姑娘了，"维勒先生简单地回答。

"你这会儿觉得她怎样啊？说实话，维勒先生，你觉得她怎么样啊？"

"我觉得她肉嘟嘟的，身体很好，"维勒先生以一种挑剔的口吻说。

"不错，"匹克威克先生说，"不错。从你看到的，你觉得她的举止怎样？"

"很招人喜欢，"维勒先生回答，"很招人喜欢，很舒服。"

"那个年轻女孩子，"匹克威克先生说，"爱上了你的儿子。"

"爱上了塞缪尔·维勒！"做父亲的大叫起来。

"是的，"匹克威克先生说。

"这个年轻女子不但爱上了你的儿子，维勒先生，而且你的儿子也爱上了她。"

"嘿，"维勒先生说，"这话说给做父亲的听可真不坏，真不坏呀！"

"我不止一次注意到了，"匹克威克先生说，对他最后这句话不予置评，"对此已经毫无疑问。要是说，我想让他们结为夫妇，做点儿小本生意或者其他事情，可以好好地过日子，你觉得怎样呢，维勒先生？"

起初，维勒先生一听见与他有关系的人结婚的事，便做出了各种各样的怪相；但随着匹克威克先生对他劝了又劝，着重指出玛丽并不是寡妇，他才渐渐软了下来。最后他说对匹克威克先生赞成的事情他是不会反对的，他很高兴接受他的意见；一听这话，匹克威克先生高兴地相信了，并且叫萨姆进来。

"萨姆，"匹克威克先生清了清嗓子，说道，"你父亲和我刚才把你的事情谈了一下。"

"你的事情，塞缪尔，"维勒先生架子十足，以深沉的口气说。

"别以为我眼睛瞎了呀，萨姆，我早就看出来了，你对温克尔太太的侍女的意思并不仅仅是朋友分上呀，"匹克威克先生说。

"听见了吗，塞缪尔？"维勒先生用同先前一样的明察秋毫的口气说。

"先生，"萨姆对他的东家说，"一个年轻姑娘长得确实好看，举止又端正，一个小伙子对她特别注意，我希望这里面没有什么害处吧。"

"当然没有，"匹克威克先生说。

"一点也没有，"维勒先生慈祥但又威严地说。

"这是完全自然的，我非但不觉得它有什么不好，"匹克威克先生又说，"我还想大力促成这件事。为了这一点，我方才同你父亲谈了谈；发觉他也赞成我的意见——"

"那女人不是寡妇，"维勒先生插嘴解释道。

"那女人不是寡妇，"匹克威克先生笑着说，"我打算使你摆脱你目前这种职位的羁绊，让你和那位姑娘立刻成亲，并且有个安身立命的事情，以此来酬答你的忠诚服务和其他许多优点。萨姆，我会十分自豪，"匹克威克先生起初有点结巴了，但这时声音恢复了正常，"我十分自豪和愉快的是，我愿意负责照顾好你的将来，以表示我的谢意。"

短短一会儿，一片深沉的寂静，接着，萨姆开口了，他的声音低沉而嘶哑，但却十分坚定：

"先生，谢谢您的好意，只有您才能说得出这样的话来；但那是不行的。"

"不行？！"匹克威克先生惊讶地大叫起来。

"塞缪尔！"维勒先生庄严地说。

"我说那不行，"他的嗓音提高了，"那您怎么办呢，先生？"

"好小伙子啊，"匹克威克先生回答，"我朋友当中最近的一些事情会完全改变我将来的生活方式；何况我年纪又大了，我需要休息和平静的生活。萨姆，我的旅游到此为止了。"

"那我怎么知道呢，先生？"萨姆争论说，"您现在是这样想的！如果您改变主意呢，那并不是不可能的，因为您的心灵还像只有二十五岁，没有我，您怎么办呢？那是不行的，先生，不行的。"

"很好，塞缪尔，说得很有道理，"维勒先生用鼓励的口吻说。

"我是反复考虑过以后才说的，萨姆，我说话肯定是算数的，"匹克威克先生摇摇头说,"我不想再去欣赏新的风光,我的出游结束了。"

"很好,"萨姆回答说,"那么,就更加需要一个理解您的人陪在您身边照应,使您舒舒服服的。要是您想要找个更加有教养的人,很好,您去找好了;不过无论您付不付工钱,是不是预先通知,管不管饭,让不让住宿,您从波洛那家老客栈里找来的萨姆·维勒总不会离开你,不管会有怎样的事;任你什么东西什么人跳啊叫啊好啦,这是挡不了的。"

萨姆极其激动地作了这番演讲,他话一完,老维勒先生就站起身来,把时间、地点和是否得体全都忘了个精光,他举起帽子在头上挥动,热烈地叫了三声好。

"好小伙子呀,"等维勒先生为自己的激动有点不好意思,坐下来之后,匹克威克先生说,"你也得为那位年轻的女子想一想呀。"

"我为那个年轻的女子想了,先生,"萨姆说,"我同她谈过。我告诉了她我的情况,她愿意等我,我相信她是愿意的。要是她不愿意,那么我就是把她这个人看错了,我愿意随时同她一刀两断。先生,您是知道我这个人的。我一下决心,是决计不能改变的。"

对这样的决心,有谁能够提出异议来呢?匹克威克先生做不到。他这位地位低微的朋友对他的爱如此无私,他感到无比的自豪和快乐,他心中这种感动之情,就是世上最出色的一些大人物说上成千上万句也无法激起的。

正当匹克威克先生房间里进行这番交谈的时候,一位身穿黄褐色套装的小个子老先生来到楼下,门房替他提着旅行包;他订好了过夜的房间,便问茶房这里可有一位温克尔太太,茶房当然回答说有。

"就她一个人在家吗?"小个子老先生问。

"恐怕是的,先生,"茶房回答,"先生,我可以去叫她的侍女来,假如您——"

"不,不用叫她,"老先生马上说,"带我到她的房间去,不要通报。"

小个子老先生一边说，一边塞了五先令到茶房手里，直直地盯住他看。

"真的，先生，"茶房说，"先生，我不知道，是不是——"

"啊，你会带我去的，我看得出来，"老先生说，"还是赶快吧，不要浪费时间了。"

那位先生的态度很有些镇定冷静的意味，茶房把五先令放进口袋，领他上了楼。

"是这个房间，对吗？"老先生问，"你可以走了。"

茶房转身走了，心中暗暗纳罕这位先生究竟是什么人，他要干什么；小个子老先生等到他走出视线之外，便去敲门。

"进来，"阿拉贝拉说。

"嗯，无论怎样，声音还很动听，"小个子老先生低声自言自语说，"不过那算不上什么。"他说了这话，推开房门走了进去。阿拉贝拉正坐着做活计，见到一个陌生人进来，便站起身来——她有点儿慌乱——不过一点儿无损其优雅的风度。

"太太，请不必站起来，"陌生人说，他随手带上了门，"请问，是温克尔太太吧？"

阿拉贝拉点了点头。

"你丈夫是纳撒尼尔·温克尔先生，他的老父亲在伯明翰，对吗？"陌生人望着阿拉贝拉，好奇的神色显而易见。

阿拉贝拉又点点头，有点局促不安地朝四周张望，似乎犹豫着是不是该叫人来。

"太太，看来我让你受惊了，"老先生说。

"说真的，是有一点，"阿拉贝拉说，越来越觉得奇怪了。

"我这就坐下来，好吗，太太，"陌生人说。

他坐了下来，从口袋里掏出眼镜盒，不紧不慢地拿出眼镜，架到鼻子上。

"太太，你不认识我吧？"他说，他紧紧地盯住阿拉贝拉看，她很有些惶恐起来。

"是的,先生,"她怯生生地回答。

"是的,"老先生说,"我也认为你不会。不过,太太,我这个名字你是知道的。"

"真的吗?"阿拉贝拉说,发起抖来,不过她也不知道这是为什么,"能请问一下吗?"

"马上就说,太太,马上,"陌生人说,眼光仍然盯住了她的面孔,"你是新近结婚的吧,太太?"

"是的,"阿拉贝拉说,声音小得几乎听不见,她把手上的活计放了下来,一个以前曾经有过的想法猛然掠过她的心头,她变得极其心烦意乱了。

"我想,是没有跟你丈夫说明,事先应该征求供养他的父亲的意见吧?"陌生人说。

阿拉贝拉用手帕擦擦眼睛。

"老年人对这种事自然是极其关心的,你们甚至也没有通过间接的方式来了解一下他的感情吧?"陌生人说。

"先生,是这么回事,"阿拉贝拉。

"你也知道,要是他按照父亲的意思结婚,他是会在经济上得到好处的,你自己并没有足够的财产来永远给他以支持,来弥补他这方面的损失吧?"老先生说,"少男少女把这称之为无私的爱情,一直要等到他们自己有了儿女之后,他们才会换一个完全不同的不那么浪漫的眼光来看这个问题呢!"

阿拉贝拉泪如泉涌,她辩解说自己年轻不懂事,她完全是出于爱情才采取这样的行动的,她几乎从小就失去了父母的指点和教导。

"这是不对的,"老先生说,口气软了下来,"很不对。这既愚蠢又浪漫,一点不像是办正经事。"

"这要怪我,先生,全要怪我,"可怜的阿拉贝拉边哭边回答。

"胡说八道,"老先生说,"他爱上了你,这怎么能怪你,嗯?不过,也可以说,"老先生有点滑头地看着阿拉贝拉,"得要怪你。他没法不爱上你。"

这一句小小的恭维话,或者说小个子老先生的奇怪的说法,或者说是他不同的态度——要比一开始时慈祥了许多——或者说这三者加在一起,使得阿拉贝拉噙着泪花微笑了。

"你丈夫在哪里?"老先生突然问,他脸上刚刚露出的笑容突然不见了。

"先生,恐怕快回来了,"阿拉贝拉说,"我劝他上午去散一会儿步。他没有收到父亲的答复,心里难受,烦恼得很。"

"心里难受,是吗?"老先生说,"他是活该!"

"恐怕他是为了我的缘故,"阿拉贝拉说,"说真的,先生,我也很为他难过。全是因为我,才使他落到目前这种境地。"

"亲爱的,别替他操心了,"老先生说,"他活该。我很高兴,就他来说,真的很高兴。"

老先生话刚出口,就听到上楼的脚步声,他和阿拉贝拉似乎同时听出来了。温克尔先生走进房间,小个子先生脸色发白,努力克制自己的感情,站了起来。

"父亲!"温克尔先生惊异地往后一退。

"是啊,先生,"小个子老先生说,"喂,先生,你有什么话要对我说呀?"

温克尔先生不做声。

"先生,我想你为自己羞耻吧?"老先生问。

温克尔先生还是不做声。

"你是为自己羞耻,还是不呢,先生?"老先生问。

"不,先生,"温克尔先生说,挽住阿拉贝拉的胳膊,"我既不为自己,也不为我妻子觉得羞耻。"

"真的吗!"老先生语中带刺地嚷道。

"先生,我的举动使您改变了对我的爱,对此我很抱歉,"温克尔先生说,"不过,我同时要说明,娶这位女士为妻,我没有理由感到羞耻,您有这样的儿媳,同样没有理由羞耻。"

"把手伸给我,纳特,"老先生用完全不同的口气说,"吻我,亲爱的。你真是个讨人喜欢的小儿媳呀！"

几分钟之后，温克尔先生去找匹克威克先生，和他一起回来，把他介绍同父亲见面，这两个人不住地握手，握了整整有五分钟之久。

"匹克威克先生，谢谢您对我儿子的百般照顾，"老温克尔先生说，态度坦诚而直截了当，"我是个急性子，上次您来找我时，我大吃一惊，心烦意乱。我现在明白了，我满意得不得了。匹克威克先生，还需要我再进一步道歉吗？"

"不，"那位先生说，"您这一来，我无比快乐，一点缺憾都没有了。"

说了这话，两人又握了五分钟的手，同时还说了许多表示钦慕的话，这些恭维话还有一个特点，那就是其中含有难得一见的诚恳。

在温克尔先生从伯明翰来这一喜事发生之后，有整整一个礼拜，匹克威克先生和萨姆成天都在外面，只是到吃饭时候才回来，而且脸上带着一种神秘莫测的要事在身的神情，这是很奇怪的。整整六天当中，大家绞尽脑汁，但还是不得要领，于是一致决定应该请匹克威克先生来把事情说说清楚，向这些对他敬爱的朋友交代清楚他干吗疏远了大家。

就这样，华德尔先生邀请大家到阿德尔菲吃饭；在酒壶传递了两圈之后，开始谈正事了。

"我们大家都很想知道，"老先生说，"我们究竟干了什么事把你给得罪了，弄得你总是丢开大家，独自一人出去散步？"

"真想知道吗？"匹克威克先生说，"真是巧，我本来也打算今天同大家好好讲一讲呢；请再给我一杯酒，我来把一切解释清楚。"

酒壶以异乎寻常的速度经由一只只手传递过来，匹克威克先生面带愉快的笑容，对在座的朋友们看了一遍，然后开口说：

"在我们中间发生的所有的变化，"匹克威克先生说，"我指的是已经举行的婚礼和即将举行的婚礼，以及由此产生的种种变化，使我有必要冷静地思考一下我对未来的计划。我决定在伦敦近郊找一个安静的地方来安度晚年;我找到了一所十分中意的房子,便买了下来进行装修布置。现在一切已经就绪,我想立刻就搬进去,我相信我可以在那里安安静静地住上多年,在友情的温暖之中享受人生的快乐,在离开人世后得到朋友们的真诚的怀念。"

说到这里匹克威克先生停了一停,席上响起一阵低语声。

"我买的房子,"匹克威克先生说,"是在德尔维奇。有个大花园,那地方是伦敦近郊最舒服的地区之一。里面所有的装饰布置无不以方便舒适为本,此外也比较优雅,不过这要请各位自己判断了。萨姆陪我去那里。我还请佩克推荐,雇了一个管家——年纪很大了——再按照她的意思雇请一些仆人。我提议在那里举行一个我极感兴趣的仪式,以此来庆祝我迁入新居。要是我的朋友华德尔不反对的话,我希望他女儿就在我搬进新居的那天在我的房子里举行婚礼。年轻人的幸福,"匹克威克先生说,很有点感动了,"一向是我生活中主要的快乐。见到我这些最亲爱的朋友在我自己的房子里缔结良缘,这会使我的心头充满温暖。"

匹克威克先生又停了下来,可以听见艾米丽和阿拉贝拉在啜泣。

"我已经亲自出面,并且以书面的方式通知社里,"匹克威克先生继续说,"把自己的意见告诉了诸位同人。在我们长期外出期间,社内部产生了种种纠纷;我决心不再让它使用自己的名字,匹克威克社也告解散,从此不再存在了。"

"我决不后悔,"匹克威克先生低声说道,"我决不后悔,在这两年中用了大部分时间同各种各样不同的人物交往;尽管在许多人眼中,我这样追求新奇没有多大意义。我以前的生活几乎都花在事业上,用来追求财富,如今我看到了许多我以前不了解的景象——我希望扩大自己的眼界,增加自己的见识。要是说我好事做得不多,那么我相信坏事就做得更少了;我经历的一切,只会给我晚年提供各种有趣的愉快的回忆。愿上帝保佑你们大家!"

说了这些话后,匹克威克先生手颤抖着,倒了一大杯酒喝下去,他的朋友全都站了起来,衷心向他致意,他的眼睛潮湿了。

斯诺格拉斯先生的婚礼并不需要太多的准备。他父母双亡,从小就受到匹克威克先生的监护,那位先生对他的财产状况和前途一清二楚。他把这两者告诉了华德尔,后者极其满意——其实无论告诉他什么他总会满意的,因为那位好心的老先生兴高采烈,开心得要命,他给了艾米丽一大笔嫁妆,婚礼定于四天后举行。

新郎前两三天就住到了家里,这天英姿飒爽地去德尔维奇教堂接新娘,陪同前往的有匹克威克先生、本·艾伦、鲍勃·索耶和特普曼先生;萨姆·维勒站在马车外面,纽扣洞上插了一段白缎带,那是他的心上人送给他的,他身穿一套崭新的专为这场喜事设计的制服。他们在教堂里见到了华德尔一家、温克尔夫妇、新娘和伴娘以及特伦德尔夫妇。仪式结束之后,大家坐车去匹克威克先生家用早餐,小个子佩克先生已经在那儿等候他们了。

在这里,仪式中比较严肃的那部分已经烟消云散,每一张面孔都容光焕发,耳边听到的只是贺喜和赞美声。一切都是那么美!屋前的草地、屋后的花园、小小的花房、餐厅、客厅、卧室、吸烟室,尤其是书房,里面有图画和安乐椅、奇特的柜子、古怪的桌子、数不清的书籍,还有一个敞亮的大窗户,外面是一片悦目的草地,望出去可以见到迷人的风景,只见东一处西一处小屋掩藏在绿荫之中;还有窗帘、地毯、椅子和沙发!人人都说,一切都是那么美,那么紧凑,那么整齐,而且又具有那么高的品位,简直没法说哪一样是最值得赞美的。

站在这一切中央的是匹克威克先生,他春风满面,脸上的笑容无论男女老少都无法抗拒,他自己是所有的人中间最快乐的一个,他跟同一个人一遍又一遍地握手,在自己手得到空闲的时候,就愉快地搓着。每听到哪里冒出一句表示赞叹或者好奇的话语,他立刻就转过去招呼,他那欢天喜地的面容使得每个人都兴致勃勃。

最后,我们添上几句话,把和匹克威克先生有关的几个人的情况作一交代。

温克尔先生和太太完全获得了那位老先生的好感,不久之后便住到了一幢新建的房子里,离匹克威克先生家不到半英里远。温克尔先生在伦敦金融城里担任他父亲的代理或者联络人。

斯诺格拉斯先生和太太在丁格莱谷定居下来,买了个小农场经营,主要是为了有点事做。

特普曼先生呢,在两个朋友成家、匹克威克先生又定居下来以后,便在里士满住了下来。

鲍勃·索耶先生呢,在报上登了破产的消息之后,便去了孟加拉,同去的还有本杰明·艾伦先生;这两位先生都被东印度公司聘为外科医生。

巴德尔太太的房子先后出租给许多健谈的单身绅士,获利颇丰,再也没有打过官司。她的律师道孙和福格仍然在干那一行,他们收入丰厚,被一致公认为是这一行当中最厉害的角色。

萨姆信守诺言,两年来一直未婚。年老的女管家在这一期间的末尾死掉了,匹克威克先生就把玛丽提升到这个位置上,条件是她得立刻同萨姆结婚,对这一点她毫无异议地接受了。后花园门口常常可以见到两个结实的小男孩,根据这一点推测,有理由相信萨姆已经做了父亲。

老维勒先生又赶了一年的马车,由于患痛风病只好退休。不过,匹克威克先生替他将皮夹里的钱投资得非常成功,他退下来后有一笔很可观的收入。

匹克威克先生一直住在自己的新房子里,空闲的时间就用来整理自己的回忆录,这些回忆录他后来交给了那个一度很有名的会社的秘书,有时候呢他就叫萨姆·维勒大声读书给他听,他边读边会插进一些突然想到的看法,总让匹克威克先生开怀大笑。斯诺格拉斯先生、温克尔先生和特伦德尔先生老来请他去当他们儿女的教父,他起初觉得很有些麻烦,但后来也就习惯了,把这视作理所当然的差使。他从来没有懊悔自己对金格尔先生这样宽宏大量,因为那个人和乔布·特洛特后来都成为社会上出色的人物,不过他们一直不肯回到当年他们经常出没并且引得他走上邪路的地方来。匹克威克先生如今已经有点儿老态龙钟了,但他的心态依然像从前那样朝气蓬勃,人们常常可以看到他去德尔维奇画廊去看画,或者天气晴朗时在附近景色美好的地方散散步。附近的穷人都认识他,他们见到他时总满怀敬意地脱帽致敬。孩子们把他当做神灵那样崇拜,附近的人们也都是这样。每一年,他都要去华德尔先生家参加一个大型的家庭聚会;这时候,就像在其他场合一样,忠心耿耿的萨姆总是跟在他身后,在萨姆和他的东家之间感情越来越深厚,他们这种相互爱护的关系坚贞不渝,只有死亡才能把他们分开。

译后记

    查尔斯·狄更斯是十九世纪英国的伟大作家。他生于英格兰南部的军港城市朴次茅斯,父亲是海军部门的职员。在他幼年时,父亲由于负债而被关进伦敦的债务人监狱,家庭生活十分困难。正因如此,他断断续续上了一些学,大都依靠自学来充实自己。他在十二岁时便到鞋油作坊做工,十五岁时在律师事务所做练习生,后来又去议会下院采访报道。他从二十一岁起开始发表作品,一八三九年,他的第一部长篇小说《匹克威克外传》出版,引起了很大的轰动,确立了他在文坛的地位,使他成为广受读者喜爱的作家。他一生中共创作了十余部长篇小说,其中的《雾都孤儿》(即《奥立弗·退斯特》)、《双城记》、《远大前程》、《大卫·科波菲尔》、《艰难时世》、《董贝父子》和《老古玩店》等都成为世界文学中的经典作品。

    《匹克威克外传》的写作和成书过程很富有戏剧性。一开始,狄更斯只是应出版商之邀,为一系列滑稽有趣的漫画配上文字说明,分期按月出版,由书贩销往各地,供人消遣。结果狄更斯的文字大受读者的欢迎,最后竟然反客为主,取代漫画,诞生出一部文学名著来。《匹克威克外传》广泛地记录了十九世纪初英国城乡的风土人情,忠实地描绘了当时社会生活的各个方面,把铁路出现之前的伦敦以及其他一些大小城镇展示在读者面前。当时的主要交通工具是驿车,马路将各地连接在一起,长途旅行混乱喧闹,令人兴奋。在《匹克威克外传》中,我们可以看到描写客栈和酒店、旅客和马夫、伦敦居民公寓、社交活动、地主庄园、律师事务所、法院和监狱等的生动文字。

    《匹克威克外传》说的是匹克威克社创始人匹克威克先生以及他

的朋友和跟班出外旅行的经历。他们为了增长见识,去各处游历。在这过程中,他们接触到了现实生活的各个方面。他们天真幼稚,善良轻信,遇到了许多麻烦,陷入到种种不愉快的境地之中。小说围绕两个主题展开,前半部谈的主要是匹克威克同流氓冒险家金格尔的斗争,后半部写的主要是房东巴德尔太太指控匹克威克毁弃婚约的诉讼案件。匹克威克先生尽管屡次受到金格尔的欺骗,吃了一次又一次的苦头,但最后在金格尔走投无路之时,还是伸出援手,帮助他改恶从善,重新做人。而在巴德尔太太一案中,匹克威克先生饱受诡计多端、贪得无厌的恶律师道孙和福格的讹诈,并受到颠顸无能的法官的不公正的判决,但他坚持原则,不肯妥协,最后被关进监狱。狱中服刑的经历使他看到了司法制度的黑暗场面。全书结尾时匹克威克出狱后退隐回家,过上了安宁的生活。

　　还在《匹克威克外传》连载期间,英国社会上就出现了一股"匹克威克热",匹克威克先生和他的跟班萨姆·维勒成为家喻户晓、人人喜爱的形象。一百六十多年来,这部小说不断再版,并被译成各种语言,成为狄更斯最受欢迎的作品之一。《匹克威克外传》受到各国作家的广泛好评,被公认为世界文学的经典之作。《匹克威克外传》所以会取得如此巨大的成功,其原因是多方面的。首先,这部小说可以说是描绘了当时英国社会的众生相,狄更斯让读者看到了活生生的现实,使人觉得出乎意料地有趣。其次,来自社会下层的劳动人民成为《匹克威克外传》的主要角色,尤其是萨姆·维勒和他当马车夫的父亲,获得了读者极大的喜爱,萨姆为人机智聪明,一口伦敦东区土话,生动传神,倾倒了大量的读者。归根到底,《匹克威克外传》具有极大的可读性,狄更斯的语言风趣生动,表现出一种无与伦比的幽默。他在书中对社会上丑恶现象的鞭挞不遗余力,对普通人受到的苦难充满了同情。我们可以读到,一心捞取选票的政客、附庸风雅的绅士淑女、伪善贪婪的教士、颠顸无能的市长和法官、阴险毒辣的律师、黑暗悲惨的监狱。正因如此,《匹克威克外传》决不是一部纯粹搞笑的普通滑稽作品,而带有严肃的社会批判的意义。

狄更斯童年没有受到多少正规教育,但他酷爱阅读,从小就读了大量的经典著作。在《匹克威克外传》中我们便可以见到《堂吉诃德》、《坎特伯雷故事集》和十八世纪菲尔丁和斯摩莱特的小说的影响。童年及青年时代的经历又使他极其生动传神地描绘出债务人监狱、法庭审判、律师事务所等场面。狄更斯生性幽默,观察敏锐,擅长速记,往往能很快抓住人物的特征,漫画似的寥寥数笔勾画出来,给人留下深刻的印象。在英国作家中,狄更斯生动幽默的语言是非常有名的,他有时候略带夸张,有时候又运用"低调陈述"的手法,以一种不温不火的方式来讲故事,取得了极好的效果。

　　本书是根据一九七二年企鹅版 The Pickwick Papers 节译的。节译的原则是尽量不损害原书的结构,保留与原著两个主题有关的各个情节,语句尽量不作改动,力求让读者领略狄更斯幽默风趣的语言风格。至于一些与主题关系不大的描写,例如书中穿插的许多有趣的故事,只能割爱删去。这样节译的效果如何,只有请读者方家批评指教了。

刘凯芳

《匹克威克外传》导读

作家点击

【作家简介】

查尔斯·狄更斯(1812—1870),十九世纪英国现实主义文学的主要代表作家之一。他的第一部长篇小说《匹克威克外传》发表于一八三六年,从此他一举成名。他一生共创作了十余部长篇小说,许多中、短篇小说和杂文、游记、戏剧、小品。其他代表作还有《艰难时世》、《双城记》、《雾都孤儿》、《荒凉山庄》、《老古玩店》、《小杜丽》、《大卫·科波菲尔》和《远大前程》等。狄更斯的小说创作艺术以妙趣横生的幽默、细致入微的心理分析,以及现实主义描写与浪漫主义气氛的有机结合著称,马克思把他誉为英国"杰出的小说家"。

【作家故事】

●查尔斯·狄更斯出身于一个海军小职员家庭,兄弟众多,家庭贫困。八九岁时爱上了读书,胃口很大,读过许多书,背得许多诗。十二岁到鞋油厂做童工。每周挣六七个先令贴补家用。后来父亲因负债累累被送进债务人监狱,更使小查尔斯饱尝了人世的辛酸。狄更斯一直以擅长刻画贫苦无助的孩子形象,以及描绘他们艰难的生活和不幸的遭遇,而在小说界享有盛名。在他所著的众多小说中,《雾都孤儿》最能表现他写作风格上的这些特征。事实上,狄更斯笔下描绘的主人公所遇到的艰难和困苦,都是他个人亲身经历的写照。

●狄更斯一直没有忘却童年时代艰难困苦的生活。尽管他后来成了名,并有了孩子,但昔日的经历还是不断影响着他的家庭生活及对子女的教育。从一八三七年至一八五二年,狄更斯夫妇共生育了十个孩子,九个存活下来。对孩子们来说,狄更斯可算是一位严厉的父亲。他制订了严格的家规,并得到他妹妹的协助,要求每个孩子都必须遵守,以保持家中秩序井然。比如,每天早晨,他总要抽空检查屋子是否干净整洁,除此以外,他还查看房间里的小摆设、饰物是否放在适当的位置。

●狄更斯成名之后,不仅要抚养众多的孩子,还要负担、照顾他的双亲及兄弟。生活的压力和重担,使狄更斯精疲力竭。直到一八五八年,狄更斯与妻子分手,与情人同居并由她照料家庭后,他的压力才小了许多,体重也增加了。一八七〇年,狄更斯才五十八岁就离开了人世。从很大程度上说,他的去世是工作过度的结果。事实上,在他稍早些时的旅行中,就因疲劳而处于半瘫痪状态。但他继续写作,为人们留下了一批优秀的文学作品。

●狄更斯曾多次在国外旅行和居住,这对他影响很深。一八四二年他第一次去美国,是想就近观察那场共和国制度的大胆实验是否真给人民带来了自由和平等。他在美国看到许多新气象,感到欣慰,却也发现了不少问题。他看到了蓄奴制度,甚至看到以蓄奴制自豪的美国人。他写到:"(星条旗的)星星向血红的条条眨眼;自由拉下了帽檐遮住了眼睛。"从此他明白了一个道理:光是以共和制代替君主制并不能消除不人道现象,甚至完全从法律上消除了不平等也还不行,一种理想制度的建立和完善需要若干代人多方面的努力。

作品链接

●**英国选举制度**

英国是世界上较早实行普选制的国家,它的一整套选举制不仅对英国自身的代议民主政治体系具有十分重要的意义,而且对其他国家,尤其是西方国家的代议民主政治体系也具有十分广泛而深远的影响。但这种制度并不是一开始就十分完善的。英国的选举制度源于中世纪英国国会中下院即平民院议员的选举,在君主专制时代是用于控制和利用臣民,巩固封建制度的一种工具。自十八世纪中叶工业革命蓬勃发展以来,特别到十九世纪初英国工业革命初步完成之后,情况有了很

匹克威克外传

大的变化。随着地主制经济被最终挤出历史舞台,英国社会的阶级结构也发生了重大变化,贵族地主阶级衰落了,资产阶级(特别是工业资产阶级)和无产阶级日益壮大。后者强烈要求参与政治,使本阶级对工业化进程中增长的社会资源拥有更多的分配份额。这种要求最集中的表现是争取普选权运动的开展。在此背景下,一八三〇年代表资产阶级利益的辉格党在人民要求普选权的声浪中提出了第一个选举制度改革法。一八三二年经英王批准实施,这就是著名的一八三二年选举改革法。从此英国公民渐渐由上而下地拥有了选举权和被选举权。但十九世纪的英国,选举制度并不完善。选举过程中,贿选、诋毁对手等恶劣的手段一直存在。本书中第十二章里描写的竞选场景就生动地反映了这一现实。

●**法制制度**

十九世纪初期的英国,司法制度只是在条文上粗具雏形,在执行的过程中漏洞还是很多的。狄更斯在《匹克威克外传》中就比较尖锐地批判了英国的法律、司法、监狱等相关法制制度的实施情况。当然狄更斯是借助匹克威克先生的经历来审视这些的。

在狄更斯看来,那些法律(及其一切附属物)在实施的过程中问题太多,非但不足以惩戒和改造"坏人",反而会危害"好人"(如匹克威克先生所遭到的诉讼即其一例),实际上只是另外一些更坏的"坏人"(例如道孙和福格之流)用以作恶的工具。但是,他认为根本问题还是因为社会上有"坏人"存在,所以连法律也被他们利用来做坏事了。

另外,小说中凡写到与法律有联系的人,不是被金钱收买,就是罪犯。匹克威克被一心想嫁给他的房东巴德尔太太莫名其妙地起诉子虚乌有的毁弃婚约,匹克威克因拒付赔偿费而入狱,原告律师由于因此无法从赔偿费中拿到酬金,就把巴德尔太太也送进监狱。这真是极其荒诞不经的审判,法律就这样被投机者玩弄于股掌之间,这实际也是对英国当时法律制度状况的批评。

●匹克威克

匹克威克先生是一位独身老绅士，一个社会"名流"，一个"学者"。他为人和蔼厚道，热衷于科学发现和传播知识，并创办了以"促进科学"为目的的"匹克威克社"。受社里的委托，他带领他的三个"匹派至友"一同出去考察并把见闻及时向社里报告。在历经两年多的行程中，由于匹克威克和他的朋友们天真善良不谙世故，吃尽苦头。但善良乐观而且正直的匹克威克先生还是坚持自己的做事准则：虽然被金格尔再三戏耍和欺骗，但乐善好施的他最后还是帮助金格尔还清了债务，使其改过自新；虽然被巴德尔太太以"毁婚"的罪名起诉并被判入狱，但他最后还是尽释前嫌，帮助巴德尔太太出狱。当然，对于社会上的恶势力，他坚决斗争到底。在"毁婚"案中，受虚伪狡诈满肚子金钱利益的律师道孙和福格的陷害，匹克威克先生在"毁婚"一案中被判有罪并判罚金七百五十镑，正直的他拒不付钱，宁肯坐牢也不让两位律师得逞，但在监狱里却舍得花钱帮助犯人们。匹克威克在考察过程中阅尽了社会上的不平和黑暗，但最难能可贵的是他能一直保持着一颗博爱正直的心来坦然面对。匹克威克以这样一种人格"屹立"在书中所勾画的这个社会中不能不说是一个奇迹，他的存在真有点"举世皆醉我独醒，举世皆浊我独清"的境界，这恐怕也是作家狄更斯的"美好理想"吧。

●乔——爱睡觉的胖小子

乔并不是本书的主角，文中对他的描写不是很多，但这并不妨碍他成为书中一个非常有意思的角色。他的第一次出场是在罗彻斯特营地大阅兵的时候。一开始就给人展现了他最突出的特点：嗜睡。文章写到乔的睡着总共达十次之多。在罗彻斯特营地，他的主人一边和匹克威克等人聊天，一边让乔不断地做一些事情：放踏脚板、拿食物、套马。另外，在丁格莱谷庄园的时候，乔嗜睡的特点一样表现得淋漓尽致。乔在做事的间隙里竟然能接二连三地睡着，真是一个不可思议的现象。

但是,乔并不总是睡着的。狄更斯对他眼睛发亮情景的描写有这几处:

(1) 听到主人说"吃的"的时候;

(2) 跟着打猎捡猎物的时候;

(3) 偷看特普曼和雷切尔小姐谈恋爱的时候。

从乔的睡与不睡的描写,作者为我们揭示了乔的性格特点和他所关注的焦点。他最关注的是吃,对于主人的事情乔一般不太关心,但雷切尔小姐的恋爱事件却引起了他的兴趣,原因在于雷切尔小姐本身是个老处女,面前发生的事情确实让他吃惊。乔实际是作者塑造的一个只关注本能需要而别无他求的"行尸走肉"的形象。

片段赏析

●看热闹·遇尴尬(第23—26页)

这部分内容在第三章,主要讲了匹克威克先生和众人一起在罗彻斯特营地观看大阅兵的热闹景象,以及匹克威克先生遭遇的一些尴尬事。

这个片段中,狄更斯对看热闹的人群描写得非常传神。为了看上热闹,即使很有内涵的匹克威克社的成员也愿意等上好几个钟头,并且"费了九牛二虎之力"努力占据有利地势,何况一般的老百姓呢。当热闹就要开张的时候,他们呐喊、叫好,"所有人的眼睛都朝出击口那边转过去,伸长脖子等"。这种神态,很让人自然而然地想到鲁迅先生笔下的看行刑的人的形态:"颈项都伸的很长,仿佛许多鸭,被无形的手捏住了的,向上提着。"如此看来,英国民众和中国老百姓一样,喜欢专心致志地看热闹是他们共同的"爱好"。

同样看热闹的匹克威克先生和他的朋友们似乎有点不走运,花了好几个钟头占据的好地势却是阅兵行经的地方。在兵器和士兵队伍的冲击下,他们陷入了尴尬的局面。虽然最后终于逃脱一劫,但场面是非常狼狈的。再加上狄更斯的诙谐手法,读到这里让人忍俊不禁。尤其精彩的是狄更斯在匹克威克先生追帽子时所发表的那段议论。人生确实如此,有时候面对尴尬的窘境是需要保持足够冷静,才能想出最好的办法来应对的。这段议论信手拈来,插入得非常自然,足见狄更斯写作手法的精妙。

●最终判决(第224—225页)

经过冗长的司法程序,这一刻匹克威克终于等到了"毁婚"案的最终判决。这个片段对匹克威克先生放眼镜的动作做了细致的描写。在等待法官进场宣布判决的时候,匹克威克戴着眼镜并不时张望着陪审团团长。其实这时匹克威克是很紧张的,因为陪审团的意见会决定他的命运。但当听到自己败诉的时候,匹克威克反而把心放下来了。"匹克威克先生脱下眼镜,小心翼翼地擦了擦镜片,然后折起来放进盒子,再放回到口袋里。"这个动作表面上慢条斯理,但我们也可以理解为是匹克威克先生受到沉重打击时的缓慢动作。这个时候的他"始终紧紧盯着陪审团团长",和前面的戴着眼镜望他不同。前面之所以戴着眼镜望他是因为匹克威克想比较清楚地从陪审团团长脸上预先读出判决的结果,而此时,结果已经知道,这个时候戴不戴眼镜已经不重要,盯着陪审团团长只是为了发泄对他们判决的不满情绪。

另外,对于道孙和福格的挑衅,单纯的匹克威克还是和以前碰到其他让他生气的事情一样表现出他的冲动来,但同样表明了他自己的态度:绝对不屈服。这是这个片段为后面故事发展留下的伏笔。

同类阅读

●《药》(鲁迅著)

推荐理由:拿《匹克威克外传》和《药》对比阅读你会发现,原来东西方一般老百姓的民族性格里有些特点竟然是这样的相似。参考"片段赏析"。

●《西游记》([明]吴承恩)

推荐理由:一样是历经艰险的"游历",一样能让你收获一个时代各个地区的风土人情和社会状况。

●《汤姆·索亚历险记》([美]马克·吐温著)

推荐理由:这是属于少年人的出游经历,惊险之外更有乐趣在里面。

学业 测试

1. 读完《匹克威克外传》,你能说出小说一共讲到了哪些故事吗?

2. 小说中对于田园生活的描写非常美好,你猜测一下狄更斯这样写的原因吗?

3.《匹克威克外传》是狄更斯的第一部长篇小说,你认为这部小说的语言风格如何?

4. 你认为匹克威克先生是个怎样的人?

5. 你怎么看萨姆·维勒这个人?

6. 故事的结局你满意吗? 我们一般把这种结局叫做什么结局?

【参考答案】

1. 在情节的安排上,本小说大体上有四个重要的故事(线索):房东巴德尔太太状告匹克威克毁弃婚约;萨姆·维勒的父亲同骗吃喝的伪善牧师斯提金斯的纷争;俱乐部几位成员的爱情故事;匹克威克和萨姆·维勒主仆同流氓金格尔的冲突。

2. 小说中对于田园生活的描写带有理想的浪漫色彩,是作者十分向往的不受封建压迫和资产阶级剥削的人间乐园,反映作者心目中"古老的美好的英格兰"。同时,更加衬托了他对尔虞我诈的城市生活的讽刺和谴责,表现了作者对当时社会制度弊端的认识。

3. 语言风格诙谐质朴,许多比较沉重的社会现实情况,如竞选、审判等,用狄更斯的语言表达出来感觉非常轻松自在,同时增强了讽刺效果。

4. 单纯善良的绅士,疾恶如仇的正直君子,但很不适应他所在的城市社会环境。(可参考"人物评论")

5. 萨姆·维勒在书中占有重要位置。他出身贫苦人家,本是个旅店的擦鞋匠,经历过城市下层艰苦生活的磨炼。社会大学堂造就了他通晓世故、机智处世的性格特点,他一次次为主人解围,充分表现出他的机智多谋、勇敢干练。

6. 受到恩惠的金格尔改过自新,巴德尔太太在匹克威克的帮助下出狱,匹克威克先生在伦敦近郊找到了一所舒适的房子,从此过上了隐居生活,同时几位年轻恋人也终于"有情人终成眷属",包括萨姆·维勒先生,小说在温情的喜剧气氛中结束。这个结局还是圆满的。我们把这种结局叫做"大团圆结局"。

（高利　撰写）

匹克威克外传

图书在版编目（CIP）数据

匹克威克外传／[英]狄更斯(Dickens, C.)著；刘凯芳
译. —杭州：浙江文艺出版社，2012.3(2016.7 重印)
（最新语文新课标必读丛书）
ISBN 978-7-5339-3372-2

Ⅰ.①匹... Ⅱ.①狄... ②刘... Ⅲ.①长篇小说—英
国—近代 Ⅳ.①I561.44

中国版本图书馆 CIP 数据核字(2012)第 027276 号

匹克威克外传
（最新语文新课标必读丛书）

[英]狄更斯 著 刘凯芳 译

*浙江文艺出版社*出版发行
地址：杭州市体育场路 347 号
邮编：310006
网址：www.zjwycbs.cn

浙江省新华书店集团有限公司经销
杭州杭新印务有限公司印刷

开本：850 毫米×1168 毫米 1/32
字数：300 千字
插页：1
印张：12
2012 年 3 月第 1 版
2016 年 7 月第 3 次印刷

责任编辑 王晓乐
封面设计 王 芳
吕翡翠

ISBN 978-7-5339-3372-2
定价：25.00 元

版权所有 违者必究